SABINE KÄSTNER

Drei Frauen auf Rügen

Roman

BASTEI LÜBBE

BASTEI LÜBBE TASCHENBUCH
Band 15 835

1. Auflage: März 2008

Vollständige Taschenbuchausgabe
der im Gustav Lübbe Verlag erschienenen Hardcoverausgabe

Bastei Lübbe Taschenbücher und Gustav Lübbe Verlag
in der Verlagsgruppe Lübbe

Für die deutschsprachige Ausgabe:

Titelillustration: mauritius images/Hans-Peter Merten
Umschlaggestaltung: Gisela Kullowatz
Satz: Bosbach Kommunikation & Design GmbH, Köln
Druck und Verarbeitung: Ebner & Spiegel, Ulm
Printed in Germany
ISBN 978-3-404-15835-5

1

Sassnitz auf Rügen, Mitte Januar

»Finden Sie, dass es hier aussieht wie in Sorrent?« Hermine Tressewitz wirft einen Seitenblick auf Vittorio Lambarini, der seinen Mercedes über das Buckelpflaster von Sassnitz zum Meer hinab lenkt.

Ein Italiener sollte das beurteilen können, auch wenn die Winterdämmerung das Gewirr aus Gassen und verwitterten Hotelpalästen in ungnädiges Licht taucht. Ein rostgeflecktes Blechschild bewirbt seit mehr als hundert Jahren die »Erste Berliner Dampfbäckerei 1890«. Armut ist der beste Denkmalpfleger. Selbst all diese Jahre nach der Wende ist die Altstadt von Sassnitz ein Bilderbogen aus der Belle Époque. Vergilbt und angegraut, an den Rändern zerfressen, aber dafür echt.

Um 1900 muss das Seebad in blendendem Weiß gestrahlt haben, denkt Hermine und schließt kurz die Augen. Immerhin flimmert die Ostsee an Sonnentagen noch so türkis wie in ihrer Kinderheit, und die nahen Kreidefelsen – Rügens Wahrzeichen – leuchten wie steinerne Segel vor dem Himmel.

»*Scusi?* Was haben Sie gesagt, Hermine?«

Ein herausgebrochener Pflasterstein bringt das Auto und seine beiden Insassen zum Hüpfen.

»Theodor Fontane, der oft Gast in Sassnitz war, lässt seine Effi Briest beim Anblick von Kap Arkona und dem Königsstuhl ausrufen: ›Das ist ja Sorrent, das ist Capri.‹ Ich war nie dort, aber ich nehme an, da gibt es auch Steilküsten, Jugendstilvillen und Hotels, die in den Hang gebaut sind, und Balkone, die über dem Meer schweben.«

Vittorio zieht entsetzt die Augenbrauen nach oben, während er die letzte Kurve nimmt. Vor ihnen leuchtet »Rudi's Fischbraterei«, ein Imbisswagen – natürlich mit Ost-Apostroph im Namen – der von drei unverdrossenen Touristen belagert wird. Im Hintergrund dümpeln Fischkutter, ein Schwarm Möwen kämpft um Brötchenreste. Die Ostsee schillert ölig im Licht gelber Hafenlaternen.

»Sassnitz soll wie Sorrent sein, wie Capri? Hermine, Ihre Fantasie geht mit Ihnen durch. *No, no, no.* Capri ist *bellissima*, eine Edelstein in azurblauem Wasser, darüber strahlt eine Sonne wie eine sizilianische Orange. Rügen ist eine wunderschöne Insel, aber Sassnitz? Sassnitz sieht wirklich nicht aus wie aus der Kartoffel gepellt.«

»Es heißt aus dem Ei gepellt. Übertreiben Sie es nicht mit Ihren Sprachwitzchen. Ich bin keine unbedarfte Touristin!«

»Gut, aber der Vergleich humpelt gewaltig! Sassnitz und Sorrent, *no, no, no.*«

»Aber es wird doch viel getan«, protestiert Hermine. «Die Gemeinde will die alte Strandpromenade wieder aufschütten und eine Baumallee pflanzen – wie früher.«

Einmal Rüganerin, immer Rüganerin. Hermine muss jeden Winkel ihrer Heimatinsel verteidigen, auch wenn sie erst seit drei Jahren wieder hier lebt. Sassnitz ist ihre Geburtsstadt.

»Und sie eröffnen hier Lokale wie die Kartoffelstube Sassnitz Mitte, *stupido!*«

Vittorio lenkt den Mercedes auf einen Parkplatz vor dem Hafenmuseum, das in einer ehemaligen Werfthalle untergebracht ist. Nebenan bemühen sich zugige Restaurants um maritimen Charme.

»Kartoffeln, *mamma mia!* Bin ich froh, dass mein Restaurant in Binz ist und ich Pasta serviere. Binz ist wundervoll. Sehr sauber, frisch gestrichen und im Sommer voller Touristen.«

Genau, denkt Hermine, und darum ist es nicht echt. Sassnitz hingegen ist eine ehrliche Haut, ehrlich wie eine Mecklenburger Kartoffel. Man sieht der Stadt ihre Geschichte vom armen Fischerdorf bis zum einst glamourösen Seebad an. Auch die aschgrauen Versuche, ein Arbeiterparadies aus Plattenbauten zusammenzuzimmern, sind nicht ganz beseitigt, und am Stadteingang verrottet ein

»Lichtspielhaus« aus den Fünfzigern, als das Leben in Ost und West viel mehr gemein hatte, als heute jemand annehmen mag.

Anders als in anderen Teilen des Ostens wurden in Sassnitz nicht ganze Jahrzehnte wegsaniert. Licht und Schatten, die fetten und die mageren Jahre, alles zusammen ergibt eine Einheit. Hermine seufzt. Schade, dass die Menschen so wenig über ihre Geschichte wissen wollen und eine Disneyland-Version der Jahrhundertwende wie Binz vorziehen. Das Leben ist doch kein Wunschkonzert!

Sie ruft sich in die Gegenwart zurück. Natürlich hat Vittorio vom Standpunkt des Gastronomen trotzdem Recht. Binz ist verlockender. *»Una grazia«*, wie Vittorio sagt, der eine clevere Stütze des Tourismusvereins ist, dem Hermine als Binzer Pensionswirtin ebenfalls angehört. Außerdem ist er ein wunderbarer Freund, der sie an diesem unwirtlichen Januarabend zum Sassnitzer Hafenmuseum fährt.

Vittorio zieht die Handbremse an. So als befürchte er, sein Mercedes könne über den Parkplatz ins Meer rollen. »Haben Sie die Brille, Ihr Taschentuch und die Notizen für Ihren Vortrag dabei?«

»Meine Notizen sind hier drin«, sagt Hermine und tippt sich an den Kopf. »In meinem Alter sind die frühen Erinnerungen so frisch wie der erste Schnee. Vor allem meine Erinnerungen an Gut Seelitz.«

»Schnee! Malen Sie nicht Luzifer an der Wand. Es ist schon kalt genug.« Kopfschüttelnd läuft Herr Lambarini um den Wagen und öffnet Hermine die Tür. Galant reicht er ihr die Hand.

»Danke, Vittorio, aber aussteigen kann ich trotz meiner alten Tage noch allein.«

Sie schwingt die Beine mit damenhafter Präzision aus dem Auto und zieht ihren wadenlangen Wollrock glatt.

Vittorio verzieht den Mund. »Hermine, *prego*. Ich wollte nur höflich sein. Sie sehen keinen Tag älter aus als …, nun ja, als Sie sind.«

Hermine schlägt die Beifahrertür zu, schlingt sich einen puderblauen Paschminaschal um den Hals und lacht.

»Erwischt, Vittorio. Mein wahres Alter kommt Ihnen doch nicht über die Lippen. Siebenundsechzig, damit Sie es nur wissen. Sie könnten mein Sohn sein.«

Vittorio nimmt sie beim Arm und führt sie zum Museumseingang.

»Dann hätten Sie früh anfangen müssen mit den Babys, ich bin bald zweiundfunfzig und habe leider nicht Ihr zartes Gesicht, sondern die Don-Camillo-Nase von meinem Papa.«

Anerkennend fahren seine Augen über Hermines fein konturierte Züge, die hohen Wangenknochen, die feminine Nase. Sie ist *una donna vera!* Eine wahre Dame, die ihn an eine Kamee aus rosa Perlmutt erinnert. Kameen, wie es sie in Sorrent tatsächlich gibt. Hermine besitzt überdies eine Haltung, die sie sich im Kampf mit Schicksalsschlägen erworben haben muss. Ein paar Krähenfüße um die silbrigen Augen fechten eine solche Erscheinung nicht an – aber Hermine.

»Papperlapapp, Sie Schmeichler! Ich bin eine alte Frau.« Seufzend fügt sie hinzu. »Und leider hat es mit den Babys bei mir nicht geklappt.«

Sie schluckt kurz.

Ach was, das hat sie überwunden, genau wie ihre kurze, unerquickliche Ehe, die ein ganzes Leben zurückzuliegen scheint und einer anderen Welt angehörte, einer Welt, in der sie nie zu Hause war. Vittorio drückt ganz leicht ihren Arm, während sie über den Parkplatz gehen. Hermine reckt das Kinn.

»Nun ja. Ich habe keinen Grund zu klagen. Immerhin habe ich meine wundervolle Pension in Binz und meine Erinnerungen. Es ist nur schade, dass es niemanden gibt, mit dem ich sie teilen oder dem ich alles vererben kann. Mein Glück ist irgendwie an mich verschwendet.«

Vittorio bleibt einen Moment stehen und schaut sehr streng. »Ihre Erinnerungen sind nicht verschwendet. Sie sind Gold wert. Ihr kleines Buch über Ihre Kindheit auf Gut Seelitz verkauft sich gut. Der Drucker vom Tourismusverein hat mir gesagt, es wird sogar aus Berlin und die Rest von Deutschland bestellt. Keine Wunder bei dem Erzähltalent.«

Hermine errötet leicht. »Sie übertreiben. Achthundert Stück hat er bis jetzt losbekommen. Das reicht nicht zum Bestseller.«

Schließlich handelt es sich nur um die Erinnerungen einer sentimentalen Närrin, die in ihrem Leben eine einzige große Liebe hatte: Rügen und das Gutshaus Seelitz. Trotzdem ist sie froh, das Buch geschrieben zu haben. Auf diese Weise konnte sie ihre Ursprünge, von denen im Westen jahrzehntelang keiner etwas wissen wollte, wieder lebendig werden lassen. Und all die Menschen, die sie geliebt hat.

Vielleicht lesen das Buch einige vergessene Weggefährten, die wie sie Kindersommer auf der Insel verbringen durften und nie vergessen haben. Rügen vergisst man nicht. Für Hermine hat die Insel trotz aller Veränderungen nie ihren Zauber verloren.

Die dunkel bewaldeten Hänge der Granitz, die buchengesäumten Küsten aus Kalkgestein, die verschilften Bodden, die perlweißen Strände und die Hügel des Mönchgut bilden eine Landschaftssinfonie, in die sie sich jeden Tag aufs Neue verliebt.

Als könne Vittorio Gedanken lesen, fährt er fort: »*Si*, Rügen ist eine Legende. Sehen Sie doch, wie viele Leute sind gekommen, um Sie zu hören.«

Vor dem Kassentisch im Museum drängeln sich Einheimische und Touristen in Mänteln und Anoraks, kramen nach Portemonnaies, studieren den Ankündigungszettel:

»22. Sassnitzer Sturmgespräch: Das Gutshaus Seelitz und seine Besitzer – eine Zeitzeugin erinnert sich.«

Die Zeitzeugin errötet tief, weil sie es nicht gewohnt ist, im Mittelpunkt zu stehen. Mit zögerndem Lächeln begrüßt Hermine den Museumschef, der ihre Hand ergreift und sie daran ins Warme zieht.

»Frau Tressewitz, möchten Sie vorher noch einen Tee? Es ist kühl im Saal. Aber das wird sich bald ändern, so voll, wie es wird. Ich befürchte, wir können nicht alle Besucher unterbringen. Wie immer ein sehr gemischtes Publikum. Kommen Sie, kommen Sie.«

Hermine winkt Vittorio, der sich draußen eine Zigarette angesteckt hat.

»Ich gehe schon vor.«

Vittorio nickt und raucht. Eben will er die Zigarette in einer sandgefüllten Tonne ausdrücken, als ein weiterer Mercedes vor dem Museum einparkt. Ein Modell der S-Klasse, silbern und aufdringlich neu. Ihm entsteigt ein Mann in dunklem Kaschmir. Federnd wie ein Athlet umrundet er das Auto und öffnet den Wagenschlag für eine Dame, die sich anders als Hermine nicht für zu jung hält, um sich aufhelfen zu lassen.

Dabei tut sie ansonsten alles, um jugendlicher zu erscheinen, als sie ist. Glamouröse Versace-Jeans, eine auf Kleidergröße 36 heruntergehungerte Figur und das zu glatt geschminkte Gesicht verraten Vittorio vor allem eins: Alter ist der Angstgegner dieser Frau, Kosmetik und männliche Aufmerksamkeit sind ihre Drogen.

Ihr Begleiter drapiert einen Pelzmantel über ihre Schultern und stützt die stöckelbeschuhte Dame beim Gang übers Buckelpflaster. Was für ein Paar! Sie passen in die Sassnitzer Hafenkulisse wie Opernfreunde in die Fankurve einer Fußballarena. Die beiden gehören ins mondäne Binz, am besten in sein Edel-Restaurant La Vita, wo sie sein Menü *Sorpresa* zu fünfundneunzig Euro bestellen sollten.

Vittorio flucht, weil die heruntergebrannte Zigarette ihm den Daumen versengt. Ärgerlich stippt er den Stummel in den Sand.

»Guten Abend, findet hier dieses Sturmgespräch statt?«

Vittorio blickt hoch und in das Gesicht des Kaschmirkerls. Schönling, schießt es ihm durch den Kopf. Vielleicht auch Gigolo? Die skandinavisch blonde Version mit kantigem Wikingerkinn, Strahlelächeln und dem kalten, dummen Blick der Gier.

Vittorio nickt, während er die Frau an der Seite des Wikingers mustert. Das Neonlicht über dem Eingang durchdringt wie Röntgenstrahlen ihr Make-up und entblößt papierdünne Haut. Ein, zwei Liftings hat sie hinter sich. Er tippt sie auf Anfang oder Mitte fünfzig. Bislang hat er die Frau immer nur von ferne gesehen, doch er erkennt sie und entscheidet sich für eine Extraportion Italo-Charme, süß und dick aufgeschlagen wie Zabaglione.

»Signora Sammering! Was für eine Freude, Sie hier zu begrüßen. Hermine Tressewitz wird geschmeichelt sein, dass Sie zu dem Vortrag kommen.« Alida Sammering mustert ihn mit feindseligem Misstrauen.

Vittorio senkt seine Stimme. »Und das so kurz nach diesem tragischen Verlust von Ihrem Gatten.« Seine dunklen Augen schimmern feucht. Todesfälle machen ihn traurig. Etwa der seines Cockerspaniels Pistaccio. Er muss nur an dessen seidiges Fell denken, schon empfindet er sogar Trauer über das Ableben von Ewald Sammering.

Der letzte Besitzer des Gutshauses Seelitz ist im vergangenen Oktober mit stolzen zweiundneunzig Jahren abgetreten. Hinterlassen hat er eine höchst überschaubare Anzahl Trauernder und ein Testament, das einiges Kopfschütteln hervorgerufen hat. Schließlich hat der ehemalige Eintopfproduzent seine beachtliche Gemäldesammlung mehreren Tierheimen und nicht seiner Gattin vermacht. Die bekommt nur das marode Gutshaus. Vittorio mustert die Witwe voll Mitgefühl. Er liebt Tiere, aber er würde ihnen kein Vermögen vermachen. Das muss schmerzen. »Ich darf herzlich Beileid wünschen, Signora?«

Alida Sammering zögert, dann neigt sie vorsichtig den Kopf, weil sie hoheitsvoll erscheinen oder ihre Frisur schonen will.

»Mein Finanzberater hat mich überredet herzukommen. Er hat dieses Buch über Seelitz gelesen und glaubt, dass der Vortrag uns Verkaufsargumente liefern könnte. Ein Haus mit einer bedeutenden Geschichte findet eher einen Liebhaber als eine Ruine, meint er. Ich möchte schnell verkaufen.« Sie macht eine kurze Pause, zwingt in ihr straffes Gesicht einen Ausdruck milder Betroffenheit. »Der schmerzlichen Erinnerungen wegen.«

Vittorio verzieht mitfühlend den Mund, als handele es sich um seine Erinnerungen. Etwa an Pistaccio.

»Alida«, protestiert ihr Begleiter geschmeidig, »Seelitz ist alles andere als eine Ruine. Wir haben es mit einer attraktiven und geschichtsträchtigen Immobilie zu tun, die schon jetzt Liebhaber anzieht. Denken Sie an meinen Kontakt in Berlin. Die potentielle Käuferin ist geradezu enthusiastisch.«

Vittorio grinst. »Ich nehme an, Sie sind der einfühlsame Finanzberater?«

»Clemens von Krolow«, stellt der Mann sich knapp vor und zieht seine Begleiterin wie eine Beute ins Museum.

»Kommen Sie, Alida, ich will uns einen Platz sichern. Ist Ihnen auch warm genug? So zart wie Sie sind, frieren Sie sicher rasch.«

Frau Sammering lächelt und lässt die Wimpern flattern wie Kolibriflügel.

Vittorio stößt einen lautlosen Pfiff aus. Der Mann will mit allen Mitteln Geld aus der Witwe rausholen. Das ist klar. Wird nicht leicht sein. Gut Seelitz ist eine von vielen Luxusimmobilien im Verfallsstadium, die Rügen zu bieten hat und für die sich ein potenter Investor finden muss. Nur welcher? Reiterhöfe, Wellness-Ressorts, Golfakademien – die Insel ist gesegnet mit Top-Adressen, aber die Top-Touristen sind knapp.

Hermine dürfte es nicht gefallen, wenn Seelitz zu einem Spekulationsobjekt verkommt. Sie ist eine Vorkämpferin des sanften Tourismus. Am liebsten würde sie die Insel in einen Naturpark verwandeln und Busverbindungen zur Stubbenkammer verbieten, weil nur einsame Wanderungen der wilden Schönheit gerecht werden.

Hermine ist eben eine Träumerin.

Allerdings eine Träumerin mit einem Willen aus Stahl.

2

Als Vittorio sich in den Saal drängt, entdeckt er in der hintersten Stuhlreihe zwei Bekannte, die für sich sitzen und Händchen halten. Anders hat er die alten Leutchen nie gesehen, immer Hand in Hand. Und stets für sich. Vielleicht, denkt Vittorio, und sein Herz wird erneut weit und weich, ist das seit achtzig Jahren so.

Das greise Geschwisterpaar gilt als komplett verrückt und ist auf der Insel unter den Spitznamen Hänsel und Gretel bekannt. Was an der Zopffrisur der Frau und dem Knotenstock ihres Bruders liegen kann, an ihren nächtlichen Spaziergängen durch die Wälder von Seelitz oder an ihrer Eigenart, mit Hosenknöpfen zu bezahlen.

Bei Vittorio bekommen sie dafür Spaghetti und Gebäck vom Vortag. Allerdings nicht während der Öffnungszeiten des La Vita. Armenspeisung und Edelgastronomie sind schwerer zu kombinieren als Saubohnen und Kaviar. Seine Großmut hat Grenzen. Das versteht sogar Hermine, die Hänsel und Gretel aus ihren Kindertagen auf dem Gut kennt und gelegentlich mit Kleidung versorgt.

Seelitz muss für die beiden Alten wie für Hermine eine große Bedeutung haben, sonst gingen sie nicht immer wieder hin. Mit träumerischem Blick schauen sie nach vorn und sehen nicht, dass rechts und links von ihnen die Plätze frei bleiben. Wie immer. Vittorio seufzt und beugt sich zu Gretel herab: »Ist der Stuhl neben Ihnen noch frei, Signora?«

Gretel schaut hoch: »Aber *certamente*, Vittorio! So heißt das doch auf Italienisch, oder?«

Vittorio nickt überwältigt. »Sie sprechen Italienisch?«

Gretel kichert. »Oh, nur ein *picco*.«

»*Un poco*«, korrigiert Vittorio nachsichtig, schließlich kennt er die Tücken der Fremdsprache. Dann lässt er sich auf den Stuhl gleiten.

Hänsel beugt sich über Gretels Schoß zu ihm hinüber. »Ihr Japanisch ist besser! Das hat ihr Malte von Seelitz beigebracht. Der war ein Genie.«

Gretel guckt beleidigt. »Mein Japanisch ist Chinesisch, und ich habe es mir selbst beigebracht. Und jetzt sei still, Hermine fängt an.«

Die zwei leben in einer anderen Wirklichkeit als der Rest der Insel und der Menschheit. Aber anscheinend haben sie samt ihrer Narrenfreiheit den Sozialismus vergleichsweise heiter überstanden.

Entspannt lehnt Vittorio sich zurück, während Hermine mit eindringlicher Stimme von der Geschichte Seelitz' erzählt. Von dem Erbauer, Feldmarschall Arnim von Seelitz, der das Land am Jasmunder Bodden als Lohn für seine Verdienste im Krieg gegen Napoleon erhalten hatte. Sie lässt vergilbte Fotos herumgehen, die das Gutshaus mit seinen Türmen und Säulenportalen zeigen. Dann beschreibt sie den inzwischen verwilderten Park mit seinen australischen Kiefern, Mammutbäumen, japanischen Zierkirschen, heimischen Buchen und Eichen.

»Die Verschwendungslust und Leidenschaft des ersten Besitzers galt der Landschaftsgärtnerei. Die Familie von Seelitz liebte jede Form des ästhetischen Genusses. Der zweite Besitzer investierte vor allem in architektonische Verbesserungen«, erklärt sie. »Der Blick vom Haus auf das Wasser ist einzigartig. Man lebt dort in völliger Abgeschiedenheit. Seelitz ist eine Insel auf der Insel. Die Salzwiesen am Bodden sind eine Oase für seltene Vögel. Kormorane brüten im Schilf. Im Sommer kommen die Kraniche, im Herbst ziehen Wildgänse vorüber und in frostfunkelnden Winternächten …«

»… ist es sterbenslangweilig dort«, mault Alida zwei Reihen vor Vittorio und spielt mit ihren Chopardringen. »Öde wie hier«, setzt sie halblaut hinzu und sucht die Reihen hinter sich nach dem Italiener von eben ab. Sie zwinkert ihm komplizenhaft zu, kichert und erntet tadelndes Räuspern von ihren Stuhlnachbarn.

Hermine lässt den beschaulichen Alltag eines Landadeligen des neunzehnten Jahrhunderts lebendig werden. Sie beschreibt die von Seelitzens als Pachtherren, die früh die Leibeigenschaft abgeschafft und in den Kreideabbau investiert haben und kommt auf ihr liebstes Thema zu sprechen: Malte von Seelitz, letzter Spross der Sippe, der nach militärischer Tradition des Hauses Kampfflieger im Ersten Weltkrieg war und danach vor allem Kunstsammler.

»Womit er die künstlerische Ader seiner Ahnen lebendig hielt. Außerdem war er ein Kinderfreund. Bei Jean Paul heißt es, mit einer glücklichen Kindheit kann man sein Leben lang haushalten. Ich habe dieses Geschenk durch den Gutsherrn Malte erhalten. Meine Mutter war Haushälterin auf dem Gut.

Ich wurde 1938 geboren und durfte meine ersten sechs Lebensjahre bis 1944 auf Seelitz verbringen. Sie denken jetzt vielleicht an Diktatur, den Krieg und seine Schrecken, aber das alles hat uns sehr, sehr spät berührt, was dem Hausherrn zu verdanken war. Wie ein Patriarch behütete er seine Gutsfamilie und ließ sich nicht reinreden. Malte von Seelitz wurde aufgrund einer schweren Verletzung für den Zweiten Weltkrieg auch nicht mehr eingezogen.«

Sie macht eine kurze Pause, denn jetzt kommt ein heikler Teil. »Er hat es geschickt verstanden, sich auf Distanz zum Regime zu halten, hielt zwar Kontakt zu alten Fliegerkameraden, aber nie zur Partei. Malte von Seelitz war ein sanftmütiger Melancholiker, der wusste, dass seine Welt dem Untergang geweiht war.«

Alida hebt flatternd die Augenlider. »Fehlen nur noch schluchzende Geigen zur Untermalung.«

»Silenzio«, zischt Vittorio ernsthaft erbost.

»Hast du deine Geige nicht dabei?«, fragt Gretel flüsternd ihren Bruder.

»Nee, bei Neumond bleiben die Töne im Loch.«

Ein verblüffter Vittorio vergisst seine Bitte um Stille und beteiligt sich am Flüstern der Hinterbank: »Sie spielen Geige?«

Hänsel nickt eifrig. »Das hat Malte *mir* beigebracht.«

»Jaaa«, sagt Gretel, »und das nächste Mal, wenn wir nach Seelitz gehen, nimmst du die Violine mit. Die Frau da vorne möchte das gern. Ihr ist nämlich so langweilig.«

Hänsel nickt noch eifriger, Umsitzende prusten, Alida wirft mit vernichtenden Blicken um sich. Schlimm genug, dass man sie als derzeitige Besitzerin von Seelitz nicht gebührend begrüßt und in die erste Reihe gebeten hat – dabei ist der Sozialismus doch angeblich tot –, jetzt muss sie sich auch noch von zwei Irren beleidigen lassen, die nachts in ihrem Park herumlungern.

Hermine fährt lächelnd in ihrem Vortrag fort.

»Leider hat Malte nie geheiratet. Sein Haus hat er während des Krieges aber für Kriegswaisen aus ganz Deutschland geöffnet und dabei auch das eine oder andere Kind aufgenommen, das den Krieg sonst nicht überlebt hätte.« Hermine pausiert kurz und lächelt Hänsel und Gretel zu.

»Er hat für uns ein Paradies geschaffen. Ein Paradies inmitten der Hölle. Im Sommer organisierte er mitternächtliche Kutschfahrten zum Königsstuhl oder Picknicks auf der Insel Vilm südlich von Rügen, die einsam wie Robinsons Eiland war und für uns Kinder ebenso geheimnisvoll.«

Ein verträumtes Lächeln umspielt ihren Mund und macht Hermine jung. Ihre eisgrauen Augen blinzeln verschmitzt. Hänsel und Gretel drücken sich die Hände.

»Einmal hat er dort eine Wildkatze ausgesetzt, die den Tiger für uns spielen sollte. Er hat Flöße mit uns gebaut und als Schatz Schokoladentaler vergraben. Es war die köstlichste Schokolade meines Lebens, obwohl es nur mehlige Kriegsersatzware war. Seine andere Leidenschaft war die Kunst. Wie seine Vorfahren, die den Park anlegten und das Haus gestalteten, hegte er eine verschwenderische Neigung zum Schönen. Er …«

»Klingt wie ein entsetzlicher Langeweiler«, kommentiert die Witwe Sammering. Vor und hinter ihr werden Köpfe geschüttelt.

»Bitte«, flüstert Clemens von Krolow und legt eine Hand auf Alidas Arm. Die zieht ihn zurück und schaut den Finanzberater mit koketter Trotzschnute an. Niemand scheint ihr erklärt zu haben, dass nichts so alt macht wie der Versuch, besonders jung zu erscheinen. Von Krolow lächelt dennoch wie angetan.

Alida mault weiter in seine Richtung. »Ist doch wahr! Das Haus war eine Bruchbude, als wir es übernommen haben. Und von wegen Kunst, pah. Einen Kunstnarren hatte ich selbst zum Mann. Ich habe davon die Nase voll. Die verfluchten Bilder und Antiquitäten, die Ihr Schwiegervater ihm aufgeschwatzt hat, haben ihn ein Vermögen gekostet.«

Das du nicht erbst, denkt von Krolow und kann die Wut der Witwe nachvollziehen. Ihre zänkische Stimme fällt ihm allerdings – genau wie dem Rest des Publikums – auf die Nerven.

»Bitte, Frau Sammering«, murmelt der Finanzberater und umschmeichelt sie mit blauen Blicken, »wenn wir es richtig angehen, wird der Verkauf des Gutshauses Sie zu einer sorglosen Frau machen. Auch ohne die Kunstsammlung Ihres Gatten.«

Alida zupft und streichelt nervös an ihrem Pelz herum. Sie erinnert an eine eingesperrte Katze, die sich mit Putzritualen abzulenken versucht.

»Lassen Sie uns essen gehen, Krolow. Das bringt doch nichts hier. Die Zuhörer haben höchstens Geld für eine Schrebergartenlaube, aber niemals für ein Schloss. Und dazu die beiden Bekloppten da hinten. Die lungern ständig in meinem Park herum. Man fühlt sich geradezu verfolgt.«

Alida erhebt sich ohne Rücksicht auf die Zuhörer, denen sie den Blick verstellt. Verächtlich schaut sie sich unter den Männern und Frauen in Fleecepullovern um, die zwischen Fischernetzen und Fotos von Heringstrawlern auf Plastikstühlen hocken. Das hat so gar keinen Schick, nichts Mondänes, wie die ganze blöde Insel eben.

Von wegen, Rügen sei das Sylt des Ostens. Die Qual der Langeweile verdichtet sich in ihr zu einem bohrenden Schmerz. Sie will endlich leben, statt hier zu verrotten. Die Ehe mit Ewald war öde genug. Jäh erhebt sich Alida und zischt auf ihren Sitznachbarn herab.

»Würden Sie mich bitte sofort vorbeilassen?«

»Nur zu gern«, zischt der Angesprochene zurück.

Hermine hält für einen Moment in ihrem Vortrag inne, dann fährt sie mit leichtem Ärger in der Stimme fort.

»Malte von Seelitz' Gemäldesammlung war einzigartig. Leider hat sie den Krieg nicht überlebt. Es gibt jedoch ein Bild, dessen Verbleib ein Geheimnis ist. Malte hat einen Caspar David Friedrich besessen, den sein Großvater bei dem Maler in Auftrag gegeben haben soll.«

Oje, so schnell hat sie gar nicht darauf zu sprechen kommen wollen. Sie wollte überhaupt nicht davon sprechen, schließlich weiß sie kaum etwas darüber, aber diese Alida ist impertinent.

Erstauntes Gemurmel benetzt den Saal. Ein Friedrichgemälde auf Rügen! Das wäre eine Sensation. Man muss unweigerlich an die Kreidefelsen denken, die der Seifensiedersohn aus Greifswald unsterblich gemacht hat. Die Legende Rügen ist auch eine Erfindung der Romantik. Selbst von Krolow hält in seiner Bewegung inne und lässt Alidas bepelzten Arm los. Endlich kommt die Dame auf den Punkt.

Hermine ist ehrlich entsetzt über die gespannte Aufmerksamkeit im Saal und fühlt sich wie eine Hochstaplerin.

»Freilich gilt das Bild seit dem Krieg als verschollen. Ich selbst habe es nie gesehen. Wahrscheinlich wurde es geraubt oder zerstört wie so viele Kunstschätze damals«, setzt sie eilig hinterher.

Ganz hinten fliegt Hänsels rechter Arm in die Luft. Mit wild schnipsenden Fingern. Gretel zieht ihn am Jackenzipfel zurück auf seinen Stuhl.

Vittorio bewundert Hermines Geduld mit dem Publikum. Sie lächelt bis in die hinterste Reihe hinunter und redet weiter. »Bedauerlicherweise habe ich mich mit sechs Jahren nicht für Meisterwerke der Malerei, sondern für kalbende Kühe und das Fröschefangen interessiert.«

»Wie ekelhaft. Können wir endlich gehen?« Alida spricht in ungedämpfter Zimmerlautstärke. Kälber und Frösche interessieren sie offenkundig noch weniger als verschollene Gemälde.

Diese Abneigung ist unpassend, denkt Vittorio kopfschüttelnd, wo sie doch Schirmherrin mehrerer Tierheime in ganz Europa ist. Und genau diesen Tierheimen hat Ewald von Sammering seine Kunstsammlung vermacht, weil dem Artenschutz angeblich ihre ganze Leidenschaft gilt. Ihr neuer Pelzmantel verrät einen dramatischen Sinneswandel, und das einzige Schoßhündchen, das sie sich noch gönnt, scheint dieser Krolow zu sein, den sie je nach Laune anhimmelt oder herumkommandiert.

Vittorio ist froh, als das Paar sich einen Weg zum Ausgang bahnt. Solche Unhöflichkeit hat Hermine als Letzte verdient. Weshalb Vittorio unauffällig seinen linken Fuß ausstreckt. Die Witwe schaut so hochnäsig geradeaus, dass sie prompt darüber stolpert. Clemens von Krolow fängt sie nicht auf. Mit undamenhaftem Krachen fällt Alida auf einen leeren Plastikstuhl. Schadenfrohes Gelächter wird nicht unterdrückt.

»Oh, Signora, Sie sind auf die Nase gefallen? *No*, den Hintern! Wie Leid mir es tut! Unverzeihlich. Sie müssen mit mir kommen und auf den Schreck trinken. *Una grappa?* Bei einem Kollegen von mir nebenan. Oder möchten Sie morgen bei mir in Binz einen Prosecco?«

Man darf ungezogene Millionärinnen zu Fall bringen, findet Vittorio, aber mögliche Geschäftsbeziehungen mit ihnen sollte man sich dadurch nicht verderben.

Gretel bietet Alida ein Butterbrot an, und Hänsel verspricht ihr für demnächst eine Mondscheinsonate auf seiner Geige.

Von Krolow bemerkt von alledem nichts. Gebannt schaut er zu Hermine hinüber, die zum Schluss kommt.

»Im später gesprengten Schloss zu Putbus hat man noch in den fünfziger Jahren versteckte Kunstwerke unter den Fußböden entdeckt, weshalb es natürlich möglich wäre, dass auch Seelitz noch Geheimnisse birgt. Doch auch ohne Kunstschätze ist Seelitz Teil von Rügens Magie und Geschichte. Leider ist es wie der Park der Öffentlichkeit nicht zugänglich.«

Der letzte Satz ist ein Seitenhieb auf Alida, die Hermines Briefe mit ihrer Bitte um eine Besuchserlaubnis für das Gutshaus nie beantwortet hat. Wie ein Einbrecher kommt Hermine sich vor, wenn sie heimlich durch den alten Park zum Bodden spaziert, wo sie sechs Kindersommer erlebt hat, die sie noch heute wärmen. Wie ein Einbrecher! Dabei hätte sie Grund, sich ganz anders zu fühlen. Doch das ist eine Geschichte, die sie für sich behalten will.

3

Während sich vorne im Saal die Zuhörer um Hermine drängen, Fragen stellen und um die Signierung ihres Seelitzbuchs bitten, tastet Clemens seinen Mantel ab, angelt eine Schachtel Players aus der rechten Tasche und klopft eine Zigarette heraus.

Ein verschollenes, vielleicht Millionen Euro teures Gemälde! Daraus ließe sich etwas machen. Seine Augen verengen sich zu Schlitzen. O ja! Kostbare Argumente für eine immense Aufwertung der Immobilie Seelitz.

Man muss die Geschichte nur im großen Stil zu verkaufen wissen. Er wüsste auch schon, an wen.

Diese alte Katze aus Berlin, die kürzlich bei ihm wegen des Gutshauses angefragt hat und mindestens so nostalgisch wie Hermine Tressewitz ist, aber wohlhabender und – was noch besser ist – völlig vertrottelt. Sie summt gern geistliche Choräle, wenn er auf Zahlen zu sprechen kommt. Sein Gesicht entspannt sich, während er die Zigarette zwischen seine Lippen schiebt. Wer wäre für den Verkauf einer geheimnisvollen Kunststory besser geeignet als er!

Und seine Familie. Nun ja, seine Exfamilie.

Nämlich Lilli Wandler, kürzlich geschiedene von Krolow und ihr einzigartiger Herr Papa, der Kölner Galerist Leopold Wandler, der sich mit Meisterwerken auskennt. Ein Hinweis von ihm auf einen versteckten Caspar David Friedrich im Gutshaus, und die Sache wäre glaubwürdig.

Leopold hat die Expertenwelt oft mit sensationellen Entdeckungen verblüfft. Ein berechnendes Lächeln umspielt Clemens' schönen Mund, die Zigarette bewegt sich steil nach oben. Er kramt in seiner Innentasche nach dem Feuerzeug.

Und Leopold Wandler ist auf Rügen ein Begriff. Ein Dutzend Top-Gemälde und ungezählte Antiquitäten hat sein ehemaliger Schwiegervater für Ewald Sammering besorgt. Darunter zwei Zeichnungen von Picasso, die ein Vermögen wert sind.

Leopold hat erstaunlich viele Meisterwerke für Sammerings Sammlung erwerben können, wenn man bedenkt, dass er als Trödelhändler angefangen und in den Kunsthandel nur eingeheiratet hat. Leider hat Clemens' eigene Ehe mit Lilli Wandler nur auf dem Papier dreizehn Jahre lang gehalten. In Wahrheit waren es elf Jahre weniger. Eine zu kurze Zeitspanne, um Genaueres über Leopolds Galerie und seine Art der Bildbeschaffung in Erfahrung zu bringen. Er muss jetzt mehr herausfinden. Wegen des Friedrichs.

Entschlossen steigt er die Treppen hinab, wirft die ungerauchte Zigarette weg und nestelt sein Handy aus der Manteltasche. Verstohlen schaut er sich um, verschwindet in einer zugigen Ecke hinter dem Museum und tippt eine Nummer ein. Er schaut kurz auf die Uhr. Viertel nach zehn. Lilli wird noch wach sein, war schon immer eine Nachteule. Er drückt das Handy gegen sein Ohr, der Ruf geht durch.

»Wandler, hallo«, meldet sich eine müde Frauenstimme am anderen Ende.

»Hallo, Lilli! Clemens hier.«

Die Stimme wird hellwach. »Du? Was willst du von mir? So spät am Abend! Hast du den Verstand verloren? Nach allem, was du mir und deiner Tochter angetan hast, hätte ich sogar einem Schaumschläger wie dir etwas mehr Taktgefühl zugetraut. Ich will von dir nichts mehr hören, nie mehr. Wir sind offiziell geschieden, und dafür danke ich Gott in jedem Nachtgebet …«

»Liebste Lilli, ich verstehe deine Aufregung, aber gerade deshalb …«

»Nenn mich nicht Lilli.«

»Nun gut, Liliane. Ich rufe an, weil ich mich endlich entschuldigen und alles wieder gutmachen kann. Ich bin bald in der Lage, meine peinlichen Schulden dir gegenüber zu begleichen. Glaub mir, ich melde mich erst jetzt, weil ich vorher einfach keine Möglichkeit gesehen habe, alles wieder einzurenken. Ich bin nicht der Gauner, für den du mich hältst. Ich stehe hier kurz vor dem Abschluss eines großen Deals, und das wollte ich dir sofort mitteilen …«

»Ein Deal? Mit wem? Dem Staatsanwalt? Dem Haftrichter? Den zahlreichen Gläubigern? Oder dem Teufel? Zur Hölle mit dir.«

Clemens tastet nervös nach einer neuen Zigarette. Fängt nicht gut an, das Gespräch. Himmel, seine Ex ist nicht mehr das Lamm, das er mal vor dreizehn Jahren geheiratet hat.

»Lilli, ich meine natürlich, Liliane, du missverstehst die Situation.«

»Ich verstehe meine Kontoauszüge sehr gut. Deine krummen Geschäfte und die fehlende Gütertrennung haben mich bei der Scheidung meine gesamten Ersparnisse und meine Eigentumswohnung gekostet. Ich hätte wissen müssen, dass du nur Unglück bringst.«

»Aber das kannst du doch mir nicht anlasten! Nach dreizehn Jahren Ehe und elf Trennungsjahren lässt du dich aus heiterem Himmel von mir scheiden. Ohne Vorwarnung. Hättest du dir einen anderen Zeitpunkt ausgewählt, wäre es nie zu einer so ungünstigen Abrechnung gekommen.«

»Oh, nein, dann hätten sie mich wahrscheinlich gleich mit dir in den Knast gesteckt.«

»Liliane, bitte beruhige dich. Es wird alles gut. Hör zu, ich bin dabei, Gut Seelitz an den Mann, besser an die Frau, zu bringen. Das könnte ein Millionending werden und …«

Lilianes Stimme wird schrill. »Du sollst Seelitz vermakeln? Welcher Trottel hat *dir* den Auftrag gegeben?«

»Die Witwe Sammering.«

»Eine Frau. Das hätte ich mir denken können.«

Clemens versteht das als Aufmunterung. »Kein Grund zur Eifersucht, mein Engel.«

»Davon träumst du wohl?«

»Sieh es doch positiv. Frau Sammering vertraut mir, so wie ihr Mann deinem Vater vertraut hat. Der Name Wandler hat eben einen guten Klang, da stecken viele Möglichkeiten drin, und du kannst stolz darauf sein. Auf dich und deinen Vater.«

Am anderen Ende der Leitung wird es merkwürdig still. Als Liliane wieder spricht, merkt Clemens, dass sie mühsam Anlauf genommen hat, ihr Zorn ist nicht verraucht, aber deutlich matter. »Es ist unser Name, nicht deiner, und ich finde es infam, dass du noch immer damit hausieren gehst. Begreif es endlich, unsere Ehe war ein Irrtum von Anfang an, und bei mir und meinem Vater gibt es nichts zu holen für dich.«

Clemens übergeht den Vorwurf und fährt geschmeidig fort.

»Nun, ich dachte, da Leopold demnächst herkommt, um die Bildersammlung Sammering für den Verkauf vorzubereiten, könnten wir ein gemeinsames Geschäft planen …«

Lilli stößt einen keuchenden Laut aus. »Die Bilder gehen dich nichts an. Und übrigens werde *ich* anreisen, um die Bilder zu übernehmen.«

»Du steigst in den Kunsthandel deines Vaters ein? Donnerwetter. Wo du dich immer dagegen gesträubt hast.«

Lilli atmet tief ein. »Das geht dich nichts an.«

»Es wundert mich nur. Du hast es doch immer kategorisch abgelehnt, dich an den Geschäften der Galerie Wandler zu beteiligen. Dabei war das von Anfang an meine Idee. Synergieeffekte und so weiter. Der Kunsthandel bietet so glänzende Gelegenheiten. Mein Verkaufstalent und eure Beziehungen, perfekt.« Ein leichter Vorwurf und der Unterton des Beleidigten sind unüberhörbar.

»Ich verzichte auf deine Talente. Und da ich – dank dir – möglichst rasch eine große Summe verdienen muss, kümmere ich mich um den Verkauf. Allein, hörst du. Ohne krumme Touren. Ich will meine Wohnung und mein altes Leben zurück.«

Prima Stichwort, denkt Clemens. »Verständlich. Es ist sicher nicht angenehm, als erwachsene Tochter und Mutter wieder im

Haus des Vaters zu leben. Und ich kann dir helfen, wieder auf die Beine zu kommen. Hör zu, es geht um eine Kunstsache. Genauer gesagt um ein Gemälde, das sich auf Seelitz befindet.«

»Die Gemälde auf Seelitz verkauft die Kunsthandlung Wandler. Das ist im Testament von Ewald Sammering ausdrücklich festgelegt. Dabei brauche ich keine Hilfe.«

Clemens drückt den Hörer dichter ans Ohr. Täuscht er sich, oder gerät Lillis Stimme gerade ins Wanken?

»Schon gar nicht deine.« Lilli klingt ganz atem- und etwas hilflos.

Clemens lächelt wölfisch, scheint so, als habe er seine Macht über Lilli doch nicht ganz verloren. Er streicht sich über sein Haar, rückt seine Krawatte gerade, verlagert sein Gewicht lässig von einem Bein aufs andere. Angriffsposition.

»Liebste Liliane, so habe ich das doch nicht gemeint. Hör zu, wir sollten das in Ruhe bereden. Es wäre wunderbar, dich einmal in entspannter Atmosphäre wiederzusehen. Gerichtssäle haben eine etwas beklemmende Atmosphäre ...«

»Ich kann mir denken, dass du so empfindest, aber Gefängnisse, mein *lieber* Clemens, sind bei weitem beklemmender. Ich warne dich, geh mir aus dem Weg.«

Wer hätte das gedacht, die sanfte, romantische Lilli von einst kann ganz schön bissig werden, geradezu zickig. Muss das Alter sein.

Zweiunddreißig? Nein, sie müsste jetzt vierunddreißig sein. Der zarte Schmelz der Jugend ist eben dahin, wahrscheinlich ist sie etwas frustriert. Außerdem hat Lilli keinen neuen Mann, soviel er weiß.

Er weiß freilich nicht viel. Immerhin hat er seine Exfrau vor der Scheidungsverhandlung jahrelang nicht gesehen, von einigen Augenblicken abgesehen, wenn er Charlotte, die gemeinsame Tochter, hin und wieder abgeholt hat.

Sein Blick fällt auf den Parkplatz vor dem Museum, die Besucher des Vortrags strömen zu ihren Wagen. Er muss sich beeilen. Am besten ist ein Überraschungsangriff.

»Liliane, um es kurz zu machen. Ich könnte eure Hilfe gebrauchen. Es geht auch nicht um die Bilder, die ihr an Sammering verkauft habt.« Er macht eine kurze Pause. »Zumindest nehme ich das an. Frag deinen Vater doch einmal, was er über einen Caspar David Friedrich weiß. Ich meine, einen Friedrich auf Seelitz.«

Lillis Stimme mutiert zu einem schrillen Piepsen. »Ein Friedrich? Auf Seelitz? Das kann nicht sein. Das darf nicht wahr sein.«

Clemens' Grinsen verbreitert sich. Wusste er doch, dass die Geschichte ein Volltreffer ist.

»Oh, es spricht einiges dafür. Das Bild soll nur verschollen sein oder irgendwo versteckt. Ich glaube, ich bin da einer kleinen Sensation auf der Spur, und solche Sensationen sind doch sicher nach Leopolds Geschmack. Wo der schon Kunstschätze entdeckt hat! Solch eine Entdeckung würde den Wert von Seelitz enorm steigern. Allein die Nachricht, dass Leopold Wandler auf Seelitz einen Friedrich vermutet, könnte den Hauspreis nach oben treiben. Was dir bei einem erfolgreichen Verkauf ebenfalls zugute kommen könnte, wenn ihr euch auf eine gemeinsame Strategie … Lilli? *Lilli?*«

Mist, sie hat das Gespräch einfach beendet.

Er muss sie persönlich aufsuchen. Von Angesicht zu Angesicht kommt sein Charme besser zur Geltung. Schließlich ist sein Angesicht eine Augenweide.

Er steckt sein Handy weg, entdeckt sein Feuerzeug und schlendert ins Museum zurück. Und falls Lilli tatsächlich zur fanatischen Kratzbürste und eisernen Jungfrau mutiert sein sollte, gibt es noch eine Verbindung zur Galerie Wandler, die weder Leopold noch Lilli durchtrennen können.

Seine Tochter Charlotte.

Clemens lässt das Feuerzeug aufschnappen. Einem dreizehnjährigen Mädchen werden sich sicher ein paar Geheimnisse über Leopolds Galerie entlocken lassen. Vor allem, da sie jetzt sogar dort wohnt. Mit Mama.

»Das ist streng verboten«, unterbricht eine Stimme seine Gedanken und pustet ihm sacht das Feuerzeugflämmchen ins Gesicht, sodass Clemens sengende Hitze in die Nase steigt.

Krolow fährt schnaubend zurück. »Was zum Teufel erlauben Sie sich?«

Vittorio bekommt keine Gelegenheit zur Antwort. Alida, die sich auf seinen Arm stützt, schnellt vor wie eine erboste Furie. »Was erlauben *Sie* sich, von Krolow! Mich einfach links liegen zu lassen und wie Luft zu behandeln, statt mir nach meinem Sturz aufzuhelfen.« Ihr Vorwurf hat einen Beigeschmack echter Verzweiflung.

Clemens entringt Vittorio seine Beute mühelos. Während er dem Italiener über Alidas Kopf hinweg schneidende Blicke zuschießt, versüßt er seine Schmierölstimme mit so viel Zucker, dass Vittorio vom Zuhören Zahnweh bekommt.

»Verzeihung, Verzeihung, liebe Frau Sammering. Ich war gerade in geschäftliche Überlegungen vertieft.«

Er ist es noch: Seine Tochter Charlotte wird sich sicher über einen Besuch von ihm freuen. Der letzte liegt – Moment – nun ja, ein Dreivierteljahr zurück. Er könnte Charlotte mit einem Weihnachtsgeschenk überraschen. Etwas spät Mitte Januar, aber er hatte anderes zu tun. Die Geschäfte laufen derzeit wirklich schleppend, äußerst schleppend, und die Staatsanwaltschaft ist lästig.

»Ich hoffe, die Überlegungen gelten mir und Seelitz«, schnappt Alida, während sie aus der Werfthalle tritt. »Ich will den elenden Kasten endlich loswerden.«

»Alle meine Überlegungen gelten Ihnen und Seelitz«, versichert Clemens mit der notorisch euphorischen Stimme eines Gebrauchtwagenhändlers und dem Herzrasen eines Bankrotteurs vor dem Offenbarungseid.

Er denkt in der Tat ausschließlich an Seelitz – das Gut ist seine letzte Chance.

4

Liliane Wandler betrachtet den Telefonhörer, als handele es sich dabei um einen besonders widerwärtigen Rattenterrier, der gleich zuschnappen wird. Tatsächlich ist der Hörer Teil eines eleganten, elfenbeinweißen Bakelit-Telefons aus den dreißiger Jahren. Ein Original natürlich. Ihr Vater erlaubt sich in seinem privaten Umfeld keine ästhetischen Schnitzer. Sie lässt den Hörer mit spitzen Fingern auf die Gabel sinken, die sie vor einer Minute energisch herabgedrückt hat, um das Gespräch mit Clemens zu trennen.

Caspar David Friedrich, hallt es in ihrem Kopf. Caspar David Friedrich.

Das darf nicht wahr sein. Das kann nicht wahr sein!

Warum denn nicht? Auf Seelitz gibt es schließlich auch ganz unglaubliche Picassos. Und einen Paul Klee. Und… Oh, Ruhe!

Erschöpft lässt Lilli sich in einen würfelförmigen Art-Déco-Sessel fallen, der erstaunlich bequem ist. Ihr Vater hat nicht nur Sinn für Schönheit, er verbindet seine ästhetischen Bedürfnisse auch mit seiner Lust an körperlichem Wohlbefinden. In dem Wohnzimmer über seiner Kölner Galerie könnte man derzeit ohne Umbauten einen Dashiell-Hammett-Thriller verfilmen.

Mit Leopold als Schurken, denkt Lilli und dreht sich mit wild klopfendem Herzen zu dem Schurken um, der in einen Schlafmantel aus chinesischer Seide gehüllt dasitzt und so tut, als lese er.

Kleines Lexikon der Kunstfälschungen. Ausgerechnet. Er will sich wohl über sie lustig machen.

Lilli wirft ihm einen bohrenden Blick zu. Ihr Vater tut einige

Minuten so, als bemerke er den Blick nicht. Dann lässt er das Buch sinken.

»Wer war das am Telefon?«

Lilli schnellt in ihrem Sessel hoch.

»Tu nicht so, als hättest du nicht hingehört. Es war Clemens.«

»Oh, die Ratte. Ich war nur im Zweifel, weil du so lange mit dem Anrufer gesprochen hast. Schließlich hast du mir versichert, du würdest im Leben kein Wort mehr an ihn richten. Abgesehen von Verbalinjurien oder eindeutigen Imperativformeln wie ›Verschwinde‹. Wobei mir in Clemens' Fall sogar das sehr griffige ›Verpiss dich‹ durchaus zulässig und angebracht scheint.«

Lilli zerrt nervös an ihren Locken, dass es ziept. Dann windet sie die widerspenstigen Haare zu einem Knoten, den sie hinten feststeckt. »Vater, er ist auf Rügen.«

Leopold Wandler seufzt. »Dieser Knoten ist grässlich, meine Liebe. Du bist doch keine verhärmte Bibliothekarin. Und wenn du glaubst, dass irgendwann ein Cary Grant auftaucht, der den Knoten löst und deine wahre Schönheit entdeckt, überschätzt du die meisten Männer hoffnungslos.«

»Leopold! Hast du gehört, was ich gesagt habe? Clemens ist auf Rügen!«

Leopold legt mit müder Geste das Buch zur Seite. »Ich weiß, die Witwe Sammering hat ihn mit dem Verkauf von Seelitz beauftragt.«

Lilli schnappt nach Luft. Der Raum gerät in Bewegung. *Scheint, als werde hier bereits ein Film gedreht,* meldet sich ihre innere Stimme zu Wort, *mit dir in der Rolle des unverbesserlichen Dummchens.*

»Warum hast du mir das denn wieder verschwiegen?«

Neben den vielen anderen Dingen, die er dir jahrelang verschwiegen hat, Fräulein Neunmalklug?

Leopold schenkt sich einen Martini ein, fügt Wodka hinzu, rührt mit einem Glasstäbchen darin herum. Selbstverständlich stammt das Cocktailgeschirr auch aus den Dreißigern. Leopold nippt genießerisch an seinem Glas.

»Ich wollte dich nicht aufregen, Liebes. Ich weiß ja, wie sehr dich die Überraschungen der letzten Wochen mitgenommen haben. Außerdem hatte ich gehofft, dass ihr euch dort nicht begegnen würdet. Clemens kann es sich nicht leisten, zu lange an einem Ort zu bleiben. Ihr müsst euch übrigens auch nicht begegnen, denn ich bin nach wie vor der Ansicht, dass ich mich um den Verkauf der Sammlung Sammering kümmern sollte. Dich regt das alles viel zu sehr auf.«

Lilli krallt sich an den Sessellehnen fest.

»Dich lasse ich ganz sicher nicht mehr in die Nähe dieser *Sammlung!* Und übrigens. Clemens hat mich nach einem verschollenen Caspar David Friedrich gefragt. Was weißt du davon?«

Lilli wirft angriffslustig den Kopf in den Nacken, eine vorwitzige Locke entkommt ihrem Haarknoten, tanzt ihr ins Gesicht.

Leopold setzt sein Glas ab und hebt ehrlich erstaunt die Brauen.

»Caspar David Friedrich? Um ehrlich zu sein, weiß ich über ihn recht wenig. Die deutsche Romantik ist nicht mein Fachgebiet. Dieser düstere Symbolismus, der Hang zur Schwermut, die religiöse Überhöhung liegen mir nicht, aber …«

»Vater, keine Vorträge. Hast du mir einen Friedrich auf Seelitz verschwiegen? Ja oder nein?«

»Nein!«

»Ist das die Wahrheit? Ach, was frage ich denn, als ob du überhaupt wüsstest, was die Wahrheit ist. Sie hat in deinem Leben nie eine entscheidende Rolle gespielt.«

Leopold knotet die Schlinge seines Gürtels neu, strafft das seidene Revers und seine Miene zum Porträt des perfekten Gentlemans.

»Liebe Lilli, ich habe gerade dir in den letzten Wochen die Wahrheit und nichts als die Wahrheit gesagt. Und das hat dich nicht besonders glücklich gemacht. Dabei liegt mir mehr als an allem anderen an deinem Glück. Schon immer. Deine ständigen Verdächtigungen sind, mit Verlaub, ermüdend, wenn du mich doch nur einmal alles in Ruhe erklären ließest …«

Lilli winkt ab. »Alles, Vater, nur keine Erklärungen mehr. Und jetzt gib mir dein Ehrenwort, dass du niemals einen Friedrich gemalt hast – weder für Ewald Sammering noch für sonst jemanden.«

Leopold verdreht die Augen wie ein Musiklehrer, der zum hundertsten Mal an dem Versuch scheitert, einer Sechsjährigen *Alle meine Entchen* beizubringen.

»Lilli, du tust schon wieder so, als sei ich ein lächerlicher, einfallsloser Bilderfälscher. Wie degoutant. Du weißt, dass alle *objets d'art* aus dem Hause Wandler Originale waren und sind …«

»Du meinst wohl, alle Objekte *im* Hause Wandler.«

»Das sind doch Haarspaltereien, Kind …«

»Hast du jemals einen Friedrich produziert oder nicht?«

»Das habe ich nicht. Er liegt mir nicht, wie ich schon sagte. Du hingegen könntest als gelernte Restauratorin sicher eine hinreißende Friedrichkopie …«

Lilli springt aus dem Sessel auf. Keine gute Idee. Ihre Knie geben nach. Ihr Herz schlägt Saltos, was es gar nicht kann und auch nicht tun sollte, zumal Lilli gerade kaum Luft bekommt.

»Vater, ich male seit dreizehn Jahren nicht mehr«, presst sie hervor, »und ich habe auch nicht vor, je wieder damit anzufangen.«

»Zu meinem größten Bedauern, zu meinem allergrößten Bedauern! Sein Talent so zu verschwenden kann nicht glücklich machen. Du versündigst dich gegen deine Berufung, mein Kind. Und dieser Haarknoten!«

Lilli bricht ab. Es hat keinen Sinn. Sie muss hier raus. An die Luft. Sie ist Leopold noch immer nicht gewachsen. Auch nicht nach dreizehn Jahren, die sie wohlweislich in gewisser Entfernung von ihm gelebt hat. In ihrem eigenen Leben, ihrer eigenen Wohnung, in ihrem eigenen Job. *Perdu.* Alles verloren. Vorbei.

Woran freilich nicht Leopold schuld ist.

Nein, das war Clemens. Und sie auch. Schließlich hat sie Clemens geheiratet gegen den Rat ihres Vaters. Und sie war es auch, die die Ehe erst dann mit einer Scheidung beendet hat, als die ersten Vorladungen eintrafen, zu Gerichtsterminen wegen Verdachts auf

Veruntreuung von Geldern, Anlegerbetrug, Immobilienschwindel und und und… Sie hätte wissen müssen, was für ein Windhund Clemens war.

So wie dein Vater, Lilli Dummchen.

Himmel, sie braucht Luft. Ganz schnell.

Lilli reißt die Tür zum Treppenhaus auf, will hinablaufen, durch die Galerie. An die Luft, nur an die Luft.

»Mom«, hält sie aus einem Zimmer am anderen Ende des Ganges eine Stimme zurück. Lilli schluckt. Schluckt tapfer. Immer runter mit der Wut und dem Ärger. Das Kind soll nichts merken. Lilli zwingt sich zum Luftholen.

»Charlotte, du musst schlafen! Morgen ist Schule.«

»Mom, mir fällt eben was ein. Ich muss nächste Woche ein Bild mitbringen oder sonst irgendwas Künstlerisches. Aber was echt Gutes. Hab ich ganz vergessen, fällt dir was ein?«

»Ich male dir keine Bilder mehr, du bist jetzt alt genug, deine Hausaufgaben selbst zu erledigen.«

»Ist keine Hausaufgabe, sondern für den Unicefbasar in drei Wochen.«

»Langt da kein Kuchen? Ich back dir einen.«

»Nur das nicht! Außerdem kaufst du das Zeug sowieso nur bei Aldi und pulst dann dran rum, damit es wie selbstgemacht aussieht.«

»Charlotte! Ich hab wirklich eine Menge zu tun.«

»Ist doch okay, wenn man nicht backen kann, du hast deinen Doktortitel ja nicht bei Oetker gemacht. Aber, Mom, ich hab allen erzählt, wir leben jetzt in einer Galerie und haben jede Menge Ladenhüter übrig. Der Direx ist voll angeknipst von der Idee. Alle denken, wir haben megaviel Knatter. Und, ich meine, Opas Galerie ist doch wirklich voll Gerümpel.«

»Vergiss es, Charlotte, wir haben hier nichts Wertvolles übrig. Und reich sind wir bestimmt nicht. Im Gegenteil. Gute Nacht.«

»Es geht um einen guten Zweck. Hast du kein Mitleid? Weißt du, wie viele Kinder in der Welt verhungern? Ich hab es mir irgendwo aufgeschrieben. Soll ich mal nachsehen?«

»Gute Nacht, Charlotte.«
»Kann ich wenigstens noch ein Milky Way haben?«
»GUTE NACHT!«

5

Die Möwen sitzen wie festgefroren auf Ankerpfählen. Hermine steht auf einem Anlegesteg und genießt die in Eis erstarrte Schönheit von Lauterbachs Hafen im Süden Rügens. Unter einer Eisschicht strudelt die Ostsee. Tiefstehende Wintersonne lässt überfrorene Planken und Fischerboote glitzern.

Im Sommer ankern hier die Segler dicht an dicht, am Kai entsteht dann eine Budenstadt aus Aalräuchereien und Töpferständen. Die Rügener Kleinbahn schickt schrille Lokpfiffe in den Himmel und schaukelt beladen mit Touristenvolk als Rasender Roland von Museumsbahnhof zu Museumsbahnhof und zurück zur Endstation Lauterbach.

Das ist so, als würde eine Postkarte lebendig, aber nicht zu vergleichen mit der winterlichen Stille und dem Prickeln des salzigen Frosts auf der Haut.

Hermine ist heute Morgen hergefahren, weil sie noch einmal mit Christine sprechen will. Stine, die fast neunzig ist und ihr bei den Recherchen zum Seelitzbuch geholfen hat. Jetzt steht die ehemalige Gutsmagd neben ihr, klein vom Alter und vermummt in einem Mantel, aber immer noch beweglich. Der Spaziergang war ihr Vorschlag. »Damit ich nicht einroste«, sagt sie.

Hermine atmet noch einmal tief ein, dann dreht sie sich zu Stine um.

»Ich wollte dich noch einmal nach den Bildern fragen, Maltes Sammlung. Weißt du, was genau damit passiert ist?«

Stine reckt sich ein wenig, um ihren Mund aus dem Gewirr ihres selbstgestrickten Schals zu befreien.

»Ach, die Bilder«, sagt sie nur und versinkt wieder in ihrer Verhüllung.

Hermine schaut sie abwartend an. Stine hat ein so reiches Gedächtnis, dass sie stets etwas kramen und sortieren muss, bis sie eine Geschichte zusammenhängend erzählen kann. Und dann wieder gibt es Geschichten, die sie nicht mehr erzählen will. Punkt.

»Hat deine Mutter dir denn nie was darüber erzählt?«, fragt Stine schließlich mit lauerndem Blick.

Hermine schüttelt den Kopf. »Nein.« Sie zögert. »Ich habe bei meinen Recherchen für das Buch nur so viel herausbekommen, dass Malte einige der Bilder verschenkt hat. Nach Berlin. In die Reichskanzlei.« Traurig stößt sie ihre Hände tiefer in die Manteltaschen. Hat ihre Mutter ihr deshalb nie etwas gesagt? Nie, niemals hätte sie über Malte etwas Schlechtes gesagt, einen Schatten auf seine Person, seinen Charakter geworfen. Aber Berlin und so wertvolle Geschenke, das muss schließlich bedeuten … es heißt … dass Malte … doch ein Freund … der damaligen Machthaber … Hermine bricht ab. Nein, das kann nicht sein. Das darf nicht sein.

»Verschenkt, ha!« Stine schnaubt verächtlich und vermummt sich tief in ihrem Schal. »Das war eine scheußliche Angelegenheit«, brummt sie schließlich, während sie in ihrer Manteltasche nach einer Tüte mit Brotkrumen kramt.

Sie zieht sie hervor und beginnt die Möwen zu füttern. »Ist zwar verboten«, sagt sie, während die Möwen in Bewegung geraten, »aber die Tiere warten auf mich. Ich mag Möwen, egal, was die Leute sagen. Und nach zwei Diktaturen in meinem Leben lasse ich mir gar nichts mehr verbieten. Schon gar nicht das Möwenfüttern.«

»Eine traurige Geschichte? Wie genau meinst du das?«, hakt Hermine entschlossen nach.

Stine zieht die Augenbrauen zusammen.

»Willst du wirklich darüber reden? Halte dich lieber an deine schönen Erinnerungen, Kleines.«

Kleines! Nun ja, dreiundzwanzig Jahre Altersunterschied rechtfertigen diese Anrede aus Kindertagen wahrscheinlich. Stine hat

Hermine früher auf dem Schoß geschaukelt und als Hoppereiter in den Graben plumpsen lassen. Diese Erinnerung scheint bei ihr sehr präsent zu sein.

»Ich möchte wirklich mehr darüber wissen.«

Stine wirft Brot in die Luft. »Mmmh. Na ja, schaden kann's wohl heute nicht mehr viel. Damals wollten wir nicht, dass du was mitkriegst. Warst schließlich ein sehr wissbegieriges Kind, und Kindermund tut Wahrheit kund. Kannst du dir das vorstellen? Wir hatten Angst vor unseren eigenen Kindern. Davor, dass sie was ausplappern könnten, das uns oder Malte zum Verhängnis würde.«

Hermine runzelt verwirrt die Stirn. »Über die Gemälde?«

»Das auch. Aber vor allem über die anderen Kinder, die bei uns lebten und alles, was Malte so über die Herrschaften aus Berlin zu sagen hatte.«

»Erzähl mir alles, bitte.«

Stine zuckt die Achseln, was eine enorme Kraftanstrengung sein muss, denn unter dem Mantel trägt sie noch einen Anorak.

»Na, du weißt doch, dass wir immer mal Besuch von diesen Herrschaften aus Berlin bekamen. Maltes alte Fliegerkameraden, die im braunen Hemd Karriere gemacht haben. Denen musste er schöntun, egal wie hart ihn das später ankam. Und einer von denen kam auf die Idee, dass Malte seine Liebe zu Führer und Vaterland doch mal mit einem Geschenk beweisen könne. Der wollte sich selbst ganz oben einschmieren. Geschenk! Dass ich nicht lache.«

Sie macht eine Pause, atmet die kalte Luft tief ein. Hermine wartet ab.

»Als ob der Herr von Seelitz freiwillig seine Grünwald-Madonna an das braune Pack hergegeben hätte. Für die Sammlung vom Reichsmarschall. Pah. Aufgeblasener Heini. Hat genau hier mal mit seiner Staatsjacht angelegt und für Riesenwirbel gesorgt, samt Fackelzug und Blumenmädchen. Richtiger Operettenauftritt.«

Stine schüttelt missbilligend den Kopf und ist in ihren Erinnerungen weitergewandert.

»Die Madonna war wunderschön, habe sie manchmal abgestaubt,

wenn es draußen nichts zu tun gab. Eine Schande, dass Malte die hergegeben hat. Hat gehofft, danach wäre Ruhe und er wäre wieder ganz der Herr in seinem Haus. Könnte machen, was er wollte.«

Hermine steckt ihre Hände tiefer in die Taschen und tritt von einem Fuß auf den anderen. Der gleißende Sonnenschein trügt, es ist bitterkalt auf dem Steg.

»Er hat es also für uns alle und die Kinder getan«, sagt sie sehr erleichtert. »Was sind schon ein paar Gemälde gegen das Leben und die Sicherheit von Kindern, Stine. Mit den Bildern hat er sich Freiheiten erkauft, die er sonst nicht gehabt hätte.«

»Trotzdem«, brummt ihre Begleiterin und wirft Brotkrumen in den Himmel, »es war nicht recht, und es hat ihm in der Seele wehgetan, das konnte man sehen. Wenn wieder eine von den flachen Holzkisten abgeholt wurde – in militärischer Begleitung, versteht sich –, hat er sich in die Bibliothek eingeschlossen und ist tagelang nicht wieder rausgekommen. Hat nichts gegessen und keiner von uns in den Po gezwickt, nicht mal Gudrun, deiner Mutter. Er war überhaupt nicht mehr er selbst.«

Hermine muss wider Willen schmunzeln. Das Pozwicken gilt Christine noch immer als natürliches Recht eines Gutsherrn vom Schlage Maltes.

»Aber er hat doch nicht alle Bilder hergegeben, oder? Ich erinnere mich, dass es bis zuletzt einen Caspar David Friedrich gegeben haben muss. Jedenfalls hat Gudrun mir das einmal erzählt. Nun ja, nicht erzählt, aber es ist ihr so herausgerutscht. ›Verdammt, warum gibt er den Friedrich nicht her‹ oder so.«

Stine macht sich entschlossen an den Rückweg. Sie legt ein erstaunliches Tempo vor. Hermine holt sie erst nach einigen Schritten ein.

»Der Friedrich«, murmelt Stine grimmig, »nee, den hat er nicht hergegeben, sondern versteckt, wo ihn keiner sehen konnte. War ein Riesengeheimnis.«

Hermine zieht aufgeregt den Atem ein. »Er hat ihn versteckt? Es gibt ihn also noch?«

Stine schreitet noch rascher aus. »Ich brauche jetzt einen heißen Tee. Und du siehst auch verfroren aus, Kleines.«

Hermine fasst Stine beim Arm und erschrickt ein wenig, als der wattierte Mantelärmel so weit nachgibt, dass man Stines Arm dünn wie einen Vogelknochen spüren kann.

»Ist das Bild noch auf Seelitz?«

Stine schüttelt Hermines Hand ab.

»Interessiert mich nicht. Ich weiß nur, dass dieses dämliche Gemälde ihn das Leben gekostet hat. Hat sich lieber umgebracht, anstatt es herzugeben, als er danach gefragt wurde. Von ganz oben. Da rettet er erst diese Kinder und weiß sich am Ende selbst nicht zu helfen. Versteh einer die Menschen. Ich tu's nicht. Nicht mal nach neunzig Jahren. Ein Bild war ihm lieber als das eigene Leben.«

Hermine läuft kopfschüttelnd neben Stine her. »Ach, Christine, ich bin sicher, er wollte das Ende so oder so nicht miterleben. Und wahrscheinlich war das besser. Denk doch nur, wie es den Junkern unter den Russen ergangen ist. Er hätte alles verloren, was er geliebt hat. Die Welt, die er kannte. In einer anderen hätte er sich nie zurechtgefunden.«

»Aber er wäre am Leben geblieben.«

»Nicht einmal das ist sicher. Vielleicht hätte man ihm eine Nähe zum Regime unterstellt, schließlich hat er nach außen hin sehr überzeugend so getan, als sei er ein Freund gewisser Machthaber, und seine Verbindungen zum Fliegerkorps waren eng. Von außen gesehen, gehörte er dazu.«

Sie sind am Ende des Stegs angelangt, vor ihnen liegt still die Straße, dahinter in weißem Glanz Lauterbachs ältestes Hotel. Es sieht so unschuldig aus wie zu der Zeit, als Elisabeth von Arnim die Insel bereiste und als romantisches Reiseziel unsterblich machte. Hermine bereut es beim friedlichen Anblick des Hauses, Stine so hartnäckig befragt zu haben.

»Lass uns einen Tee trinken. Ich lade dich ein«, sagt sie versöhnlich.

Stine nickt. Sie überqueren die Straße. Bevor sie die Stufen zur Hotelveranda hochsteigen, sagt Stine: »Ich bin mir sicher, dass es das Bild nicht mehr gibt. Die Russen haben auf Seelitz das Unterste zuoberst gekehrt und alles mitgeschleppt, was zu holen war. Na ja, es gibt zwei Leutchen, die mehr darüber wissen könnten.«

»Wen?«

»Diese beiden Verrückten, Brüderchen und Schwesterchen oder wie immer sie genannt werden.«

Hermine staunt: »Du meinst Hänsel und Gretel?«

Stine nickt. »Genau die. Haben bis zuletzt auf Seelitz ausgeharrt. Treu bis in den Tod. Hatten auch Grund dazu.«

»Warum?«

»Waren Kinder vom Pächter Hermanns. Das war ein guter Arbeiter, aber von seinen acht Kindern waren vier nicht recht gescheit. Die zwei jüngsten, also Hänsel und Gretel, standen 1936 auf der Liste zur Heimunterbringung. Nur dass alle den Braten gerochen haben, als der Überführungsbescheid kam, weil die älteren Kinder schon weg waren ins angebliche Pflegeheim und da verstorben sind. An Herzversagen! Mit sechzehn! Kurzer Brief an die Eltern, dann die Urnen hinterher, und das war's. Deswegen hat Malte die beiden Jüngsten zu sich genommen. Du musst dich doch an die erinnern, den kleinen Dunklen und …«

»Ich weiß, wen du meinst. Ich treffe sie sogar öfter. Aber was sollten die beiden über den Verbleib des Bildes wissen?«

»Malte hat ihnen mehr anvertraut als irgendeinem Menschen sonst. Wahrscheinlich hat er gedacht, dass bei zwei Irren seine Geheimnisse sicher sind. Mit irgendwem musste er schließlich mal reden. Und wenn du meine Meinung wissen willst, dann sollten die beiden ihre Geheimnisse auch weiterhin für sich behalten. Das Bild hat immer nur Unruhe gestiftet.«

Und das, denkt Hermine, während sie die Tür zum Hotelcafé aufstößt, tut es auch jetzt wieder.

Clemens von Krolow bedrängt sie seit ihrem Vortrag im Hafenmuseum mit Bitten um mehr Informationen. Sein Schwiegervater, behauptet er außerdem, sei ein Experte im Auffinden von Meisterwerken und könne sicher behilflich sein.

Vittorio ist wie elektrisiert von der Vorstellung, den Tourismus in Binz und Umgebung mit der Geschichte vom verschollenen Meisterwerk weiter anzukurbeln.

»Stellen Sie sich vor, Ermine, Sie werden eine Berühmtheit, Ihre Pension wird ausgebucht sein, und vielleicht können wir mit der Geschichte von dem Bild Seelitz davor retten, eine Golfakademie zu werden!«

Kunstmagazine und überregionale Tageszeitungen fragen wegen Interviews bei ihr an, und dann gibt es noch diesen Unbekannten, der sie mit gelegentlichen Anrufen aufstört. Stummen Anrufen. Kaum hebt sie ab, wird der Hörer am anderen Ende aufgelegt. So, als könne sich jemand nicht entschließen, ihr etwas Wichtiges mitzuteilen.

Nur was? Und will sie es wirklich wissen?

Ja. Sie will es wissen.

Schon deshalb, weil ihre Vergangenheit, mit der sie sich Jahre ihres Lebens so allein gefühlt hat, völlig unerwartet in der Gegenwart angekommen ist.

Plötzlich gibt es eine Menge Menschen, die sich für Seelitz interessieren, und das hat sie schließlich gewollt.

6

Köln, Ende Februar

Sie hätte sich den Besuch hier sparen sollen, denkt Liliane Wandler und rutscht auf ihrem Stuhl bis zur Kante. Sie hat vor ihrer Abreise nach Rügen noch so vieles zu erledigen. Außerdem trifft sie heute Abend Clemens. Zum ersten Mal seit der Scheidung. Allein und außerhalb eines Gerichtssaals. Des mysteriösen Friedrichbildes wegen. In was er sie nun wieder hineinziehen will? Nur nicht dran denken. Nervös tasten ihre Augen die gelbe Raufaser hinter dem Schreibtisch ab und bleiben an einer Schautafel hängen.

Scheußlich, diese anatomische Darstellung des menschlichen Körpers. Welcher Patient will schon wissen, wie ein gehäuteter Mensch aussieht? Die medizinische Plastik eines zerschnittenen Herzmuskels ist nicht erhebender. Ihr Blick flüchtet zu dem August-Macke-Druck im Rücken ihres Arztes.

Doktor Valbinger lehnt sich gewichtig über seinen Schreibtisch. Er faltet die Hände, die ein Aroma von medizinischem Alkohol und Kugelschreibertinte verströmen.

»Ihre Blutwerte und das EKG sind in Ordnung. Auch die Computertomographie meines Kollegen zeigt keine Anomalien. Physisch scheinen Sie in Ordnung, aber …«

Jetzt kommen die Predigt und der Psychoteil! Dafür kann er sicher Zusatzkosten abrechnen. Ziffer 45 für drei Minuten Seelenchirurgie und vier Minuten mentale Herzmassage. Lilli streicht ihren Kostümrock glatt und reckt das Kinn. Sie hat ihre Locken straff zurückgekämmt und die Brille aufgesetzt, so wie sie es für geschäftliche Termine tut.

Ihr Arzt kann sie also kaum für eine überforderte, kürzlich geschiedene Alleinerziehende in wirtschaftlicher Notlage halten, die ihre Probleme durch den Missbrauch von Betäubungsmitteln bewältigen will.

Brillante Diagnose! Klappe da drinnen.

Sie ist nicht der Typ für emotionale Probleme. Ihr einziger großer Irrtum in dieser Hinsicht war Clemens, die Liebe eben. Braucht sie nicht. Ihre Brust wird eng, Lilli zwingt sich zu atmen.

Der Arzt übernimmt wieder. »Am Befund ist nichts Ungewöhnliches, Frau Wandler, aber diese Schwindelanfälle, das Herzrasen und Ihre plötzliche Neigung zu Hyperventilation geben mir zu denken.«

Mir auch, Sie Dussel, kommentiert Lilli stumm. Ihre Nerven haben in letzter Zeit eine Menge aushalten müssen. Sie sind dünn wie 11-den-Strümpfe und so reißfest wie Zuckerwatte.

»Ich bin zu dem Schluss gekommen, dass Sie für eine Weile alles, was mit Kunst zu tun hat, meiden sollten, Frau Wandler. Es regt Sie, so wie ich das sehe, zu sehr auf.«

Nachdenklich betrachtet er die vorwitzige Locke, die sich aus Lillis Pferdeschwanz befreit hat und über ihren Ohren tanzt. Sie könnte sehr hübsch sein, wenn sie gelöster wäre. So wie ihre Haare. Und die Brille sollte sie durch Kontaktlinsen ersetzen oder weglassen.

Er erinnert sich noch gut an Lillis große grüne Kinderaugen, mit denen sie ihn als Sechsjährige angestarrt hat, während er in ihrem Hals nach Anginasymptomen suchte. Aus dem schüchternen Fratz ist eine Frau geworden, die ihre Reize zwanghaft versteckt.

»Übernehmen Sie keine zu anspruchsvollen Aufgaben, Liliane. Frau Wandler natürlich.«

Lilli konzentriert sich auf den Macke. Herrlich, diese Komposition aus Rot, Orange und Blau. Unter einem Zeltdach balanciert ein Seiltänzer in grasgrünem Trikot. Eine Gauklerszene. Lillis Puls beschleunigt sich. Kunst und Gaukler! Natürlich zieht sie das magisch an. Typisch. Und dazu ein Drahtseilakt. Besser könnte man ihr Leben der letzten Monate nicht illustrieren. Schwindelgefühle überkommen sie erst, seit sie weiß, wie hoch sie sich jahrelang über dem Boden der Tatsachen bewegt hat, ohne um die Abgründe zu wissen. Sie schnappt nach Luft.

»Was ist mit Ihnen, Frau Wandler?«

Lillis Blick pendelt zum Doktor zurück.

»Nichts, ich betrachte nur den Macke.«

Der Arzt schüttelt tadelnd den Kopf. »Und hyperventilieren dabei. Ein selten interessanter Fall von Berufskrankheit, dabei malen und restaurieren Sie doch schon lange nicht mehr?«

»Nein«, schnappt Lilli. »Um Himmels willen. Nein!«

Der Arzt starrt sie an, als wäre sie eine paranoide Laborratte. Liliane rückt ihre Brille gerade.

»Verzeihung, ich wollte nicht schroff sein, aber mit meiner Malerei könnte ich kaum ein Kind ernähren, und Restaurierungen sind zeitaufwendig. Als Vertreterin für Kunstversicherungen habe ich es leichter.«

Sie ist immer stolz darauf gewesen, Charlotte und sich alleine über die Runden zu bringen, schließlich hat Clemens das Kind nicht haben wollen. Also hat sie ihren Traum vom Künstlerdasein noch tiefer vergraben, als er es ohnehin schon war, und sich in der Versicherungsbranche durchgeboxt.

Sie richtet sich auf und hakt ein paar widerspenstige Locken hinter die Ohren. In Sachen wertvoll oder wertlos, Original oder Fälschung macht ihr so schnell niemand etwas vor.

Außer deinem Vater, nicht wahr? Der hat das jahrelang geschafft!

Der Schreibtisch vor ihr gerät ins Schlingern, als herrsche Seegang in der Praxis.

»Wenn Sie selbst nicht mehr mit Farben arbeiten, kann eine Allergie gegen Lösungsmittel oder Terpentin also nicht vorliegen. Hm. Privat scheint bei Ihnen zuletzt viel in Bewegung geraten zu sein. Wie wäre es, wenn Sie mir mehr über Ihre veränderte Familiensituation erzählen.«

Nur das nicht!

Lilli klammert sich an die Armlehnen, der Linoleumboden

schlägt Wellen. Rote Wellen mit gelben Sprenkeln. Sehr expressionistisch. Moment. Ihr Arzt ist ein Idiot. Wie bitte soll man Gemälde meiden, wenn man am nächsten Tag nach Rügen fahren muss, um die Bildersammlung des verstorbenen Ewald Sammering für den Verkauf vorzubereiten? Wie soll man nicht an Malerei denken, wenn man mit Emil-Nolde-Originalen über dem Esstisch aufgewachsen ist und Papas Maltalent geerbt hat? Ein Talent, das einen, das ihre gesamte Familie ins Gefängnis bringen könnte, wenn sie den Job vermasselt oder ihr Exmann weiter von Geschäften mit Friedrichgemälden fantasiert. Aufruhr unterm linken Rippenbogen. Lillis Herz macht sich bereit für einen Sprint.

»Ich brauche einfach irgendwas kurz über Baldrian. Baldrian ultra oder so. Das ist alles.«

»Früher haben Sie sich sogar gegen die Verschreibung von Hustensaft gewehrt, wenn zu den Nebenwirkungen leichte Müdigkeit zählte.«

»Eine so wertvolle Sammlung habe ich noch nie begutachtet. Bei dem Verkauf wird es um Hunderttausende, vielleicht Millionen, gehen.«

Der Arzt schüttelt leise den Kopf.

»Könnte das denn nicht Ihr Vater übernehmen?«

Lilli fährt hoch. »Auf keinen Fall. Mein Vater …« Sie bricht ab, schluckt. »Er ist nicht objektiv, und es fällt ihm schwer, sich von Bildern zu trennen.«

»Aber das ist als Kunsthändler seine vordringliche Beschäftigung«, wirft der Arzt lächelnd ein.

Abwartend schaut er seine Patientin an.

Verflucht, Lilli, sag was, halt das Gespräch in Gang, sonst bohrt der Mann noch tiefer und gewinnt am Schluss einen Blick hinter die komplizierte Fassade der Galerie Wandler. Die sie selbst erst kürzlich durchschaut hat.

Sagen wir, erst jetzt durchschauen wolltest, oder?

Lilli fährt sich mit der Zunge über die Lippen. »Nun ja, Vater ist selbst leidenschaftlicher Sammler. Was er verdient, gibt er für andere Kunstgegenstände aus, für seine Sammlung. Sie müssten einmal seinen Dachboden sehen …« Nein, nur das nicht! »Am liebsten würde er alles behalten, was er erwirbt. In den letzten Jahren ist das immer schlim … also mehr geworden.«

»Wie beneidenswert, wenn man seine Leidenschaft zum Beruf machen kann. Leopold war schon immer ein Glückskind.«

Kind trifft die Sache gut.

Lillis rechter Fuß beginnt nervös zu wippen. Was fällt dem Fuß ein? Und ihren Haaren? Machen, was sie wollen. Wie ihr Vater und Clemens. Beides Gaukler. Männer mit Gauner-Genen scheinen ihr Schicksal zu sein. Dabei hat sie doch alles getan, um sich und ihre Tochter von ihnen fern zu halten und nichts von ihren jeweiligen Geschäften mitzubekommen.

Und darin warst du wirklich gut, sozusagen die perfekte Ergänzung, flüstert es in ihr, *Fräulein Dummchen.*

Lieber Gott, ihr Alter Ego wird immer aufmüpfiger. Früher hat es sich im Hintergrund gehalten. Eine heimliche Komplizin, die im Stillen dachte, was Lilli nie aussprechen würde. Aus der Komplizin ist eine Widersacherin geworden, die an einer feindlichen Übernahme ihres Seelenlebens interessiert scheint. Lilli rutscht auf ihrem Stuhl hin und her, als könne das die innere Verfolgerin abschütteln.

»Gibt es etwas anderes, das Ihnen zurzeit Sorgen bereitet? Ihre Scheidung ist doch erst wenige Monate her.«

Lilli schüttelt vehement den Kopf. Weitere Locken schließen sich dem Ausbruchsversuch der ersten an.

»Das war eine Formsache. Schließlich leben wir seit elf Jahren nicht mehr zusammen. Ich habe nur so lange mit der Scheidung gewartet, bis Charlotte alt genug war, um nicht unter einer gerichtlichen Auseinandersetzung ihrer Eltern zu leiden. Sie wissen doch, wie schmutzig so etwas schnell wird. Und sie sollte immer das Gefühl haben, dass sie einen Vater hat.«

Wenn auch einen völlig saumseligen und verlogenen, setzt Lilli in Gedanken hinzu. Sie hat die Scheidung in Wahrheit so lange gescheut, weil sie Angst vor dem cleveren Clemens und seinen Tricks hatte. Sie wollte keine schlafenden Hunde wecken und hat ihn einfach aus ihrem Leben herausgehalten.

Aber Clemens sich nicht aus deinem. Geht noch immer mit dem Namen Wandler hausieren.

Verfluchter Fuß, jetzt versetzt er dem Schreibtisch des Arztes rhythmische Tritte.

»Und, hat sie es verkraftet?«

»Wer? Was?« Ihr Herz greift den Rhythmus der Tritte auf, fühlt sich an wie einbeiniger Stepptanz oder Flamenco mit Holzbein.

»Ihre Tochter, hat sie die Scheidung verkraftet?«

Sie wollte doch gar nicht über ihre Familie sprechen, wie bringt dieser Kerl sie nur dazu? Mit einem sanften Lächeln und gütigen Altmänneraugen. Vorsicht! Das ist hier nicht die Schwarzwaldklinik.

»Charlotte hat damit genauso wenig Probleme wie ich.«

Valbingers Lächeln macht einen Abstecher nach Tibet und erinnert vage an den Dalai Lama.

Hastig setzt Lilli hinzu: »Jedenfalls keine, die nicht mit ihrer beginnenden Pubertät zu erklären wären. Eben hat man ihr noch Polly-Pocket-Spangen in die Zöpfe geflochten, und jetzt sind ihr Zimmer, ihr Tagebuch und ihr Seelenleben plötzlich eine militärische Sperrzone.«

Der Arzt nickt wie Buddha auf der siebten Stufe der Erleuchtung und schweigt. Schweigt Löcher in die Luft, die man füllen muss, um nicht zu ersticken.

»Charlottes Vater und ich werden uns heute Abend treffen, um eine Besuchsregelung zu vereinbaren. Er will sich endlich Zeit für unsere Tochter nehmen. Ich denke, die endgültige Trennung hat ihm deutlich gemacht, wie viel ihm in all den Jahren entgangen ist. Mit seiner Tochter, meine ich.«

Da lachen ja die Hühner. Er hat sie in all den Jahren vielleicht zwölfmal besucht und auch in diesem Jahr nicht an ein Weihnachtsgeschenk gedacht. Mistkerl.

Lilli greift nach ihren Haaren. Was für ein heilloses Durcheinander in und auf ihrem Kopf herrscht.

»Es ist wirklich alles in allerbester Ordnung.«

Ach ja? Halt den Mund. Jetzt rede ich.

Wer?

Na sie, die vernünftige Lilli.

Hahaha, kichert es aus der Spionageabteilung. Nein, aus ihrem Mund. Herrjemine.

Doktor Valbinger schaut mitfühlend nach unten. »In allerbester Ordnung, aha. Weshalb Sie mich um Beruhigungstabletten bitten.«

Jetzt reicht es, der Mann behandelt sie wie eine Suchtkranke. Lilli hüpft fast aus dem Stuhl, ihre Locken hüpfen mit.

Das ist vollkommen neu, denkt Doktor Valbinger. Sie ist wirklich hübsch. Diese Wut ist frisch und unverbraucht, etwas ungelenk, aber anziehend. Diese Wut sollte es auf Rezept geben. Nachdenklich öffnet er eine Schublade, greift nach einem Päckchen, dreht es in den Fingern.

»Herr Doktor, ich bettele hier nicht um Valium 10. Ich muss nur fit für meine Reise nach Rügen und meinen Auftrag sein.«

Der Arzt schiebt die Schublade zu und schaut hoch.

»Sie sollten es vielleicht mit Urlaub versuchen. Ein bisschen Ablenkung. Als allein erziehende, berufstätige Mutter haben Sie bestimmt ein anstrengendes Leben, und da Sie sich jetzt noch um Ihren Vater kümmern müssen …«

Lillis Blick wird lauernd. »Wie kommen Sie denn darauf?«

Der Arzt tippt mit dem Ende eines Kugelschreibers auf ihr Krankenblatt. »Na, die Adressänderung. Sie wohnen wieder bei ihm, nicht wahr? Das ist sehr nah dran.«

Liliane senkt die Augen. Verflucht nah. So nah, wie sie niemanden – außer Charlotte – in den letzten dreizehn Jahren an sich herangelassen hat.

»Geht es Ihrem Vater nicht gut?«

Lilli hält den Blick gesenkt. »Es geht ihm ausgezeichnet. Wir arbeiten in der Sammering-Sache wieder zusammen, daher wohne ich bei ihm. Wie früher.«

»Aha!«

Lillis Augen flitzen nach oben. Im Gesicht des Arztes macht sich ein triumphierendes Lächeln breit. So muss Kolumbus geguckt haben, als er die amerikanische Küstenlinie entdeckte, die er allerdings für Indien hielt. Ihr Arzt ist ebenfalls auf dem Holzweg.

Lilli verschließt ihre Miene. Ihren Arzt schreckt das nicht ab.

»Es ist schwierig, als erwachsene Tochter nach Hause und in die alte Rolle zurückzukehren. Man wird unweigerlich wieder zum Kind. Leopold hat zudem eine sehr dominante Persönlichkeit. Ausgesprochen amüsant, aber sicher nicht einfach.«

Der Psychoteil – sie wusste es.

»Die Zusammenarbeit ist nur vorübergehend. Ich habe eine Auszeit als Versicherungsvertreterin genommen und muss einen finanziellen Engpass überwinden, weil ...«

... sie bei ihrer Scheidung unverhofft an den Rand des Ruins getrieben worden ist, da sie für die Geschäfte ihres Exmannes mithaftet. Sie hat ein paar Unterschriften zu viel geleistet, als sie jung und verliebt gewesen ist. Nicht nur die unter dem Ehevertrag.

Nein, das kann sie nicht laut sagen, das klingt nach Valium 20 und dringendem Therapiebedarf. Wie blöd und blind muss man schließlich sein, um über Jahre zu verdrängen, was für ein Windhund der Exmann ist.

Oder dein Vater.

Verdammt, sie braucht wirklich Beruhigungstabletten, bevor sie Clemens trifft und morgen nach Rügen fährt. Ihr Puls flattert wie eine im Lichtkegel gefangene Motte. Neuer Versuch.

»Ich muss diesen Sammering-Auftrag erfolgreich durchführen, um wieder auf die Beine zu kommen, und mein Vater braucht ebenfalls Geld. Seine Sammelleidenschaft ist ein kostspieliges Hobby ...«

Hobby? Die Polizei würde es wahrscheinlich anders nennen.

»Vor allem werde ich meine Tochter vermissen, wir waren noch nie länger als ein paar Tage getrennt. Das macht mich eben etwas nervös.«

Etwas nervös? Gegen Lilli Wandler ist der Zappelphilipp ein Schüler des Zen, denkt ihr Arzt. Was hat sie nur zu verbergen?

Nachdenklich öffnet er die Tablettenschachtel, zieht ein Gläschen heraus.

»Ich bin kein Freund von Tranquilizern, mit denen man seine Gefühle wie den Fernsehton wegschaltet, Frau Wandler. Ich habe hier Muster eines neuen, hochwirksamen Präparates auf der Basis von Johanniskraut, Muskatellersalbei und einer südamerikanischen Orchideenart. Es wird Ihre Konzentrationsfähigkeit nicht beeinträchtigen. Im Gegenteil, es macht die Gedanken erfreulich klar und hilft dadurch, unangemessene emotionale Impulse in vernünftige Bahnen zu lenken.«

Lilli atmet erleichtert auf. »Vernünftige Bahnen? Dann ist es genau das Richtige für mich.«

Die Antwort löst bei dem Mediziner ein Stirnrunzeln aus.

»Meine Praxis beteiligt sich an einer Teststudie über das Mittel. Verstehen Sie mich richtig: Diese Tabletten dämpfen keine angemessenen Gefühlsregungen. Sie werden im Gegenteil dazu beitragen, dass Sie Ihre Belastungen klar zur Kenntnis nehmen, um darauf reagieren zu können. Auch emotional.«

Lilli reißt die Augen auf. »Sie meinen, Sie verschreiben mir eine Wahrheitsdroge, die mich zum haltlosen Plappermaul macht?«

Das könnte ihrem Alter Ego gefallen.

»Frau Wandler, so etwas gibt es nicht, jedenfalls nicht auf Rezept. Ich weise Sie lediglich darauf hin, dass Sie durch die Einnahme der Tabletten zu Ihren wahren Gefühlen vordringen könnten. Zum Beispiel Wut. Unterdrückte Wut kann sich durchaus in Herzrasen, Angstattacken und Panik äußern. Gelebte Wut hingegen kann erlösend sein, eine Kraft der Veränderung.«

Jetzt reicht es. Lilli springt aus dem Stuhl hoch.

»Was fällt Ihnen eigentlich ein. Ich bin nicht wütend! Ich werde nie wütend. Ich …«

Hoppla. Kleinlaut greift sie nach ihrer Tasche, stolpert über ihre Füße, als sie vom Stuhl aufsteht. Der Arzt reicht ihr ein Glas mit rosa dragierten Tabletten.

»Wie Sie meinen, Frau Wandler. Trotzdem würde es mich freuen, wenn Sie jemanden fänden, dem Sie sich öffnen könnten. Das ist immer noch die beste Medizin bei psychosomatisch einzuordnenden Beschwerden.«

Der hält mich für komplett verrückt, denkt Lilli erschöpft, als sie die grüne Polstertür zum Vorzimmer öffnet. Darüber sprechen! Im Leben nicht. Das könnte sie unter anderem in den Knast bringen. Sie, die vernünftige Lilli. Und ihren Vater auch, diesen Bruder Leichtfuß. Warum stammt ausgerechnet sie von einem Fassadenkünstler wie Leopold ab? Und warum ist sie je auf einen Schwindler wie Clemens reingefallen?

Weil du von einem Fassadenkünstler abstammst!

Aber sie ist doch ganz anders. Sie hat alles getan, sogar mit dem Malen aufgehört, um anders zu sein. Und damit ist es ihr gut gegangen. Bestens. Sie hat nie Hilfe gebraucht.

Ach ja? Frag mal deinen Arzt oder Apotheker!

7

Zwei Stunden und die Hälfte einer halben Tablette später – sie will nicht übertreiben, glaubt aber die Wirkung schon zu spüren – schlüpft Lilli durch die Drehtür eines Restaurants. Es heißt Le Filou und ist in einem Neubau im sanierten Kölner Hafenviertel untergebracht.

Vor der rauchgrauen Glasfassade dümpelt der Rhein in Richtung Altstadt hinab, aus den Lautsprechern dümpelt die Stimme eines französischen Chansonniers, der mit der Liebe ermüdende Erfahrungen gemacht haben muss. Der Rest des Etablissements hat mit französischem Savoir-vivre so viel gemein wie fettfreier Joghurt mit Mousse au Chocolat.

Mahagoniparkett, das einen in Gedanken sofort ausrutschen lässt, viel Edelstahl, Ledersesselchen und schwarzweiße Posterfotos schöner Körper ohne Kopf feiern die Rückkehr der Yuppies. Die Retrosucht des neuen Jahrtausends, das sein eigenes Gesicht noch sucht, imitiert alte Stile und kostet eine Stange Geld.

Im Filou wird der Wein in 0,1-Liter-Gläsern serviert und in zweistelligen Summen ohne Komma berechnet. Das Essen scheint zur geometrischen Verzierung der Designerteller zu dienen und sieht ebenfalls gelangweilt aus.

Das Filou ist genau die Sorte Lokal, die Lilli hasst und nur zu Geschäftsgesprächen aufsucht. Clemens hat es ausgewählt. Will er sie beeindrucken oder einschüchtern oder austricksen?

Bei Clemens ist sie sich darin nie sicher gewesen. Aber mit knapp zwanzig Jahren hat sie ihn und seinen Restaurantgeschmack für welterfahren und das wahre Leben gehalten. Mit knapp zwanzig hat sie auch an schöne Seelen in schönen Körpern geglaubt. An das Gute, das Wahre und das Schöne.

Und Schneewittchen und die sieben Zwerge.

Clemens war verboten schön, ist es noch.

Lilli blickt sich im Windfang suchend nach den Toiletten um. Sie hat Charlotte bei deren Freundin Karla abholen, ein Abendessen kochen und die Koffer für Rügen packen müssen. Drei Stück, wegen der seriösen Kostüme, die mitmüssen, und den warmen Pullovern, den Socken und Stiefeln. Mitte Februar ist es sicher noch frostig an der Ostsee.

Also hat sie keine Zeit gehabt, sich frisch zu machen oder ihre verrutschte Frisur wieder in den alten Zustand zurückzuversetzen. Das will sie erledigen, bevor Clemens sie entdeckt und mit Bemerkungen über ihr nachlässiges Äußeres ärgern kann.

Im Halogenlicht des Waschraums, der die Normgröße deutscher Kinderzimmer schlägt, gräbt sie ihre Make-up-Tasche aus. Während sie die Brille abnimmt, tadelt sie sich wegen ihrer Eitelkeit. Sich hübsch zu machen für Clemens! Vorsichtig führt sie ein leicht vertrocknetes Bürstchen an die Wimpern, tuscht sie schwarz und begutachtet sich flüchtig im Spiegel.

Okay, Lippenstift kann sie sich noch gönnen. Aber die Haare müssen raus aus dem Gesicht. Das hier wird kein Rendezvous.

Bist du dir da sicher?, feixt es aus dem Hinterhalt.

Na prima, so viel zu den Beruhigungstabletten, ihr Alter Ego reagiert mit Halluzinationen. Auf ihrer langen Liste unangenehmer Dinge kommt noch vor Zahnschmerzen und der Monatsregel die Liebe. Das ist das Letzte, worüber sie auch nur nachdenken will. Das ist etwas für Dummköpfe, die immer noch nicht begriffen haben, dass Liebe etwas ist, was einem den Teppich unter den Füßen wegzieht und das Leben so angenehm wie Hip-Hop im Minenfeld macht. Müde striegelt Lilli ihre Haare mit einer Drahtbürste.

Sie braucht das bisschen Schminke nur, um sich nicht von ihrem Ex einschüchtern zu lassen, der aussieht wie ein präraffaelitischer Sankt Georg mit Jünglingsgesicht und – als Fehler, der ihn erst perfekter macht – einem Boxerkinn, das er bei den Klitschko-Brüdern ausgeliehen haben muss. Lilli seufzt.

Die Aufmerksamkeiten des schönen Clemens haben ihr früher das Gefühl gegeben, kein verschüchtertes Etwas mit albernen Künstlerträumen, sondern eine Göttin in Warteposition zu sein, die er wachküssen und in ein aufregendes Leben entführen würde. Mit zwanzig Jahren sind solche Fantasien kein Verbrechen.

Sie hatten sich auf einer Vernissage kennen gelernt. Clemens war als Aushilfskellner dabei. Neben lauwarmem Champagner und Krebsschwänzen servierte der Wirtschaftsstudent Lilli Witze über Zahnarztgattinnen und Kritiker, die angesichts eines bemalten Auspuffrohrs intellektuelle Orgasmen vortäuschten.

Clemens hat ihr gekonnt vorgegaukelt, er sei ihr Komplize bei der Enttarnung dieser selbstverliebten Vertreter der Kunstszene. Außerdem hat er ihre Malversuche, ihre eigenen Bilder, gemocht, die sie ihm noch in der gleichen Nacht und lange vor ihrem Körper gezeigt hat. Es war für sie die intimste Form der Entblößung. Sie wollte sich sicher sein, dass der Engel im Kellnerfrack auch Seele hatte. Clemens war der Erste, dem sie diese Bilder gezeigt hat.

Er hatte die Begabung, sich begeistert zu zeigen. Von den Bildern und von ihr. Wenn man von Natur aus schüchtern ist wie Lilli, fällt es einem nicht leicht, Bekanntschaften zu finden, von Liebschaften ganz zu schweigen. Clemens hat ungemein anziehend auf sie gewirkt, weil er sich für sie interessiert hat. Und für ihre Bilder.

Anders als ihr Vater, dem sie ihre eigenen Arbeiten verheimlicht hat, weil der nur die ganz großen Meister anerkennt, und stolz darauf war, dass sie schon als Sechsjährige nicht Punkt, Punkt, Komma, Strich geübt, sondern sich – wie er – an einem Paul Klee versucht hat. Mit Erfolg.

Von ihm hat sie über Jahre die minutiöse Detailarbeit des Kopierens, das Nachmischen von Farben aus Eigelb und alten Pigmenten, die ständig nötigen Korrekturen erlernt und am Ende gehasst. Technik, nichts als Technik. Ständig musste sie ihr Temperament zügeln, bis es ihr abhanden gekommen ist und sie nichts bedrohlicher fand als eine leere Leinwand.

Erst Clemens hat ihr das Gefühl gegeben, einen Absprung ohne Sicherheitsseil, Netz und doppelten Boden wagen zu können. Als Malerin. Als Original, nicht als Kopie. Ausgerechnet Clemens, der schlimmste Betrüger von allen.

Lilli putzt seufzend ihre Brille.

Das Gefühl von Unabhängigkeit und Neubeginn hat ihre Hochzeit und die Schwangerschaft nicht überlebt. Selbst einer kurzsichtigen Gefühlsnärrin wie ihr konnte nicht entgehen, dass Clemens sie nicht wegen einer geheimen Künstlerseele oder eines Babys, sondern wegen ihres Namens und Leopolds Kontakten in die Kunstszene geheiratet hatte. Dem Aushilfskellner Clemens war von Anfang an klar gewesen, was er da – in Gestalt der hilfsbereiten Lilli Wandler – auf dem goldenen Tablett serviert bekam. Ein Karrieresprungbrett!

Plötzlich liebte er Vernissagen, Auktionen und Galerieeröffnungen. Wo sonst konnte ein Betriebswirt ohne Kontakte so mühelos mit Frauen, von Beruf reiche Gattin, oder eitlen Trotteln wie Ewald Sammering zusammentreffen, um ihnen als Wandlers Schwiegersohn südamerikanische Staatsanleihen und verfallene Adelsresidenzen anzudrehen? Damit sie König spielen konnten. Etwa in Gutshäusern auf Rügen, die niemand haben will, der bei Verstand ist. Clemens ist zu schön, um wahr zu sein, das wird sie nie mehr vergessen.

Hoffen wir es mal. Männer sind nicht gerade dein Fachgebiet.

Ruhe!

Lilli schraubt einen Lippenstift auf. Dezentes Rosenholz. Ach was. Sie greift zu dem flammenden Signalrot von Paloma Picasso, das Charlotte ihr zum Geburtstag geschenkt hat, zieht ihren Mund nach und streckt sich selbst – nein, ihrer inneren Feindin – die Zunge heraus.

Ihr Alter Ego klatscht seltsamerweise Beifall. Ob die Tablette endlich wirkt? Lilli entschließt sich, die Brille wegzulassen. Schließlich hat sie es nicht nötig, sich vor Clemens zu verstecken, und durchschaut hat sie ihn längst.

Du wirst immer besser! Und jetzt Rapunzel, lass dein Haar herunter.

Clemens hat einen Tisch in der Mitte des Raumes gewählt. Und natürlich steht er auf und präsentiert seine Hünenfigur allen Anwesenden, während er eine Zigarette ausdrückt und zu ihr herüberwinkt.

»Hallo, Lilli, Liebes. Wie schön dich zu sehen.« Er fährt mit erstaunten Blicken über ihr Gesicht und ihren Körper. »Es ist in der Tat schön. Du siehst gut aus, ganz verändert.«

Ein Kompliment wie eine Ohrfeige. Liliane schließt kurz die Augen. Mit Brille wär das nicht passiert. Ihr Exmann wagt es, mit ihr zu flirten.

Dreckskerl!

Ups, so was denkt sie doch sonst nicht. Und aussprechen würde sie es natürlich nie. Sie wartet auf das vertraute Herzrasen. Es bleibt aus. Seelenruhig zieht sie den Kopf zurück, als Clemens die Frechheit besitzt, ihr Wangenküsschen anzubieten.

»Hallo, Clemens. Du kannst dich wieder setzen, alle haben dich gesehen.«

Ihr Alter Ego muss auf Lautsprecherfunktion umgeschaltet haben.

Clemens vergisst die zum Kuss gespitzten Lippen zu entspannen und sieht albern aus. Fühlt sich gut an, Männer mit Worten in Frösche zu verwandeln.

Lilli schiebt sich beschwingt auf einen der Ledersessel. Sie zieht sich eine Locke aus dem Pferdeschwanz und drapiert sie übermütig in ihrer Stirn, als säße sie Modell für eine Shampoowerbung.

Mit offenem Mund nimmt Clemens ihr gegenüber Platz. »Sag mal, was ist denn mit dir los, Liliane? So kenne ich dich ja gar nicht.«

Lilli greift nach der Speisekarte. »Tja, nicht nur du hast deine verborgenen Seiten, Clemens.«

»Was meinst du denn damit?«

»Zum Beispiel deine unsauberen Geschäfte.«

»Ach, Lilli, lass doch die alten Geschichten. Ich stehe kurz davor, einen lukrativen Deal abzuschließen, dann zahle ich dir alles zurück, einschließlich Zinsen. Ich verspreche es.«

Er hebt zwei schlanke Finger zum Schwur. Sieht aus wie ein süßliches Heiligenbild aus Kevelaer.

Lilli knallt die Speisekarte zu. »Kann ich das schriftlich und mit notarieller Beglaubigung haben?«

Clemens pumpt die Lippen zum Schmollmund auf, streicht sich über seine blonde Mähne und überprüft sein Aussehen wie beiläufig im Barspiegel. Sein Aussehen hat wie immer eine beruhigende Wirkung auf ihn.

Meine Güte, hat sie diesen hohlen Schönling tatsächlich mal geliebt? Sie muss nicht bei Verstand gewesen sein. Der Mann ist nichts weiter als eine optische Täuschung, das sieht sie sogar ohne Brille.

»Nun, Lilli, wollen wir nicht erst einmal etwas trinken? Es scheint, als hättest du einen anstrengenden Tag gehabt.«

Er winkt einer Kellnerin, die bei seinem Anblick prompt einen Kurswechsel vollführt, um unter vollen Segeln und mit geschwelltem Bug auf ihn zuzusteuern.

Clemens schenkt ihr ein mattes 20-Watt-Lächeln, schließlich hat die junge Frau ihm nicht mehr als kostenpflichtige Getränke zu bieten. Einen Hang zum Küchenpersonal, egal wie hübsch, kann man ihm nicht nachsagen. Er hat selbst lange genug dazugehört. Sein Frauengeschmack ist durch und durch berechnend.

»Bringen Sie zwei Glas Champagner. Roederer, Jahrgang. Über das Essen entscheiden wir dann später.«

Jahrgangschampagner? Und das Essen erst später… Der Kerl versteht noch immer nichts. Aber sie! Er hat einen seiner seifigen Tricks vor. Und der Trick hat den Namen Caspar David Friedrich.

»Warten Sie«, ruft Lilli der Kellnerin zu. »Ich habe für mich noch nichts bestellt. Ich hätte gerne…«

Na, was? Mit welchem Getränk kann man Clemens, den Hochstapler, am besten in die Schranken verweisen? Eckes Edelkirsch? Nordhäuser Doppelkorn?

»Ein Bier.«

Zumindest die Kellnerin scheint pikiert. »Das haben wir nur in Flaschen!«

»Schade, eine Dose wäre mir lieber gewesen, aber Sie können ja das Glas weglassen.« Die Kellnerin verschwindet mit Kopfschütteln.

»Lilli, du trinkst überhaupt kein Bier«, protestiert Clemens.

»Mehr kann ich mir derzeit nicht leisten. Schon mal was von neuer Armut gehört?«

»Ich lade dich selbstverständlich ein, meine Liebe. Für wen hältst du mich.«

»Für einen ausgemachten Lumpen und Bankrotteur. Du wirst mich nicht noch einmal um den Finger wickeln. Wir sind fertig miteinander. Für immer.«

Nicht schlecht, wenn man sagt, was man denkt. *Und höchste Zeit*, stimmt ihr zweites Ich hochbefriedigt zu.

Clemens' Jünglingsgesicht verzieht sich zur Märtyrermiene. Dass er das glaubwürdig hinbekommt und aufrichtig verletzt aussieht, verunsichert Lilli. Sie schlägt ihre Serviette auf und übt sich in Origami-Faltkunst. Wie geht noch mal dieser dreischwänzige Drache, den Charlotte als Kind so gerne mochte?

Ihr Ex beugt sich vertraulich über den Tisch.

»Liliane, wenn es nach mir gegangen wäre, hätten wir uns nie trennen müssen. Im Gegenteil. Du hast unsere Beziehung damals beendet, bevor sie richtig begonnen hatte. Du hast mir nie vertraut. Du bist so spröde, so unnahbar.«

Liliane lehnt sich sehr weit in ihrem Sessel zurück. Solche Frechheiten darf man auf keinen Fall zu nah an sich heranlassen.

»Ich habe unsere Beziehung beendet, weil du in den ersten vier Jahren zusammengenommen weniger als zwölf Monate anwesend warst, und dann nur, um den Anzug zu wechseln oder ein Hemd zu holen. Ich hatte es satt, den Satz ›Papa kommt gleich wieder‹ vorzubeten oder Charlotte mit Geschichten über einen tollen Vater zu trösten, der bald für immer da sein und sie zur Kenntnis nehmen wird, statt ab und an mit idiotisch teuren Geschenken aufzutauchen, um sie damit in ihr Zimmer zu verfrachten.«

Clemens wischt sich die Haare aus der Stirn, legt diese in Falten. »Ach, Lilli, wir waren so jung. Das Kind, ich war nicht bereit dazu, leider. Ich wollte eben ein Geschäft aufbauen. Für uns. Dabei hätten wir ein tolles Team bilden können, stattdessen …«

Lilli hat lange den Atem angehalten, jetzt stößt sie ihn wütend aus, zerknüllt die Serviette. »Ein Team? Als was? Bonnie und Clyde?«

»Ich raube doch keine Banken aus!«

»Nein, du plünderst nur die Konten gutgläubiger Anleger und drehst ihnen wertlose Immobilien an.«

Clemens schaltet auf Schmusekurs samt Plüschaugen. »Liliane, die Finanzwelt ist eine hochspekulative Angelegenheit, und ich hatte zuletzt eine Pechsträhne. Ich mache es wieder gut! Und ist es meine Schuld, dass du nie Geld von mir annehmen wolltest, als ich es noch hatte?«

Die Finger seiner rechten Hand wandern über den Tisch auf ihre linke Hand zu. »Dann stündest du jetzt nicht so klamm da.«

Lilli versteckt ihre Hand unter dem Tisch, verkrampft sie zur Faust.

»Nein, dann stünde ich als deine verdammte Komplizin da und mit einem Bein im Knast.«

Clemens schüttelt bedauernd den Kopf, greift nach seinen Zigaretten.

»Dein verdammter Stolz ist es, der dir im Weg steht. Damit machst du dir das Leben schwer. Nicht einmal von Leopold nimmst du was an, dabei muss der doch Krösus sein, bei den Bilderverkäufen! Die Sammering-Sammlung muss ihm doch satte Provisionen eingebracht haben. Wenn du es richtig anstellen würdest, könntest du ein herrlich unbeschwertes Leben haben und nebenher ein bisschen malen, wie du es vorhattest …«

»*Ein bisschen malen?* Für wen hältst du mich? Eine naive Hobbykünstlerin, die sich mit Picasso verwechselt?«

O nein, das Gespräch läuft völlig aus dem Ruder, sie will ihre Hände nicht unter Tischdecken verstecken müssen oder über ihre Malerei und verlorene Träume reden. Scheißtabletten. Das hat sie jahrelang nicht getan, das geht niemanden etwas an. Schon gar nicht Clemens. Der nutzt ihre momentane Schwäche sofort aus.

»Hobbymalerin? Sei nicht so bescheiden. Du bist hochprofessionell. Genau wie dein Vater. Ihr beide habt mich immer behandelt, als wäre ich zu dumm für das Kunstgeschäft, dabei wäre ich gern eingestiegen. Wenn ich mir überlege, was ihr an Sammering alles losgeworden seid! Und die enormen Gewinnspannen! Ich glaube, dass Leopold und ich vieles gemeinsam haben. Findest du nicht auch?«

Täuscht sie sich, oder lächelt ihr Satan aus dem Gesicht eines Engels zu? Hilfe suchend greift Lilli nach der Bierflasche, die die Kellnerin vor ihr absetzt, und nimmt einen tiefen Schluck. Das Prickeln in ihrer Kehle lenkt sie nicht von ihrer Panik ab. Wenn Clemens ahnen sollte, was sie an Sammering losgeworden sind und wie viel er tatsächlich mit ihrem Vater gemeinsam hat, dann …

Oh, sie will nicht daran denken. Sie will nicht.

Du musst!

Hätte der Arzt ihr nur Valium verschrieben. Jetzt beginnt ihr Herz doch zu rasen. Clemens nächste Worte erhöhen die Taktzahl bis an die Schmerzgrenze.

»Bei dem Verkauf von Seelitz könnten wir endlich als Familie zusammenarbeiten. Dein Vater, du und ich. Es könnte alles ganz einfach sein. Sogar zwischen uns. Du bist eine reizvolle Frau …«

Lilli verschluckt sich und hustet.

Clemens lächelt sanft. »Hat dir das so lange niemand mehr gesagt?«

Lilli setzt entschlossen die Bierflasche ab, der Rand leuchtet blutrot, ach ja, Paloma Picasso.

»Lass das bleiben, Clemens, sonst ziehe ich dir die Flasche über den Kopf.«

Clemens grinst. »Nein, das tust du nicht. Liliane Wandler lässt sich niemals gehen, oder? Obwohl ich das sehr anziehend finden könnte, glaub mir. Ich würde gerne mehr über deine wahren Gefühle wissen, und das, was hinter der Fassade steckt.«

Wie ist sie nur in dieses Gespräch geraten? Lillis Blick irrt durch den Raum, fällt auf den Barspiegel und eine verschwommene Frau mit angstvoll geweiteten Augen. Mein Gott, das ist ja sie. Sie kramt nach ihrer Brille, setzt sie auf. Clemens' Grinsen besteht aus schneeweißen Zahnverschalungen. Lächerlich.

Ja, aber du hast diesen Mann mal geliebt.

Liebe ist auch lächerlich. Macht klein und dumm.

Sie räuspert sich, strafft die Schultern. Hier geht es nicht um Liebe. Darum geht es Clemens immer zuallerletzt. Nein, nie. Und ihr auch nicht.

Dann passt ihr ja prima zusammen.

»Alida Sammering kann nicht recht bei Verstand sein, wenn sie dich mit dem Verkauf von Seelitz betraut«, sagt Lilli so kalt wie möglich.

Ihr Exmann dreht den Stiel seines Champagnerglases zwischen den Fingern, lehnt sich zurück.

»Mag sein. Aber immerhin habe ich diese äußerst schwer zu vermittelnde Immobilie schon einmal losbekommen. Und damals war sie in einem sehr viel schlechteren Zustand.«

»Wenn du glaubst, dass mein Vater dir noch einmal einen solchen Trot…, ich meine, Kunden wie Ewald Sammering vorstellt, dann hast du dich mächtig geschnitten, Clemens.«

Ihr Exmann lehnt sich in seinem Ledersesselchen zurück und glättet erneut seinen Blondschopf.

»Ich brauche keine Kundenkontakte, Lilli. Es geht mir um fachlichen Rat bezüglich dieses verschwundenen Gemäldes. Die Geschichte ist leider noch sehr vage. Man muss sie ein bisschen anheizen. Ich bräuchte eine Expertise. Etwa die deines Vaters. Sein Ruf in der Kunstwelt ist immer noch unantastbar, nicht wahr?«

Lilli schnappt nach Atem, schaut hektisch auf die Uhr.

»Clemens, ich habe keine Zeit mehr, und das Letzte, was ich mit dir diskutieren will, sind alberne Geschäftsideen oder Leopolds Ruf. Ich will überhaupt nichts mit dir diskutieren. Gar nichts. Auf Wiederse…, ich meine, tschüs, Clemens.«

Liliane kramt in ihrem Portemonnaie nach Geld. Klar wäre es besser, einfach rauszurennen *oder Clemens' Jacketkronen mit der Bierflasche zu zertrümmern*, aber als ehrliche Lilli wird sie ihr Bier bezahlen.

Das Gesicht ihres Exgatten ist jetzt sehr glatt. Er greift nach den Zigaretten vor sich, zündet sich eine an und bläst genüsslich den Rauch aus.

»Schade. Ich hatte gehofft, wir könnten unsere Talente kreativ verbinden. Du weißt schon, ein Win-win-Geschäft, bei dem beide voneinander profitieren.«

»Ich schulde dir nichts, Clemens, schon gar keine Gefälligkeit.«

Lilli zählt Münzen auf den Tisch und wendet sich zum Ausgang.

»Einen Moment«, hält Clemens sie mit scharfer Stimme zurück. »Wir haben noch nicht über den eigentlichen Anlass unseres Treffens geredet.«

Lilli wirbelt herum. Clemens' Gesicht ist nicht mehr nur glatt, es ist hart wie das Mahagoniparkett. Akute Rutschgefahr, denkt Lilli alarmiert.

»Wann kann ich Charlotte in der Galerie abholen? Gleich morgen wäre mir lieb. Wir haben so viel nachzuholen.«

Clemens übt sich an einem sehnsuchtsvollen Gesichtsausdruck und scheitert kläglich. Den Heiligen kann er markieren, ihr sogar den sehnsüchtigen Liebhaber vormachen, aber den zärtlichen Vater nicht. Lillis Herz setzt einen Takt aus. So fühlt sich Todesangst an. Lähmend und kalt, das genaue Gegenteil von Leben.

»Charlotte?«

»Unsere Tochter. Hast du das vergessen?«

»Das warst ja wohl eher du! Du hast in all den Jahren nicht viel für sie übrig gehabt.«

Clemens kramt unter dem Tisch eine knisternde Tüte hervor. »Du irrst dich, Lilli. Ich schätze meine Tochter sehr und habe ihr auch etwas mitgebracht. Verspätetes Weihnachtsgeschenk.« Er nestelt aus der Tüte einen Teddybär hervor. Einen Teddybär. Das ist der Gipfel.

»Du bist so armselig, Clemens! Deine Tochter ist fast vierzehn, und du kaufst ihr Stofftiere. Wenn ich dich nicht all die Jahre gezwungen hätte, den Kontakt zu halten, würde sie nicht mal mehr wissen, wie man deinen Namen buchstabiert.«

In Clemens' Augen glitzert es verdächtig munter. »Dann ist es höchste Zeit, das zu ändern.«

»Ich dachte, du hast auf Rügen zu tun?«

»Ich habe hier in Köln zunächst dringendere Angelegenheiten zu klären. Ein paar Recherchen in Sachen Caspar David Friedrich, wie ich bereits gesagt habe. Nebenher kann ich mich Charlotte ausführlich widmen. Hat sie übrigens auch einen Draht zur Kunst?«

Warum grinst der Kerl wie ein Haifisch?

Lilli klammert sich an die Sessellehne, sie zittert. Vor Wut, oder? »Charlotte wird bei meinem Vater bleiben. Da ist sie besser aufgehoben.«

Ist sie das? Ja, verdammt.

Leopold liebt seine Enkelin, und mit ihm zusammen zu sein macht Kindern Spaß. Sehr viel Spaß. Kinder und Leopold passen blendend zueinander, das weiß sie ganz genau. Sie hat es erlebt und sehr genossen.

»Wir haben das gemeinsame Sorgerecht, Liliane. Ich hoffe, dass ich meinen Wunsch nach intensiverem Kontakt zu meiner Tochter nicht mit juristischen Mitteln durchsetzen muss. Zumal Charlotte sich danach sehnt, mich genau kennen zu lernen. Das hat sie mir eben am Telefon gesagt. Sie ist da weniger spröde als du. Ich glaube, sie kommt ein bisschen mehr nach mir, in Gefühlsdingen.«

Er drückt treuherzig den Teddy an seine Brust. Lilli kann nicht anders, sie tauft den Bären mit Bier und Clemens gleich mit.

8

Tapfer strecken die ersten Krokusse ihre Köpfchen aus der Erde. Hermine geht in die Hocke und betrachtet die gelben und lilafarbenen Frühjahrsboten. Im Vorgarten ihrer Pension haben sie ein geschütztes Plätzchen. Den scharfen Seewind fängt die Verandafront auf der Rückseite ihrer Villa Möwe ab. In zwei Wochen kann sie Primeln und Stiefmütterchen setzen.

Sie freut sich auf die Arbeit mit frischer Blumenerde und Setzlingen und betastet voll Vorfreude den harten Winterboden, dem sie bald Leben entlocken wird. So wie ihre Mutter, die eine begnadete Gärtnerin war.

»Ein Garten ist das immerwährende Versprechen eines neuen Anfangs«, hat Gudrun immer gesagt.

Hermine schließt die Augen und sieht das wogende Blumenmeer, das Gudrun Tressewitz im Nutzgarten von Seelitz zwischen Stangenbohnen und Obstspalieren angelegt hatte. Tulpen, Narzissen, Löwenmäulchen, Buschnelken und Stockrosen, die jeden Morgen geschnitten wurden, um damit die Vorhalle, den Speisesaal und die Bibliothek zu schmücken und jeden Anflug von Melancholie, der über dem alten Haus und seinem Herrn lag, zu vertreiben.

Malte von Seelitz hat die grüne Hand seiner Haushälterin zu schätzen gewusst, genau wie ihr Essen und ihr entschiedenes Regiment unter den Dienstboten und den einquartierten Kindern. Sie hat ihm geholfen, seine Vision einer friedlichen Zuflucht in finsterer Zeit zu verwirklichen.

Er hat sie großzügig dafür belohnt. Mit der Villa Möwe, die er noch während des Krieges erworben und Gudrun überschrieben hat.

»Wir wissen nicht, was aus Seelitz wird«, hat er der Mutter gesagt, »aber sicher wird nichts bleiben, wie es war. Ich will für euch vorsorgen.«

Malte war ein großzügiger Mann und wollte, dass Gudrun und Hermine auf eigenen Beinen stehen und ohne ihn überleben konnten. Er hat geahnt, dass er und sein weltfernes Paradies den Krieg nicht heil überstehen konnten.

Hermine öffnet die Augen und seufzt. Sie will sich nicht mit den schmerzlichen Seiten ihrer Erinnerungen aufhalten, dazu liebt sie das Leben viel zu sehr, und das Leben war alles in allem gut zu ihr, genau wie Malte.

Es ist tröstlich, dass er nicht miterlebt hat, wie es 1953 zur Enteignung der Villa Möwe kam und seine rührige Haushälterin samt fünfzehnjähriger Tochter bei Nacht und Nebel die geliebte Pension, die Insel und die Heimat verlassen mussten. Auf der Flucht vor kommunistischen Kommissaren, die jeden noch so kleinen Buchhaltungsfehler als Staatsverbrechen zu brandmarken wussten und ohne Rücksicht Hab und Gut konfiszierten. Höhnischerweise trug das Ganze den lyrischen Namen »Aktion Rose«.

Hermine erinnert sich noch gut an ihren letzten Blick auf das weiße Holzhaus im Morgengrauen. Ihre Mutter hat es tadellos gesäubert und mit gefüllten Wäscheschränken hinterlassen, in dem Bewusstsein, es nie wiederzusehen.

Nun, ihre Tochter hat die Pension nach langwierigen Gerichtsverfahren zurückerhalten und wird wieder Blumen davor pflanzen. Hermine hat ihre gesamten Ersparnisse und sehr viel Arbeit in die Strandvilla mit den fünf Gästezimmern gesteckt. Nicht, weil sie damit reich werden könnte, sondern weil sie im letzten Lebensdrittel wieder da angekommen ist, wo sie hingehört. Nach all den Jahrzehnten, in denen ein Teil ihres Lebens wie chirurgisch von ihr abgetrennt war, ist sie endlich bei sich selbst angekommen. Ihr Leben ergibt rückwirkend Sinn, wer kann das von sich behaupten? Nur die Glücklichsten.

Hinter diesem unerwarteten Glück verblassen die Erinnerungen an die demütigenden Anfänge im Westen. Das Leben als Rucksackdeutsche, die entfernte Verwandte unwillig im feuchten Waschkeller einquartierten. Der Geruch von feuchter Schmierseife mischt sich in ihrem Gedächtnis mit dem der Ersatzmargarine aus Rapsöl und dem bitteren Geschmack ständiger Zurückweisung und Deklassierung.

Als Mädchen aus der Zone hat sie in der Schule nachsitzen müssen und als Lügnerin gegolten, weil sie es einmal – ein einziges Mal gewagt hat – von ihrem Leben auf Seelitz zu erzählen. Das war zu viel. Für etwas Besseres sollte sie sich nicht halten, sondern für etwas Schlechteres.

Im Wirtschaftswunder-Westen der fünfziger und sechziger Jahre hat sie zum ersten Mal gelernt, sich als heimatloses Opfer zu fühlen. Auch vor Ludger, ihrem Mann, der sich in der Rolle des Retters gefiel, dem es Spaß machte, ihr das Haushaltsgeld wöchentlich in Münzen zuzuteilen. Solche Ehemänner gab es damals. Hermine schüttelt unwillig den Kopf. Es lohnt nicht, an die kurzen Jahre ihrer Ehe einen Gedanken zu verschwenden.

Sie hat den Irrtum schnell korrigiert, nachdem sich keine Kinder einstellten, hat sich als Stationsschwester eines Krankenhauses gut geschlagen, ein unspektakuläres, aber ausgefülltes Leben geführt und mit Mitte fünfzig die Chance auf einen neuen Anfang bekommen. Sie sollte dankbar sein. Sollte? Hermine runzelt die Stirn über das Wort.

Wenn man nur Seelitz zu altem Leben erwecken könnte. Hör auf zu träumen, tadelt sie sich energisch und schaut in den leicht verhangenen Himmel. Ob es noch einmal Schnee geben wird?

Heute sicher nicht, das Jahr lässt sich gut an, und die Februarsonne setzt sich tapfer gegen die Wolken durch. Entschlossen erhebt sich Hermine, klopft sich die Hände sauber. Genug getrödelt, sie muss ein Zimmer vorbereiten. Am Abend erwartet sie einen Gast.

Liliane Wandler. Eine Kunstgutachterin, die auf Empfehlung von Alida Sammering zu ihr kommt. Als hätte die Witwe nicht

Platz genug, im Gutshaus eine ganze Armee von Besuchern unterzubringen. Wirklich eine scheußlich egozentrische Person und …

»Ermine, es ist noch zu früh für diese Schmutzarbeit mit den Blumen. Und viel zu kalt.«

Rasch wendet Hermine den Kopf und erhebt sich.

»Guten Morgen, Vittorio.«

Der Italiener lehnt sich über den schmucken Holzzaun. »Haben Sie Zeit für einen Kaffee? Ich habe neue Nachrichten über Seelitz.«

»Kommen Sie herein.«

»*No*, ich meinte einen richtigen Kaffee. *Scusi*, einen italienischen.«

Hermine lacht.

»Was im Zweifelsfall das Gleiche ist. Ich liebe Ihren Latte macchiato. Warten Sie, ich hole meinen Mantel.«

9

Wenig später biegen sie in stummem Einverständnis in den schmalen Pfad ein, der an der Villa Möwe vorbei hinab zur Uferpromenade führt. Strandgras streicht um ihre Beine, ihre Füße versinken im Hangsand.

»Das müsste auch mal gepflastert werden«, meint Vittorio streng. »Unsere Touristen mögen nicht zu viel Wildnis, nur einen kleinen Hauch davon.«

»Um Gottes willen, keine Steine«, wehrt Hermine ab. »Ich bin dankbar für jedes bisschen unberührte Natur, die Binz noch zu bieten hat. Und Touristen, die das hier für eine Wildnis halten, können mir gestohlen bleiben.«

»Aber das können Sie sich nicht leisten, Hermine!« Vittorio kämpft mit einer vertrockneten Diestel, die sich an sein Hosenbein klammert. Unberührte Natur kann sehr lästig sein.

Sie schweigen, bis sie den glatt besteinten Weg entlang der noblen Hotelmeile erreicht haben. Rechter Hand schlagen grollend die Ostseewellen ans Ufer. Hermine bindet ihr Kopftuch fester, der Stoff knattert im Seewind.

»Ich habe herausgefunden, wer das Gutshaus kaufen will«, beginnt Vittorio unvermittelt.

»Tatsächlich? Wie haben Sie das geschafft?«

»Mit meinem unglaublichen Charme und viel Prosecco für die Witwe. Es war der beste, nicht das Gratiszeug für die Gäste. Außerdem ist sie eine Freundin von der *astrologia* und hält mich seit dem Abend im Museum für einen umwerfenden Mann, den die Sterne ihr geschickt haben. Hoffentlich denkt sie dabei nicht an Venus.«

Hermine schmunzelt. Vittorio ist ein begehrter Junggeselle – und ein begeisterter. Er behauptet gern von sich, er suche eine Frau mit Geheimnis, fände aber keine. Womit er auch seine brennende Leidenschaft für die Enthüllung der Geheimnisse anderer Menschen erklärt. Eine Neigung, die gröbere Zeitgenossen mit einem Hang zu Klatsch und Tratsch verwechseln, wie Vittorio zu klagen pflegt. Hermines Lächeln vertieft sich bei Vittorios neuestem Bericht.

»Eine private Person will das Gut haben. Also wird es wohl keine Golfakademie oder eine traurige Bauruine, weil ein naiver Hotelier sich verschätzt und am Ende Pleite macht. Und wissen Sie was? Ihre Geschichte von diesem Gemälde hat wohl das Interesse von dem Käufer angefeuert.«

Hermines Lächeln versandet, sie beißt sich auf die Lippen.

»Mein Gott, das habe ich nicht gewollt.«

Vittorio wirft ihr einen listigen Blick zu. »Sie haben also das geheime Bild für sich selbst gewollt? Sie wollten es suchen in der finsteren Nacht? Haben Sie darum in dem Buch nur so wenig davon verraten?«

Hermine bleibt stehen und studiert mit schlechtem Gewissen das Veranstaltungsplakat des Kurhauses. Varieté und Zauberkünstler werden angekündigt. Wie passend.

»Ach was. Ich weiß im Grunde nicht viel Neues darüber, außer dass das Bild nach dem Krieg fort war. Zu diesem Zeitpunkt lebten meine Mutter und ich schon lange in der Villa Möwe.«

Vittorio schaut sie neugierig von der Seite an. »Aber Sie haben doch Informanten, sagten Sie!«

Hermine wiegt nachdenklich den Kopf. »Stine hat mir ein wenig darüber erzählt, sie glaubt aber, dass das Bild weg ist. Außerdem habe ich Hänsel und Gretel befragt. Die beiden behaupten steif und fest, dass da noch ein wertvolles Bild auf Seelitz sein muss.«

Vittorio wirft die Hände in die Luft. »*Mamma mia*. Hansel und Gretel! Ermine, das geht zu weit. Die behaupten auch, sie können Japanisch und Geige spielen.«

Hermine zieht ihr Kopftuch fest. »Geige spielen kann Hänsel

in der Tat! Sogar recht hübsch. Malte hat es ihm beigebracht. Drei oder vier Stücke. Mit unendlicher Geduld. Bei unseren Scheunenfesten auf Seelitz hat Hänsel dann immer Schubert gespielt, allerdings nur bei Mondschein, da war er eigen.«

Vittorio schüttelt immer noch tadelnd das Haupt. Hermine atmet tief ein, die eisige Seeluft streicht über ihre Lungenflügel und gibt ihr – wie immer – Kraft.

»Ach Vittorio, ich fand die Geschichte vom verborgenen Schatz einfach romantisch. Malte hätte sie gefallen, und bei meinem Vortrag wollte ich die dumme Witwe Sammering beeindrucken. Dabei scheint sie nicht einmal von ihren eigenen Bildern beeindruckt. Was für eine Verschwendung. Diese Frau kennt von allem den Preis, aber von nichts den Wert.«

Vittorio grinst versöhnt und nickt. »Das ist wahr.«

Sie schlendern an der Prachtfassade des Kurhauses vorbei, passieren die neue Konzertmuschel, in der sich das Echo der Ostseewellen fängt.

»Wenn Sie das Tohuwabohu im Schloss gesehen hätten! *Terribile!* Die Gemälde stehen vor den Wänden. Mit ihren Gesichtern nach hinten. Und ganz verstaubt. Es wird Zeit, dass die Kunstgutachterin aus Köln kommt und Schluss macht mit dem Durcheinander.«

»Sie durften Seelitz besuchen?«

Hermine schaut ein wenig verletzt und wendet sich schnell dem Strandhafer zu ihrer Rechten zu, der müsste mal gelichtet werden.

»Nur ganz kurz«, versichert Vittorio eilig. »Die Vorhalle. Aber lange genug, um die Witwe zu überreden, dass sie diese Frau Wandler zu Ihnen in die Möwe schickt.« Mit unwiderstehlicher Büßermiene schaut Vittorio in Hermines Gesicht.

»Das war sehr nett. Ein Dauergast in der Vorsaison ist ein Segen für mich, und sie will mindestens drei Wochen bleiben. Sie klang am Telefon recht jung, solche Gesellschaft wird mir sicher gut tun.«

»*Perfetto!* Und es kommen sicher noch mehr Gäste! Wegen dem Bilderverkauf auf Seelitz und *naturalmente* wegen dem verschwundenen Friedrich. Lauter Schatzsucher!«

»Besser nicht«, murmelt Hermine. »Ich fürchte, sie würden alle eine Enttäuschung erleben.«

Sie biegen in den Aufgang zu seinem Restaurant La Vita ein, das zurückversetzt in einer kreideweißen Strandvilla untergebracht ist. Vor dem Säuleneingang stehen Buchsbäume stramm und haben Aussicht aufs Meer. Drinnen ist es warm, aber laut. Dafür sorgen Handwerker, die eine Wand aufstemmen. Gipswolken vernebeln die Sicht.

»Ich hoffe, die Renovierung ist fertig bis Ende März«, schreit Vittorio gegen Staub und Lärm an, »es soll hier noch prachtvoller und bunter werden. Ich will etwas Einzigartiges, ein Fest des Lebens.«

Er verordnet den Arbeitern eine Kaffeepause. Die schauen unschlüssig drein und betrachten fast sehnsüchtig ihre Vorschlaghämmer.

»Ts ts ts. Ihr Polen seid alle soooo fleißig. Was soll nur werden aus unserem gemütlichen Europa, wenn alle nur an Arbeit denken wie ihr? He? *Avanti*, nix *robota*, an den Kaffeeklatsch.«

Die Arbeiter ziehen sich an einen Tisch im Hintergrund zurück und packen verlegen Brotdosen aus. Hermine schickt ihnen einen mitfühlenden Blick hinterher. Hoffentlich wissen sie, dass Vittorio vom lustigen Bonvivant übergangslos auf den kleinen Diktator umschalten kann – sonst wäre er niemals Chef eines florierenden Luxusrestaurants geworden.

Vittorio krempelt – ganz in der Rolle des heiteren Müßiggängers unterwegs – sein Hemd hoch und postiert sich hinter einer stahlschimmernden Maschine, um Milch aufzuschäumen. Hermine nimmt an einem Tisch beim Fenster Platz, bis Vittorio ihr den Latte macchiato in einem dickwandigen Glas serviert. Genüsslich taucht sie einen langstieligen Löffel hinein und kostet den mit Zimt gewürzten Schaum.

Vittorio reicht ihr ein Amarettoplätzchen. »Ein Kaffee ohne Keks ist kein Kaffee. Wussten Sie übrigens, dass Ihr neuer Gast mit diesem Schlitzohr Clemens von Krolow verheiratet war?«

Hermine schüttelt verblüfft den Kopf. Vittorios Enthüllungstalente sind wirklich erstaunlich. Kein Wunder, dass er noch nie eine Frau mit Geheimnis getroffen hat, die ihn dauerhaft zu fesseln verstand.

»Ja, das ist wunderlich, nicht wahr? Ich habe lange darüber nachgedacht. Vielleicht soll Frau Wandler nach dem berühmten Bild suchen! Ihr Vater war der Kunsthändler von Herrn Sammering. Kein Wunder, wenn bald alle Welt glaubt, es gibt einen Friedrich auf Seelitz. Dieser Leopold Wandler soll ein Trüffelschwein der Kunst sein.«

»O Vittorio, hören Sie auf, mir wird ganz bange. Was habe ich da nur angerichtet. Sogar in der Ostseezeitung stand ein Bericht über meinen Vortrag, und ein Kunstmagazin hat eine Geschichte daraus gemacht. Ich schäme mich richtig.«

»Warum? Sie haben unsere schöne Insel in die Schlagzeilen gebracht und diesen Clemens auf eine clevere Idee. Er hat anscheinend schon eine reiche alte Frau gefunden, die Märchen mag. Und Schlösser mit unsichtbaren Schätzen.« Vittorio grinst. »Sie soll etwas plumplum sein.«

»Plumplum? Ach, Sie meinen plemplem.«

»Das hat jedenfalls Alida gesagt, dabei hat sie selbst die Weisheit höchstens mit ganz kleinen Zuckerlöffeln gegessen. Ah *no*, nicht einmal das, sie nimmt nur Süßstoff. Brrr.«

»Aber was soll eine alte Dame mit einem riesigen Haus wie Seelitz wollen?«

Vittorio zuckt die Achseln.

»Vielleicht von der Vergangenheit träumen. Diese Frau Graf hat in ihrer Jugend auf Rügen gelebt, wie Sie. Und sie hat Seelitz gekannt, meint Alida.«

Hermine runzelt die Stirn. »Graf? Den Namen habe ich nie gehört.«

»Sie besitzt eine Landmaschinenfabrik in Berlin.«

Klappernd fällt der Löffel aus Hermines Hand auf die Untertasse. »Landmaschinen? Sie meinen Traktoren und Mähdrescher?«

Vittorio hebt erstaunt die Augenbrauen. »*Sì*, vor allem Traktoren. Interessieren Sie sich für einen? Ihr Garten ist zu klein für einen Traktor.«

Hermine überhört den Scherz. Aufgeregt beugt sie sich über den Tisch. »Wissen Sie zufällig, wie die Käuferin mit Vornamen heißt? Es ist wichtig. Sehr wichtig.«

Ihr Gegenüber verzieht Mund und Stirn und Nase bei der angestrengten Durchsuchung seines Gedächtnisses. »Es war etwas Ungewöhnliches, so wie Ihr Name. Etwas mit Gina, nein, Lina? Oh, ich habe es!«

»Edwina«, stößt Hermine atemlos hervor. Auf ihre rosigen Wangen tanzen dunkelrote Flecken.

»*Sì!* Edwina.«

»Sie hat also geheiratet.«

Entrüstet poliert Vittorio Hermines Löffel. »In dem Alter? Dann muss sie total plumplem sein.«

Hermine guckt nur streng. »Sie missverstehen mich. Sicher ist sie schon länger verheiratet, aber ich dachte, sie wäre tot, weil ich nie mehr von ihr gehört habe.«

»*Mamma mia*. Tot oder verheiratet. Das ist ein Unterschied, nun ja, ein winzig kleiner. Sie kennen die Dame also?«

Zögernd nickt Hermine. »Ja, aber wir haben uns fast fünfzig Jahre nicht gesehen oder voneinander gehört. Sie muss jetzt zweiundachtzig Jahre alt sein. Oder noch älter.«

»Was vielleicht erklärt, warum sie sentimental genug ist, um Seelitz zu kaufen.«

Hermine greift nach ihrem Mantel.

»Das glaube ich nicht. Edwina war zwar immer unberechenbar und wild, aber sentimental sicher nicht. Sie hat Seelitz gehasst. Sie hat alles gehasst, was mit dem Haus zusammenhing.«

Sogar mich, setzt sie in Erinnerung an ihre letzte Begegnung mit Edwina hinzu. Eine traurige Angelegenheit, schlimmer als ein Leichenschmaus. Im Café Kranzler haben die zehnjährige Hermine und ihre Mutter Gudrun ihr gegenübergesessen. Die magere Buttercremetorte schmeckte nach gestrecktem Puddingpulver und trotzdem herrlich, wenn einem der Hunger Löcher in den Bauch fraß.

Der Krieg war erst zwei Jahre vorüber, Berlin ein Trümmerfeld und Edwinas Lächeln so künstlich wie der Milchersatz.

»Die Vergangenheit ist vorbei, Gudrun. Lass mich damit in Ruhe. Ich kenne nur eine Marschrichtung. Geradeaus und immer mitten durch. Schluss mit allen Illusionen. Wenn du mit dem Kind auf Rügen bleiben willst, tu das. Jeder Mensch macht seine eigenen Fehler. Ich habe die meinen hinter mir. Seelitz war der allergrößte.«

Jeder Satz eine Ohrfeige, so hatte sich das angefühlt. Gudrun hat es sich verkniffen, ihre ehemalige Freundin – wenn Edwina das je gewesen war – um eine kleine Unterstützung für die Renovierung der Pension Möwe zu bitten, die unter den einquartierten russischen Soldaten arg gelitten hatte.

Edwina hatte damals bereits ihre Firma gegründet. Einen Traktorenverleih. Ihr erstes und einziges Gefährt stammte noch vom Gut, und sie wusste, wie man es flotthielt. Von etwas anderem als ihrem Geschäft wollte sie nicht reden. Schon gar nicht über Rügen und schon gar nicht mit »dem Kind«. Mit Hermine, die Edwina wie eine große Schwester geliebt hatte und plötzlich ihre Feindin zu sein schien. Das hat wehgetan.

Die erwachsene Hermine erhebt sich wie erschöpft von ihrem Stuhl. Vittorio hilft seiner Freundin in den Mantel und muss sich zurückhalten, um ihr nicht das verrutschte Kopftuch neu zu binden. Aufgelöste Kleidung passt nicht zu Hermine, ebenso wenig wie ein trauriges Gesicht. Dagegen muss er etwas unternehmen.

»Sie ist eine Hasserin von Seelitz? Dann muss diese Edwina völlig verrückt sein! Ein törichtes Soßenhuhn.«

Hermine versucht zu lächeln, aber sie scheint vergessen zu haben, wie das geht, ihr Mund macht nicht mit.

»Danke für den Kaffee, Vittorio, ich muss jetzt los, um das Zimmer für Frau Wandler zu richten.«

Und um nachzudenken. Über Edwina Graf, geborene Kettner, die es sich in den Kopf gesetzt hatte, Malte von Seelitz zu heiraten. Nicht weil sie Gutsherrin sein wollte, sondern weil sie mit der ganzen Verzweiflung einer Achtzehnjährigen, die die Eltern und das Zuhause in Westdeutschland bei einem Bombenangriff verloren hatte, in den melancholischen Träumer Malte verliebt war.

Auf die Verzweiflung war schnell der Zorn der Enttäuschung gefolgt. Und der Zorn war in bitteren Hass umgeschlagen, als Edwina herausfinden musste, dass Malte von Seelitz kein Mann zum Heiraten war. Für niemanden. Stine, Gudrun und all die anderen Frauen auf dem Gut hätten es ihr sagen können. Malte war ein Sammlertyp, nicht nur in der Kunst.

Hermine eilt die stillen Straßen hinter den Hotelfronten entlang. Normalerweise liebt sie einen Bummel durch die kleinen Boutiquen und Galerien, die vor Saisonbeginn leer sind und statt des unvermeidlichen Bernsteins und der Billigware exquisite Kleidung und Kunsthandwerk für anspruchsvolle Touristen der Vorsaison anbieten.

Grußlos strebt sie an einem Ladenbesitzer vorbei, der die Hand hebt, um zu winken. Sie sieht nur Edwina vor sich. Ein schlaksiges Mädchen mit zu langen Beinen und Armen, die sie nicht stillhalten kann. Alles an ihr ist lebhaft, das nussbraune Gesicht, die Handbewegungen, ihr Lachen und ihre schnell entflammbare Wut.

Edwina war nicht hübsch, aber so vital und voller Unternehmungslust, dass man sich mit ihrem Aussehen nie näher beschäftigte. Was hat ein langes Leben aus ihr gemacht? Sicher eine erfolgreiche Geschäftsfrau, aber was noch?

Hermine erreicht den Vorgarten ihrer Pension, läuft achtlos an Krokussen und Hortensiengesträuch vorbei. Auf der Türschwelle wartet eine Katze. Gedankenverloren tätschelt Hermine ihr den Kopf und sucht nach ihren Schlüsseln.

»Kriegst gleich dein Fressen, Puschkin. Einen Moment nur.«

In Gedanken bleibt sie bei Edwina, hört das Geratter und Gerüttel einer Maschine. Das wird der Traktor sein, mit dem sich Edwina während der letzten Kriegstage auf den bitterkalten Weg gen Westen gemacht hat. Energiegeladen wie eine Löwin und mit dem festen Willen, zu überleben. Den Krieg und die Liebe. Weit weg von Seelitz und noch weiter weg von Malte.

Es muss ihr gelungen sein – als Firmengründerin und Ehefrau. Warum will sie nun zurückkehren? Nach fünfzig Jahren?

Als Hermine ihr Kopftuch abbindet, entdeckt sie das rote Blinken ihres Anrufbeantworters. Sie drückt auf Wiedergabe. Der Anruf erstaunt sie nach diesem Vormittag nicht.

Ihr stummer Verfolger hat sich endlich entschlossen zu reden.

»Hallo, hier spricht Edwina. Du erinnerst dich sicher. Es geht um Seelitz. Ich habe vor ein paar Monaten dein Buch gelesen und denke seither darüber nach, das Gutshaus zu kaufen. Ruf mich an …«

Die rebellische Stimme nennt eine Telefonnummer in Berlin. Nur einmal. Bloß keine Wiederholungen. Nicht, wenn es um die Vergangenheit geht. Nein, das Leben hat keine sentimentale Närrin aus Edwina gemacht. Das erleichtert Hermine. Schon als Kind hat sie die energische Edwina vergöttert, während ihr die verliebte Edwina unheimlich war.

Sie reißt ein Blatt vom Notizblock und will sich die Nummer notieren, als nach einer kleinen Pause noch einmal Edwinas Stimme ertönt. Als verschwörerisches Flüstern und etwas atemlos. Den Ton kennt Hermine nicht und horcht auf.

»Und noch eins, wenn sich ein Simon Stepford bei dir meldet, er ist mein Enkelsohn und heißt in Wahrheit natürlich *Graf*, aber das ist eine andere Geschichte. Erzähl ihm bitte alles, was du über das Friedrichgemälde weißt. Der Dummkopf will mir kein Wort glauben und undercover recherchieren. Er hält mich für tatterig. Das bin ich aber nicht. Ich tu nur manchmal so.«

Im Hintergrund wird eine Stimme laut. »Edwina?«

Es ist eine erschöpfte Stimme. Männlich. Wahrscheinlich der Enkel, denkt Hermine und findet ihn auf Anhieb sympathisch.

»Ich habe ein sehr schmerzhaftes Hühnerauge zwischen den Zehen und brauche einen Termin, Herr Doktor. Rufen Sie mich also an, sobald es möglich ist. Also sehr bald«, beendet Edwina das Gespräch mit Hermines Anrufbeantworter.

10

Rügen, Mitte März

Der Strand sieht aus wie frisch gefegt. Erste Märzsonne taucht ihn in wässriges Licht, die Ostsee schimmert matt wie Stahl. Nordwestlicher Wind kämmt Wellen hinein. Am Horizont gleitet still wie ein Schwan ein Containerschiff in Richtung Schweden, als zöge ein Seil daran. Dick vermummt stemmen sich Strandgänger gegen Böen, die im Mund scharf wie Zahnpasta schmecken.

Die Ohren eines Retrievers tanzen vor dem Himmel, im Sprung schnappt er nach einem Ball, krümmt sich wie ein Stier und galoppiert auf eine Welle zu, die er verbellt, bevor ihn ein Gischtschwall zu seinem Herrchen zurücktreibt. Der weicht lachend zurück, während der Hund einen Sprühregen aus Sand und Wasser abschüttelt.

Wie leicht es aussieht, fröhlich und unbeschwert zu sein. Oder liegt das nur an der täglichen Beruhigungstablette, die sie vor dem Frühstück eingenommen hat? Vielleicht ist diese Glücksahnung nichts weiter als das Produkt einer chemischen Formel.

Lilli beobachtet die Strandidylle sehnsüchtig von ihrem Frühstückstisch im Wintergarten der Villa Möwe aus. Die Pension ist ein Puppenheim im Stil der Bäderarchitektur. Geschnitzte Filetspitzen zieren die Holzfassade. Die verglasten Balkone feiern die Belle Époque und lassen Lilli an Damen in Tornürenkleidern und zierlich sich drehende Sonnenschirmchen denken. Manet und Corot haben solche Szenen in Eiscremefarben gemalt.

Und dein Vater!

Lilli seufzt und zerrupft ein Brötchen. Du hast deinen Job hier bislang tadellos erledigt, beschwichtigt sie sich und die Sehnsucht. Alles läuft bemerkenswert glatt. Der Hauptteil der Sammlung Sammering ist bereits in Sicherheit gebracht. Zurück nach Köln expediert, in die Galerie, wo sie hingehört.

Du musst nur noch ein Gemälde – ein wertvolles Gartenbild von Alfred Sisley – in die Finger bekommen, dann ist alles gut und vorbei. Selbst Clemens scheint seine albernen Pläne in Sachen verschollene Schätze aufgegeben zu haben, sie hat seit dem Treffen in Köln nichts von ihm gehört.

Sie atmet still durch die Nase ein und gründlich durch den Mund aus. Yoga. Und am besten noch eine Tablette. Sie kramt eine aus der Handtasche, legt sie auf die Zunge, schluckt.

Leider ziert sich Alida Sammering allerdings bei der Herausgabe des letzten Bildes. Sie kann sich noch immer nicht an den Gedanken gewöhnen, dass die teuren Bilder nicht ihr gehören, und brütet – wie Lilli argwöhnt – über einem Plan, wenigstens diesen Sisley für sich zu behalten oder auf krummen Wegen zu Geld zu machen. Kann sein, dass Clemens dahintersteckt. Verfluchter Kerl, sie wird ihn einfach nicht los. Tief einatmen, langsam ausatmen. Einatmen. Meine Güte, Yoga ist lästig.

Nein, Clemens.

Interessiert mich nicht. Das ist vorbei, alles vorbei.

Tatsächlich?

Zur Hölle mit diesen blöden Gefühlen. Man kann das Leben auch ohne sie genießen. Gerade hier auf Rügen.

Lillis Blick kehrt zurück an den Strand, aber der Zauber ist dahin. Von wegen malerisch. Ist er sicher nie gewesen. Nach 1900, zur Zeit von Binz' Entstehung, waren Tornüren aus der Mode und die seebadenden Damen wahrscheinlich neureiche Fabrikantengattinen, die die Ostsee als »schneidige Pfütze« zu titulieren pflegten. Kurze Zeit später dominierten Heinrich-Zille-Szenen in schwarzweißgeringelten Badetrikots, die nicht nach Lillis Geschmack sind.

Die Rüganer hatten stets nehmen müssen, was übers Meer kam: dänische, schwedische und französische Eroberer, gierige Gutsherren, später die von Nazis zu »Kraft durch Freude« verdonnerten Badegäste, dann landverschickte Kinder, ab 1945 Flüchtlingstrecks und Sowjetsoldaten. Nach der Enteignung folgten graugesichtige Chemiearbeiter, die in FDGB-Heimen nach Sättigungsbeilagen und Fassbrause Schlange stehen mussten. Heute überschwemmen im Sommer mallorcamüde Touristen die Insel, die Sangria am Ostseestrand und Busverbindungen zum Gipfel der deutschen Romantik in Form der Kreidefelsen verlangen.

Der Eigenbrötler Caspar David Friedrich hätte sein Stubbenkammerbild, das Rügens Steilküste zur Nationalikone gemacht hat, sicher verbrannt, hätte er geahnt, welchen Rummel er auslösen würde. Würstchen kauende Kreidefelstouristen, die sich im Sommer um einen Platz auf der Aussichtsplattform drängen, verstellen sich den Blick auf das, was sie sehen wollen: erhabene Einsamkeit und Natur.

»Trotzdem«, begehrt Lilli verärgert gegen ihr verächtliches Alter Ego auf, Urlaub müsste man hier machen. Jetzt. Ihr geht es so viel besser, seit sie auf Rügen ist und in der Villa Möwe. Seit sie hier ist, ist sie beinahe entspannt. Sie schickt ihren Blick zurück ans Meer. Verschont von Bäderbahnen, Strandanimation, Budenrummel und Badeaccessoires aus grellbuntem Plastik, entfaltet Deutschlands größte Insel vor Saisonbeginn eine Magie der Stille, die keine Vergnügungsindustrie braucht.

»Was hast du gegen harmlose Vergnügungen? Du bist ein schlimmerer Snob als dein Vater«, tadelt sich Lilli und greift nach ihrer Kaffeetasse.

Im Geiste nimmt Leopold ihr gegenüber Platz. Er schüttelt widerwillig seine graugesträhnte Löwenmähne: »Binz ist Talmi, mein Kind, eine Illusionsfabrik für Banausen. So viel alte Bäderarchitektur wie heute hat es dort nie zuvor gegeben.«

Na und?

Als wäre ihr Vater nicht selbst ein Meister des falschen Scheins. Lilli seufzt. Sie könnte Urlaub wirklich gebrauchen. Am besten von sich selbst. Nein, am liebsten mit Charlotte, die sie mit jedem Tag mehr vermisst. Gott sei Dank verbringt sie nur die Wochenenden bei Clemens, da ist Lilli hart geblieben.

Sie lächelt weich und streichelt den orangefarbenen Ring aus Glaskeramik, den Charlotte ihr zum Abschied auf dem Kölner Bahnhof gekauft hat. Bei Nanu Nana, einem Teenagershop, der keine Mädchenwünsche offen lässt: Wünsche nach Duftkerzen, Tagebüchern in Seidenhüllen, Aromatees, Fensterkristallen, Windlichtern, Dekoblumen, Dekokissen, Dekogläsern, Dekosand, Deko-dies und Deko-das.

»Schrecklicher Krempel, was findet das weibliche Geschlecht nur an solchen Staubfängern? Die Dinge, mit denen man sich umgibt, sollten entweder schön oder nützlich sein, was auf nichts hier zutrifft«, hat Leopold geschnaubt, während Charlotte einem Entzückungsanfall nach dem nächsten erlag und das schlechte Gewissen von Lilli nach Kräften auszunutzen wusste.

»Kaufst du mir das gelb-rote Teeglas-Set, Mom?«

»Du trinkst doch gar keinen Tee!«

»Mom, biiiiiitte, meine Gäste könnten Tee trinken.«

»Du hast nie Gäste außer Karla, und die trinkt ausschließlich Diätcola. Literweise. Ich muss es wissen, schließlich habe ich die Pfandflaschen am Leib.«

»Sie will schlank werden.«

»Dann sollte sie die Maxi-Marsriegel zur Cola weglassen.«

»Sie kann doch nix dafür, dass sie dick ist. Ihre Oldies sind voll die Katastrophe zurzeit, so wie du und … Na ja, da braucht sie was auf den Rippen. Dickes Fell und so.«

Lilli hat sich auf die Lippen gebissen. Charlotte ist eine rührende Mischung aus frühpubertärer Egozentrik und grenzenloser Fürsorglichkeit, die sie schon als kleines Mädchen an den Tag gelegt hat. Wie so viele Kinder, die nur einen Elternteil haben und zu schnell gewissenhaft und erwachsen werden, weil sie Mama oder Papa helfen wollen.

Lilli kennt das, schließlich ist sie ohne Mutter aufgewachsen und war Papas begeisterter kleiner Helfer. Gefährlich begeistert. Wie Charlotte.

»Tee wäre eine prima Alternative für Karla! Vielleicht gibt es ja welchen mit Colageschmack. Mom, ich brauche dieses Tee-Set. Ich soll mich bei meinem Dad doch heimisch fühlen, wenn ich ihn besuche – oder? Ein Tee-Set ist sooo gemütlich.«

»Dein Vater ist kein Teetrinker.«

»Kann er aber noch werden, oder?« Sicher nicht.

Trotzdem hat Charlotte das Tee-Set bekommen und Teefilter, Teelichter und Teelöffel dazu. Zum Dank hat sie Lilli dann den Keramikring geschenkt – von ihrem Taschengeld. Allen aufkeimenden Teeniemarotten zum Trotz ist Charlotte ein Seelchen.

»Damit du mich auf Rügen nicht vergisst, Mama.« Mama hat sie gesagt. Nicht dieses saublöde Mom, das Charlotte kürzlich aus amerikanischen Teenagerserien übernommen hat.

Als ob Lilli ihre Tochter jemals vergessen könnte! Sie muss ein paar Tränen wegblinzeln und schnieft in eine Papierserviette. Charlotte ist der Mittelpunkt ihres Lebens, seit sie nach der Geburt als winziges Bündel auf ihrem Bauch gelegen hat, Haut auf Haut und Herz an Herz. Das Gefühl kann ihr niemand nehmen, das gehört ihr.

Ihr Kind hat Lilli mit Dimensionen von Liebe und Furcht bekannt gemacht, von denen sie vorher nicht ahnte, dass sie existieren. Nervös greift sie nach einem Croissant. Wenn Clemens seine, nein *ihre*, Tochter in seine Trickserеien hineinzieht, wird sie ihn umbringen. Zur Not mit dem Marmeladenstreichmesser vor ihr. Sie umklammert es so grimmig und entschlossen, dass die Knöchel ihrer Finger weiß hervortreten.

»Möchten Sie noch etwas Kaffee?«, unterbricht die Pensionswirtin, die aus dem Nichts auftaucht, ihre Gedanken. In der linken Hand hält sie einen Strauß Stiefmütterchen aus ihrem Garten. Lilli lässt das Messer fallen und schaut auf. Sie mag die silbernen Augen und das Damengesicht der Wirtin, das stets von einem rosigen Schimmer überhaucht ist. Oder handelt es sich einfach um Couperose?

Sie sollte ihre Brille auch privat tragen, um nicht noch einmal Opfer ihrer eigenen Illusionskünste zu werden, aber ohne Brille sind die Welt und ihre Bewohner liebenswerter. Kurzsichtigkeit kann ein Segen sein.

»Nein, vielen Dank, Frau Tressewitz, ich muss los.«

Die Wirtin macht sich daran, einen Frühstückstisch einzudecken, ordnet die Blumen in einer kleinen Glasvase an. Sie hat Geschick für Details, denkt Lilli. Der Tisch und die Stiefmütterchen vor dem Verandafenster ergäben eine ansprechende Pastellskizze, wenn man alles so verschwommen malen würde, wie sie es jetzt sieht. Mehr Gefühl als Abbildung. Schon wieder denkt sie in Bildern! Nein, sogar ans Malen. War wohl eine Tablette zu viel.

Rasch schiebt Lilli mit den Knien den Korbstuhl nach hinten. Raue Halme strecken Krallen nach ihren Nylonstrümpfen aus.

Hastig untersucht sie die Strümpfe nach einer Laufmasche und ihren marineblauen Etuirock nach Krümeln. Dass sie aber auch für ihre Gutachterjobs immer diese schachtelartigen Kostüme tragen muss, die jede Bewegung uniformieren und einen zwicken, wenn man sich – wie jetzt – nach seiner Tasche bückt.

Lieber trüge Lilli Kleidung, die sie verschwinden ließe. Ihr Körper geht die Menschen genauso wenig an wie ihr Seelenleben. Dabei ist er biegsam und an angebrachten Stellen üppig, aber ihr Körper ist ihr so fremd geworden wie sie sich selbst. Sie haust in ihm, statt ihn lustvoll zu beleben.

Als sie noch gemalt oder Bilder restauriert hat, hat sie weite T-Shirts getragen und sich schüchtern genossen. Sie wollte sich spüren. Die Kraft und Lust, die sich mit jedem Pinselstrich auf die Leinwand übertrugen, um verdoppelt auf sie zurückzuströmen, wenn ihre Fantasien eine Gestalt annahmen, die fremd, aufregend und vertraut zugleich war. Das war Leidenschaft. Gelebte Sehnsucht. Lilli erschrickt, zuckt vor sich selbst zurück. Aber es stimmt, damals hatte sie diese Vorahnung, wie es sein kann, lustvoll dem Fremden zu begegnen, der verlorenen Hälfte, dem Seelenzwilling.

Clemens?

Nein, nicht Clemens.

Wer dann?

Niemand. Nie. Sie braucht keine Ergänzung und schon gar keine Sehnsucht.

Frau Tressewitz kehrt an ihren Tisch zurück.

»Haben Sie heute wieder mit den Bildern auf Gut Seelitz zu tun?«

Lilli schaut wie ertappt auf. Noch mehr als das Gesicht der Wirtin hat sie deren bislang beiläufige Neugier geschätzt. Doch die Schonfrist scheint vorbei. Die sanfte Wirtin Wundermild verstellt ihr den Weg zur Diele und der Garderobenleiste. Ihr Blick ist in die Ferne gerichtet, als suche sie Schwedens Küstenlinie. In Wahrheit ist Hermine Tressewitz noch weiter weg.

»Ich habe meine Kindheit auf dem Gut verbracht.« Sie hält kurz inne, um Erinnerungen nachzuschmecken wie einem Sahnebonbon. »Damals lebte Malte von Seelitz noch. Kunst war seine Leidenschaft. Er hat später sogar selbst gemalt und uns Kindern Zeichenunterricht gegeben.« So viel haben ihr Hänsel und Gretel inzwischen verraten. »Über der Kredenz im Speisesaal hängt ein Werk von ihm. Was halten Sie davon?«

Lillis Blick irrt ins Dunkel des angrenzenden Raumes. Schwach erinnert sie sich an eine Gouache in wie im Zorn hingepinselter Wasserfarbe. Der Rahmen ist hübsch, aber das Bild? Ein tristes Seestück, wie im Zorn gemalt und im Stil – ja, in welchem Stil? Dem eines dilettantischen Schmierfinks. Basta.

Du klingst wie dein Vater!

»Ich hatte noch keine Gelegenheit, es zu betrachten«, lügt sie. Sie will Frau Tressewitz nicht wehtun, die mit hellem Kinderblick auf ein Urteil wartet.

»Das müsste Sie doch interessieren. Malte hat für die Kunst gelebt, glauben Sie mir.«

Nein! Bitte keine Geschichten über Kunst und Leidenschaft, fleht Lilli stumm und greift nach dem Riemen ihrer Schultertasche, als handele es sich um eine Rettungsleine. Sie hat hier nur einen Job zu erledigen. Frau Tressewitz scheint zu begreifen und kehrt ohne Umschweife in die Gegenwart – leider Lillis Gegenwart – zurück. Dabei lächelt sie freundlich.

»Was für einen interessanten Beruf Sie haben. Kunstgutachterin, das klingt für mich wie eine Belohnung. Den ganzen Tag Bilder zu betrachten. Mit Kennerblick.«

»Ich habe es nicht oft mit einer Sammlung von Meisterwerken zu tun, sondern meist mit Menschen, die ein grauenvolles Ahnenporträt für einen verkannten Rembrandt halten, den sie teuer versichern lassen wollen.«

Sie beißt sich auf die Zunge, verdammt, hoffentlich bezieht die Wirtin Tressewitz das nicht auf sich und das Seebild. Tut sie nicht.

»Aber mit der Sammlung Sammering ist das doch anders! Was man darüber so hört … Leider hat sie hier nie jemand zu Gesicht bekommen. Die Sammerings haben keine Besucher vorgelassen.«

Lilli lässt weich die Luft aus ihrem Mund strömen. Dem Himmel sei Dank!

»Wir Rüganer hätten es zu schätzen gewusst, wenn der alte Herr das Gut der Öffentlichkeit zugänglich gemacht hätte. Rügen hatte immer einen Ruf als Künstlerinsel. Carus und Feininger, alle haben die Insel gemalt – und natürlich Caspar David Friedrich.« Sie macht eine Pause. Lilli schließt kurz die Augen. Der Name geht ihr auf die Nerven. Hermine Tressewitz bemerkt es nicht.

»Es ist ein Jammer, dass Sammering kein Museum wollte und nun alles den Tierheimen seiner Frau vermacht hat. Die Kunst sozusagen den Hunden zum Fraß vorzuwerfen, das ist doch …«

Ein Segen, denkt Lilli, während sich ihr Puls beschleunigt, weil Frau Tressewitz die Stellung hält und mit schlankem Zeigefinger Krümel von der Tischdecke tupft. Lilli räuspert sich.

»Vor dem Verkauf wird die Sammlung einen Monat auf Gut Seelitz gezeigt. Das ist eine Attraktion, die internationales Aufsehen erregen wird, Frau Tressewitz. Das tut sie schon jetzt.«

Die ersten Meldungen über den Verkauf der Sammlung sind in der Fachpresse erschienen, und Anfragen nach Listen und Katalogen überschwemmen die Galerie Leopold Wandler. Nach ihrer Rückkehr von Rügen wird sie sich darum kümmern. Dann, wenn die richtigen Bilder problemlos der Öffentlichkeit und echten Kennern präsentiert werden können.

Frau Tressewitz zeigt sich mäßig beeindruckt. »Ja, sicher. Wir freuen uns auch darauf, aber …«

»Verzeihung, ich muss wirklich los.« Lilli schultert ihre Tasche, als handele es sich um einen Karabiner. Die Wirtin hält die Stellung. »Eine Zeichnung von Picasso soll Sammering gehabt haben.«

Er hatte sogar zwei.

Nur was für welche! Lillis Puls beginnt zu jagen, in ihren Ohren scheint die Ostsee zu rauschen. Unweigerlich wird sie in einen Strudel der Erinnerung herabgerissen und hat Angst zu ertrinken. Aber in Wohnzimmern ertrinkt man nicht.

Bei den Picassos hat sie ihr Bestes gegeben. Mit neunzehn Jahren. Die Zeichnungen waren Teil ihrer Meisterprüfung als Restauratorin. Leopold Wandler hat sie für die Kopien in höchsten Tönen gelobt.

»Meine Liebe, du hast Picasso nicht nachgeahmt, sondern nachempfunden. Ist das nicht äußerst befriedigend? So hochtalentiert, wie du bist, werden sich die Museen in aller Welt um deine Mitarbeit reißen, man wird dir die größten Meister anvertrauen. Du wirst sie sozusagen ganz für dich haben. Wenigstens auf Zeit. Beneidenswert. So weit hätte ich es nie gebracht.«

Sie war so froh über sein überschwängliches Lob gewesen, dass sie ihm die Zeichnungen geschenkt hat. Auch deshalb, weil sie nicht vorhatte, weiter als Restauratorin zu arbeiten, sondern sich an der Kunstakademie zu bewerben. Die Kopien sollten ein Trost für Leopold sein, ihr Abschied aus seiner Welt der Imitationen, hin zu sich selbst.

Papas kleiner Helfer hat doch nicht ahnen können, was er mit ihren Kopien und den beiden Originalen, die er für Sammerings Geld erworben hatte, tatsächlich vorhatte.

Nämlich sie auszutauschen, um die Originale für sich zu behalten.

Soso, und du hast nichts geahnt, murmelt Lilli Dummchens Alter Ego.

Es waren meine einzigen Arbeiten für ihn, verteidigt sich Lilli gegen sich selbst.

Du hast also doch etwas geahnt?

NEIN.

Ihr Alter Ego muss in einem früheren Leben mit der spanischen Inquisition betraut gewesen sein. Verflixte Tabletten, so hartnäckig hat ihr Seelenspion bislang nicht um Aufklärung gerungen. Und Lilli Dummchen ganz bestimmt nicht. Schließlich liebt sie ihren Vater. Ihr Alter Ego schweigt. Verdammt, sie liebt ihn wirklich. So sehr, dass es wehtut wie jetzt.

Keine Gegenstimme.

»Ich liebe Picasso«, schwärmt hingegen Frau Tressewitz, »und dann dieses impressionistische Gartenbild von Sisley, das Ihr Vater ersteigert haben soll! Gärten sind meine schwache Stelle, daher kenne ich Sisley. Ein zweiter Monet!«

Die Stimme der Wirtin klingt ehrfürchtig, ihre Gesichtsfarbe ist jetzt eine Studie in Pink. »Ich würde es zu gerne einmal im Original sehen. Werden Sie sich das Bild heute anschauen?«

»Nein, erst morgen«, sagt Lilli schroff und zieht den Bauch ein, um sich an Frau Tressewitz vorbeizuschlängeln, die aufrecht wie ein Zinnsoldat vor ihr verharrt.

»Ihr Vater scheint sich wirklich auszukennen mit großer Kunst.«

Lillis Herz setzt einen Takt aus, dann keimt Wut in ihr hoch. Sie drängt sich an Frau Tressewitz' schmaler Hüfte vorbei und schubst die Wirtin dabei gegen die Tischkante. Das Geschirr klappert vorwurfsvoll.

Lilli wirft den Kopf zurück und steuert über den schwarzweiß gefliesten Steinboden des Speisesaals vorbei an der Nussbaumkredenz und dem Seestück darüber die Diele an. Wer solche Bilder aufhängt, kann nichts von Kunst verstehen. Lilli greift nach ihrem Wollmantel.

»Und mit was«, ruft Frau Tressewitz ihr hinterher, »befassen Sie sich heute dann?« Pause.

»Einem Caspar David Friedrich vielleicht?«

11

»Wie kommen Sie denn darauf?«

Lilli wirbelt herum. Frau Tressewitz greift nach Lillis rechter Mantelhälfte, entwirrt sie und hält sie fürsorglich auf. Glitzert im Blick der Wirtin eine Spur von List? Lilli kneift die Augen zusammen. Sie sollte ihre Brille wirklich nicht nur tragen, um Gemälde in Augenschein zu nehmen.

Hermine Tressewitz räuspert sich.

»Sie haben noch nichts davon gehört?«

Lilli schweigt eisern.

»Früher gab es auf Seelitz einen Friedrich, heißt es. Man hat lange Zeit angenommen, dass die Russen das Gemälde entwendet haben. Die haben sogar die Toilettenschüsseln auf Seelitz rausgerissen und abtransportiert. Aber weil mein neuer Gast gestern Abend so gezielt danach gefragt hat und so außerordentlich daran interessiert ist …«

»An Toilettenschüsseln?« Lillis überlässt ihrem Alter Ego die Führung. Langsam wird ihr die Kunst lästig.

Frau Tressewitz schüttelt den Kopf.

»Nein, an dem Friedrich natürlich. Da dachte ich, ich frag Sie einfach mal. Vielleicht hat Sammering oder sonst jemand das Bild ja entdeckt. Schließlich gibt es im Gutshaus jede Menge Keller, die Stallungen und das Gartenhaus …«

Lilli stößt ihren Arm in den Mantel.

»Zur Sammlung Sammering gehört kein Friedrich. Das müsste ich wissen.«

Sie fährt sich nervös durch die Haare. Oder hat Leopold ihr noch mehr Bilder verschwiegen? Ein Friedrich! Auf Rügen. Unmöglich. Das Werk des weltberühmten Romantikers ist überschaubar und größtenteils in Museen untergebracht. Seit Jahren ist kein Friedrich auf dem Markt gewesen. Leopold kann also kein Friedrich-Original für Sammering entdeckt oder erworben und heimlich kopiert haben. Außerdem hat sie sein Ehrenwort.

Hahaha.

Hermine mustert sie schweigend. Lilli ahnt, dass sie nicht nur nervös ist, sondern auch ganz danach aussieht.

»Ich muss an die Arbeit«, sagt sie laut und reißt die Tür auf. Ein Schwall Seeluft umfängt sie, legt sich als feuchter Schleier auf ihr Gesicht, kriecht unter den Mantel. Sie dreht sich um. Frau Tressewitz steht zum Umpusten schmal im Windzug und knetet eine Serviette.

»Heute beschäftige ich mich mit der malakologischen Abteilung«, gibt Lilli Auskunft.

Frau Tressewitz nickt zerstreut. »Makalolo was?«

»Malakologie. Die Sammlung im Gartenhaus.«

Frau Tressewitz schüttelt sich backfischhaft.

»Ach, das Zeugs! Na ja, Herr Sammering hatte viele wunderliche Seiten, vor allem diese fanatische Tierliebe auf seine alten Tage. Was der alles gesammelt und gehortet haben soll. Entweder war er ein Universalgenie oder ein Wirrkopf.«

Mit Sicherheit das Letztere. Lilli stürmt die Treppe hinab und übersieht den hoch gewachsenen Mann, der von der Strandpromenade her um die Ecke biegt. Sie läuft direkt in ihn und seine aufklaffende Jacke hinein. Ein Geruch aus Leder, getränkt mit Seewind und Salz steigt ihr in die Nase, vertreibt alle Gedanken an männliche Wirrköpfe und lässt sie an der Hemdbrust verweilen. Das riecht nach mehr als Urlaub, schießt es ihr durch den Kopf. Was ist jetzt wieder mit ihr los?

»Kalt heute, nicht wahr?«, fragt eine amüsierte Stimme von oben herab. Die Stimme hat einen kaum wahrnehmbaren Akzent. Englisch, tippt Lilli.

Ihre Augen spazieren über königsblauen Hemdstoff nach oben. Verschwommen erkennt sie ein sonnenbraunes Gesicht, kneift aber nicht die Augen zusammen, um es zu inspizieren.

»Pardon«, murmelt sie, »ich habe heute meine Brille nicht auf.« Dann stolpert sie in Richtung Promenade. Das war mal wieder ein selten blöder Satz. Muss an diesem Geruch gelegen haben. Oder an dem ganzen Mann?

Oder daran, dass du Gefühle hast. Wenigstens in deinen Erinnerungen, giftet Lillis Alter Ego.

Der Herr verschone mich von allem Übel, jagt es Lilli durch den Kopf. Die Stimme des Fremden klang verdammt nach Frauenflüsterer.

Zumindest in deinen Ohren, feixt es.

Ach was. Erotische Sehnsüchte hat sie vor Jahren verloren, so beiläufig wie Milchzähne und so gründlich wie ihre Lust am Malen. Ein Gefühlsdusel mit Vorliebe für Gaukler tut besser daran, ohne Leidenschaften zu leben.

Ihre emotionalen Experimente nach Clemens waren ausnahmslos Täuschungen. So wie dieser Axel, den sie bei einem Kongress für Kunstversicherer kennen gelernt hatte und der ihr erst nach einem halben Jahr eröffnete, er sei – nun ja – eigentlich verheiratet. Eigentlich?

Sein Nachfolger Roland hat nur zwei Monate gebraucht, um sich als Hochstapler zu entpuppen, der nicht als begnadeter Orchestermusiker, der er zu sein vorgab, sein Geld verdiente, sondern in der Klassikabteilung bei WOM. Passenderweise hatte sie den bei einem Blind Date aufgefischt. Nein, er sie. Er hat sie – wen sonst – nach dem Weg zur Toilette gefragt und ist dann einfach an ihrem Tisch sitzen geblieben.

Wenn sie jetzt ab und an mit Männern, meist mit Auftraggebern aus der Versicherungsbranche, in Restaurants geht, interessiert sie das Essen auf ihrem Teller mehr als ein attraktives Gegenüber. Sollte ihr je wieder ein männlicher Verstellungskünstler in die Arme laufen, dann gnade ihm Gott.

Du denkst also bereits an den nächsten? Bravo!

Mit schnellen Schritten steuert sie ihr Auto an. Eine Möwe stößt auf die Überreste eines Brötchens herab, schnappt zu, schwingt sich mit der Beute in den Winterhimmel und zieht einen Bogen in Richtung Ostsee. Freiheit sieht so einfach aus.

Lilli steckt die Autoschlüssel zurück in die Manteltasche. Sie wird den Bus nehmen und von der Haltestelle, die Seelitz am nächsten liegt, einen Spaziergang zum Gutshaus machen. Salzige Luft, ein Gang durch Buchenwälder und Boddenwiesen werden ihr gut tun. Rügen eben. Mehr braucht sie nicht.

Und es spricht nichts dagegen, ein wenig Ferienstimmung aufkommen zu lassen.

Außer dem verfluchten letzten Bild. Dem Sisley. Aber der kann bis morgen warten, und dann wird alles gut. Dann ist die Vergangenheit vorbei. Lilli lächelt. Das Leben kann sehr schön sein.

12

»Das war sie, Herr *Stepford!*«

»Wer?«

Simon Stepford alias Graf, der Mann in der Lederjacke, streift seine Schuhe auf einer Kokosmatte in der Diele ab. Frau Tressewitz mag keinen Sand auf ihrem Fliesenboden, glaubt er dem leidenschaftlichen Aufblitzen ihrer Augen zu entnehmen. Ältere deutsche Frauen putzen generalstabsmäßig, hat sein Vater gesagt, anders als Simons englische Mutter. Hermine Tressewitz schaut jedenfalls sehr entschlossen.

Graf kennt den mit Liebenswürdigkeit getarnten Kriegerblick von seiner Großmutter Edwina, wobei Edwina die Liebenswürdigkeit gewöhnlich weglässt. Nicht nur in Sauberkeitsfragen. Er schält sich aus seiner Jacke und hängt sie achtlos auf einen Haken.

»Mit zweiundachtzig Jahren bleibt keine Zeit mehr für alberne Sperenzchen«, pflegt Edwina zu knurren. Leider hat dieser Leitsatz sie nicht von Albernheiten finanzieller Natur abgehalten, die ihn zu diesem Rügenabstecher zwingen, obwohl in der Landmaschinenfabrik nach seinem Aufenthalt in Fernost viel zu tun ist. Fernost könnte die letzte Chance sein, Edwinas Traktorengeschäft zu retten.

Irritiert bleibt sein Blick an Hermine hängen. Die hat ihm die Jacke abgenommen und streicht sie zärtlich am Garderobenhaken glatt.

So schön ist das abgeschabte Teil doch nicht. Überhaupt wundert Simon sich seit ihrer ersten Begegnung gestern Abend über die Fürsorge, die seine Wirtin ihm angedeihen lässt. Eine altjüngferliche Marotte? Nach verhärmter alter Jungfrau sieht Hermine gar nicht aus. Das Lächeln, das sie seiner Jacke schenkt, ist weich und sehr verträumt. Will sie ihn auf die gefühlvolle Tour für das Caspar-David-Friedrich-Märchen erwärmen, das sie in die Welt gesetzt hat?

Die Wirtin scheint seinen prüfenden Blick zu spüren und wendet sich wie ertappt von der Jacke ab.

»Ich sagte, das war die Kunstgutachterin aus Köln, nach der Sie gefragt haben. Sie behauptet, nichts über das Friedrichgemälde auf Seelitz zu wissen. Aber auf die Frage hat sie nervös reagiert, geradezu verstört.«

Sie macht eine verlegene Pause. Herrje, es fällt ihr schrecklich schwer, diese vage Geschichte über das im Gutshaus versteckte Bild am Leben zu erhalten, aber Edwina ist noch fester von dessen Existenz überzeugt als sie. Darum will sie überhaupt das Haus kaufen. Und seit Hermine Simon gesehen hat, will sie selbst ganz fest an das Bild glauben. Es muss dieses Gemälde geben, damit Seelitz wieder auferstehen kann.

Edwinas Enkel wäre als studierter Agrarwissenschaftler genau der richtige Mann für das verfallene Gut. Er wäre der einzig Richtige.

»Frau Wandler wurde wirklich ganz hektisch, als ich auf den Friedrich zu sprechen kam. Edwina Graf sollte sich mit dem Kauf des Gutes beeilen, wenn sie sich das Bild sichern will, bevor Profis wie Frau Wandler oder ihr Vater danach suchen und …«

Sie bricht ab. Graf hat jäh den Kopf gedreht, als wollte er einen zweiten Blick auf Lilli erhaschen, dabei ist die Tür zu.

»Dieses leicht verhuschte Mädchen in dem strengen Kostüm ist Liliane Wandler?«

Sah nicht eben gewieft aus mit ihren weit aufgerissenen Augen. Oder ist das ihre Art der Tarnung? Ihr Exmann Clemens von Krolow soll darin Meister sein, und wie Graf herausbekommen konnte, muss auch Leopold Wandler, der Vater des Mädchens – der Frau natürlich – in der Technik der Camouflage versiert sein. Alle Kenner der deutschen Kunsthandelsszene, mit denen er sich unterhalten hat, haben zwar den tadellosen Ruf von Herrn Wandler betont, es aber verstanden, ihn als Paradiesvogel darzustellen, dessen Aufstieg vom Trödler zum Galeristen verwunderlich ist.

Seine Karriere hat auf dem Flohmarkt begonnen, wo er einen verkannten Spitzweg entdeckt hat. Entdeckt haben will. Bei der Erwähnung eines verschollenen Friedrichgemäldes in seinem Umfeld sind seine vornehmen Kollegen in beredtes Schweigen verfallen.

Einer ist so weit gegangen, zu murmeln: »Er trickst also wieder herum, unfassbar, der Knabe.« Mehr nicht.

»So jung kann sie nicht sein«, stellt Frau Tressewitz fest und ordnet ein Spitzendeckchen auf dem Telefontisch neu an.

»Wer?«

»Frau Wandler. Sie hat mir von einer dreizehnjährigen Tochter erzählt, Charlotte heißt sie. Und wenn Frau Wandler ihre Brille aufsetzt, bekomme ich es mit der Angst, so zum Letzten entschlossen schaut sie damit aus. Wie ausgewechselt. Eiskalt.« Wenigstens das entspricht der Wahrheit, auch wenn sie Lilli Wandler im Grunde ihres Herzens nicht unheimlich oder eiskalt, sondern geradezu rührend findet.

Graf nickt grimmig. Aha!

Liliane Wandler, erst seit wenigen Monaten geschiedene von Krolow, hat zwei Persönlichkeiten, zwischen denen sie hin- und hertauscht. Wahrscheinlich steckt also die ganze Familie bei der Friedrichsache unter einer Decke. Wollen seine Großmutter mit einem Märchen austricksen. Sein Mund wird hart. Von wegen Unschuldslamm.

Der Augenaufschlag dieser Frau Wandler war aber auch verdächtig niedlich. Unschuldige Mädchen – besser gesagt Frauen – sind seit mehr als hundert Jahren aus der Mode. Wenn es sie überhaupt je gab. Er ist noch keiner begegnet. Offenherzige Unschuld ist langweilig oder Mittel zum Zweck. Das hat ihm zuletzt seine Exverlobte Valerie vor Augen geführt.

»Ich hätte nie gedacht, dass Kunst so eine todernste Sache ist«, seufzt seine Wirtin mit Blick auf Grafs erkaltete Miene.

»Wenn es um viel Geld geht, schon«, sagt Graf knapp. Es geht um das Geld von Edwinas Firma. Das muss er retten, bevor Liliane Wandlers Exmann weitere Geschichten von verlorenen Schätzen auftischt.

Maunzend streift eine Tigerkatze sein Bein und macht sich auf zur Veranda, um sich ein Pfützchen Sonne für die morgendliche Siesta zu suchen. Kluges Tier. Graf folgt ihr durch den Speisesaal. Herrlich, die Ostsee.

Die Sonne hat an Kraft gewonnen und entlockt dem Wasser karibische Farben: Türkis und Königsblau. Rügen hat seinen Zauber, kein Zweifel. Stellenweise ist es sanft wie die Hügel von Surrey, anderswo wild wie die Küste Cornwalls oder heidelandähnlich wie Englands Norden, und das alles auf nur eintausendfünfhundert Quadratkilometern. Ohne störende Industrie.

Die unnachahmliche Mischung aus Landschaftstypen hat ihn auf Anhieb fasziniert und beruhigt. Und die Nähe des Meeres, denn er ist Segler. Auf seine Großmama scheint schon die Erwähnung Rügens gegenteilig zu wirken. Sie ist seit Wochen hyperaktiv. Missmutig dreht Simon sich vom Fenster weg. Hermine steht in der Zwischentür zum Speisesaal und mustert ihn versonnen, fast schwärmerisch.

Simon ist auf seine kantige Art ein attraktiver Junge. Hermine lächelt verstohlen. Junge? Er ist ein Mann von Mitte dreißig. Er hat die lebhaften Züge Edwinas, ihr dunkles Haar, ihre langen Glieder, das hart vorspringende Kinn, die große, gebogene Nase. In der männlichen Version ist das sehr reizvoll und markant. Und wirklich schön sind diese hellgrauen, fast silbernen Augen. Die stammen eindeutig vom Großvater.

Verdammt, warum hat Edwina mit dieser Geschichte hinter dem Berg gehalten? Hermine schüttelt wie tadelnd den Kopf. Edwina wird ihr einiges erklären müssen, wenn sie das nächste Mal miteinander telefonieren. »Und zwar die ganze Wahrheit, wenn ich bitten darf.«

»Was haben Sie gesagt?«

»Oh, also, Verzeihung, ich habe nur laut gedacht. Möchten Sie Tee oder Kaffee?«

»Schwarzen Tee bitte.« Natürlich, er hat schließlich sein halbes Leben in England verbracht. Hermine eilt Richtung Küche. Simon genießt den Ausblick.

Ältere Damen sind allesamt wunderlich. Diese redet mit sich selbst. Was soll's. Er muss nur Edwina zur Vernunft bringen. Er hätte ihr längst jede Vollmacht entziehen oder seinen Geschäftsführerposten kündigen sollen. Aber wie kann man das tun, wenn die Firma das Lebenswerk der Großmutter ist, die einen aus heiterem Himmel zum Erben auserkoren hat?

Hätte er gewusst, auf was er sich dabei einlässt, hätte er verzichtet, schließlich ist sein Lebenstraum nicht die Sanierung einer maroden Landmaschinenfabrik. Sein Job am Londoner Institut für Agrarwissenschaft war das allerdings auch nicht. Erdverbundenheit ist etwas anderes, als Dossiers über alternative Landwirtschaft und Bodenanalysen zu verfassen.

Mit kräftigen Händen krault er die Katze auf der Fensterbank. Er betrachtet die Reste von Lillis Frühstück auf dem Nachbartisch – scheint keinen gesegneten Appetit zu haben oder Spuren eines schlechten Gewissens, das den Hunger zügelt.

Das leise Klappern von Teetassen und der Duft warmer Brötchen ruft ihn in die Gegenwart zurück. Er nimmt Platz und freut sich über die Blumen vor sich. Frau Tressewitz stellt das Tablett neben ihm ab.

»Möchten Sie sich nach dem Frühstück das Strandzimmer anschauen? Es ist herrlich ruhig und hat viel Licht.«

Graf zieht seine Hand von der Katze zurück und irritiert die Augenbrauen zusammen.

»Danke, ich bin mit meinem Zimmer zufrieden, ein Umzug ist nicht nötig.«

Frau Tressewitz schaut jetzt ebenfalls irritiert. »Wer spricht von einem Umzug. Ich meine das Zimmer für Ihre Großmutter. Falls sie hier wohnen will, was ich hoffe.«

»Welche Großmutter?« Graf wirbelt herum.

»Na, Edwina Graf natürlich. Oh, schauen Sie mich nicht so an, sie hat es mir gesagt. Ich weiß, dass Sie nicht Stepford, sondern Graf heißen.«

»Dann vergessen Sie es bitte wieder. Ich will mich auf Rügen nicht zu erkennen geben, sonst bekomme ich lauter Märchen über verschwundene Bilder zu hören, die das Gutshaus enorm wertvoll machen. Was es nicht ist.«

Hermine geht nicht darauf ein.

»Ich freue mich, Ihre Großmutter nach all den Jahren wiederzusehen. Was wir uns zu erzählen haben werden über unsere Zeit auf Seelitz!« O ja, denkt sie mit wütend klopfendem Herzen, das werden wir. Bemüht munter fährt sie fort. »Sie hätte eher herkommen sollen. Jetzt, wo alles so schön ist wie damals. Nun ja, beinahe jedenfalls, auf Seelitz ist natürlich noch vieles zu tun, aber mit viel Tatkraft und ihrem Kapital ...«

Graf unterbricht die Wirtin. »Edwina kommt hierher?«

»Sie hat mich gestern angerufen. Kurz bevor Sie eingetroffen sind. In den nächsten Tagen will sie anreisen.«

Verdammt, Edwina ist ein Teufelsbraten. Sein Vater hat Recht gehabt, als er ihn vor einer Zusammenarbeit gewarnt hat.

»Simon, meine Mutter ist unbelehrbar und äußerst schwierig.« So schwierig, dass sein Vater sich früh nach England abgesetzt hat, um ihr zu entkommen und Edwinas Firma nicht zu erben. Die Literatur ist sein Metier, nicht die Landwirtschaft. Als Dozent für deutsche Romane des zwanzigsten Jahrhunderts hat er sich in Oxford von Traktoren und Edwina fern gehalten.

»Ich würde sie wirklich gerne kennen lernen«, hat Simon geantwortet, den seine deutsche Verwandtschaft zu interessieren begann. Außerdem gefiel ihm der Gedanke, einige tausend Meilen zwischen sich und Valerie zu legen. Die Heiratsankündigung im *Daily Telegraph* hat ihm mehr zugesetzt, als ihm lieb war. Er wollte nicht im Land sein, wenn Valerie Afton den achten Earl of Broadsmoore,

Großgrundbesitzer, Gentleman und ehemals sein bester Freund, vor Gott und der Welt zum Ehemann nehmen würde. Lieber würde er Traktoren verkaufen, als den sitzen gelassenen *second best man* zu geben, der dem dreckigen kleinen Ehrgeiz seiner Exverlobten mit Wodkaexzessen beizukommen versucht.

»Ich hoffe, du bereust deine Entscheidung nicht, mein Junge. Edwina ist ein Drachen. Ihr Geschäft ist alles, was sie interessiert. Ihr Lebenswerk, das sie mit allen Mitteln unter dem Namen Graf erhalten möchte. Die Familie – besser gesagt ich – war ihr ein Leben lang lästig. Sie ist der Urtyp der Karrierefrau in stählerner Unterwäsche. Maggie Thatcher ist gegen sie ein Schmusetier.«

Simon gibt der Katze auf der Fensterbank einen zärtlichen Klaps. Edwina eine Karrierefrau? Nun ja. Besessen trifft die Sache wohl eher. Nicht nur, dass sie Gelder, die in der Firma stecken sollten, in Krolows Immobilien-Knallbonbons investieren will, jetzt stört sie auch noch seine Detektivarbeit und deckt seine Identität auf. Ganz gegen ihre Verabredung. Er muss aktiv werden, bevor Edwina ihr letztes Geld für ein nicht existentes Bild verplempert.

»Ich muss los.« Im Stehen trinkt er einen schnellen Schluck Tee.

»So plötzlich? Sie müssen erst etwas essen, ich habe Ihnen schon gestern nichts Anständiges gekocht.«

Mein Gott, seine Wirtin übertreibt die mütterliche Fürsorge eindeutig. Demnächst wird sie noch nach seiner Stopfwäsche fragen. Fluchtartig verlässt er die Veranda und strafft die Schultern wie zum Kampf.

Hermine schaut ihm nach, während er die Treppe zu den Gästezimmern hocheilt. Sie seufzt unwillkürlich. Genauso hat Malte an seinen guten Tagen ausgesehen, wenn er energiegeladen und frei von depressiven Schüben eine Gutsbesichtigung antrat oder Ausflüge über die Insel anführte. Sicher wäre er vernarrt in seinen Enkel gewesen. Kinder bedeuteten ihm so viel.

Warum hat Edwina ein Leben lang geschwiegen? Denn das muss

sie getan haben. Simon kann nichts über seine wahre Herkunft wissen. Nennt sich Stepford, heißt Graf und ist in Wahrheit ein waschechter von Seelitz, zumindest dem Aussehen nach.

13

»Hau ab, du Vieh.«

Mit rudernden Armen wehrt Alida Sammering die Zärtlichkeitsbeweise eines Schweins ab. Das Tier blinzelt sie aus einem wässrigen Auge an, das andere bleibt unbewegt und ist vom grauen Star getrübt. Keinen Millimeter weicht das Borstentier von der Schwelle des Schlafzimmers zurück. Es nimmt die Bezeichnung Hausschwein sehr wörtlich, schließlich ist es Ewalds Liebling gewesen und hat zuletzt neben seinem Bett geschlafen.

»Verschwinde endlich. Dich werde ich auch noch los! Ich fange gerade damit an.«

Alida knallt ihm die Tür vor der Nase zu. Das Tier stößt einen unmelodiösen Grunzer aus.

»Na komm, Isolde«, ruft vom Fuß der Haupttreppe her der Hausmeister und legt seine Schleifmaschine beiseite. Das Schwein folgt ihm und wird mit einem Kopftätscheln belohnt. »Hast kein leichtes Leben mehr bei unserer großen Tierfreundin, seit's Herrchen tot ist, hm?« Kopfschüttelnd begleitet der Mann das Tier zur Eingangstür und entlässt es in den Park. »Fang dir in den Schuppen 'ne fette Ratte und leg se der Gnädigen vor die Tür. Hübsch blutig. Die hat's verdient.« Die Sau trottet davon wie ein Bremer Stadtmusikant auf der Suche nach etwas Besserem als dem Tod.

Wirklich lästig, dieses Viehzeug, denkt Alida Sammering, als sie das Schwein vom Schlafzimmerfenster in der Einfahrt aus entdeckt. Wie schön, dass sie den ganzen Zoo endlich abgeben kann. Wozu ist man schließlich Stifterin von mehr als einem Dutzend Tierheimen in ganz Europa?

Sie greift nach dem Tastentelefon und tippt mit spitzem Zeigefinger eine Nummer ein.

»Hallo, hier ist Alida Sammering.«

Am anderen Ende meldet sich Herr Nötzing vom »Gnadengestüt Sammering e.V.« in Hannover. Alida überhört seinen brummigen Unterton und legt los.

»Ich wollte nur sicherstellen, dass die fünf lahmenden Rennpferde hier morgen Nachmittag abgeholt werden. Und wenn Sie schon dabei sind, können Sie auch gleich das Schwein mitnehmen.«

Herr Nötzing unterbricht. »Liebe Frau Sammering, gut, dass Sie noch einmal anrufen. Wir haben hier wirklich Platzprobleme. Fünf Pferde so plötzlich aufzunehmen …«

»Ist Ihre Aufgabe, schließlich bekommen Sie dafür ein Vermögen. Als Schirmherrin der Sammering-Tierheime habe ich keine Zeit mehr, mich um Einzelfälle zu kümmern, nachdem mein Mann verschieden ist. Wie denken Sie sich das? Die ganze Welt ist voller Tiere in Not, was meinen Sie, wie viel ich zu tun habe? Ich werde demnächst ständig auf Reisen sein, denn Tierquälerei ist ein internationales Anliegen, äh, Problem natürlich. Es bleibt also dabei, morgen Nachmittag. Sonst werde ich mich nach einem anderen Gestütsleiter umschauen müssen.«

Nötzings Proteste beendet sie mit einem Druck auf die Off-Taste. Sie ist wirklich fleißig gewesen in den letzten Tagen und konsequent.

»Trennen Sie sich von unnützem Ballast«, hat ihr Horoskop geraten. Die teuren Pferdepfleger sind entlassen, Ewalds Planungen für eine ökologische Musterzucht schottischer Hochlandrinder gestoppt, und den Schweinestall wird sie in keinem Fall weiter ausbauen lassen.

Ihre Arbeit für und mit Tieren wird sich auf Besuchsreisen zu den Sammering-Tierheimen beschränken. Hauptsächlich nach Mallorca und Südfrankreich, wo sich die Wohltätigkeit aufs Schönste mit den Annehmlichkeiten des Lebens verbinden lässt und gute Beautyfarmen beheimatet sind.

Alida Sammering setzt sich auf die rosengemusterte Tagesdecke ihres Himmelbettes und cremt hingebungsvoll Arme und Hände ein. Auf gepflegte Hände hat sie immer größten Wert gelegt, denn Hände verraten das Alter erbarmungslos. Nie mehr wird sie damit etwas Vierbeiniges anfassen, das ist Gift für die Haut. Ein Blick in den Spiegel über der Frisierkommode und in ihr Gesicht trösten sie über diese Wahrheit hinweg.

Keinen Tag älter als fünfundvierzig sieht sie aus, hat Clemens gesagt. Ach, Clemens. Flotte fünfundvierzig. Niemand kann ihre zweiundfünfzig Jahre erraten. Die Krakelüren in ihrem Gesicht – um es im Kunstjargon auszudrücken, den Alida sich antrainiert, um nicht ganz so ahnungslos zu wirken, wie sie ist – halten sich in Grenzen. Alida kichert, öffnet ein Cremetöpfchen, dem Algengeruch entsteigt, und nimmt sich ihre Ellbogen vor.

Vierzig Jahre ist sie gewesen, als Ewald Sammering endlich seine Liebe zu ihr, seiner Fußpflegerin, entdeckt hat. Die zwölfjährige Ehe an der Seite des Eintopf- und Brühwürfelkönigs Ewald Sammering war ein harter Job. Wer konnte ahnen, dass der Mann seinen zweiundneunzigsten Geburtstag erleben und so viele Spleens entwickeln würde, die ihn sein Vermögen kosteten?

Vor allem diese Sammelei von Gemälden und Antiquitäten, mit der ihr begeisterungsfähiger Gatte sich als Kunstkenner beweisen wollte, um den Geruch des Suppenproduzenten (»Eintöpfe von Sammering, da steckt viel Gutes drin«) zu verfeinern. Vieles hat er nicht mal aufgehängt, er wollte es nur besitzen und in Katalogen als Besitzer erwähnt werden. Alida zuckt die Schultern. Ewald war ein Einsiedler, der sich in der Rolle des geheimnisvollen Selfmade-Millionärs gefiel.

Deshalb hat er auch dieses Gutshaus in der Mitte von Nirgendwo gekauft, in das er sich am Ende seines Lebens ganz zurückziehen musste, weil sein Geld so gut wie verbraucht war. Seelitz ist eine Ruine, die dank der diversen Pläne Ewalds noch lange nicht in Schuss ist.

Mit dem Ausdruck einer Märtyrerin mustert Alida ihr Gesicht

im Spiegel. Nur gut, dass ihr Kinder erspart und ihre Figur erhalten geblieben sind. Sie hat Ewalds Begeisterungsfähigkeit von teurer Kunst zuletzt auf Tiere umgelenkt. Zwar verstellen ihr die Viecher jetzt den direkten Zugriff auf das Vermögen, aber sie sind harmlosere Gegner als erbberechtigte Zweibeiner. Sie wird alle Freiheiten des Reichtums auskosten, wenn die Bilder verkauft sind und sie darüber bestimmt, wie viel und wofür Geld in ihre Tierheime fließt.

Zum Beispiel für angemessene Berufskleidung, Wohltätigkeitspartys und repräsentative Unterkünfte der Schirmherrin. So machen das schließlich alle mildtätigen Societygrößen.

Alida reckt träge den Kopf und späht zum Fenster hinaus. Lilli Wandler stapft gerade den Weg zum Gartenhaus entlang und lässt sich von Isolde, dem Schwein, mit Nasenstübern begrüßen.

Ein Spaziergang bei dem Wind! Meine Güte, hat die Frau denn keinen Respekt für ihren Teint? Alida erhebt sich vom Bett und öffnet die ebenerdige Fenstertür zum Vorplatz.

»Guten Morgen, Frau Wandler.«

Lilli hebt den Kopf, während sie Schweineohren krault. »Oh, guten Morgen.«

»Lassen Sie sich von Isolde nicht aufhalten.«

Lilli intensiviert ihre Beweise der Zuwendung.

»Außerdem beißt sie Fremde.«

Lilli hält einen Moment inne, dann krault sie entschlossen weiter. »Isolde und ich sind Freunde.« Das Schwein hat sie von Anfang an gemocht. Nun ja, Isolde ist ein ausgesprochen liebeshungriges Schwein.

Alidas Lippen verziehen sich zu einem Strich. Noch eine Schmarotzerin, die ihr Zeit und Geld stiehlt.

»Ich dachte, Sie haben heute im Gartenhaus zu tun? Es wäre schön, wenn Sie das schnell erledigen könnten. Meine Tierheime brauchen den Erlös aus den Gemäldeverkäufen dringend. Gerade erst hat mir der Leiter unseres Gnadengestüts erklärt, welche Platzprobleme wir dort haben. Mit Ihrer Arbeit würden Sie Ihre Tierliebe also am sinnvollsten unter Beweis stellen.«

Lilli richtet sich ärgerlich auf. »Keine Angst, Frau Sammering, schon sehr bald werden Sie, Pardon, Ihre Tierheime, im Geld schwimmen. Allein der Sisley kann mehrere Hunderttausend einbringen. Vorausgesetzt, Sie geben uns Zeit und Gelegenheit, die Gemälde in Köln zu säubern und danach ansprechend auf Seelitz zu präsentieren. Wir organisieren schließlich keinen Garagenverkauf.«

Sie dreht sich um und stapft über knirschenden Kies auf das Gartenhaus zu. Die Schwarze Witwe ist eine Kunstbanausin erster Güte. Wie konnte Ewald Sammering ihren angeblichen Tierheimen nur so kostbare Schätze hinterlassen, statt auf Leopold zu hören und alles einem Museum zu stiften!

Alida schließt mit lautem Knallen das Fenster. Sie wirft einen Blick auf das Gartenbild über ihrem Bett. Hunderttausende ist so was also wert. Ziemlich viel für so ein undeutliches Gekleckse. Und farblich passen die Blumen kaum zu den Orchideen auf ihrer Tagesdecke von Hermès. Wahrscheinlich war der Maler im Alter farbenblind, genau wie dieser Monet oder Manet, dem er nachgeeifert haben soll. Davon hat Liliane Wandler endlos gequatscht.

Farbenblinde Maler und eine kurzsichtige Kunstgutachterin! Das sagt doch alles. Eine Schande, dass sie oder Clemens das blöde Bild nicht selbst verkaufen dürfen, dann könnte sie etwas vom Erlös abzweigen. Das Telefon auf ihrem Nachttisch summt dezent. Was für ein arbeitsreicher Morgen!

»Alida Sammering.«

Am anderen Ende meldet sich eine Stimme, deren Alter zwischen dreißig und vierzig liegen mag und die den weltgewandten Mann verrät. Reizend, dieser weiche Akzent. Sicher ist er auch attraktiv. Alida streckt katzengleich ihre rechte Hand vor sich aus und bewundert das Ergebnis ihrer Pflege.

»Sotheby's?«, raunt sie nachfragend. Ein Gutes hat die Kunst: Seit ihr Mann tot ist, rufen immer wieder Auktionshäuser an und bringen Abwechslung in ihren Alltag. Einen Hauch von großer Welt und Wichtigkeit statt des Gestanks von Schweinekoben. Der Anrufer stellt sich umständlich vor.

»Oh, Sie müssen mir nichts erklären«, haucht Alida. »Selbstverständlich kenne ich Sotheby's.« Die machen in London hinreißende Schmuckversteigerungen. Wobei ihr die Idee kommt, ein Tierheim in der Nähe der britischen Shoppingmetropole zu stiften.

Sie hebt, während sie der Stimme lauscht, so zart, wie es ihr letztes Komplettlifting erlaubt, ihre Brauen. Schade, dass nur ihr Spiegelbild zuschaut. Ihre Mimik ist umwerfend jugendlich. Das färbt bis in die Stimme ab. Die ist mindestens zwanzig Jahre jünger als der Rest von ihr. Macht Spaß, das Telefonat.

»Es tut mir Leid, mein Herr, ich meine, Mister, aber ich kann bei dem Verkauf der Sammlung niemanden einschalten außer der Galerie Wandler. Mein Mann hat es testamentarisch so festgelegt.« Eigensinniger Depp, der er nun mal war.

»Eine für die Angehörigen sicher schwierige Situation«, bemerkt der Anrufer einfühlsam, »aber es ist gewiss nicht verboten, die Sammlung Ihres Gatten auch von unabhängigen Experten begutachten zu lassen, oder?«

Was für eine Stimme! Ein Gentleman. Hat er sicher in Großbritannien gelernt. Schade, dass sie so reserviert bleiben muss.

»Es tut mir aufrichtig Leid«, flötet Alida, »es gibt zurzeit auch nicht viel zu sehen auf Seelitz. Bis auf ein Bild sind alle Werke zur gründlichen Reinigung nach Köln abtransportiert worden. Obwohl sie für meinen Geschmack wie neu aussahen, nachdem sie entstaubt waren.«

Sie lauscht wieder. Jetzt wird es interessant. Ihr Rücken strafft sich, dafür sinken die Brauen herab und streben – dem Spannungsgefühl in der Haut zum Trotz – über der Nase zusammen. Sie wendet sich vom Spiegel ab. Der Zorn macht aus der Flötenstimme eine schrille Pfeife.

»Wie bitte? Es ist nicht üblich, Gemälde vor dem Verkauf gründlich zu reinigen? Aber die Gutachterin hat alles abholen lassen, bis auf diesen Sissy, nein, diesen Dings, der wie Menot, nein, Manot, gemalt hat. Ach, ich bin ganz durcheinander. Die verschwommenen Blumen, die über meinem Bett hängen, meine ich.«

Eine Klammer scheint sich um ihren Hals zu legen. Mühsam würgt sie hervor: »Glauben Sie etwa, man bestiehlt mich unter meinen Augen? Das …«

Die Stimme am anderen Ende unterbricht sie rücksichtsvoll wie ein Gesprächstherapeut.

Alida bringt in den nächsten Minuten nur Laute des Staunens und stammelnde Nachfragen zustande.

»Ich soll in keinem Fall die Polizei einschalten? … Aber diesen Leopold muss ich sofort anrufen … Ich soll ihn nicht …? Untadeliger Ruf in der Kunstwelt, also wirklich … Sie werden … ? Oh, bitte, Sie wissen nicht, wie das ist, wenn man als alt –, ich meine, als unerfahrene Frau und nach dem Tod des geliebten Mannes alles allein regeln muss. Wie? Ja, Lilli Wandler ist eben gekommen … Nein, nicht wegen eines Dingsda … Friedrich? … Nie von dem gehört, ich meinte den farbenblinden Engländer, … Sisley, genau … Den will sie morgen nach dem Abendessen, also Dinner, begutachten und dann mitnehmen, aber vielleicht könnten Sie ja heute schon … Ach so, nein, die Ruhe bewahren …«

Und darum bemüht sie sich, während ihr Gesprächspartner ihr Instruktionen gibt.

»Ach, Sie haben so Recht, Aufregung ist Gift für mich.« Und für ihre Haut. Entsetzt betrachtet Alida die Flecken in ihrem Gesicht, nachdem sie aufgelegt hat.

Was für verdorbene Menschen sich auf dem Kunstmarkt zu tummeln scheinen! Wenn sie nur wüsste, was die Wandlers im Schilde führen! Für einen einfachen Dieb hält der reizende Sotheby's-Mann diese elende Lilli nicht. Wäre ja auch zu plump. Erst recht, wenn es sich bei den Bildern um Fälschungen handeln könnte. Das wollte der Herr doch andeuten, oder? Alidas Atem stockt einen Moment.

Fälschungen?

Unmöglich! Oder? Ewald hat doch alle Objekte aus der Galerie Wandler vor dem Kauf begutachten lassen. Durch unabhängige Experten. Die Bilder sind als echt zertifiziert und hoch versichert. Alida holt japsend Luft. Das wird immer aufregender. Die Versicherung, warum ist sie da nicht viel eher drauf gekommen? Da wäre ein Diebstahl ja gar nicht die schlechteste Lösung für sie. Um schnell an das Geld dafür heranzukommen.

Vor allem, falls es sich allen Gutachten zum Trotz doch um Fälschungen handeln sollte. Alida kennt sich bestens mit kosmetischen Kunstgriffen aus, bei der Malerei gibt es doch sicher eine ebenso raffinierte Trickpalette.

Sie greift unters Bett und schaltet die versteckte Alarmanlage ab, zu der Liliane ihr geraten hat. Aus Versicherungsgründen und wegen der geplanten Verkaufsausstellung. Dann krabbelt sie ans Kopfende, um das Gartenbild genauer in Augenschein zu nehmen. Ihre Nase berührt das Bild fast. Alida schürzt – entgegen aller kosmetischen Vorsichtsregeln – die Lippen. Egal ob echt oder falsch, die Police dafür ist Gold wert.

Ist es da wirklich eine gute Idee, diesem Vertreter von Sotheby's das Bild zu zeigen?

Dieser – wie war noch der Name? Ach ja, Simon Stepford, klang nicht nur attraktiv, sondern verflixt seriös. Ein Kunstdieb wäre ihr jetzt lieber. Das Dumme ist nur, dass man Verbrechern selten trauen kann. Erschöpft lässt sie sich auf ihr Bett sinken. Wie kommt man nur an einen verlässlichen Dieb heran? Nachdenken strengt an, vor allem wenn man dabei nicht die Stirn runzeln kann. Endlich fällt ihr Blick auf einen Stapel Tarotkarten. Die Karten kennen immer eine Antwort. Sie greift danach, fächert sie auf, zieht eine Karte, dreht sie um:

Der Narr.

Wer ist denn das in diesem Fall? Ihre Augen streifen den Spiegel, wandern wieder zum Fenster. Das Schwein tollt noch immer über den Vorplatz. Es hat zwei neue Spielkameraden entdeckt. Einer trägt eine Geige, seine Begleiterin Zöpfe und ein verknotetes Taschentuch, aus dem sie Bröckchen für Isolde fischt. Die beiden Irren! So eine Unverschämtheit. Jetzt wagen sie sich sogar schon bis ans Haus.

Alida stürzt zum Fenster, reißt es auf, will Hänsel und Gretel mit

Donnerstimme vom Hof verjagen. Hänsel reißt die Geige hoch und beginnt zu fiedeln. Völlig närrisch, der Alte. Närrisch? Moment mal. Alidas zum Schrei geöffneter Mund verformt sich im Schneckentempo zu einem Lächeln. Sie hat eine Idee. Gott, ist sie brillant. Fast so brillant wie Clemens, das wird er zu schätzen wissen. Genau wie das Geld, das ihre Idee ihnen einbringen kann.

14

Gelobt sei die Malakologie!

Es ist eine gemütliche Wissenschaft, findet Lilli, während sie ihre Hände gegen eine Heizkörperverkleidung aus Rattan presst. Der Spaziergang hat gut getan. Hier vom Gartenhäuschen aus sieht das gelbe Schloss am Bodden wie verwunschen aus. Die alten Scheunen, auf denen der Spruch »Alle Kraft dem Aufbau der sozialistischen Volksgenossenschaft« verblasst, erhöhen den Charme der Weltverlorenheit.

Kolkraben flattern wie verkohlte Papierfetzen vorüber und zerreißen die Stille mit rauen »Krohkroh«-Rufen. Schwarz stehen die Bäume vor dem Himmel. Vom Fenster aus wirkt alles wie eine Kohlestiftskizze. Die Finger ihrer rechten Hand strecken sich nach einem unsichtbaren Zeichenstift aus.

Lilly wendet sich rasch vom Fenster ab. Wie wohltuend, dass ihr heutiger Gesprächspartner Doktor Feindorn, promovierter Malakologe, ebenso frei von Hektik ist wie seine Forschungsobjekte: tote Schnecken. Gemächlich öffnet das Männlein mit der explodierenden Haarpracht à la Einstein hinter ihr eine Pappmappe und zupft eine Rötelzeichnung hervor.

»Ah ja, hier haben wir die Ohrschlammschnecke. Ein hübsches Exemplar!«

Lilli dreht sich um, wirft einen Blick auf die stockfleckige Darstellung eines Weichtiers.

»Möchten Sie zum Vergleich ein frisch präpariertes Exemplar sehen? Ich konnte den Körper samt Eingeweidesack unversehrt in heißem Wasser abtöten und in Alkohol einlegen.«

»Ich würde mich lieber der Zeichnung widmen.«

Lilli beugt sich über das Blatt. Die Geschöpfe aus der Gattung der Mollusken haben höchst entfernt mit Kunst zu tun, wenn man von den vergilbten Skizzen, den Kupferstichen und Tuschzeichnungen absieht, die Doktor Feindorn auf dem Tisch ausgebreitet hat.

Lilli hat sie begutachtet und Hinweise zur Konservierung gegeben, die sträflich vernachlässigt wurde. Sammering war ein Sammler vom Typ »Eichhörnchen«, wie ihr Vater zu sagen pflegt. Er hat zwanghaft gehortet, mal Kunst, mal Kitsch, mal Krempel, und er hat das meiste unsachgemäß aufbewahrt. Wenn sie an die Picassos – nun gut, *ihre* Picassos – denkt, die sie an eine Wand des feuchten Küchentrakts gelehnt gefunden hat, kann sie beinahe verstehen, dass ihr Vater die Originale in Verwahrung behalten hat.

Kannst du das wirklich verstehen?

Beinahe, nur beinahe.

Ärgerlich mustert sie die lädierte Schlammschnecke.

»Sie sollten das Raumklima überwachen. Die Feuchtigkeit muss reguliert werden, vor allem im Winter. Es wäre ratsam, ihre Lebendschnecken nicht in diesem Raum abzukochen, falls es zu einem Verbleib der Sammlung im Gartenhaus kommen sollte, was mir wahrscheinlich erscheint.«

Mit dieser Bemerkung erobert sie Feindorns Herz. »Sie glauben also, dass sich ein Verkauf vermeiden lässt?«

»Ich bin mir sicher, dass dieser Teil der Sammlung Sammering nicht von heute auf morgen veräußert werden kann«, sagt Lilli. In Gedanken setzt sie hinzu, dass sich für einen Haufen hässlicher Kriechtierzeichnungen kaum ein Kunstfreund begeistern ließe. Selbst fantastische Stillleben in Öl tun sich auf dem Markt schwer, wenn sie tote Fische oder Meeresfrüchte zum Sujet haben.

Doktor Feindorn sind Vorurteile in Bezug auf Malmotive fremd.

»Es wäre wirklich ein Frevel, diese Sammlung auseinander zu reißen. Vor Ewald Sammering hat sich niemand die Mühe gemacht, so viele Abbildungen von Mollusken zusammenzuführen.«

Gedankenverloren streichelt er die Schlammschnecke.

Während der Malakologe sich zu einem Vortrag über die Lebensgewohnheiten der gemeinen europäischen Süßwassermollusken inspirieren lässt, schweift Lillis Blick durch den Konferenzraum des Skizzen- und Kupferstichkabinetts für Malakologie.

Wundervoll! Die Wände des hohen Saals sind mit puderblauer Seidentapete bespannt. Darüber hängen zwei oder drei verstaubte Gemälde. Lilli kneift die Augen hinter der Brille zusammen. Die Bilder erinnern sie an etwas. Richtig. Sie erinnern an das Seestück von Malte von Seelitz in der Villa Möwe, nur dass sie noch schlampiger gemalt sind.

Doktor Feindorn folgt ihrem Blick und murmelt nebenher: »Ein schöner Raum, nicht wahr? Der ehemalige Besitzer soll ihn zeitweise als Atelier genutzt haben. Darum hängen seine Werke hier.«

Hat der adlige Schmierfink also noch mehr Arbeiten hinterlassen. Werke! Pah. Schade um die Rahmen und die Tapete, die sie verschandeln. Vor dem zarten Blau nehmen sich die Holzvitrinen mit den Schneckenhäusern hübsch aus. Als Atelier wäre der Raum fantastisch.

Denk an die Schnecken! Lilli erinnert sich an Alidas Ermahnung und grinst. Für die vorliegenden Zeichnungen wird die Tierfreundin kaum Geld bekommen, so viel kann sie ihr morgen beim Abendessen, das die Witwe als »meine wöchentliche Kunstsoiree« bezeichnet, mitteilen. Und dann wird Lilli das letzte Bild der Sammlung Sammering an sich nehmen, um Recht und Ordnung wiederherzustellen.

Lilli atmet nach Yogamanier ganz tief aus. Sie muss nur ruhig bleiben. Cool wie in Hollywood am Swimmingpool, würde Charlotte sagen. Oder wie tote Schnecken.

»Und wovon ernähren sich Ohrschlammschnecken?«, fragt Lilli den Fachmann Feindorn. Der Forscher rückt seine Brille zurecht und murmelt etwas von »verfaulenden Kleinstlebewesen«. Lillis Puls besänftigt sich, sie greift nach einem der Waffelröllchen, die auf einem Silbertablett vor ihr angerichtet sind. Als Spirale – sozusagen malakologisch! Lilli kichert, als ihr Blick am Tablett haften bleibt. Genauer gesagt auf dem ziselierten Wappen in der Mitte.

Wow, Lord Monmouth, etwa 1820, Sterlingsilber. Das muss aus der Galerie ihres Vaters stammen. Verflucht, jetzt denkt sie wieder an die Familie, Kunst und Antiquitäten.

»Du bist eben ganz meine Tochter«, meldet sich prompt seine Stimme. Dazu klirren Eiswürfel in einem trockenen Martini. Na klar, ihr Vater. Passt zu ihm, in ihren Hirnkammern einen Drink zu nehmen und Schwindelgefühle auszulösen.

»Wir können nicht anders«, fährt der imaginäre Leopold fort, *»wir sind von der Kunst besessen, meine Liebe. Es ist unsere größte Leidenschaft.«*

»Du hattest nicht das Recht, Ewald Sammering ohne dessen Einverständnis die Kopien statt der Originale zu liefern«, protestiert Lilli stumm, so wie sie es in den Auseinandersetzungen der letzten Monate versucht hat, obwohl ihr jede Form von Streit zuwider ist.

Der letzte liegt zwei Wochen zurück. Am Abend vor ihrer Abreise nach Rügen und nach dem schrecklichen Treffen mit Clemens sind Leopold und sie auf dem Dachboden seiner Galerie die Bilder durchgegangen, die nach Seelitz zurückmüssen. Es waren achtzehn, darunter die beiden Picassos.

Leopold hat in Erinnerungen geschwelgt und tatsächlich einen Martini getrunken. Zum Abschied von den Bildern trug er Smoking, Kummerbund und Rose im Knopfloch. Er sah perfekt aus, halb Gentleman, halb schlagfertiger Salonlöwe im Stile Oscar Wildes – seine Lieblingsrolle. Schuldgefühle hält er für einen bedauerlichen Mangel an Humor und Stilempfinden.

»Die Picassos konnte ich in einem kleinen Auktionshaus in Barcelona ersteigern. Eine einmalige Gelegenheit und ein herrliches Bietgefecht! Ewald hat vom Telefon aus mitgezogen. Er hat meinem Urteil blind vertraut, außerdem hätte er einen Picasso nicht von einem Tapetenmuster unterscheiden können.«

»Und du kannst Mein nicht von Dein unterscheiden. Ich sollte dich anzeigen.«

Ihre Wut war nur ein Abglanz ihres Zorns auf Clemens gewesen, aber immerhin spürbar. Allerdings nicht für Leopold Sonnyboy.

»Ich bitte dich, Lilli. Als Versicherungsgutachterin weißt du genau, wie viele Sammler Kopien aufhängen und die Originale aus Sicherheitsgründen anderswo verwahren lassen.«

»In Banktresoren, Vater, aber nicht in geheimen Dachzimmern ihres Galeristen, von denen sie überhaupt nichts wissen. Das ist eine Gaunerlogik.«

»Meine liebe Tochter, Sammler wie Sammering sind die wahren Verbrecher an der Kunst. Aus purem Geltungsbedürfnis heraus entziehen sie Meisterwerke der gesamten Menschheit.«

»Genau wie du – oder hast du in den letzten Jahren irgendeinem Menschen deinen Dachboden gezeigt?«

Entsetzt hat Leopold die Augenbrauen gelüpft. Natürlich nur um wenige Millimeter.

»Meine Liebe. Ich bin doch nicht verrückt! Nicht einmal dir hätte ich sie gezeigt, wenn es mir gelungen wäre, Ewald zur Stiftung eines Museums zu überreden. Das hier sollte immer mein Geheimnis bleiben. Dann wäre meine einzigartige Sammlung einschließlich seiner Bilder ohne Probleme zusammengeblieben und zu einem Kulturerbe für alle Menschen geworden. Ich verstehe mich als selbstlosen Retter großer Kunst. Ich bin ein Diener der Menschheit.«

»Du hast Ewald aber nicht überreden können, seine Bilder zu stiften. Alida und ihre Tierheime haben das Rennen gemacht, basta. Und deshalb müssen wir die Bilder schleunigst nach Seelitz schaffen und die Kopien zurückholen. Bevor es im Gutshaus vor neugierigen Kunstexperten und Käufern wimmelt.«

Seufzend hat Leopold an seinem Martini genippt und unsichtbare Flusen von seinem Smokingrevers geschnippt.

»Eine Schande, die Kunst für eine so gewöhnliche Frau zu opfern, an der weder Busen noch Wimpern echt sind und zudem nicht einmal sonderlich gelungen. Ich wünschte immer noch, wir fänden eine andere Lösung. Es gibt viel zu wenige große Sammler, die ihr Lebenswerk selbstlos und ohne pekuniäre Interessen weitervererben und …«

Lilli hat sich an einem der Dessauer Bauhausstühle festgeklammert – die tatsächlich Leopolds Eigentum sind –, um das Gefühl zu haben, nicht in die Luft zu gehen.

Es war einfach unglaublich. Da stand ihr Vater wie der Hüter des verlorenen Schatzes auf seinem Dachboden, umgeben von teils rechtmäßig, teils unrechtmäßig erworbenen Kunstwerken, und glaubte sich jedes Wort. Mehr noch, er erwartete von ihr, dass sie dasselbe tat. Am liebsten hätte sie losgebrüllt, aber dazu hat ihr die Kraft gefehlt.

Es war schon schwer genug gewesen, ihrem Vater das Versprechen abzuringen, die Originale herauszurücken, sobald sie alle Kopien auf Seelitz eingesammelt und nach Köln zurückgeschickt hatte.

»Vater, hör auf, den Robin Hood der Kunstgeschichte zu mimen. Die Bilder hast du nicht behalten, weil du selbstlos bist, sondern einen teuren Geschmack, aber zu wenig Geld hast.«

»Liebling, wie oft muss ich das denn noch erklären? Ich musste diese Bilder vor einem Sammler schützen, der sie im Schweinestall hätte verrotten lassen! Warte nur ab, bis du die Verhältnisse auf Seelitz kennen lernst. Dann wirst du mich verstehen. Du bist wie ich. Die Kunst bedeutet dir alles.«

»DAS IST UNSINN!« Na also. Sie hat es geschafft. Sie hat gebrüllt. Wie ein Löwe.

»Wie bitte?« Das ist jetzt eindeutig nicht ihr Vater.

Lilli lässt das Waffelröllchen fallen, hebt den Blick und schenkt Doktor Feindorn ein alles überstrahlendes Lächeln aus der Schule ihres Vaters.

»Oh, oh, nichts, Verzeihung, ich meine, ich habe nur laut gedacht …«

»Sehr laut, um es genau zu sagen. Wollen Sie meinen Ausführungen über die Familie Helicidae widersprechen? Ich weiß, es gibt Kollegen, die eine Zuordnung zur Familie Hygromiidae für angebrachter halten, aber die Beweisführung für diese These ist lückenhaft. Ich habe Beweise!«

Kampfeslust spiegelt sich auf der Miene des Forschers mit dem gekrümmten Rücken. Den verdankt er dem Umstand, dass er sich seinem Forschungsgegenstand in freier Wildbahn kriechend und mit dem Auge über dem Boden annähern muss.

Feindorn fixiert Lilli vom Kopfende des Konferenztisches her. Lilli richtet sich auf und gibt ihrer Stimme einen schmeichelnden Klang – ganz der Vater. Egal, ist nur ausnahmsweise.

»Ja, natürlich, Herr Feindorn. Ich meine natürlich nicht. Also, ich will nicht widersprechen. Es wäre schön, wenn Sie mir mehr über Schnecken erzählen.«

Doktor Feindorn nickt. Was für ein reizende Frau, fast noch ein Mädchen, und so aufmerksam, wenn es um Mollusken geht. Wahrscheinlich ist sie sogar hübsch. Trotz dieser Brille. Die sie gerade abnimmt, um sie zu putzen. Erstaunliche Augen. Blau würde besser zu ihr passen. Nun, das Grün erinnert an die Farbe der Moosschnirkelschnecke. Sehr schön. Vor allem gepaart mit so einem grundehrlichen Lächeln.

»Unser Forschungsgebiet löst die leidenschaftlichsten Debatten aus. Und Laien, wenn ich das so sagen darf, neigen zu vorschneller Meinungsbildung. Aber es freut mich, dass Sie als Kunstexpertin unserem Fach Interesse entgegenbringen. Menschen, die sich mit dem schönen Schein befassen, tun unseren Forschungsobjekten oft Unrecht und bezeichnen sie gar als«, er holt tief Luft, »abstoßend. Stellen Sie sich vor, die Witwe Sammering konnte – abgesehen von Ihnen – keinen Kunstexperten dazu bewegen, diese Sammlung zu taxieren.«

»Wie ist das nur möglich«, stößt Lilli mit gut gespielter Empörung und voller Erleichterung hervor. Ein Kunstexperte auf Gut Seelitz – egal welcher Couleur – wäre ihr Albtraum. »Ich genieße das Material sehr.« Sie weist auf die Stapel Blätter, Pergamente und Kartons. »Ich mag Schnecken.«

»Indeed?«, murmelt es plötzlich hinter ihr, »ich finde, sie schmecken ziemlich nichtssagend.«

Lilli wirbelt herum.

15

»Gestatten? Simon Stepford. Sotheby's Deutschland. Ich hatte heute Morgen keine Gelegenheit, mich vorzustellen, obwohl wir beide in der gleichen Pension wohnen, nicht wahr? Nun, den Rest verrät Ihnen meine Karte.«

Der Eindringling im Paradies der Schnecken reicht Lilli eine Visitenkarte, während er Doktor Feindorns Hinterteil freundlich zunickt. Der Wissenschaftler ist mit den Worten »zum Beweis meiner These zeige ich Ihnen – oh, guten Tag – eine Federzeichnung« in die Tiefen einer Vitrinenschublade abgetaucht.

Lilli hat keinen Blick für Feindorn oder seine Rückenansicht. Sie steht nur da und starrt. Starrt auf den Mann, dessen Stimme sie heute Morgen zum ersten Mal gehört hat und dessen Geruch Feriengefühle in ihr geweckt hat.

Feriengefühle?

Ja, leider. Mit Ferien hat der Herr nämlich leider gar nichts zu tun.

Simon hat sich umgezogen und sieht in seinem grauen Anzug und einem an Sean Connery alias James Bond gemahnenden Grinsen nach gewieftem Geschäftsmann aus. Dass sein Gesicht trotz der etwas großen Nase und durch ihre Brille betrachtet als attraktiv beschrieben werden muss, steigert Lillis gereizte Stimmung. Und ihren Pulsschlag.

Sie starrt auf die Karte. Kunsthistoriker. Doktor. Noch mal Doktor. Akquisition. Gutachter. Obwohl sie den Namen Simon Stepford in der Kunstszene noch nie gehört hat, ist das Puzzle leicht zusammenzusetzen.

Der Kerl ist Abgesandter des weltberühmten Auktionshauses, ein Experte und unverschämter Akquisiteur. Unverschämt vor allem. Sie starrt von der Karte wieder zum Mann, hat Mühe, ihn gegen die von grellen Wirbeln durchblitzte Schwärze wahrzunehmen, die vor ihren Augen aufsteigt.

Was will der hier? Warum wohnt er wie sie in der Pension Möwe? Warum spinnt er das Märchen über Caspar-David-Friedrich-Gemälde fort, das sogar die harmlose Frau Tressewitz rebellisch zu machen scheint? Wer hat diesen Blödsinn nur als Erster in die Welt gesetzt – Clemens? Oder dieser Kerl? Aber warum?

Um Einlass auf Seelitz zu bekommen, schließt Lillis Alter Ego. *Du konntest doch nicht ernstlich glauben, dass andere Kunsthändler dich mit der Sammlung Sammering allein hantieren lassen würden.*

Die Friedrich-Story ist aber doch selten dämlich.

In etwa so dämlich wie Alida Sammering! Die würde sogar glauben, bei ihren Schnecken handele es sich um verkannte da Vincis. Erst recht, wenn ein gutaussehender Charmeur das behauptet. Oder gleich zwei.

Lilli atmet tief ein, als müsse sie die Luft trinken. Es ist stickig im Schneckenkabinett. Verflucht, sie darf nicht die Fassung verlieren. Sie strafft ihren Körper. Gut, dass das Kostüm ihr Halt gibt. Fassade ist jetzt lebensnotwendig.

Simon Graf mustert sie unverhohlen. Frau Tressewitz hat Recht, Liliane Wandler kann ganz anders als verhuscht aussehen, nämlich angriffslustig.

»Wie ich sehe, haben Sie Ihre Brille inzwischen gefunden.«

Blödmann. Lillis Wut vertreibt die Schwindelgefühle. Wut ist ein viel angenehmeres Gefühl, als sie all die Jahre geglaubt hat. Sie hätte es eher damit probieren sollen. Und mit den Tabletten, die endlich mal was Positives wachzurufen scheinen.

»Allerdings. Jetzt sehe ich sehr deutlich.« Ihr Ton verrät, dass sie das nicht für eine Verbesserung hält. Oder hat sie seine gefälschte Visitenkarte enttarnt? Graf strafft sich. Er muss auf der Hut sein. »Wir sind sozusagen Kollegen, nicht wahr?«

Täuscht sie sich, oder hat sein Blick jetzt etwas Lauerndes? *Bei der Begutachtung von Männern nutzt dir sogar deine Brille nichts*, lästert ihr Alter Ego. Lilli lächelt nach allen Regeln der Kunstwelt – also so freundlich wie falsch – zurück. Sie hantiert mit der Visitenkarte herum, als wäre sie ein lästiges Sektglas bei einem Stehempfang, und legt sie schließlich auf dem Konferenztisch ab.

»Kollegen? So muss man das wohl nennen.«

Simon entspannt sich. »Sie wundern sich vielleicht, was ich hier mache, und empfinden mich als Eindringling?«

»Ja. Schließlich hat mein Vater das exklusive Verkaufsrecht für alle Erwerbungen aus unserem Hause. Unfein ausgedrückt, haben Sie hier nichts zu suchen, Herr Doktor Doktor.«

Simons Lächeln verwackelt. »Der zweite Doktor ist mir selbst unangenehm. Wirkt ein bisschen dick aufgetragen, aber ich habe tatsächlich zweimal promoviert.«

Allerdings kein einziges Mal in Kunstgeschichte, dafür in Agrarwissenschaft und Viehzucht. Ob diese geschmeidige Katze das bemerkt hat? Erstaunlich, was die Brille aus dem Unschuldsblick von heute Morgen macht, man bekommt Respekt vor diesem Mädchen. Dieser Frau! Was denn nun? Irgendwie sieht sie nach Unschuld und nach Lüge aus. In jedem Falle verwirrend, nein, verwirrt meint er natürlich.

Lilli kraust die Stirn. Was soll dieser plötzliche Anflug von Verlegenheit in seinem Gesicht? Um den Finger wickeln wird der Kerl sie auf keinen Fall. Den Trick mit dem Dackelblick kennt sie schließlich von Clemens. Nicht ganz so perfekt. Egal, an die Gemälde lässt sie niemanden heran.

Graf zieht eine der Skizzen vom Stapel. »Große Vielfraßschnecke«, liest er vom Blatt. »Nun ja, wahre Kunst fängt da an, wo der Geschmack aufhört, sage ich immer.«

Lilli wirft einen kurzen Blick auf Feindorns Rücken, dann murmelt sie – ohne Lächeln: »Die Schnecken interessieren Sie doch nicht wirklich?«

»Wer weiß? Die Witwe Sammering jedenfalls hat mir gestattet, einen Blick darauf zu werfen, und ich habe mich entschlossen, den Schnecken eine Chance zu geben. Wenn ich recht informiert bin, stammen sie nicht aus dem Hause Wandler und sind somit frei verkäuflich – oder?«

Lilli schiebt ihre Brille bis zur Nasenwurzel hoch.

Graf lächelt wieder. Lilli zuckt die Achseln. »Ich wusste nicht, dass Sotheby's im Flohmarktgeschäft mitmischt.«

Grafs Lächeln wird zum Grinsen. »Man darf die Hoffnung nie aufgeben, Fräulein Wandler. Immerhin gilt doch Ihr Vater als König der Flohmarktspürnasen. Ein begnadeter Autodidakt. Hat er in den frühen Siebzigern nicht einen Spitzweg entdeckt und restauriert?«

»Das hat er in der Tat. Und zwar einen echten. Die Gutachten sind unanfechtbar. Der Spitzweg hängt jetzt in einem Wiener Museum.«

Spitzweg war ihrem Vater zu bieder und naiv, um ihn für sich behalten zu wollen. Bürgerliche Idylle ist nicht sein Sujet.

Simon Grafs Grinsen gesellt sich ein empörter Blick bei. Lilli hält dem Blick stand und bemerkt, dass seine Augen das dezente Grau seines Anzugs haben. Nein, sie sind mehr graphitgrau, genauer gesagt magnetisch grau. Magnetgrau? Was soll denn das für eine Farbe sein?

»Das hat doch hoffentlich nie jemand bezweifelt?« Die Augen fixieren sie noch intensiver.

»Was?«

»Dass der Spitzweg echt ist.«

»Nein. Nie.«

Sie muss aufhören, diesen Mister Stepford anzustarren. Der Mann kommt auf abenteuerliche Gedanken dabei. *Und du auch*, munkelt es in ihr, *gib es zu*. Lilli entscheidet sich für ein strafendes Stirnrunzeln, das sie normalerweise für Charlotte und für ihren Vater reserviert hat. Mister Stepford schreckt das nicht ab.

»Überhaupt darf sich Ihr Vater wohl zu den wenigen Kunsthändlern zählen, die – soweit bekannt ist – im Laufe ihrer Karriere nur mit Originalen Umgang hatten. Und zwar mit erstklassigen.«

»Ja!« In drei Teufels Namen, ist das ein Verhör?

»Wie Sie wissen, ist das in unserem Geschäft die Ausnahme, wenn man bedenkt, dass inzwischen bis zu vierzig Prozent aller auf dem Markt angebotenen Objekte wahrscheinlich Fälschungen sind.«

»Natürlich weiß ich das«, erwidert Lilli ungeduldig. Was soll das jetzt sein? Eine Nachhilfe im ABC des Kunsthandels? Ein Test? Der nimmt sie nicht ernst.

»Wobei es sich bei den gefälschten Objekten natürlich in der Regel um Nachahmungen zweit- und drittklassiger Werke handelt, bei denen niemand genau hinschaut und auf eine Expertise drängt.«

Lillis Blut gerät in Wallung, der Kerl ist die Pest.

»Mein Vater hat sich nie mit zweit- oder drittklassigen Werken abgegeben.« Außer in seinen so genannten Geschäftsräumen, aber die betritt er nur mit Widerwillen. »Er liebt die Kunst. Sein Blick ist nicht von Gewinnabsichten getrübt. Deshalb hat er auch so manchen verkannten und verunstalteten Schatz entdeckt, den andere übersehen haben. Wie den Spitzweg.«

»In der Tat?«

Lilli muss sich zwingen, den Kerl nicht zu treten. Der macht es ihr geradezu puppenleicht, wütend zu werden. Oder sind das wieder die Tabletten?

»Der künstlerische Wert eines Bildes ist ihm wichtiger als sein Preis.«

Simon gibt sich beeindruckt. »Ein Idealist also. Nun, vielleicht kann Sotheby's von Ihrem Vater lernen. Zum Beispiel wie man einen spurlos verschwundenen Caspar David Friedrich findet, von dem die Kunstwelt nie zuvor gehört hat.«

16

Eine Kundin! Die Ladenglocke schlägt wie zur Sturmwarnung aus. Leopold Wandler blickt ärgerlich von einem Auktionskatalog hoch. Die Kundin stellt sich auf die Zehenspitzen und versucht, die Glocke zu bändigen. Vor Scham oder Anstrengung ist ihr Gesicht rot. Schwellenangst, tippt Leopold. Wahrscheinlich eine Kölntouristin, die mal eben ein Antiquitätengeschäft betritt, um sich mondän zu fühlen. Wird schnell wieder draußen sein. Hier gibt es keine Postkarten.

Obwohl Lilli welche anschaffen will. Postkarten! Um Laufkunden anzulocken.

»Von irgendetwas musst du in Zukunft leben, Vater. Du hast die Galerie wegen deiner Sammering-Sucht völlig vernachlässigt. Du brauchst neue Kunden. Postkarten sind ein Anfang. Und zwar ein ehrlicher. Ich will dir doch nur helfen.«

Als ob er noch der Groschenkrämer wäre, als der er einmal angefangen hat! Richtig verbiestert ist seine Tochter in den letzten Monaten. Vor ihrer Abfahrt nach Rügen hat sie sogar Streit angefangen – jedenfalls beinahe. Passt gar nicht zu ihr. Jedenfalls war sie als Kind ganz anders.

»Ich würde mich gern einmal umschauen«, stört ihn die Dame im hellen Nerz auf und tastet sich an schlecht gearbeiteten Regency-Sekretären vorbei. Flohmarkt-Restposten aus der Zeit vor Sammering. Die guten Stücke sind an Ewald gegangen oder neben den Bildern auf Leopolds Dachboden verwahrt.

Die Dame streicht mit einem Finger über die Lehne eines Biedermeierstuhls. Wandler fixiert sie im Dämmerlicht seiner mit Antiquitäten verbarrikadierten Galerie. Sie trägt keinen Nerz, sondern einen Wieselpelz. Er haart. Mehr Schein als Sein, denkt Leopold und knurrt: »Tun Sie das.«

Er versenkt sich in den Auktionskatalog und ein Seerosenaquarell von Schmidt-Rottluf. Wenn Sammering nur noch lebte. Er hätte ihn zum Kauf dieses Meisterwerks überreden können! Der Schätzpreis von 60 000 Euro ist lächerlich, ein Schnäppchen.

Mit dem Zeigefinger fährt Wandler die Blütenblätter nach. Die wären auch viel leichter zu kopieren als die flimmernden Farbflächen des Sisley-Gartens, mit denen er sich monatelang abmühen musste. Für Lilli wären diese Seerosen hier ein Kinderspiel. Wenn er nur an Lillis Picassos denkt!

Dass sie mit dem Malen aufgehört hat, ist eine elende Schande und tut ihr gar nicht gut.

Ihr Empfinden für das Unverwechselbare eines Künstlers ist untrüglich. Sie versteht es, sich in die Seele eines Malers einzufühlen, er kann das nur spielen, das weiß er, da liegen seine Grenzen. Lilli ist ernsthafter, tiefgründiger und gefühlvoller, viel gefühlvoller. Was hätte sie zu Wege bringen können, wenn sie sich nicht vor dreizehn Jahren von ihm abgewandt hätte. Für einen billigen Schaumschläger wie diesen Clemens – die so genannte Liebe – und eine bescheidene Karriere als Versicherungsexpertin.

Leopold Wandler seufzt auf.

»Haben Sie etwas gesagt?« Die Dame im Pelz wendet sich von einer angeschlagenen Vase ab.

»Nein!«

Die Dame versinkt im Wiesel. Gleich muss sie doch genug von ihm und dem Plunder hier haben. Dann kann er den Laden schließen und sich über Mittag seinem Reich auf dem Dachboden widmen.

Und wahrer Kunst wie dem Sisley, seinem Lieblingsbild, von dem er demnächst endgültig Abschied nehmen muss. Diesen Hang zu kompromissloser Ehrlichkeit hat Lilli von der Mutter geerbt, nicht von ihm. Wandlers Blick streift das silbergerahmte Porträt seiner früh verstorbenen Frau, die ihm den Kunsthandel vermacht hat und ihn nun wie aus Lillis Augen anzulächeln scheint. Jung, verliebt und voller Gottvertrauen. Sehr rührend, sehr gefühlvoll und grundehrlich. Sie hat ihn sehr geliebt, er hat sie glücklich gemacht und musste nicht mal viel dafür tun, nur der Bruder Leichtherz sein, der er ist.

Seltsame Sache, diese Gene. Sie scheinen nicht nur Informationen über Augenfarben weiterzugeben, sondern auch Charaktermerkmale. Da war nichts zu machen. Lilli kommt auf die Mutter, hat aber weit weniger Spaß an der Liebe, an Leichtherzigkeit und am Leben. Vielleicht ist da bei seiner Enkelin noch nicht alles verloren. Es heißt, dass Talente eine Generation überspringen können.

Malen kann Charlotte zwar nicht, aber sie hat sich spontan von den Picasso-Stieren ihrer Mutter, die gestern aus Rügen zurückgekommen sind, begeistert gezeigt und versprochen, Lilli nicht zu erzählen, dass er ihr die beiden Exemplare geschenkt hat, statt sie zu verbrennen.

Verbrennen! Was für eine Verschwendung – fand auch Charlotte. Auf ihre Art ein kunstsinniges Mädchen. Wohnt gern bei ihm und mag die Galerie. So wie früher Lilli.

»Wie viel kostet das hier?«

Die Wieseldame hält etwas in der Hand. Ein dunkelblaues Glas mit Goldrand. Hat sie das im Laden entdeckt? Sieht von ferne aus, als sei es von beachtlicher Schönheit. Leopold Wandler kneift die Augen zusammen, sieht Sterne und einen Mond inmitten rauchgrauer Wolken. Zum Teufel! Wie kommt dieses Glas von seinem Dachboden in das Geschäft und die Hände dieser Frau?

Er schnellt aus seinem Schreibtischsessel hoch. »Stellen Sie das weg. Das ist ein Wiener Nachtglas aus dem Jahr 1825, noch dazu völlig unbeschädigt und …«

»Sie wissen es?« Die Wieselfrau zeigt sich enttäuscht. »Ich dachte angesichts der anderen Objekte hier, dass Sie vielleicht keine Ahnung haben, was das ist …«

Er und keine Ahnung?

»Sie beleidigen mich. Das Gegenstück dieses Glases hat bei einer Wiener Auktion 50 000 Euro eingebracht. Es ist ein Meisterwerk, das mir …«

»Ich biete Ihnen 55 000 Euro. Schwarz auf die Hand. Ich kann sehr, sehr verschwiegen sein, keine Bange.«

Leopold Wandler richtet sich zu seinen ein Meter und neunzig auf, seine graue Löwenmähne bebt. Die Frau scheint den Wortwechsel als übliches Verkaufsgespräch zu verstehen. Liegt an seinen vielen Kollegen, die sich vor allem auf die Kunst von Steuerhinterziehung verstehen. Geschmackloses Pack.

»Meine Dame, Sie befinden sich nicht auf einem orientalischen Basar. Dieses Glas …«

»… ist nicht ausgepreist und der einzige Gegenstand von Wert in Ihrem Laden. Von irgendwas müssen Sie doch leben! Sagen wir 56 000 Euro.«

Nur gut, dass Lilli das nicht mithören kann. Einfach widerwärtig ist diese Geldschacherei mit großen Kunstwerken.

»Dieses Glas ist UNVERKÄUFLICH.«

Leopold Wandler streckt die Hände danach aus, entwindet es der Kundin und presst es gegen seine Brust. »Es ist bereits an einen bedeutenden Sammler vergeben.«

Verdammt, was fällt Lilli ein. Sie muss diesen, seinen höchsteigenen Schatz vor ihrer Abreise vom Dachboden geholt und zwischen dem Ramsch ausgestellt haben, um ihn zu Geld zu machen. Solch freche Hintertriebenheit hätte er ihr nicht zugetraut.

Er muss gegen seinen Willen schmunzeln. Vielleicht hat sie doch mehr von ihm, als er annimmt, und lebt es endlich aus, statt ihre Fantasie hinter der Fassade einer Kunstgutachterin zu verstecken. Sollte endlich mal was erleben.

»Könnten Sie mir den Namen des Sammlers verraten? Vielleicht habe ich eine Chance, es ihm abzukaufen.« Jetzt guckt sie doch tatsächlich kokett.

»Pardon?« Wandler schaut auf die Frau im Pelz hinab. Dann

schüttelt er den Kopf. »Bei diesem Sammler hatten Frauen selten eine Chance gegen die Kunst, so Leid es mir tut.«

Es tut ihm in diesem Fall nicht sonderlich Leid, stellt er fest, während er, das Glas in der rechten und einen pelzumspannten Arm in der linken Hand, die Dame zur Tür zieht und auf die schwarzen Ansätze ihres blondierten Haares hinabschaut.

An der Tür angekommen, stoßen beide mit jemandem zusammen, der ungestüm in den Laden drängelt. Herrje, hat Lilli weitere Schätze unter dem Krempel verborgen? Er sollte sich in seinem Laden mal wieder umsehen.

»Hallo Opa. Oh, hast du das Glas schon verkauft? Ich habe es gestern vom Dachboden geholt und ins Fenster gestellt, damit man es sieht. Mama will doch, dass der Laden wieder in Schwung kommt.«

»Charlotte!«

Ungerührt wendet sich die Enkelin der Kundin zu und wechselt zum Ton der versierten Verkäuferin. »Wir haben oben einen Ausstellungsraum für spezielle Kunden, müssen Sie wissen. Da gibt es noch viel mehr Antiquitäten und einen Raum mit tollen Bildern.«

»So etwas Ähnliches habe ich vermutet«, schaltet sich die Wieseldame eifrig ein.

»CHARLOTTE! Was machst du hier? Es ist Freitagmorgen. Du müsstest in der Schule sein oder bei deinem Vater, er wollte dich doch nach dem Unterricht abholen!«

»Bin von der Schule geflogen, und Dad hat dieses Wochenende keine Zeit. Dringende Geschäfte. Tolles Glas, echt. Da haben Sie einen prima Fang gemacht«, versichert seine Enkelin der Wieselfrau.

Die kämpft ihren Arm frei.

»Das Glas ist also nicht verkauft! Ich nehme es.« Verschwörerisch senkt sie den Blick. »Ich würde mir auch gern den Dachboden für Ihre Spezialkundschaft anschauen.«

Sie streckt die Hand nach dem Nachtglas aus. Leopold Wandler gibt dem Arm und der ganzen Frau einen sanften Stups, sie stolpert nach draußen.

»Tut mir Leid, aber jetzt haben wir Mittagspause.«

»Um halb elf Uhr morgens?«

»Den ganzen Tag! Die ganze Woche. Immer!«

Wandler schmeißt die Tür zu. Die Ladenglocke läutet Orkanwarnung.

Leopold, ehrlich aufgebracht und gar nicht er selbst, wirbelt zu seiner Enkeltochter herum. »Was soll das heißen, du bist von der Schule geflogen?«

Charlotte zuckt die Achseln und wirft sich und ihren Rucksack achtlos auf einen Biedermeierstuhl.

»Bin suspendiert, bis Mom sich meldet. Ich wollte beim Schulbasar für Unicef die zwei Picassos an den Dad einer Mitschülerin verticken. Als Spende der Galerie Wandler. Die Sache war so gut wie über die Bühne – für tausend Euro –, als der Schulleiter dazwischenkam und sich krass aufgepumpt hat, von wegen ich sei kriminell verdorben und würde den Namen Wandler missbrauchen, um Leute übers Ohr zu hauen. Dabei heiße ich ja nicht mal Wandler, sondern von Krolow. Klingt doch irgendwie noch vornehmer, findest du nicht?«

Verdammt, diesen Anteil am Erbgut seiner Enkelin hat Leopold ganz vergessen.

17

Leopold Wandler stellt seinen geliebten Glasbecher auf dem Schreibtisch ab, wendet sich Charlotte zu und schüttelt verwirrt den Kopf.

»Ich verstehe deinen Schuldirektor nicht. Der Verkauf von Picasso-Kopien, noch dazu zwei exzellenten, kann doch nicht zu einem Schulausschluss führen! Was fällt diesem Herrn ein! Hat er keinen Geschmack?«

Charlotte kramt in ihrem Rucksack nach einer Tüte Jelly Beans, schiebt sich eine Hand voll in den Mund und beginnt zu kauen. Der synthetische Mix aus Erdbeer-, Erdnuss- und Lakritzaroma ist irre, genussvoll mahlt sie mit den Zähnen.

»O doch. Er war zunächst sehr angetan von den Dingern und hat mein Talent als Kopistin gelobt.«

»Du meinst das Talent deiner Mutter!«

Leopold guckt mit einem Mal streng, bei Talentfragen versteht er keinen Spaß. Begabung darf man sich nicht ausleihen. Begabung ist etwas, das man hat oder nicht.

»Mensch, Opa, das musste ich ihm ja nicht gleich auf die Nase binden, sonst ruft der Mom noch an und gratuliert ihr. Und was meinst du, wer die ganzen bescheuerten Mosaiktische für den Werkunterricht zusammenklebt und seidene Lampenschirme bemalt – Muttis natürlich. Gibt keiner zu, weiß aber jeder. Egal, der Direx war jedenfalls voll angeknipst und Strahlemann von den Bildern, bis er heute die neuen Signaturen entdeckt hat.«

»Welche *Signaturen?*«

»Na, die von Picasso.«

Leopold erbleicht und fährt sich durch die Haare. Jetzt sieht er aus wie ein Dirigent, dem das Orchester entglitten ist und das statt Mozart irgendetwas kurz vor Stockhausen intoniert.

»Deine Mutter hat ihre Picassos nicht signiert. Kein professioneller Kopist tut das.«

»Aber ich. Die Unterschrift fehlte doch irgendwie, damit jeder sieht, um was es sich handelt.«

Opa scheint immer noch nichts zu begreifen.

»Das macht die Dinger doch erst richtig wertvoll – oder? Und für die meisten Leute muss man doch dranschreiben, von wem ein Bild ist, damit sie es mögen. Willste ein paar Jelly Beans?« Charlotte schiebt sich eine weitere Hand voll Bonbons in den Mund.

»Charlotte! So etwas nennt man eine Fälschung. Und das ist völlig geschmacklos und überdies kriminell.«

»Ich dachte, so macht man im Kunsthandel das richtige Geld. Glaubt Dad jedenfalls.«

Leopold Wandler starrt ehrlich entsetzt auf seine Enkelin hinab. »Das ist eine Verleumdung, die allerdings bestens zu deinem so genannten Vater passt.«

»Dad sagt, er würde mich nie anlügen!«

»Was er mit genau dieser Bemerkung bereits getan hat.«

Charlotte kneift schmollend die Lippen aufeinander, wie fünfeinhalb sieht sie dabei aus, nicht wie beinahe vierzehn.

»Die Galerie Wandler hat nie mit echten Fälschungen, also ich meine mit richtigen Fälschungen, Geld verdient. Ich habe stets mit Originalen gehandelt. Und deine Mutter hätte niemals ihre Picassos …, ach herrje, deine Mutter! Was sagen wir der jetzt bloß?«

»Na, die Wahrheit und nichts als die Wahrheit, da steht sie doch so drauf. Und du anscheinend auch, obwohl Mom in letzter Zeit das Gegenteil behauptet. Bei euch blickt man echt nicht durch.«

Leopold Wandler lässt sich auf einem seiner Biedermeierstühle nieder. Staub wirbelt auf und legt sich auf seine makellose Tweedhose.

»Wo sind diese verfluchten Picassos jetzt?«

»Dad will sie rahmen lassen. Als Erinnerung an Mom, sagt er.« In

Charlottes Augen schleicht sich ein Leuchten, das Leopold Wandler wiederum übersieht. Er ist viel zu beschäftigt mit einem neuartigen Gefühl, das in ihm aufsteigt. Man könnte meinen, es handele sich um – Panik. Äußerst unschönes Gefühl und sicher mit peinlichen Folgen wie Schweißausbrüchen und derangierter Kleidung verbunden.

»Du hast deinem Vater die Picassos geschenkt?«

»Ich bin doch nicht nur doof, Opa.«

Leopold entspannt sich ein wenig. Nein, doof ist Charlotte bei Gott nicht. Da kommt sie auf ihn.

»Ich habe sie Papa natürlich verkauft.«

»Du hast WAS?«

»Für fünfhundert Euro. Die falsche Unterschrift hat ihn überhaupt nicht gestört, fand er sogar originell, dass wir unsere Bilder selber machen. Cool oder? Mein erster Kunstdeal. Mom kann nichts dagegen haben, schließlich wollte sie die Dinger verbrennen. Die weiß anscheinend gar nicht, dass ihre Kunst was wert ist. Damit könnte sie viel mehr verdienen als bei den blöden Versicherungen. Warum malt sie eigentlich nicht mehr, wo sie es doch so gut kann?«

Die Schultern ihres Großvaters sinken nach vorn, er wirkt für einen Moment richtig alt, findet Charlotte, sogar sein Einstecktuch scheint schlappzumachen. Die Paisleyblumen darauf sehen aus wie magenkranke Pantoffeltierchen.

»Du hast deinem Vater die Picassos verkauft?«

Und er hat Lilli für die einzig Naive in der Erblinie gehalten. Einem Halunken wie Clemens diese Kopien zu überlassen ist so ungefährlich wie Bungeespringen ohne Seil.

»Wir müssen die Bilder sofort zurückholen. Komm, wir fahren zu ihm.«

Charlotte wippt mit den Füßen und macht keine Anstalten, sich zu erheben.

»Geht nicht. Dad musste ganz plötzlich auf 'ne Geschäftsreise, darum bin ich doch hier. Wie wär's, wollen wir uns in der Videothek eine Gangsterkomödie ausleihen und Pizza bestellen? Ich brauche dringend mal was Salziges.« Sie nimmt noch eine Hand voll Bonbons. »Mom will doch immer, dass ich mich ausgewogen ernähre.« Und Opa braucht eine Aufmunterung. Ganovenfilme mag er gern. Allerdings nur die, wo am Ende keiner erwischt wird.

Heute nicht mal die.

»Eine Geschäftsreise?«, hakt Leopold nach und klingt wie einer vom FBI, aber in echt.

»Ja. Die nächsten Wochenenden hat Dad keine Zeit für mich. Mal wieder.« Charlotte muss kurz schlucken, obwohl die gefüllten Bonbons tröstlich süß und nicht durchgekaut sind. Etwas gedämpft fährt sie fort. »Wenigstens haben ihn die Picassos zum ersten Mal so richtig zum Lächeln gebracht, seit ich ihn besuchen darf.«

Leopold Wandler horcht auf. Clemens von Krolow würde es doch wohl nicht wagen, mit den Picassos Geschäfte zu machen. Das wäre juristischer Selbstmord. Erst recht in seiner Lage. Dem Kerl müssen doch sämtliche Finanzgerichte und Betrugsdezernate auf den Fersen sein. So viel Instinkt muss dieser Finanzberater der Gattung Windhund doch haben, um zu wissen, dass man mit Picassos unbekannter Herkunft auf dem Kunstmarkt nicht mehr durchkommt. Schon gar nicht als Clemens von Krolow.

Aber was ist, wenn er behauptet, er habe die Zeichnungen in der Galerie erworben? Das Kunsthaus Wandler hat einen legendären Ruf. Der zurzeit in Fachkreisen wieder populär ist wegen der Sammlung Sammering. Nicht auszudenken, was die Picasso-Kopien anrichten können. Lilli hat sie bewusst auf neues Papier gezeichnet und mit unsichtbarer Farbe das Wort Kopien darauf vermerkt, ganz nach Vorschrift. So, wie sie das als Restauratorin gelernt hat.

»Hat dein Dad dir gesagt, wohin seine Reise geht?«

»Er hat einen Flieger nach Berlin genommen. Und dann muss er weiter Richtung Osten, hab nicht genau hingehört.«

Wie auch, sie hatte genug damit zu tun, gegen ihre Enttäuschung anzukämpfen und gegen das Gefühl, jetzt ein ganzes Waisenkind zu sein. So ohne Dad und ohne Lilli. Fällt der ein, sie einfach im Stich zu lassen, und dann ihr ewiges Gerede, dass Dad sie irgendwie gern hat. Wie denn? Und vor allem wann?

»Dein Vater will doch nicht etwa nach Rügen?« Ausgerechnet, da kommen die Kopien doch gerade erst her und haben auf Seelitz nichts mehr zu suchen. Leopold stöhnt. Wenn Lilli das erfährt!

Charlotte schnellt wie ein Springteufel auf. »Rügen? Wo Mom ist?« Ihr Herz macht einen Hüpfer. »Glaubst du vielleicht, mein Vater macht gar keine Geschäftsreise?«

Wandler schüttelt den Kopf, er muss nachdenken. Vor allem darüber, was er Lilli sagen soll. Nichts? So wie all die Jahre? Wäre angenehm, aber leider unmöglich. Lilli nimmt in letzter Zeit so schnell übel und ist süchtig nach Wahrheiten, die ihr nicht bekommen. Diese verdammten Bilder. Man könnte glatt anfangen, die Kunst zu hassen, erst recht die eigene.

»Rügen«, plappert Charlotte aufgekratzt los. »Aber klar, Rügen ist doch im Osten. Vielleicht will Dad ja zu Mom! So in Sachen Erinnerungen auffrischen. Erst hat er mich zurückgeholt, dann ihre Picassos und jetzt…«

Charlottes Augen leuchten auf wie Signalraketen.

18

Zur Hölle mit Caspar David Friedrich. Lilli stößt zu ihrem Ärger einen keuchenden Laut hervor. Was hat dieser Halbbrite nur mit diesem dusseligen Gerücht? Macht alle Welt damit närrisch, die Wirtin Tressewitz, Alida, Clemens und jetzt sogar sie.

Nein, sie natürlich nicht.

»Von einem Friedrich auf Gut Seelitz ist weder mir noch meinem Vater etwas bekannt«, sagt sie sehr steif. Wo bitte versteckt sich ihr schlagfertiges Alter Ego, wenn man es braucht?

»Sind Sie sich ganz sicher? Oder haben Sie etwas übersehen. Ohne Brille meine ich.«

Simon Stepfords durch und durch sarkastisches Ego scheint in Höchstform zu sein.

»Einen Friedrich würde ich nicht übersehen«, kontert Lilli empört und etwas atemlos. Zu atemlos, findet Simon. Inzwischen ist es für ihn überdeutlich, dass diese Frau etwas zu verbergen hat.

»Nun ja, vielleicht findet sich ja während der morgigen Kunstsoiree ein Hinweis, der Licht ins Dunkel bringt.«

»Sie kommen zu dem Abendessen von Frau Sammering?«

Lilli wird blass.

»So ist es, und ich freue mich darauf, obwohl es im Gutshaus wenig echte Kunst zu sehen gibt, nicht wahr?«

Lilli wird leichenblass. Doppelt munter fährt Simon fort.

»Wie Frau Sammering mir erzählt hat, sind die meisten Bilder in Ihrem Auftrag abtransportiert worden. Zur Reinigung.«

Simon räuspert sich, als müsse er ein Lachen unterdrücken. »Außer dem Sisley. Wir Engländer nennen ihn unseren Monet!

Und sind verdammt stolz auf ihn. Ich muss sagen, ich brenne darauf, der Tochter von Leopold Wandler bei ihren Säuberungsarbeiten zuzuschauen.«

Schwärmerisch rollt Simon die Augen. Sein Grinsen wird zur gefährlichsten Form des Lächelns, dem verbindlichen. Seine Stimme ist ganz nah an ihrem Ohr, senkt sich zum vertraulichen Flüstern. Sein Atem bringt ihr linkes Ohrläppchen zum Kribbeln.

»Das wird sicher ein Vergnügen der besonderen Art.«

Lillis Lungen ziehen sich zusammen. Atmen, befiehlt sie sich, tief einatmen, nur nicht hecheln. Ein Kunstexperte wie Mister Stepford darf *diesen* Sisley nie zu Gesicht bekommen. Dafür muss sie sorgen. Sie muss nur hier herauskommen und mit ihrem Vater telefonieren. Verstohlen schaut sie auf ihre Uhr. Acht, neun Stunden wird Leopold mit dem echten Sisley von Köln bis Rügen brauchen, das ist zu schaffen. Zum Teufel mit einem gesicherten Kunsttransport im Panzerwagen. Es ist an der Zeit, dass er selbst einen Teil des Schlamassels klärt, in den er sie hineinmanövriert hat.

Simon studiert eine zerknitterte Heideschnecke. »Ich hoffe, der Sisley ist besser aufgehoben als unsere possierlichen Weichtiere hier und weniger verschmutzt.«

Doktor Feindorn sorgt dafür, dass Lilli ein weiterer Dialog erspart bleibt. Er taucht aus der Tiefe der Vitrine auf und präsentiert ein Blatt mit Eselsohren. Begeistert über den Publikumszuwachs beginnt er einen Vortrag.

»Hier habe ich ein selten schönes Bild. Eine Federzeichnung, die das Paarungsverhalten der gemeinen Weinbergschnecke festhält. Das Liebesspiel ist genau getroffen. Als Kampf. Schauen Sie sich den herrlichen Kalkstachel an.«

Nur das nicht. Während Simon sich über das Blatt beugt, vernimmt Lilli den elektronisch verhunzten Auftakt zu Beethovens Schicksalssinfonie. Ihr Handy. Welch ein Segen. Ein Telefonat – egal welches – wird ihr den Vorwand liefern, sich in dringender Angelegenheit von hier zu verabschieden. Sie gleitet zu ihrer Aktentasche hinüber. Beugt sich hinab und ärgert sich über ihr enges Kostüm.

»Sehr anregend«, hält Graf das Gespräch über paarungswillige Schnecken in Gang, wobei sein Blick allerdings auf Lillis Po ruht, der sich unter dem Stoff abzeichnet. Wer derart hübsche Formen in so einem kreuzbraven Rock versteckt, muss einiges zu verbergen haben. Etwas, das ihn mehr und mehr zu interessieren beginnt. Nämlich Lillis wahres Wesen. Wahr?

Völlig falsches Wort für so eine Schwindlerin, die zwischen den Rollenfächern junge Naive und eiskaltes Luder hin- und herwechselt. Vor allem die Hilflosigkeit nimmt man ihr ab, manchmal sogar das kreuzbrave Kostüm, die Streitlust hingegen ist etwas verwackelt.

»Hallo«, meldet sich Lilli am Handy und richtet sich zu strenger Größe auf, die den Kunstexperten – wie sie hofft – beeindruckt. Die Geschäftigkeit in ihrer Stimme schlägt in Panik um, nachdem der Anrufer sich identifiziert hat. Als ihr Vater.

»Ich rufe gleich zurück«, zischt sie in den Hörer und verschwindet im Schatten einer Vitrine. Lauernd schaut sie zu Simon hinüber, der sich abgewandt hat. Hier ist nicht der Ort, um frei zu sprechen. Sie muss Leopold unterbrechen.

»Hör zu, ich…«

Ihr Vater hört nicht zu, sondern legt los wie ein Salathobelvertreter in der Fußgängerzone, weil er die Geschichte hinter sich bringen will. Lilli taumelt leicht, während sie das Handy fester an ihr Ohr presst und das Luftholen vergisst. Mit einem lauten *»Was?«* schnappt sie nach Atem.

Graf und Feindorn schrecken von den Schnecken hoch. Lilli hat die beiden vergessen und klammert sich an der Vitrine fest, um nicht umzufallen.

»CHARLOTTE HAT MEINE PICASSOS VERKAUFT?«

Lilli nimmt das Handy vom Ohr. Ihre Atemversuche werden zum Japsen. Bitte, nein, keinen Anfall. Sie versucht ihre hektisch pumpenden Lungen zu entspannen. Aber wie soll das gehen, wenn man endgültig die Kontrolle über seine Tochter, den Vater, den Exmann und seine Vergangenheit verloren hat?

»Ich brauche eine Plastiktüte«, presst sie hervor und lässt das Telefon fallen.

»Eine was?«, fragt Feindorn verdutzt.

»Eine Tüte«, schnauzt Simon. Sein Blick irrt durchs Kabinett. Er entdeckt einen mit Wasser gefüllten Beutel, der auf einem Labortisch thront, rast hin, reißt ihn auf, entleert ihn, hält ihn Lilli hin, die ihn über Mund und Nase stülpt und einatmet, während Stepfords Hand kraftvoll ihren Rücken massiert.

Gott, ist das ein Geruch in der Tüte. Wie hundert Jahre altes Regenwasser.

»Um Himmels willen, meine Wasserschnecken«, ruft Feindorn. »Wie können Sie nur so herzlos mit der lebenden Kreatur umgehen? Die Tiere ersticken mir ja qualvoll, bevor ich sie abkochen kann.«

»Besser die als unsere Kunstexpertin«, knurrt Simon widerwillig. »Frau Wandler braucht Hilfe, das sieht man doch.«

Lilli nimmt die Brille ab. Wie kann sie sich nur so gehen lassen? Sie zieht ihre Kostümjacke stramm.

»Ich brauche nur eine Tablette.« Sie zieht das Glas aus der Tasche, schüttelt. Eine, zwei, nein besser drei Stück.

Simon Graf mustert sie misstrauisch. »Und die wirken bei Ihren Problemen?«

»Das sind nur ein paar Vitamine und Mineralstoffe«, lügt sie trotzig. »Es geht mir wieder gut. Mich hat der Anruf gerade nur sehr überrascht.«

»Verständlicherweise«, bemerkt Simon so kühl, dass Lilli friert. »Der plötzliche Verkauf gleich mehrerer Picassos ist ein überwältigender Erfolg der Galerie Wandler. Ich habe das Gefühl, dass ich von Ihnen und Ihrer Familie noch viel lernen kann. Charlotte ist Ihre Tochter, oder? Wirklich erstaunlich, wie profitabel sich die gesamte Familie mit der Kunst befasst. Und das Kind ist doch erst dreizehn!«

Er wird am Ende noch das Jugendamt einschalten müssen, um das Kind vor seiner nächsten Verwandtschaft zu schützen.

19

Sonores Dieselgebrumm. Der Plastiksitz unter Lilli vibriert im Zylindertakt und ruckelt ihre Gedanken gerade. Oder sind es die Beruhigungstabletten? Die von heute Morgen waren ein Reinfall. Erst hat sie sich deshalb wie in den Ferien gefühlt, dann ist sie unkontrolliert wütend geworden und am Ende so nervös, dass sie zusammengeklappt ist.

Mit Recht, denk dran, was dein Arzt gesagt hat. Das Mittel unterdrückt keine berechtigten Gefühle, es hilft nur, die Gedanken zu klären.

Okay. Aber sie hat keine Zeit, sich hilflos zu fühlen. Liliane setzt sich auf. Sie befindet sich im Bus nach Binz. Sie muss sofort in die Pension zurück und mit ihrem Vater reden.

Sie haben jetzt mehr als ein Problem. Sie haben genau vier Probleme: Eines heißt Sisley, die anderen tragen die Namen Picasso, noch mal Picasso und Clemens von Krolow.

Wie konnte sie so dämlich sein, Charlotte ihrem verschlagenen Exmann auch nur tageweise anzuvertrauen. Wie sträflich war es von ihr, anzunehmen, Clemens hätte Interesse an ihrer Tochter! Und wie bescheuert, dem Ehrenwort ihres Vaters zu vertrauen, er würde alle Kopien vernichten, sobald diese aus Rügen bei ihm einträfen. Natürlich hat er ihre Picassos nicht vernichtet. Schließlich hält er Kopien für eine eigene Kunstform.

Ein Halunke wie Clemens im Besitz von zwei nachgeahmten und nun sogar signierten Picasso-Zeichnungen. Was wird er damit anstellen?

Nicht dran denken!

Was anderes bleibt dir gar nicht übrig, du Närrin.

Okay. Sie schließt kurz die Augen. Sie muss die Probleme nur der Reihe nach lösen. Der Sisley kommt an erster Stelle.

Morgen Abend auf Gut Seelitz darf nichts schief gehen, schon gar nicht in Herrn Stepfords Anwesenheit. Leopold oder sie müssen unbemerkt in Alidas Schlafzimmer gelangen und den Bildertausch rasch vor Ort vornehmen. Nur: Wie schafft man ein Gemälde von der Größe einer Couchtischplatte unsichtbar in ein – dank ihrer Ratschläge – alarmgesichertes Schlafzimmer und wieder hinaus? Sicher nicht in einem Abendtäschchen.

Lilli gräbt ihre Fingernägel in die weichen Handflächen, bis es schmerzt. Jetzt nur keine unbedachte Bewegung und nicht mit den Fingern durch die zum Pferdeschwanz gebändigten Haare fahren. Die dürfen sich nicht ausgerechnet jetzt wieder zu »deinen reizenden Teufelshörnchen« kringeln, wie ihr Vater zu scherzen pflegt. Verfluchte Kunst, verdammter Vater.

Nach Sünde darf sie in keinem Fall aussehen, schließlich sitzt Stepford neben ihr. Der scheint sich in die Rolle des Beschützers für eine kreislaufschwache Versicherungsexpertin verliebt zu haben. Dabei hat sie darauf bestanden, nicht in seinem Angeber-Jaguar nach Hause gebracht zu werden, sondern die drei Kilometer zur Bushaltestelle zu Fuß zu gehen. Bei prasselndem Regen. Der Kerl hat sich nicht abschütteln lassen, egal wie forsch und schweigsam sie sich in ihren Schal gemummelt hat.

»Eine wirklich interessante Abwechslung, so eine Busfahrt«, plaudert Simon unvermittelt in ihre Gedanken hinein. »Man kommt mit dem echten Leben in Kontakt.«

Auf dem Rückweg vom Fahrkartenkauf, der Mister Stepford erhebliche Mühe und Verhandlungskünste gekostet hat, weil er anscheinend nur über Hundert-Euro-Scheine und wenig Kenntnisse über das Tarifsystem verfügt, hat ihm eine Mutter einen Zwillingswagen in die Waden gerammt.

Lilli schlägt die Augen hinter der Brille nieder und konzentriert sich auf die Schmutz- und Knickspuren im Plastikboden zu ihren Füßen. Regen pladdert gegen die Scheiben. Der Bus schnürt an einem stillen Fichtenhang vorbei, dahinter wellt sich nassgrün die Insel, drei Rehe suchen Schutz unter einer Buche. Zwei Touristen in leuchtfarbenen Regencapes zücken aufgeregt die Kameras.

Stepford plaudert fröhlich wie ein Erstklässler auf Schulausflug daher. Seine Miene straft den unschuldigen Ton Lügen und verrät den Jäger, genau wie seine nächste Frage.

»Einer gelernten Restauratorin wie Ihnen muss der Anblick der vernachlässigten Zeichnungen im Gartenhaus das Herz brechen, oder?«

Restauratorin! Verflucht, was weiß der Kerl denn noch über sie und ihre Laufbahn? Hat er ein Dossier angelegt? Ihr polizeiliches Führungszeugnis eingesehen? Mit ihrer Grundschullehrerin Tee getrunken?

Die Heizung unter dem Sitz glüht wie Höllenfeuer.

»Ich habe mir einige Ihrer frühen Arbeiten für ein Kölner Museum angesehen. Erstklassig. Vor Ihrem Eingreifen war das Bild praktisch nicht mehr zu erkennen und jetzt – ein Meisterwerk. So viel Einfühlungsvermögen und Behutsamkeit. Schade, dass Sie auf diesem Gebiet nicht mehr tätig sind oder selber malen. Bei Ihrem Können läge das nahe. Haben Sie es je versucht?«

Lilli erstarrt.

Unterhält Sotheby's eine eigene Geheimdienstabteilung, einen Spionagering, eine Privatdetektei? Verwirrt streicht sie sich durchs Haar und bemerkt zu spät, dass eine Strähne sich lockert und in ihre Stirn schlängelt.

»Sie sollten Ihr Haar wirklich offen tragen. Ein Pferdeschwanz ist viel zu brav für Sie und versteckt Ihr wahres Gesicht.«

Und ihre Absichten, setzt Graf in Gedanken hinzu. Wie gut, dass er Liliane Wandler sozusagen in flagranti ertappt hat. Picasso, nein wirklich. Die Wandlers haben anscheinend überhaupt keine Scheu vor großen Namen. Was für eine Bande von Fälschern! Seltsam nur, dass Liliane von dem Telefonanruf so überrascht war, dass sie die Deckung aufgegeben und sich verplaudert hat. Sie war geradezu verschreckt.

Nun ja, immerhin sitzt ihr in seiner Person ja Sotheby's im Schoß, nein, im Nacken natürlich. Darin kringeln sich jetzt ebenfalls Löckchen.

Sieht weder verhuscht noch verbissen aus, sondern verführerisch, bemerkt er verblüfft. Verdammt, ermahnt sich Graf, du wirst doch nicht auf das älteste weibliche Täuschungsmanöver der Welt reinfallen! Liliane Wandler ist eine abgefeimte Betrügerin, die es auf das Vermögen deiner Großmutter abgesehen hat. Ob der Friedrich schon fertig ist? Sei auf der Hut!

Oder noch besser, nimm den Angriff vorweg. Charme- und Flirtattacken scheinen diese Falschspielerin zu verärgern und zu verunsichern. Professionelle Verführerinnen lassen sich ungern verführen.

Lilli senkt die Augen noch tiefer. Hilfe! Ihr Blick muss schieres Entsetzen widerspiegeln. Sie streicht sich die Haare glatt und zwingt sich zu höflichem Lächeln.

»Wenn der Sammeringverkauf erledigt ist, werde ich mich wieder ganz dem Versicherungswesen widmen. In diesem Metier fühle ich mich zu Hause. Es ist sehr befriedigend, große Kunstwerke vor dem Verfall zu schützen.«

»Oder vor ihrer Entwendung. Sind die Sicherheitsvorkehrungen auf Seelitz ausreichend, oder könnte da jemand Unbefugtes hereinspazieren und mitnehmen, was ihm gefällt? Außer Ihnen, meine ich.«

Mit kreischenden Bremsen kommt der Bus zum Stehen, die Türen öffnen sich mit hydraulischem Seufzen und ersparen Lilli eine Antwort.

Erst als der Bus wieder anfährt und sie in den Plastiksitz drückt, sagt sie betont spröde: »Die Sicherheitsvorkehrungen werden vor Beginn der Verkaufsausstellung auf den neuesten Stand gebracht. Zu meinen vordringlichsten Aufgaben gehört es zunächst, die Bilder vorzubereiten und Alida Sammering oder Herrn Feindorn zu erklären, wie man Kunstwerke hängt und das Raumklima verbessert. Das ist mehr als notwendig.«

»Genau wie hier.« Simon beugt sich weit über sie, um das Oberlicht des Busfensters aufzuklappen. »Sie scheinen mir überhitzt. Geht es Ihnen wieder schlechter?«

Zu ihrem Ärger beschleunigt sich Lillis Puls deutlich, als seine Krawatte leicht über ihre Wange streift. Ungeduldig wedelt sie den Seidenstoff zur Seite.

»Ich muss an der nächsten Haltestelle aussteigen.«

Der Bus nimmt eine Kurve in Richtung Binzer Bahnhof. Noch hundert Meter, und sie ist Simon Stepford los, bevor er mit noch intimeren Details aus ihrer Gegenwart und Vergangenheit aufwartet, etwa ihrer Slipgröße. Wie kommt sie denn darauf? Nun ja, sie fühlt sich trotz Kostüm und Brille wie entblößt vom Herrn Doktor Doktor.

Der macht keine Anstalten, sie vorbeizulassen. Ach herrje, er muss ja an der gleichen Station aussteigen, schließlich wohnt er wie sie in der Pension Möwe.

Lilli steht auf, schwankt und fällt Simon unabsichtlich um den Hals. Sie muss sich an seine Schultern klammern, weil der Bus plötzlich ausschwenkt, um eine Kurve Richtung Strandpromenade zu nehmen, die gar nicht auf der Route liegt. Der Fahrer ist auf dem Holzweg. Hier geht es nie und nimmer zum Bahnhof, hier geht es zur …

»Villa Möwe. Sonderstopp«, schallt es fröhlich aus dem Lautsprecher über ihrem Kopf.

Lilli rappelt sich hoch, muss sich auf Simons Knien abstützen und ihm mitten ins Gesicht schauen. Der Kerl grinst wieder.

»Tja, für hundert Euro ist so ein kleiner Umweg schon mal drin. Sie sind heute genug durch die Gegend spaziert«, meint er lässig und ein wenig von oben herab. »Auf ein Mädchen mit Hang zu Schwindelanfällen muss man aufpassen.«

In Lillis rechter Hand zuckt es. Sie rutscht ab und muss sich auf Simons Oberschenkel stützen. Der Flegel hat eine Ohrfeige verdient. Was soll das hier sein? Eine Busentführung oder eine öffentliche Verführung?

»Fräulein Wandler. Wir sollten das Vergnügen nicht übertreiben. Nehmen Sie die Hände von meinen Knien, bevor die anderen Fahrgäste auf dumme Gedanken darüber kommen, was uns verbindet. Außer einer professionellen Leidenschaft für Kunst natürlich.«

20

Jetzt summt sie schon wieder und stört mit zittrigen Misstönen die Stille! Die alte Dame ist eine Herausforderung für die Nerven. Irritiert schaut Clemens von Krolow seine Nachbarin am Roulettetisch an. Mit klauenartigen Fingern verteilt sie bunte Chips auf der Mitte des grünen Tuches, als handele es sich um Smarties und eine Kindergeburtstagsparty. Mit hochgezogenen Augenbrauen oder leisem Lächeln beobachten andere Spieler die summende Greisin. Muss sie denn immer alle Aufmerksamkeit auf sich ziehen?

»Liebe Frau Graf, es ist leichtsinnig, alles nur auf Zahl zu setzen. Versuchen Sie es mal mit *pair* und *impair* oder erstem Viertel«, rät Clemens flüsternd.

Statt einer Antwort erhält er einen rebellischen Blick und eine Kostprobe des Liedtextes, den Edwina angesummt hat. »Sollt ich meinem Gott nicht singen, denn ich seh in allen Dingen, wie so gut er's mit mir meint.«

Geistliche Choräle in einem Spielkasino, auch das noch.

Clemens stiert hilfesuchend zur Decke hinauf, die mit Raffaelengeln in Trompe-l'œil-Malerei verziert ist. Seinen Schwiegervater würde es sicher schütteln. Clemens entspannt sich ein wenig bei dem Gedanken an Leopold und die beiden Picassos. Ein wölfisches Grinsen umspielt seinen Mund. Er wollte schon immer wissen, wie Leopold seine Geschäfte abwickelt, jetzt weiß er es genau.

Der große Leopold ist sein eigener Kunstfälscher, und Liliane muss früher seine Schülerin gewesen sein! Ein richtiger Familienbetrieb und die problemloseste Art, als Galerist an Meisterwerke aller Art heranzukommen. Wie simpel. Als Fälscher, der bislang nie aufgefallen ist, muss Lillis Vater immerhin ein Genie sein. Allerdings sollte er mehr Geld besitzen. Wahrscheinlich hat er keine Ahnung von richtiger Vermarktung und jetzt ein echtes Problem mit der gefälschten Sammlung. Clemens von Krolow zuckt die Achseln. Da kann er behilflich sein. Ab sofort wird Leopold nach seinen Regeln und sehr gewinnbringend arbeiten. Malen nach Zahlen sozusagen. Guter Witz.

Mit leisem Klackern hüpft die Kugel in der Rouletteschale auf die Nummer vierzehn. Edwina unterbricht ihren Gesang und flucht. »Herr im Himmel, wer denkt denn an die blöde Vierzehn.«

Die Gemeinde am Spieltisch ist amüsiert, und Clemens fragt sich, wie verwirrt die alte Dame ist – oder wie angeheitert. In ihrer Seniorenresidenz, wo er sie am Mittag abgeholt hat, bekommt sie vermutlich selten etwas zu trinken – außer Klosterfrau Melissengeist.

»Ich hätte gerne noch einen Martini, aber diesmal mit Cocktailkirsche, nicht mit Olive«, befehligt sie ihn. Das Amüsement der Mitspieler wächst auf Clemens' Kosten. Kein noch so pazifistisch gesonnener Zivildienstleistender würde sich derart schikanieren lassen. Aber er, ein Mann der Finanzwelt, muss den Lakaien geben. Scheint so, als übe Edwina die Rolle der künftigen Gutsherrin von Seelitz ein.

»Singen und spielen macht durstig, nun laufen Sie schon.«

Der Croupier im schwarzen Dinnerjacket harkt mit unbeteiligter Miene Chips zusammen und schiebt Gewinntürmchen übers Feld.

Widerwillig erhebt sich Clemens und zupft die Manschetten seines Brooks-Brothers-Hemdes zurecht. Nicht wie ein Diener, sondern wie der Chef, der er bei diesem Unternehmen ist, auch wenn er dafür jeder Laune dieser verrückten Schachtel nachgeben muss. Etwa der Laune, während der Fahrt nach Rügen einen Abstecher in ein Kurbad-Kasino an der Ostsee zu machen.

»Sie sollten jetzt aufhören, Edwina. Für eine Anfängerin haben Sie genug verloren, und wir haben noch eine ziemliche Strecke vor uns.«

»Schnickschnack. Ich amüsiere mich«, winkt die Dame energisch ab. »Habt ihr jungen Kerle denn alle keine Fantasie und keinen Mut zum Risiko? Wenn ich früher so ein Hasenfuß gewesen wäre, hätte ich meine Firma nie groß gekriegt. Mit einem schrottreifen Traktor von Seelitz habe ich nach dem Krieg angefangen. Wie ich den an den Russen vorbei in den Westen geschmuggelt hab – ach, ihr habt keine Ahnung von nichts. Und jetzt hopphopp, meinen Martini bitte.«

»In Ihrem Alter sollten Sie besser nicht so harte Sachen trinken. Das könnte Ihnen gesundheitlich schaden.« Was er vermeiden möchte, bis sie das Gut gekauft und ihn bezahlt hat.

»Geschwätz! Der Alkohol wird mich nicht umbringen.« Edwinas Miene schnappt zu wie ein Karabinerschloss. Nein, der Alkohol wird mich nicht umbringen, denkt sie grimmig. Das wird das kleine, gemeine und inoperable Krebsgeschwür erledigen, das man neben meiner Wirbelsäule entdeckt hat. In ein, maximal anderthalb Jahren. So viel geben ihr die Ärzte noch. Alterskrebs wächst langsamer als Tumore in jungen Körpern. Noch ist sie schmerzfrei. Einer der Ärzte war dämlich genug, das einen Glücksfall zu nennen.

Was hat Sterben mit Glück zu tun?

Edwina streckt den Rücken. Welche Ironie, dass ausgerechnet ihr Rückgrat sie das Leben kosten wird. Auf Haltung und Unbeugsamkeit hat sie ihr Leben lang besonderen Wert gelegt. Und so soll das bleiben bis zuletzt. Am liebsten würde sie im Stehen sterben, nur nicht hinlegen und aufgeben. Sie hat weder Zeit noch Talent für Selbstmitleid, aber eine Menge nachzuholen.

Zum Beispiel in Sachen Liebe. Und das in ihrem Alter, nichts bleibt einem erspart. Man will sich mit zweiundachtzig Jahren doch nicht mehr lächerlich machen. Schon gar nicht vor Simon. Vor dem zuallerletzt. Edwinas Miene wird weich. Sie erwischt sich dabei.

»Am besten, Sie bringen mir einen doppelten Martini«, blafft sie in Clemens' Richtung.

Ärgerlich wendet von Krolow sich ab. Dass er sich so herumscheuchen lassen muss. Von einer senilen Traktorenproduzentin, die sich als Glücksspielerin entpuppt. Möglichst dumme und habgierige Anleger sind zwar seine Geschäftsgrundlage, aber langsam gehen ihm seine Kunden auf die Nerven, und er muss aufpassen, dass er nicht verblödet.

Es ist an der Zeit, sich mit einem letzten Deal in ein Land fern von Deutschland zu verabschieden. Edwina soll der letzte Deal sein. Wenn sie jedoch in diesem Tempo am Spieltisch weitermacht, gibt es bald nicht mehr viel rauszuholen. Nur gut, dass sie lediglich Zehn-Euro-Chips einsetzt. Am Bakkaratisch hat sie trotzdem vierhundert Euro verloren, vom Pokern konnte er sie abhalten, aber der Roulettetisch scheint Edwina das zu geben, was sie bei Kaffeekränzchen unter ihresgleichen vermisst. Schade um das Geld. Edwina dreht den Kopf und winkt ihm durch den Saal mit ihrem leeren Glas.

Er schlendert aus dem mit Kronleuchtern und Stuck verzierten Spielsaal zur Bar. Zeit, einen geschäftlichen Anruf zu erledigen. Bei Leopold. Seine Laune hebt sich.

»Na endlich«, murmelt Edwina und verteilt flink ein paar Chips. Der Croupier sächselt ein *»Rien ne va plus«*. Sie verfolgt gebannt den Lauf der Kugel. Klackern, enttäuschte Seufzer neben ihr, die Harke fährt über den Filz und beliefert sie mit einem Türmchen. Edwina schürzt die Lippen, während sie die Plastikscheibchen durchzählt. Fünfhundert verloren, dreihundert wieder eingenommen.

Sie nickt triumphierend. Ein bisschen was muss man bei dieser Transaktion springen lassen, um nicht in Verdacht zu geraten. Edwina öffnet ihre rosenbestickte Omatasche – scheußliches Stück, aber unschuldig wie Kölnischwasser – und schiebt ihre Chips hinein. Dann greift sie nach ihrem silbern verzierten Stock und wehrt ein Angebot, ihr aufzuhelfen, ab.

»Ich bin noch gut zu Fuß, danke.«

Sie hat es eilig, in den schmucklos aufgemachten Kassenraum zu gelangen. Dort leert sie die Tasche mit Schwung auf dem Tresen aus. Aus den tiefsten Tiefen kommen mehr als fünfzig flache, rechteckige Chips aus marmoriertem Plastik zum Vorschein. Alle unbenutzt. Wer bringt schon freiwillig fünfzigtausend Euro zum Einsatz – Verschwender und Idioten. Aber sie doch nicht.

Der Kassierer nickt höflich, zählt die Chips. Edwinas Herz wird weit. Das ist immer der schönste Moment bei dieser Unternehmung. Und man darf sich auch ganz offensichtlich daran erfreuen.

»Lobt Gott ihr Christen allzugleich … hmmhmmh … der gnädig unser denkt und uns viel Gutes schenkt …«

»Wie bitte?«

»Lied zwölf. Evangelisches Gesangbuch der Provinzialsynode Brandenburg von 1892, junger Mann!« Dass keiner die alten Choräle kennt. Gottlose Gesellschaft.

»Ja, äh, Sie haben Grund zur Freude. Das ist eine schöne Summe. Darf ich gratulieren?«

»Wie Sie wünschen.« Soll der Kerl das Ganze ruhig für Gewinne halten.

»Sie möchten also nicht mehr spielen?«

Hält der sie für unterbelichtet?

Edwina verneint unwirsch. »Ich hätte den Betrag übrigens gern auf mein Konto überwiesen. Es wäre mir unangenehm, so viel Bargeld mit mir herumzutragen. Als alte Frau muss man vorsichtig sein mit seinem Geld.«

Sie zückt eine Karte und reicht sie dem Mann hinter der Panzerglasscheibe. Der tippt alle Daten in einen Computer ein und wünscht einen angenehmen Abend. So einfach geht das. Und ganz ohne Personalausweis und lästige Fragen, die jede gewöhnliche Bank verpflichtet wäre zu stellen.

Edwina lächelt kurz. Als steuerfreier Spielgewinn ausgewiesen und von einem staatlichen Kasino offiziell auf ihr deutsches Konto überwiesen, kann keine Finanzbehörde und kein ehrpusseliger Enkel die fünfzigtausend Euro als Luxemburger Schwarzgeld enttarnen. Elegante Betrugsmanöver in den Grenzen des Gesetzes sind ihr von jeher die liebsten gewesen, auch wenn die ständigen Reisen nach Luxemburg und die Kasinobesuche allmählich langweilig werden. Dreihunderttausend Euro zu waschen ist kein Pappenstiel.

Aber was will man machen, wenn der Enkel einem dem Zugang zu den Geschäftskonten gesperrt hat? Man muss seine letzten Notgroschen verflüssigen, um diesem Dussel ein Vermögen zu verschaffen, von dem er nichts wissen will. Na, sie wird schon für ihn sorgen.

»Haben Sie hier eine Fernsprechzelle?«, fragt sie den Kassierer.

Er deutet mit der Hand in eine Ecke. »Dort drüben. Sie müssen eine Neun für eine Amtsleitung vorwählen.«

Wie herrlich altmodisch die Dame ist. Fernsprechzelle, das Wort hat er seit Jahren nicht gehört. Und diese Tasche mit dem Rosenmuster erinnert ihn an seine Oma. Die sollte er auch mal wieder anrufen – vielleicht aus der Fernsprechzelle? Der Kassierer kichert.

Edwina schließt die Tür mit der schmalen Glasscheibe, nimmt auf einem Bänkchen Platz und lässt ihre Tasche aufschnappen. Fernsprechzellen sind wundervoll, man ist so ungestört. Herrlich, diese gepolsterte Stille.

Sie greift nach ihrem Handy. Das ist viel handlicher als die Riesenapparate, aber leider zu öffentlich. Jeder Depp kann einem beim Telefonieren zuhören, und anscheinend gibt es neuerdings Deppen genug, die sich gern zuhören lassen. Die Welt hat sich wirklich verändert, ihr war Diskretion immer lebenswichtig. Sie tippt mit arthritisch gekrümmten Fingern bedächtig Nummer für Nummer ein und wartet. Nach dreimaligem Summen geht am anderen Ende jemand ans Telefon.

»Hermine?«

»Du! Na endlich.«

Gottchen, klingt die Kleine heute rebellisch. Kennt man gar nicht, bislang war sie lammfromm und ganz der ergebene Schatten von früher. Alles in allem ein angenehmer Geschäftspartner.

»Hör zu, ich habe jetzt genug Geld für eine Anzahlung auf Seelitz zusammen. Was hast du über diese Wandler und ihren Vater herausgefunden? Sind sie dem Friedrich schon auf der Spur? Ihr Exmann hat Andeutungen gemacht, dass …«

»Edwina, wir müssen uns endlich über etwas anderes als das verdammte Bild unterhalten.«

»So? Was denn?«

»Deinen Enkel, verdammt noch mal.«

Edwina setzt sich kerzengerade in der Bank auf. Angriff ist die beste Verteidigung.

»Wieso? Gefällt er dir nicht? Ich finde ihn recht gelungen. Im Gegensatz zu seinem Vater, meinem Sohn Arnim. Hätte ihn nicht so nennen sollen. Hat sich prompt der Literatur verschrieben. Der ist ein elender Schöngeist, kein Mumm, immer nachdenklich, kommt viel zu sehr auf…«

»Malte?«

»Wen sonst.«

Einen Moment herrscht Stille am anderen Ende. Hat wahrscheinlich einen Gefühlsausbruch, die Kleine. Wird doch nicht losheulen? Nein, heult nicht, spricht nur mit einem Mal sehr leise. Edwina drückt das Handy fester ans Ohr.

»Warum hast du mir das verschwiegen, Edwina? Kannst du nicht einmal einem Toten vergeben, dass du dich in ihn verliebt hast?«

»Es war ein bisschen mehr als eine Backfischschwärmerei, Hermine.« Edwinas Ton ist drohend. Sie knurrt wie eine Grizzlymutter, die ihr Revier abgrenzt.

Hermine hält mit leicht zitternder Stimme stand. »Das weiß ich jetzt auch, entschuldige bitte. Die Folgen sind schließlich unübersehbar. Das hat mich wie ein Schock getroffen. Malte ist also der Vater deines Kindes und Simons Großvater. Malte und du, ihr hattet eine richtige Affäre.«

»Einmal ist keinmal trifft die Sache eher. Malte war nicht sonderlich interessiert, sagen wir besser, nicht interessierter als gewöhnlich. Leider hatte das eine Mal bei mir sofort Folgen.«

»Wenn ich das gewusst hätte!«

»Du warst sechs oder sieben Jahre alt. Mit Kindern spricht man nicht über Sex und Affären. Oder hat deine Mutter das jemals getan?« Auf die Antwort ist Edwina wirklich gespannt.

»Natürlich nicht. Sie war sehr altmodisch und streng erzogen. Das weißt du doch.«

Lieber Himmel, die Kleine ist wirklich vollkommen ahnungslos.

»Aber inzwischen bin ich erwachsen«, setzt Hermine tapfer hinzu.

»Na, dann weißt du ja, was Sex ist, und wir müssen nicht länger davon reden. In meinem Alter finde ich das ohnehin reichlich unpassend.«

»Edwina, bitte. Es geht um Maltes Nachkommen, seinen Sohn und sein Enkelkind …«

»Von denen niemand etwas weiß, weil ich mit niemandem jemals darüber geredet habe, und ich möchte auch jetzt nicht damit anfangen, Hermine. Ich lebe nicht in der Vergangenheit wie du, ich habe sie erlebt, das genügt.«

»Warum willst du dann Seelitz kaufen?«

Himmel, die kleine Hermine hat doch was dazugelernt, nämlich hartnäckige Fragen zu stellen.

»Das habe ich dir erklärt. Es ist ein gutes Geschäft. Ich habe mich erkundigt. Ein unbekanntes Friedrichgemälde ist Millionen wert, und das Gut kann ich für ein paar Hunderttausend an diese Alida und eine halbe Million Handgeld an Krolow bekommen, wenn ich geschickt verhandele. Der Kerl ist so was von abgebrannt, dass er nicht lange fackeln kann. Er darf nur nicht merken, dass wir beide viel mehr über das Bild wissen als er. Mich hält er bislang für eine vertrottelte Alte, die er mit einem aufgeschnappten Gerücht übers Ohr haut, und das soll so bleiben.«

Am anderen Ende scheint jemand bis zehn zu zählen, um seinen Atem unter Kontrolle zu bekommen.

»Du hättest mir sagen sollen, dass Simon Maltes Enkel ist. Kannst du dir denn nicht vorstellen, was das für mich heißt? Malte war ein so wundervoller Mensch. Wenn du nur alles wüsstest, was ich inzwischen über ihn herausgefunden habe.«

Hoppla, da ist sie wieder, die kleine Heulsuse, der Gefühlsdusel, die Schwärmerin. Wundervoller Mensch. Wenn die alles wüsste … Soll sie aber nicht. Soll ihre Gefühle behalten, die Kleine. Gute

Güte, ist das mit der Liebe kompliziert. Gut, dass sie sich weitgehend davon fern gehalten hat.

Zeit für etwas göttlichen Beistand. Edwina summt ins Handy.

Der Gefühlsdusel am anderen Ende fängt sich, ihre Stimme hat jetzt einen Kern aus Stahl.

»Edwina, was soll das? Mir brauchst du nicht die verrückte Greisin vorzuspielen. Hast du ernsthaft angenommen, ich würde die Ähnlichkeit nicht erkennen?«

Na also, ein bisschen geistliche Gesänge machen heutzutage jeden kirre. Dem Herrn sei Dank. Edwina schickt einen Blick nach oben und zwinkert.

»Papperlapapp. So ähnlich ist Simon seinem Großvater auch wieder nicht. Er hat meine Haare und mein Gesicht.« Worauf Edwina mehr als stolz ist, aber das braucht die sentimentale Hermine nicht zu wissen.

Die wird gerade wieder rebellisch: »Aber er hat Maltes graue Augen und seinen Gang. Ich wäre fast in Ohnmacht gefallen, als er plötzlich vor meiner Tür stand. Ich dachte, ich hätte eine Erscheinung.«

Hermines Stimme wird brüchig.

Jetzt also doch. Tränen kann Edwina auf den Tod nicht ausstehen. Tränen machen einem nur das Leben schwer. Sie ist die letzten siebzig, achtzig Jahre gut ohne sie ausgekommen und hat Taschentücher nur einpacken müssen, wenn sie Schnupfen hatte.

»Hermine, mein Sohn und mein Enkel gehen dich nichts an. Sie gehen niemanden etwas an, so habe ich es immer gehalten. Malte wollte mich nicht haben. Hermann Graf schon. Und das, obwohl ich schwanger war, als wir geheiratet haben. Das Kind ist sein Sohn geworden, und Simon Graf ist sein Enkel, basta. Irgendetwas anderes zu behaupten wäre eine Gemeinheit. Und sinnlos dazu.«

»Malte kann doch gar nicht gewusst haben, dass du schwanger warst! Sonst hätte er …« Hermine bricht ab.

Edwina presst ihren Rücken gegen die Wand der Telefonzelle. Ihr angekränkeltes Rückgrat braucht etwas Halt. »Ja, was denn? Er hätte euch niemals im Stich gelassen, um mir zu folgen, dabei war alles aus, zu Ende, verloren, dieser Narr …«

»Ach, Edwina. Es ging nicht um uns. Malte konnte Seelitz nicht verlassen. Versteh das doch, es war sein einziger Halt im Leben. So war er nun mal.«

»Das verdammte Gut war sein Untergang. Ach, was reden wir überhaupt darüber. Er hätte mir so oder so nicht helfen können. Er war längst tot und Seelitz enteignet, als ich mein Kind zur Welt gebracht habe. Es gab nichts mehr zu holen. Bis auf das Bild, und das hole ich mir jetzt.« Für Simon.

»Wie kannst du so darüber reden?«

»Ich will nicht anders darüber reden. Sentimentalitäten sind deine Abteilung, die will ich dir nicht streitig machen. Darum darfst du ja auch das verdammte Gutshaus behalten, wenn ich es kaufe. Ein faires Angebot, wie ich finde.« Schließlich liebt Hermine Erinnerungen über alles.

»Wie kannst du so kalt sein, ich verstehe dich nicht.«

»Das hast du nie und wirst du nie«, sagt Edwina bestimmt und blickt starr geradeaus. Sehr interessant, die Reklametafel vor ihr. Ist ihr ganz neu, dass es Martini jetzt auch mit Orangengeschmack gibt. Schmeckt sicher scheußlich. Martini muss nach Wermut schmecken, vor allem bitter.

»Ich muss jetzt Schluss machen. Krolow klebt mir wie Kaugummi an den Fersen.«

Und klopft wild gegen die Glastür. In der rechten Hand hält er den Drink, den sie nötig hat. Außerdem grinst er erstaunlich frech. Kennt keinen Respekt, der Kerl.

Edwina öffnet die Tür und reicht Krolow wortlos ihren Stock. Dann greift sie nach dem Glas und leert es in einem Zug. »Ein bisschen mehr Wodka wäre besser. Und Sie haben die Cocktailkirsche vergessen.«

»Ich habe Sie an allen Spieltischen gesucht.«

Von Krolows Blick wandert misstrauisch zwischen Edwina und dem Mann hinterm Kassenschalter hin und her. Die alte Dame hat doch nicht noch mehr Chips gekauft? Sie braucht ihr Geld, sehr viel Geld – für ihn.

»Ich hatte alle Zahlen durch, aber die richtige war kein einziges Mal dabei. Das ist ja dümmer als Lottospielen. Mit zweiundachtzig Jahren bleibt keine Zeit für alberne Sperenzchen. Mich in ein Kasino zu schleppen! Ich hoffe, Ihre Rügensache ist wirklich so lohnend, wie Sie behaupten. Und übrigens, der Kaufpreis ist eine Unverschämtheit.«

Die Martinis müssen der alten Frau zu Kopf gestiegen sein. Als hätte er sie in das Kasino geschleppt! Nüchtern ist Edwina bereits ein Besen, angetrunken könnte sie es mit einer Straßenkehrerkolonne aufnehmen. Immerhin lassen die Anzeichen geistiger Verwirrung auf das Schönste hoffen. Edwina Graf darf nur nicht vergessen, wie man einen Kaufvertrag unterzeichnet, dann ist er wieder frisch bei Kasse.

Von Krolow senkt die Stimme. »Liebe Frau Graf, mein Angebot in Bezug auf Seelitz ist eine einmalige Gelegenheit. Ein Geheimtipp, den ich nur Ihnen gebe. Und was den Preis angeht, sind anderthalb Millionen viel zu wenig. Ich habe inzwischen sehr sichere Beweise für die Existenz des Bildes, mein Schwiegervater …«

»Ach, halten Sie den Mund. Die Ruine ist in Wahrheit kaum einen Pfifferling wert. Ich heiße nicht Ewald Sammering.«

»Natürlich nicht, gnädige Frau, aber denken Sie an das Bild!«

»Das ist bislang nur ein Gerücht.«

»Sie irren sich, liebe gnädige Frau. Mein Schwiegervater wird es Ihnen bald bestätigen können. Und Leopold Wandler irrt sich nie, wenn es um Meisterwerke geht.« Kann er ja auch gar nicht, schließlich produziert er sie größtenteils selbst. O nein, nein, jetzt singt dieses verrückte alte Huhn schon wieder!

»Sorge doch für meine Kinder, Vater nimm dich ihrer an.« Edwina unterbricht sich. »Kennen Sie das? Choral 499 von Schlosser. Sehr erhebend. Damit Sie es nur wissen: Ich interessiere mich aus rein familiären Gründen für Seelitz, aber ein Vermögen gebe ich dafür nicht her. Erst recht nicht für ein unsichtbares Bild.«

»Nicht so laut, liebe Frau Graf. Wenn wir uns nicht äußerst geschickt verhalten und das Geschäft diskret abwickeln, könnte uns jemand zuvorkommen. Es war schon keine gute Idee, das verschollene Friedrichgemälde Ihrem Enkel gegenüber zu erwähnen!«

»Werter Herr von Krolow, in Familien muss Vertrauen und Offenheit herrschen.« In gewissen Grenzen zumindest. »Aber von Vertrauen und Offenheit scheinen Sie keine Ahnung zu haben, Krolow. Oder ist Ihre Familie, ich meine, Exfamilie davon begeistert, dass Sie mit der Friedrich-Geschichte hausieren gehen? Schließlich könnten die selbst ein Interesse an dem herrenlosen Gemälde haben.«

Sicher nicht, denkt Clemens und muss ein Lächeln unterdrücken.

Wie dämlich der ganze Rest der Welt doch ist.

»Und jetzt holen Sie endlich den Wagen.«

Dämlich, aber unverschämt.

21

Gemütlichkeit kann eine Qual sein. Die Villa Möwe ist am Abend, umweht von Böen, die die Verandascheiben schütteln, gemütlich bis an die Schmerzgrenze. Lillis Schmerzgrenze. Draußen auf der tintenschwarzen Ostsee glühen grün und rot die Signalfeuer der Schiffe. Frau Tressewitz hat den Kamin im Speisesaal und Kerzen im Wintergarten angezündet. So gemütlich hat sie es bislang noch nie gemacht. Muss an diesem Charmeur Simon liegen. Die Wirtin scheint ihm und seinem halb britischen Charme geradezu verfallen.

Die Reste einer Ente mit Pflaumen und Sanddorngelee sind abgetragen, in den Gläsern schimmert Rotwein, und Lilli bedauert, dass sie sich nicht betrinken kann. Simon Stepford scheint das ebenfalls zu bedauern und will nachschenken. Lilli legt hastig ihre Hand über das Glas.

»Danke, für mich nicht mehr. Ich muss noch meine Tabletten nehmen.« Sie schluckt drei.

»So viele Vitamine?«

»Mich beruhigt das. Ich tue gern etwas für meine Gesundheit.«

Simon lehnt sich in seinem Stuhl zurück.

»Ich hätte nicht gedacht, dass meine Arbeit hier so unterhaltsam und entspannend werden würde«, sagt er versonnen. Und seltsamerweise ist das die Wahrheit, denkt er, obwohl die Wahrheit in diesem Spiel schlechte Karten hat.

Entspannend! Lilli krallt ihre Finger in den Korbstuhl, um nicht loszuschreien. Entspannt hat sie sich seit dem morgendlichen Anruf ihres Vaters nicht für eine Sekunde, und Stepford hat mit seiner ständigen Anwesenheit dafür gesorgt, dass sie sich am Ende ihrer Kräfte fühlt.

Der Kerl folgt ihr auf jedem Schritt, sobald sie ihr Zimmer verlässt. Zum Telefonieren musste sie sich unter der Bettdecke verstecken, weil das Haus so hellhörig ist wie Stepford. Kann der Dr. Dr. Kunsthistoriker nicht endlich müde werden und ins Bett gehen? Wie bekommt sie ihn da nur hin?

Na, da dürfte selbst dir etwas einfallen, scherzt ihr Alter Ego, *der Kerl scheint interessiert*. Alberne Gans. Nach Frivolitäten ist Lilli im Moment nicht zumute.

Sie hat ernsthafte Dinge vor heute Nacht. Zum Beispiel einen Einbruch. Verstohlen wandert ihr Blick zu der Pendeluhr in einer Fensternische, die in ärgerlicher Gemächlichkeit die Zeit vertropfen lässt. Erst acht Uhr. Ihr Vater dürfte kurz vor Stralsund sein. Er muss kurz vor Stralsund sein, sonst bringt sie ihn um. Meine Güte, ist sie wütend auf Leopold. Wütend wie noch nie.

Na endlich!

Mister Stepford lächelt aufreizend heiter.

»Ihre Ausführungen über moderne Konservierungsmethoden mittelalterlicher Inkunabeln waren ungemein interessant. Und Ihre Schilderung von den Auswirkungen schwankender Luftfeuchtigkeit auf die Gummierung alter Briefmarken erschöpfend.«

Lillis Stirn kräuselt sich. Ist der Kerl denn mit nichts vom Tisch wegzulangweilen, den Frau Tressewitz für sie gemeinsam gedeckt hat? Damit sie den kollegialen Austausch pflegen können. Lilli hat geschwatzt, was das Zeug hält, um weiteren Verhörfragen vorzubeugen, aber jetzt fällt ihr nichts mehr ein.

Simon umso mehr. »Es wundert mich, dass eine junge, attraktive Frau wie Sie so vollständig im Beruf aufgeht. Sie müssen doch auch andere Interessen und Leidenschaften haben.«

Lilli rückt abweisend ihre Brille gerade. Stepford beugt sich vor. Seine gebräunte Hand, die nach Urlaub aussieht, spielt mit dem Stiel des Glases und schiebt es wie unabsichtlich näher an ihres heran. »Oder sind diese Interessen geheim?«

Lilli zieht ihr Glas hektisch zurück, Rotwein schwappt über den Glasrand. Die Tischdecke saugt ihn gierig auf.

»Es liegt in der Natur von Geheimnissen, dass sie geheim sind«, sagt Lilli kühler, als ihr zumute ist.

»Und welches Geheimnis verbirgt sich hinter dem Ring an Ihrer Hand? Nach Verlobung sieht mir das nicht aus.«

Lilli betrachtet flüchtig Charlottes Glasring und schweigt weiter. Jetzt steckt auch noch ihre Tochter in der Sache mit drin. Und sie war immer so froh, dass Charlotte nicht malen kann. Dafür scheint sie eine verhängnisvolle Geschäftstüchtigkeit geerbt zu haben. Hoffentlich nur die von Leopold und nicht die von Clemens. Sie zieht die Unterlippe ein, knabbert darauf herum.

»Dachte ich es mir doch, dass Sie Geheimnisse haben.« Simon prostet ihr mit schelmisch zur Seite gelegtem Kopf zu. »Ist der Ring also tatsächlich von einem Verehrer?«

»Nein.«

»Sie sehen unternehmungslustig aus in den Jeans und den Turnschuhen. Ganz anders als in Ihrem Kostüm von heute Vormittag. Haben Sie noch etwas Aufregendes vor? Eine kleine Nachtwanderung vielleicht?«

Das Kerzenlicht tanzt in goldenen Lichtern auf der Iris seiner Magnetaugen. Grau kann eine erstaunlich lebendige Farbe sein und so vielschichtig, schießt es Lilli durch den Kopf. Nur die ganz großen Meister – etwa ein Rembrandt – vermochten mit Grauabstufungen gemischt aus Bleiweiß, Ockergelb und Elfenbeinschwarz alle Schattierungen des Lichts einzufangen und die Illusion intensiver Farbigkeit und Lebendigkeit zu erzeugen. So wie Simon mit seinen Augen.

Mit einem distinguierten Kunstgutachter hat er momentan so viel gemein wie Indiana Jones mit einem Steuersachverständigen. Muss sie jetzt an so etwas denken? Scheint, als ob die Tabletten halluzinogene Nebenwirkungen haben. Jedenfalls sind diese Gefühle der Situation völlig unangemessen.

Ach ja?

»Der Strand ist wirklich hinreißend«, flüstert Simon, als wolle er ihr ein besonders vertrauliches Geheimnis verraten und fährt mit einem Finger über die Rotweinflecken. Neben dem Fleck liegt Lillis Hand.

»Nein«, stößt Lilli hervor und ist selbst vom Ausmaß ihrer Wut überrascht. »Ich meine, ja. Also, der Strand ist toll, aber ich habe nichts vor heute Abend.«

Prachtvoll blöde Bemerkung. Lilli Dummchen bringt mal wieder die Welt durcheinander. Sie klingt wie ein Teenager auf der dringenden Suche nach einem Date. Simon reagiert mit Begeisterung.

»Wie schön, dann könnten wir doch gemeinsam nichts vorhaben. An der Strandpromenade gibt es ein paar hübsche Bars und Lokale. Das La Vita gilt als erste Adresse. Frau Tressewitz hat es ausdrücklich empfohlen. Sie kennt den Wirt.«

Lilli kennt ihn auch. Er heißt Vittorio, und seine größte Leidenschaft ist die Neugier. Sie verzieht ablehnend das Gesicht. »Danke, ich bin mehr als satt.«

Simon Graf spielt weiter den Touristenführer. »Ich dachte an einen kleinen Absacker. Das Kurhaus ist ebenfalls recht authentisch wieder aufgebaut worden. Als ehemalige Restauratorin interessiert Sie vielleicht die Innenarchitektur – oder verabscheuen Sie Nachahmungen inzwischen?«

»Ich ziehe Originale vor«, sagt Lilli eisig. Meine Güte, wenn das so weitergeht, braucht sie etwas Stärkeres als pflanzliche Beruhigungsmittel.

»Wir könnten auch nach Sellin fahren. Die Seebrücke und der Pavillon dort sind zwar ebenfalls Nachbauten, aber wie ich finde, schöner als das Original. Wenn man den alten Fotos trauen darf. Nachbildungen können ausgesprochen kunstvoll sein, nicht wahr? Mögen Sie es lieber gediegen oder rustikal?«

»Ich mag es am liebsten ganz ruhig!«

»Na, dann sind wir hier genau richtig.«

Schweigen. Herr Stepford lehnt sich in seinem Stuhl zurück, das Korbgeflecht knarrt. Seine ganze Haltung strahlt die Drohung »Ich kann warten« aus und erinnert sie an Doktor Valbingers sublime Verhörtechniken und dessen fatalen Ratschlag: »Ich würde mich freuen, wenn Sie jemand fänden, dem Sie sich öffnen könnten.«

Abwehrend reckt Lilli das Kinn, das Spiel geht auch andersherum. »Apropos Geheimnisse. Ich würde zu gern wissen, wie Sotheby's darauf kommt, dass es auf Seelitz ein Friedrichgemälde gibt. Die Geschichte klingt wie an den Haaren herbeigezogen. Ich meine, ein unbekannter Friedrich, ich bitte Sie!«

Ihre Frage scheint gut platziert. Herr Stepford zögert sichtlich. Erwischt!

Simons Blick verdunkelt sich. Aus Liliane Wandler wird man einfach nicht schlau, mal sieht sie harmlos wie Häschen in der Grube aus, dann wieder nach neunmalkluger Katze. Jedenfalls kann er diesen Teil der Geschichte unmöglich glaubwürdig verdrehen. Ihm ist selbst vollkommen unklar, wie ein Auktionshaus zu solchen Informationen kommen könnte. Bei seinen Recherchen hat er allerdings mitbekommen, dass es in der Welt des Kunsthandels üblich ist, eine religiöse Aura des Geheimnisvollen zu verbreiten, und dass sich hinter der Wortkombination »absolute Diskretion« so ziemlich alles verbergen lässt: Schwarzgeldkäufe, gefälschte Herkunftsnachweise, Zweifel an der Echtheit eines Werks und viel, viel heiße Luft.

»Liebe Frau Wandler, auch Sotheby's hat seine sehr geheimen Geheimnisse, aber sicherlich nicht so interessante wie Sie!« So souverän wie möglich streckt er die Hand nach seinem Glas aus. Frau Tressewitz erspart ihm weitere Ausführungen. Caspar David Friedrich scheint das Stichwort zu sein, auf das sie irgendwo im Speisesaal gewartet hat. Mit einem Kaffeetablett in den Händen. Geschäftig rückt sie den Rotwein zur Seite, stellt Tassen und Kanne auf den Tisch. Drückt das leere Tablett vor die Brust und plaudert in reizender Damenmanier los.

»Da komme ich ja gerade richtig. Sie sprechen über das verschwundene Gemälde? Vielleicht kann ich Ihnen bei der Suche ein wenig weiterhelfen.«

Überrascht schaut Lilli auf. Hermine besinnt sich kurz, dann streckt sie den Rücken.

»Auch wenn ich mich an vieles nicht erinnern kann, weiß ich inzwischen, dass es im Krieg ziemliche Aufregung um ein Bild gab, bei dem es sich vielleicht um den Friedrich handelte. Es muss im Herbst 1944 gewesen sein. Ja, das könnte hinkommen. Diese Leute aus Berlin waren wieder da. Malte hatte meine Mutter gebeten, nach Seelitz zu kommen und für sie zu kochen. Mich hat sie mitgenommen. Das Knarren und Quietschen der Stiefel auf dem federnden Parkett war scheußlich. Ihre Stimmen waren an diesem Abend drohend. Malte hat einen Streit angefangen. Er war ein feinsinniger Mann, aber trotzdem mutig. Leider hat Mut selbst den Besten damals nichts genutzt. Im Gegenteil.«

Sie schüttelt bedauernd den Kopf und stützt sich wie Halt suchend am Tisch ab. Eine Geste, bei der man es mit der Angst zu tun bekommt, weil Hermine Tressewitz plötzlich zerbrechlich wie Knochenporzellan aussieht.

Lilli kennt den Effekt und schweigt eisern. Sie hat die Dornen dieser rosigen Lady zu spüren bekommen und lässt sich von ihr nicht noch einmal täuschen wie heute Morgen. Der höfliche Halbbrite ist den moralischen Erpressungstaktiken einsamer Wirtinnen weniger gut gewachsen.

Er erhebt sich und zieht einen Stuhl heran. Schiebt ihn sanft hinter Frau Tressewitz.

»Setzen Sie sich doch bitte zu uns und trinken Sie ein Glas Wein. Ihre Geschichte interessiert mich.«

»Aber gern, wenn ich nicht störe?«

Doch, dem Himmel sei Dank, denkt Lilli und murmelt etwas von dringenden Telefonaten. In Windeseile ist sie aus dem Wintergarten verschwunden. Vergangenheitsbewältigung mit Hermine Tressewitz ist das beste Rezept, um diesen Sachverständigen an seinen Stuhl zu fesseln.

Vor Mitternacht kommt er aus der Nummer nicht heraus. Vielleicht muss er sogar das schreckliche Seebild vom kunstsinnigen

Malte begutachten. Geschieht ihm recht. In der Diele streift sie sich rasch den Mantel über. Kaum aus der Tür, zückt sie das Handy und läuft zu ihrem Mietwagen. Der Wind teilt ihren Mantel und bläht ihn auf wie Vogelschwingen.

Verwundert stellt Lilli fest, dass dieses Abenteuer ganz ungewohnte Energien in ihr freisetzt. Fast könnte man meinen, sie habe Spaß daran. Sie wird sich doch nicht daran gewöhnen, kriminell zu sein?

Ach was. Es ist nur besser, aktiv zu werden, anstatt herumzusitzen und hilflos zuzusehen, wie das eigene Leben außer Kontrolle gerät. Hilflosigkeit ist das Letzte.

Nur gut, dass Charlotte zurzeit in sicheren Händen und bei ihrer Freundin Karla ist. Weg von Clemens. Mit dem allein wird Lilli schon fertig. Und sei es als Mörderin. Wut genug hat sie auf ihn. Wut ist ein wunderbares Gefühl.

22

Mom ist echt naiv.

Von wegen sie soll brav zu Hause bleiben. Wo endlich mal was los ist in der Familie Wandler. Pfff. Wozu ist man beinahe vierzehn Jahre und – wie Opa Leopold so schön meinte – alt genug, um einmal auf sich selbst aufzupassen? Mom sieht das natürlich anders und hat per Telefon eine Betreuung durch die Mutter von Karla organisiert, aber das kann sie wieder abblasen, wenn Charlotte erst bei Mom angekommen ist und eine Sehnsuchtsoper samt Tränensolo abgespielt hat. So einer Vorstellung kann Lilli nie widerstehen.

In zwei Wochen fangen ohnehin die Osterferien an, was soll sie da noch in einer Schule, wo sie zurzeit sowieso keiner haben will? Oder gebrauchen kann. So wie ihre Eltern, die gar nicht zu wissen scheinen, wie sehr sie sich lieben. In etwa wie Meg Ryan und Tom Hanks in *Schlaflos in Seattle*. Obwohl die ja nicht miteinander verheiratet sind oder waren. Ach egal, man muss nur etwas nachhelfen. Warum sollen sich nicht zur Abwechslung mal ein paar alte Eheleute ineinander verlieben. Ehepaare sehen zwar selten nach Liebe oder wie in Filmen aus, aber Mom hätte es verdient, und Charlotte hätte dann mehr Freizeit.

Ein Knacken und eine fiepende Rückkopplung über ihrem Kopf lassen Charlotte zusammenfahren. Junge, Junge, den Lautsprecher hat wohl noch dieser Herr Honecker persönlich montiert, bevor seine Deutschlandmauer samt Sozialismus abgebrochen wurde.

Einige Sachen sind hier noch überhaupt nicht in Schuss, das hat Charlotte bei der Bahnfahrt durch Meck-Pomm mitgekriegt. So viele Ruinen auf einen Haufen hat sie noch nie gesehen, die meisten umwuchert wie Dornröschens Schloss und gleich daneben haufenweise Baumärkte und spacige Burger Kings. Sehr spezielle Mischung, der Osten, halb Schwarzweißfilm und halb Sci-Fi.

Charlotte zieht fröstelnd ihre Anorakjacke enger um sich. Eiskalter Wind fährt schneidend in ihre Hosenbeine. Komisch, dass es auf Bahnsteigen immer kälter ist als sonstwo auf der Welt. Vielleicht liegt es daran, dass sie Hunger hat? Eine schnarrende Stimme setzt sich gegen die Rückkopplung durch.

»Achtung, auf Gleis sechs hat Einfahrt die Regionalbahn von Stralsund nach Binz über Bergen. Planmäßige Ankunft zwanzig Uhr zehn, planmäßige Abfahrt um zwanzig Uhr zwölf. Vorsicht bei der Einfahrt.«

Charlotte streckt sich kurz, greift nach ihrem Rucksack und steigt in einen gähnend leeren Doppeldeckerzug. Erste Klasse, wozu hat man schließlich zwei Picassos verkauft? Sie sucht sich einen Fensterplatz. Mit sanftem Ruck fährt der Zug an und gleitet aus der neonkalten Helle des Stralsunder Bahnhofs in die schwarze Nacht hinaus. Zwischen den Nachbargleisen funkeln Pfützen. Verstohlen greift Charlotte in die Seitentasche ihres Rucksacks, zählt ihr Geld und nestelt nach der Adresse, die sie sich von Opas Notizblock abgekritzelt hat.

»Villa Möwe, Binz, Strandpromenade.«

Kann man nur hoffen, dass da noch einer wach ist. Charlotte konnte schlecht vorher anrufen und sich anmelden.

»Da, mach mal, dass du nach hinten kommst. Zweite Wagenklasse, junge Dame. Hopp hopp.«

Vor ihr hat sich ein mürrischer Schaffner in dunkelblauer Uniform mit knallroten Manschetten aufgebaut und beweist sich seine Autorität.

»Soll das ein Rausschmiss sein?«

»Nee, nur eine freundliche Empfehlung der Deutschen Bahn AG. An Kunden für die zweite Wagenklasse.«

»Find ich aber komisch. Wo die mir doch in Köln ein Ticket für die erste Klasse verkauft haben.«

Triumphierend hält Charlotte dem Schaffner ihre zusammengehefteten Fahrkarten unter die Nase. Der Uniformträger überprüft den Pappfächer, als handele es sich um ein geheimes Staatsdokument. Widerwillig knipst er ab.

»Und können Sie mir Bescheid sagen, wenn Binz kommt?«

»Kannst du nicht verpassen, ist unsere Endstation.« Mehr verrät er nicht und stampft schwankend davon, um den leeren Zug von seiner Amtsgewalt zu überzeugen.

Draußen ist es so stockfinster und einsam, dass man es glatt mit der Angst zu tun bekommen könnte, wenn man nicht schon dreizehn Jahre alt wäre. Der Zug gleitet über eine gelb beleuchtete Brücke aus Stahlträgern. Darunter gurgelt die Ostsee.

Der erste Stopp an einem ziegelroten Geisterbahnhof namens Altefähr hebt Charlottes Laune nicht. Bis auf ein rostiges Fahrrad, das hier seinen Lebensabend zu verbringen scheint, ist nichts und niemand zu sehen. Wie groß ist diese Insel überhaupt? Sie hatte an so was wie Lummerland gedacht, zwei Berge und eine Eisenbahn, die drumrumfährt.

Aber diese fährt weiter geradeaus, die Bahnhöfe bessern sich nicht, und die Nacht wird immer schwärzer. Charlottes Hunger wird in ihrem Magen zum Nagetier. Sie verschränkt ganz fest die Hände ineinander. Ein bisschen beten hilft immer.

»Komm, Herr Jesu, sei unser Gast und segne, was du uns bescheret hast.« Magengrummeln. Amen. Das Gebet kennt sie noch aus dem Kindergarten.

Beim Beten kann sie den Glasring spüren, den sie am Kölner Bahnhof gekauft hat. Das Gegenstück zu Lillis. Wenn sie mit den Fingern draufdrückt, muss Mama sicher an sie denken. Sie schließt ganz fest die Augen, um ihren Magen zu überhören.

Die hydraulischen Bremsen seufzen, und der Zug kommt zum Stehen. Lilli reißt die Augen auf. Wow, ein richtiger Bahnhof, mit Beleuchtung und wartenden Fahrgästen. Nur leider ist es nicht der Bahnhof von Binz, sondern S-a-m-t-e-n-s, entziffert sie, während ein Mann und ein Frau in blau-roten Uniformen den Wagen besteigen.

Noch mehr Kontrollettis. Sind wahrscheinlich alle aus dieser DDR übrig geblieben. Charlotte angelt nach ihrem Fahrscheinfächer.

»Ich hab eine Fahrkarte«, platzt sie heraus.

Der bullige, kleine Mann mit der knallroten Baskenmütze grinst sie an.

»Na, ma nich so patzig, Kleene. Wir sind nur vom Sicherheitsdienst.«

Er streichelt mit der Linken einen Gummiknüppel, der ihm wie ein Revolver am Hüftgürtel herabbaumelt, zieht ihn blitzschnell hervor wie Billy the Kid und feuert mit flatternden Backen Maschinengewehrfeuersalven aus Spucke ab.

Charlotte kriecht ganz tief in ihren Sitz. Seine Kollegin, eine dünne, sanft lächelnde Blondine, guckt ihn strafend an.

»Nu mach ma halblang, Werner, du machst dem Mädchen Angst.«

»Det is unser Job. Und die Mädchen sind meist die schlimmsten. Malen alle Polster voll und stiften die Jungs zum größten Blödsinn an.«

Der Cowboyverschnitt aus dem Wilden Osten lässt sich in einen Sitz auf der gegenüberliegenden Wagenseite fallen und nestelt in der Innentasche seiner Jacke herum.

Charlotte zwinkert mit den Augen. Was kommt jetzt? Ein echter Revolver? Nö, nur ein Butterbrot. Der Mann packt es genüsslich aus.

Die Blonde schüttelt den Kopf. »Du klingst schon wie Stalin.« Sie wendet sich lächelnd an Charlotte. »Hat der dich schon kontrolliert?«

»Stalin? Nee, der war noch nicht da, und der ist doch tot, oder? Heißt es bei uns im Westen.«

Die beiden Kontrollettis legen die Köpfe in den Nacken und lachen laut los. Völlig durchgeknallt, die zwei.

Der Mann fängt sich als Erster und beugt sich kauend nach vorn. »In Geschichte haste wohl 'ne Eins, wa? Klar ist der tot. Wir meinen Rüdiger, unseren Schaffner. Zum Fürchten, oder? Den haben se von euch drüben herversetzt, und nu will er beweisen, dass er alles besser kann als wir Ossis. Fehlt nur noch, dass er die Fahrgäste strammstehen lässt und eine Selbstschussanlage für Schwarzfahrer beantragt. Der hätte es in der alten Zone weit gebracht und ganz sicher keinen Ausreiseantrag gestellt. Ein Quadratarschloch, findste nich?«

Charlotte nickt erleichtert. Die beiden sind nicht plemplem, sondern voll cool.

»Werner, nu übertreibste aber.« In entschuldigendem Ton fährt Blondie in Charlottes Richtung fort. »Stalin hatte heute Hänsel und Gretel im Zug. Samt Geige. Da geht ihm immer die Laune auf halbmast. Stalin ist nicht musikalisch.«

»Hänsel und Gretel?« Charlotte schaut verwirrt von einem zum anderen. Die sind doch durchgeknallt, und zwar kurz vor Trottelmuseum.

Die Blonde kichert. »So nennen wir die zwei. Fahren seit zehn Jahren auf unserer Strecke. Sind reichlich über siebzig und nehmen jede Woche einmal den Zug, um im Wald von Ralswieck rumzuspazieren. Er hat einen dicken Stock dabei, und sie trägt Zöpfe und ein verknotetes Taschentuch mit Broten.«

Charlotte guckt zweifelnd.

»Nee, echt«, beteuert Kollege Baskenmütze eifrig. »Die sind voll naturtrüb.«

Wenn das auf der Insel mal nicht der Normalzustand ist!

»Und natürlich haben sie nie eine Fahrkarte. Das treibt Stalin zur Weißglut. Kann er aber nichts machen, weil sie Paragraph 52 ham. Die werden vom Amt verwaltet, und der Staat kann sich schlecht selber verhaften.«

Die Blonde nickt. »Jawohl, die sind offiziell irre. Die dürfen wir nicht rausschmeißen. Gott sei Dank. Irgendwie sind die ziemlich nett, die zwei. Echte Originale. Gibt's ja kaum mehr welche.«

»Mmmh. Der Olle kann Beethoven von eins bis neun runterfiedeln. Oder isses Mozart?«

»Nee, meistens sind es Schubert und Schumann«, informiert ihn seine Kollegin und summt sich eins.

Baskenmütze nickt. »Bildung war schon immer deine Stärke,

werte Kollegin. Völlig überqualifiziert für unseren Job. Egal, jedenfalls kommt Hänsel hier mit dem größten Schwachsinn durch. Na ja, wenigstens unterhaltsam, der Gute. Von Stalin kann man das nich behaupten.«

Charlotte dreht den Kopf zum Fenster, starrt angestrengt ins spiegelnde Schwarz der Scheibe. Sie hat genug von Grimms Märchen und freut sich, dass der Zug erneut sein Tempo verlangsamt.

»Bergen« liest sie, als ein fremdländisch wirkender Mann durch die Türen tritt. Die Sicherheitsleute begrüßen ihn mit herzlichem Händeschütteln. Geben sich gern die Hände hier im Osten, so viel hat Charlotte schon mitgekriegt. Wer der Neuzugang wohl ist? Räuber Hotzenplotz? Sindbad der Seefahrer?

»Guten Abend, Signorina. Wie schön, einen späten Gast zu sehen. Ich bin Vittorio! Vittorio Lambarini.«

Prompt ist der Schaffner zur Stelle und pflanzt sich neben dem Fahrgast auf. Er lauert fanatisch auf Leute, die er strammstehen lassen kann. Baskenmütze und die Blonde springen auf und salutieren grienend. »Wir machen uns dann mal wieder an die Arbeit.«

»Dahinten sind, glaube ich, höchst verdächtige Personen zugestiegen. Krawallmacher mit Rucksäcken«, informiert die Blondine den Schaffner mit engelhaftem Lächeln.

»Genau. Wahrscheinlich Touristen. Ich meine, Terroristen.« Baskenmütze prustet.

Der Schaffner schickt den beiden einen wütenden Blick hinterher und wendet sich an den Italiener.

»Den Fahrschein.« Pause. »Bitte.«

»Oh, ich habe eine Dauerkarte. Das wissen Sie doch, wir sehen uns jeden Dienstag, wenn ich nach Bergen zur Sitzung von unserem Tourismusverein fahre.«

»Mein Job ist es, das zu kontrollieren, Herr Lambarini.«

»Was? Den Tourismusverein? *Magnifico*. Dann können wir dichtmachen.«

Vittorio zieht seufzend sein Ticket hervor, das der Schaffner gründlich überprüft.

»Möchten Sie auch einen Alkoholtest, oder darf ich betrunken Zug fahren? Wir haben gehabt zwei Flaschen von meinem besten Chianti und eine Flasche Grappa zu elf Leute.«

»Ich habe das Recht, jeden Fahrgast, der aufgrund eines unzumutbaren Zustandes oder unzulässigen Konsums von Rauschmitteln eine Belästigung für andere Bahnfahrer darstellt, aus dem Wagen entfernen zu lassen.«

Vittorio zieht die Augenbrauen hoch und schaut Charlotte voll komischer Verzweiflung ins Gesicht. »Signorina, habe ich Sie belästigt?«

»Nö, aber der Schaffner scheint darin eine Fortbildung gemacht zu haben.«

Vittorio hebt drohend den Zeigefinger. »Das geht zu weit. Ich werde mich bei der Deutschen Bahn beschweren. Dafür haben die eine ganze Abteilung! Sie sollen nicht immer die Besucher von unserer Insel verschrecken.«

»Ich mache nur meinen Job! Und zwar nach Vorschrift.«

»Von wem?«

»Stalin«, wirft Charlotte ein.

»Erlaube mal, mit so was habe ich nichts zu tun. Ich bin aus Bottrop und Beamter. Immer schon gewesen.«

»Ah, *bellissima* Bottrop! Was für eine Strafe, dass man Sie hierher versetzt hat in den Osten.«

»Ach, macht doch alle, was ihr wollt.«

»Ist das eine neue Vorschrift?«

Der Schaffner verzieht sich grummelnd in den hinteren Zugteil, und Vittorio lässt sich nach einer höflichen Verbeugung auf dem Sitz gegenüber von Charlotte nieder. Mit einem kleinen Ruck setzt sich der Zug in Bewegung.

»Der Mann hat den Job verfehlt. Er hasst es, wenn Menschen in seinem Zug fahren. Ich hoffe, er war nicht zu frech zu Ihnen.«

Charlotte schüttelt den Kopf und kommt sich sehr erwachsen vor. Zu Hause siezt niemand sie.

»Ist Binz noch weit?«

Vittorio stülpt die Lippen vor und schüttelt den Kopf. »Eine Viertelstunde. Werden Sie dort erwartet?«

»Nö, nicht direkt. Ich mach da Ferien.«

»Alleine?«

»Mit meiner Mutter und meinem Opa. In der Pension Möwe.« Vittorio kneift kurz die Augen zusammen. Jetzt erkennt er eine gewisse Ähnlichkeit mit der geheimnisvollen Liliane, über die er noch immer nicht viel herausgefunden hat, außer dass sie verflixt hübsch sein könnte, wenn sie wollte. Will sie aber nicht.

»Und deine Mutter oder der Opa holen dich, ich meine, Sie nicht ab?«

Charlotte schüttelt wieder den Kopf, beißt sich auf die Lippen und spielt mit dem Ring. Ihr Magen entschließt sich zu einem Tigerknurren.

»Ah, und hungrig sind Sie auch! Da haben Sie den Richtigen getroffen! Ich werde Sie in die Möwe bringen und füttern, während Sie mir alles über Ihre *bella famiglia* erzählen. Ich kenne die Wirtin der Möwe. Frau Tressewitz würde es mir sehr übel nehmen, wenn ich einen so späten Gast alleine und ungefüttert am Bahnhof zurückließe. Mit Stalin.«

23

Diese verflixte Hebebrücke. Leopold lässt seine Finger über das Lenkrad galoppieren und schaut ungeduldig auf seine Armbanduhr. Kurz vor neun. Wie lange bleibt das Ding denn noch in der Luft? Hinter ihm liegt Stralsund mit seinen mittelalterlichen Backsteintürmen, die wie Schiffsmasten in den Himmel ragen. Vor ihm strömt die dunkle Ostsee, und am Horizont blinken die Lichter der Insel.

Ein blasser Vollmond zwinkert zwischen jagenden Wolken hervor und konturiert die Insellandschaft wie mit Silberstift. Ein schönes Bild, aber ausnahmsweise hat Leopold Wandler keinen Blick für Schönheit, sondern für die Uhr.

Wie lange sitzt er denn noch fest? Blöde Brücke.

Fünfmal am Tag wird sie hochgezogen, um den Schiffen eine Fahrt durch den Strelasund zwischen Festland und Eiland zu ermöglichen. Nur in dieser Zeit ist Rügen eine richtige Insel. Wie ausgerechnet jetzt, wo er es eilig hat herüberzukommen.

Mit einem Blick in den Rückspiegel kontrolliert Leopold seine Fracht auf dem Rücksitz. Sie ist dreimal mit Luftpolsterfolie umwickelt und natürlich angeschnallt.

Trotzdem ist es stillos, ein Kunstwerk auf diese Weise zu transportieren, aber leider unvermeidlich.

»Tut mir Leid, Alfred«, murmelt Leopold noch immer mit Blick auf das Bild, »ich wollte dir die Reise nach Rügen immer ersparen, aber die beschaulichen Tage sind für uns endgültig vorbei. Drum nehme Abschied Herz und gesunde!«

Endlich senkt sich die Ziegelgrabenbrücke, und die Ampel

springt auf Grün. Leopold lässt den Motor an und gibt vorsichtig Gas, um Alfred zu schonen, schließlich handelt es sich um einen betagten Herrn von fast hundertfünfzig Jahren.

Erst als er den schmalen Damm über die Ostsee passiert hat, wagt er es, zu beschleunigen. Die Bundesstraße 96, Rügens größte Verkehrsader, liegt glatt und leer bis auf zwei Lastwagen vor ihm. Anders als im Sommer, wo hier die Autos als endlose Blechschlange über den Asphalt kriechen und die Touristen zu mehr Ruhe zwingen, als sie gesucht haben.

Ein Stau wäre jetzt das Letzte für Leopolds Nerven. Die sind seit dem entsetzlichen Telefonat mit seinem Schwiegersohn so dünn wie Zahnseide. Er mahlt wütend mit den Kiefern und setzt den Blinker, um einen der Laster zu überholen.

Es ist angenehmer, sich auf das Autofahren konzentrieren zu müssen, statt an das seifige Vertretergeschwätz von diesem Krolow zu denken.

Dessen Stimme hat sich in seinem sonst so aufgeräumten Kopf eingenistet und stöbert in Hirnkammern herum, wo sie nichts zu suchen hat. Vor ihm auf der Gegenfahrbahn blenden Scheinwerfer auf. Leopold muss seinen Wagen noch mehr beschleunigen, um rechtzeitig in die Lücke zwischen den beiden Lastwagen zu schlüpfen. Das Lenkrad vibriert, und die Karosserie seines alten Volvo klappert.

Wie konnte Lilli ihm nur jemals diesen Hallodri Clemens ins Haus holen? Da regt sie sich über ein paar vertauschte Bilder auf und gibt sich selber mit falschen Fuffzigern ab, die nicht vor Erpressung zurückschrecken. Mit solchen Menschen, solchen Verbrechern, hatte er sein Leben lang nichts zu tun. Es ist einfach geschmacklos.

»Leopold, alter Freund, wie geht es? Was machen die Geschäfte?« Im Hintergrund klimperte Barmusik. Clemens war ausgesprochen entspannt und Leopold dementsprechend alarmiert.

»Ich kann nicht klagen.«

»Wundervoll. Bei mir scheint auch wieder etwas in die Gänge zu kommen. Ganz große Sache. Hat mit Kunst zu tun. Weshalb ich dich anrufe.«

Leopolds Hände werden feucht, als er wieder an dieser Stelle des Gesprächs ankommt. Grimmig versucht er den Werbeschriftzug auf der Heckklappe seines Vordermanns zu entziffern. Puste …, nein, Pase …, aha, Pasewalker Zementwerke. Wie beruhigend. Seine Augen sind noch prima in Ordnung. Pasewalker Zementwerke also. Sehr interessant.

»Beim Thema Kunst musste ich natürlich an dich denken.«

Leopold hat genug von den Zementwerken, setzt wieder den Blinker und tritt das Gas ganz durch. Der Wagen röhrt auf. Der Motor übertönt trotz klappernder Ventile nicht die Stimme in seinem Kopf, während er den zweiten Laster überholt.

»Vor allem, weil ich zwei wundervolle Picassos aus deinem Haus erwerben konnte.« Unterdrücktes Kichern. »Lillis Picassos, wie Charlotte mir gesagt hat. Erstaunliche Arbeiten, sehr inspirierend. Ich habe gar nicht gewusst, dass deine Tochter zu so etwas in der Lage ist. Ich habe sie mehr für eine verhinderte Hobbymalerin gehalten.«

Hobbymalerin! Seine Lilli. Unverschämt.

Leopold bremst ab. Er erkennt die Landenge zwischen dem Kleinen und dem Großen Jasmunder Bodden vor sich. Das Lietzower Schloss mit seinen weiß bezinnten Türmen blinkt in der Ferne auf. Er muss nach links, Richtung Ralswiek, und sich dann höllisch auf die Nebenstraßen und Waldwege konzentrieren, um den Abzweig Richtung Seelitz nicht zu verpassen.

Seinem Schwiegersohn sind die Tücken der Strecke völlig egal. Er plaudert munter weiter in Leopolds Gedanken. Von Picasso kommt er auf Caspar David Friedrich zu sprechen. Lachhaft. Die haben nun wirklich nichts miteinander zu tun. Überhaupt nichts. Kunstgeschichtlich gesehen.

Verflucht, er hat den Hohlweg zum Seelitzer Park verpasst. Das Gut liegt versteckt wie Dornröschens Schloss. Ziemlich märchenhaft. Genau wie die dusselige Geschichte, die er, Leopold Wandler, Kunstkenner und Connaisseur, irgendeiner Kundin von Clemens über einen versteckten Friedrich auf Seelitz weismachen soll.

An diesem Punkt des Gesprächs hat Leopold einfach ein Funkloch vorgetäuscht und das Handy ausgeschaltet.

Was fällt Clemens nur ein! Märchenonkel ist nicht Leopolds Metier. Er hat sich nie windige Herkunftsgeschichten über Gemälde ausdenken oder falsche Expertisen geben müssen. Schließlich war seine Ware immer echt und existent. Was man von diesem Friedrich sicher nicht behaupten kann. Seinen ganzen Ruf würde er sich mit Geschichten über verschollene Bilder verderben.

Leopold lenkt seinen Wagen auf eine winzige Lichtung. Den restlichen Weg wird er zu Fuß gehen müssen. Durch einen vor Nässe dampfenden Wald, wie er feststellt, während er sich in den Fond beugt, um den Sisley loszuschnallen. Behutsam streichelt er den Rahmen, bevor er ihn anhebt.

Ziemlich schwer, der Gute, dabei ist der Garten so herrlich leicht dahingetupft. Impressionismus eben. Nichts düster Romantisches wie ein Friedrich, in dessen halluzinatorischen Landschaften bedrohliche Felsen, abgestorbene Bäume und wallende Nebel lauern. Selbst seine sonnigsten Bilder sind voller Abgründe. Nichts für Leopold.

Er hebt das Bild hochkant auf seine rechte Schulter und sinkt im feuchten Waldboden ein. Der Mond malt silberne Münzen in den Matsch. Leopold ärgert sich über die Spuren, die der Dreck auf seinen handgenähten Lederschuhen hinterlassen wird. Ihm ist gar nicht poetisch zumute, obwohl in seinem Kopf plötzlich Geigentöne aufsummen.

Geigen?

Leopold spitzt die Ohren und lauscht. Stille. Bis auf die Käuzchenrufe in den Bäumen. Und die klingen wie der Soundtrack zu einem schlechten Edgar-Wallace-Film. Passt zu Clemens, ihn in so eine haarsträubend billige Geschichte zu verstricken.

Zum ersten Mal denkt er, dass es eine Erleichterung sein könnte, den Sisley loszuwerden. Nicht nur wegen des Gewichts. Zwei Picassokopien haben Clemens auf genug dumme Gedanken gebracht, der unechte Sisley auf Seelitz würde ihn durchdrehen lassen. Dass er, Leopold Wandler, es in seinem Leben mit richtigen Gaunern zu tun bekommen würde! Er! Ärgerlich stapft er los. Macht gar keinen Spaß.

Nach einer Viertelstunde sieht er Laternen durch die schwarzen Bäume schimmern. Der Park. In der Ferne leuchtet mondstill das Schloss am Bodden.

24

Leopold entdeckt Lilli auf der Treppe zum Gartenhaus. Ihre Brillengläser blitzen im Licht über dem Eingang auf, als sie ihm den Kopf zuwendet. Hat sie wieder eine ihrer aufbrausenden Launen? Man kennt sich kaum noch mit ihr aus.

Seine Tochter begrüßt ihn mit aufgeregtem Flüstern. »Endlich! Wo hast du so lange gesteckt?«

Leopold kraust die Stirn. »Guten Abend auch, liebe Liliane. So viel Zeit muss sein. Sehr gut geschnitten übrigens, diese Jeans. Das Legere steht dir und ist deinem Alter durchaus …«

»Pst, leise. Wenn uns jemand hört!«

Leopold lässt seinen Blick durch den dunklen Park zum zweihundert Meter entfernten Haupthaus schweifen. In einigen Fenstern brennt noch Licht, aber die Fenster sind fest verschlossen.

»Wer sollte uns hier hören? Ich sehe keinen Grund für übertriebene Panik.«

»Ich bin nicht panisch.« Obwohl sie sich durchaus aufregt. Über die gottverdammte Nonchalance ihres Vaters, der den über Gefühlsregungen Erhabenen spielt.

Das tust du doch selber am liebsten! Aber nicht so, so nicht!

Leopold setzt das Bild auf einer Treppenstufe zum Gartenhaus ab, tupft sich mit seinem Einstecktuch die Stirn und ordnet den Kaschmirmantel.

»Vater, deine Dandy-Nummer ist so fehl am Platz wie dein Mantel. Wir sind ordinäre Einbrecher.«

»Sei nicht albern, mein Kind. Dieser Mantel ist ein echter Armani.«

»Na wenigstens etwas, das echt an dir ist.«

»Was für eine geschmacklose Bemerkung. Werde bitte wieder vernünftig.«

Das ist der Gipfel.

»Wenn ich vernünftig wäre, wäre ich nicht hier, um in ein Gartenhaus einzubrechen.«

»Du verdrehst die Tatsachen. Welcher Einbrecher bringt ein echtes Gemälde zurück, um es gegen eine Kopie auszutauschen? Außerdem hast du, wie ich sehe, noch gar nicht eingebrochen. Ein wenig Eigeninitiative könntest du schon zeigen, nachdem du und Clemens mir das eingebrockt habt.«

»ICH? Du hast meine Picassos vor dreizehn Jahren ohne mein Wissen für deine Tricks benutzt. Wie konntest du das tun?«

Leopold schaut sie erstaunt an. »Was unterstellst du mir? Wenn du mich nur endlich einmal alles in Ruhe erklären lassen würdest!«

Lilli stöhnt.

»Liebes, Ewald hat deine Zeichnungen bei einem unangekündigten Besuch in der Galerie entdeckt und für die echten gehalten, die aber auf meinem Dachboden lagerten. Er hat deine Kopien einfach mitgenommen, es war ihm nicht auszureden. Wie auch? Ich hätte ja wohl kaum zugeben können, dass es diese Zeichnungen zweimal gibt.«

»Du willst mir einreden, das Ganze sei ein dummer Zufall gewesen?«

Leopold schüttelt sehr ernst die graue Mähne: »Natürlich nicht. Deine Picassos waren eben brillant! Unübertrefflich. Meine Versuche waren dagegen dilettantisch und unfertig. Schließlich hast du – im Gegensatz zu mir – einen Meisterbrief in unserem Handwerk.«

Seine Tochter lacht schrill auf. »Aber keinen Meister in Betrug und Unterschlagung. Ich bin keine Kopie deiner selbst.«

»Natürlich nicht, Lilli! Du bist viel besser.«

»Das will ich nicht hören.«

Leopold zuckt die Achseln. »Es ist die Wahrheit. Mit sechs Jahren hast du dich bereits an Klee versucht. Du warst eine enorme Begabung und aus meinem Atelier gar nicht herauszubekommen.«

»Ich habe dich nie darum gebeten, mir eine Karriere als Betrügerin zu verschaffen.«

Leopold klopft unsichtbare Flusen von seinem Mantelärmel. »Unsere Ansichten darüber, wer Verbrecher sind, gehen weit auseinander, aber ich habe dich nie gezwungen, etwas zu tun, das gegen deinen Geschmack verstößt.«

Lilli stapft die Treppe herab und tritt sehr nah an ihren Vater heran. Jetzt funkeln nicht die Brillengläser, sondern ihre Augen. Ganz giftig schillert das, wie Schweinfurter Grün, ein hochgefährliches, verbotenes Pigment. Eine winzige Prise genügt. Um damit zu töten. Leopold weicht zurück. Meine Güte, er hat seiner Tochter immer tiefe Gefühle zugetraut, aber doch nicht solche. Er wirft Lilli einen abwartenden Blick zu.

»Du hältst selbst Ehrlichkeit nur für eine Geschmacksfrage, Leopold, oder?«

»Im Gegenteil, ich finde, dass Geschmacksfragen die einzig ehrlichen Fragen überhaupt sind.« Ihr Vater zieht fröstelnd seinen Mantel um sich. »Sag mal, ist es nicht widerlich feucht hier?«

»Du hättest Sammering von Anfang an nur Originale geben sollen, dann wären wir jetzt nicht hier.«

Leopold ist empört. »Einem Ignoranten wie Ewald konnte ich unmöglich echte Kunst überlassen. Ich habe ein Verbrechen abgewendet.«

Lilli lacht wieder. Leopold fährt unbeirrt fort.

»Du hast doch inzwischen mit eigenen Augen gesehen, wie er mit meinen Bildern umgegangen ist. Hätte ich nicht auf die Originale aufgepasst, dann wäre der wundervolle Alfred jetzt eine bis zur Unkenntlichkeit verrottete Leinwand. Eine Leiche!«

»Das ist mir egal, Vater. Von mir aus hätte er mit dem Sisley seine Toilette tapezieren können. Er hat dafür bezahlt.«

»Aber Lilli! Wir reden über Kunst.«

»Ich rede über Betrug. Und du hast sogar mich, deine eigene Tochter, hintergangen.«

Jetzt fängt die Wut an, wehzutun.

Leopold strafft die Schultern.

»Ich wollte dich nie hintergehen. Im Gegensatz zu diesem Kretin Clemens, der sich stets in meine Geschäfte drängen wollte. Wie sollte ich dir unter diesen Umständen meine kleinen Geheimnisse anvertrauen? Und ich hatte Recht. Jetzt, wo dein Exmann die Picassos in den Händen hat, versucht er, Geld daraus zu schlagen, und degradiert deine Kopien zu Fälschungen. Wie konntest du dich nur mit so einem Ganoven einlassen? Das ist es, was ich nicht verstehe. Das hattest du doch nicht nötig. Lilli, Kind, hast du denn überhaupt kein bisschen Ahnung von deinem wahrem Wert?«

Das ist mal wieder typisch. Typisch Leopold. Man kommt gegen seine eigenwillige Logik nicht an. Dabei ist ihr Kopf jetzt so klar, dass Schwindelanfälle dagegen keine Chance haben. Wut hingegen schon. Lilli ballt ihre Hände zu Fäusten.

»Vielleicht liegt es daran, dass ich einen Ganoven zum Vater habe?«

Leopold reißt in ehrlichem Entsetzen die Augen auf. »Entschuldige mal, ich bringe keinen Menschen um sein Geld und habe Sammering meine Bilder weit unter Wert verkauft.«

»Deine Kopien, Vater, es waren deine Kopien.«

Leopold zögert kurz. »Und *meine* Bilder.« Er seufzt. »Lilli, ich glaube, es ist an der Zeit, dir die ganze Wahrheit zu sagen. Ich hoffe, du verträgst sie.«

»Wahrheit? Ich glaube nicht, dass du davon eine Ahnung hast.«

»Mehr, als mir lieb ist. Mein Kind, ich war ein Depp, um es deutlich zu sagen.«

Lilli prallt zurück, tritt eine Stufe hinab, ihm entgegen. Depp ist ein Wort, das nicht in den Mund ihres Vaters gehört. Bei aller Wut, es stört sie. »Du, ein Depp?«

»Die Bilder, die ich kopiert habe, gehörten tatsächlich mir, die meisten jedenfalls. Deine Mutter hat sie mir vererbt, zusammen mit der Galerie. Ich musste sie gar nicht entdecken, sie gehörten alle ihr.«

Lillis Schuh verhakt sich an der untersten Treppenstufe, sie stolpert und nimmt wider Willen unsanft Platz. »Mutter? Das, das denkst du dir aus.«

Leopold schüttelt traurig den Kopf.

»Ich kann verstehen, dass du mir nichts mehr glaubst. Aber es ist wahr. Der Sisley war ihr Lieblingsbild. Ich konnte es nicht hergeben, egal für welche Summe und egal wie dringend ich Geld brauchte. Sammering hat übrigens nicht mehr als 50 000 Mark angeboten! 50 000 für dieses Bild. Er hatte nicht den Hauch einer Ahnung. Da bin ich auf die Idee gekommen, ihm beim nächsten Besuch meine Kopie zu zeigen. Glaubst du, er hat einen Unterschied bemerkt? Nein. Dieser Banause war eine einzigartige Gelegenheit. Er hat das Zertifikat und die Besitzurkunde für das echte Bild bekommen ...«

»Und eine Kopie, Vater! Betrug bleibt Betrug.«

»Ach, Lilli, er hat es doch gar nicht gemerkt, und wenn, dann hätte ich ihm das Original sofort ausgehändigt. Ehrenwort, ich will doch nicht ins Gefängnis. Das Geschäft hat dann glänzend funktioniert und niemandem wehgetan. Außer mir.«

Lilli richtet sich auf. »Dir? Oh bitte, mach dich nicht lächerlich.«

Leopold beugt sich zu ihr hinab und greift nach ihrem Arm. »Jawohl mir. Sammering wurde gierig und wollte immer mehr meiner Bilder zum Schnäppchenpreis. Was sollte ich tun? Er hat sie bekommen, für einen Bruchteil des Wertes, den die Originale gehabt hätten. Bei den Antiquitäten hat er dann ähnlich günstige Preise verlangt und bekommen. Für mich war das eine verdammt teure Angelegenheit. Am Ende hat er sogar Picassos zum Schleuderpreis gewollt, und ich hatte keine Picassos. Ich musste sie erst erwerben und alles, was ich an ihm verdient habe, wieder in die Kunst stecken. Man könnte sagen, ich wurde zum Sammler wider Willen.«

»Vater! Das ist ganz sicher nicht wahr.«

Leopold seufzt. »Stimmt, diesen Teil der Angelegenheit habe ich genossen. Trotzdem: Sammering war nicht nur ein Ignorant, er war auch ein Geizkragen und längst nicht so reich, wie viele angenommen haben. Frag Alida. Es gab da einen Skandal wegen künstlichen Formfleisches in seinen Eintöpfen, der ihn ein Vermögen gekostet hat.«

Liliane versucht zu verdauen, was ihr Vater erzählt, einschließlich Formfleisch. Ihr wird richtig flau davon. Am Ende hat ihr Vater mehr Gefühle für andere Menschen, für seine Familie, als sie je angenommen hat. Fast schämt sie sich. Leopold klopft unsichtbare Flusen von seinem Mantelärmel.

»Alles in allem finde ich, das Geschäft war fair. Für einen Spottpreis habe ich einem Banausen die Illusion verschafft, ein begnadeter und verteufelt geschickter Sammler zu sein, der mich sein Leben lang übers Ohr gehauen hat. In gewisser Weise hat er mich aufrichtig geschätzt, und ich ihn auch. Die Entfremdung, die wegen dieser Sache zwischen uns herrschte, war er allerdings nicht eine Sekunde lang wert.«

Lilli starrt hilflos zum Mond hinauf.

Leopold findet zu seiner alten Form zurück.

»Schluss mit den alten Geschichten, Liebling. Deinen Locken bekommt die Feuchtigkeit hier übrigens vorzüglich. Du siehst aus wie eine heidnische Göttin. Astarte zum Beispiel. Ich habe mal eine persische Bronze-Astarte an Ewald verkauft. Im Original, wenn dich das beruhigt. Für lächerliche zweihundert Euro. Mein einziger Trost war die Hoffnung, all diese Schätze später in einem Museum zu wissen. Du siehst, mein Interesse an der Kunst ist nicht kriminell, sondern in höchstem Grade selbstlos, auch wenn es unfein ist, das von sich selber zu behaupten.«

Lilli erhebt sich. Erschöpft mustert sie ihren Vater. Sie kommt nicht dagegen an. Sie hat ihn als Kind für einen Gott gehalten und geliebt, als junge Frau einen abgefeimten Schuft in ihm vermutet und ihn geliebt. Und gerade jetzt ist er zu einem sehr fehlerhaften Menschen zusammengeschnurrt, und sie liebt ihn immer noch.

»Ich will jetzt nicht mehr streiten, Vater. Tatsache bleibt, dass wir den Sisley loswerden müssen. Ich weiß nur nicht, wie wir in das verdammte Gartenhaus hereinkommen sollen. Die Alarmanlage über der Tür ist an.«

»Als Versicherungsexpertin müsstest du dich mit Alarmsystemen besser auskennen als jeder Dieb.«

»Ich bin aber kein Dieb! Ich bevorzuge die richtige Seite des Gesetzes.«

»Fantasie hat ihre eigenen Gesetze.«

»Ich lege keinen Wert auf Fantasie!«

»Das ist gelogen. Als Kind warst du anders. Weißt du noch, wie wir nachts immer in den Zoo eingestiegen sind? Du wolltest einen Tiger bei Mondlicht malen. Im Stil von Rousseau. Und du hattest Recht. Das silberne Grau auf dem gestreiften Rücken war hinreißend. Genau wie unsere Mitternachts-Picknicks auf der Eisenbahnbrücke und unsere Zeltlager im Stadtwald. Ach, Lilli, was haben wir für eine herrliche Kindheit miteinander verbracht!«

»Fragt sich nur, wessen Kindheit«, murmelt Lilli.

Leopold hebt den Kopf und mustert das Sicherungssystem über der Eingangstür. »Das ist doch mindestens dreißig Jahre alt. Sammering muss es gebraucht gekauft haben. Wirklich, ein verfluchter Schnäppchenjäger. Gut, dass er nie was von eBay gehört hat.«

»Die Anlage funktioniert, ich habe sie vor einer Woche wieder in Gang gesetzt.«

»Wie voreilig von dir!«

»Im Gehäuse ist ein Nerv versteckt, der die kleinste Erschütterung registriert. Eine hauchfeine Membran zwischen zwei Kontaktpolen. Wenn wir versuchen, die Tür oder ein Fenster aufzubrechen, wird uns das Trommelfell wegplatzen, so laut wird das Ding aufheulen und … Was machst du da, Vater?«

Leopold zerrt an einer Mülltonne herum. »Die Drecksarbeit. Ich brauche etwas, wo ich mich draufstellen kann. Du könntest mir zur Hand gehen, mein Mantel ist bereits verschmutzt und riecht merkwürdig nach toten Tieren.«

»Um genau zu sein, nach toten Schnecken«, erläutert Lilli mit einer gewissen Befriedigung.

Ihr Vater lässt die Mülltonne los. »Wie widerwärtig.«

»Vater, wie willst du die Alarmanlage außer Kraft setzen?«

Ihr Vater öffnet seinen Mantel. Aus der geräumigen Innentasche zieht er mit großer Zauberergeste zwei Gegenstände aus dem Baumarkt hervor.

»Ich habe vorgesorgt. Der Trick stammt aus einem Film über den Diebstahl der Mona Lisa. Sehr clevere Idee. Bis auf die Tatsache, dass niemand, der bei Verstand ist, die Mona Lisa klaut. Dafür gibt es keinen Markt, und Museen können nur äußerst geringe Lösegelder zahlen! Aber das ist eben Hollywood.«

Lilli stöhnt auf, jetzt verliebt sich Leopold tatsächlich in die Rolle des Einbrechers.

»Wir sind hier aber nicht in Hollywood. Was, wenn der Trick nur ein schlecht ausgedachter Showeffekt ist?«

Ihr Vater grinst. »Dann, meine Liebe, müssen wir schneller laufen als Speedy Gonzales, die schnellste Maus von Mexiko. Wie damals, als ich dir das scheußliche Reklame-Eishörnchen aus dem Botanischen Garten stehlen musste.«

»Das musstest du nicht!«

»O doch, du warst nämlich entsetzlich traurig an dem Tag, und eine traurige Lilli konnte ich nie ertragen. Erst recht nicht nach dem Tod deiner Mutter. Das weißt du doch. Meine kleinen Verrücktheiten haben dir über deine Tiefs immer weggeholfen.« Und dir über deine, denkt Lilli. Zum Beispiel die tiefen Löcher, in die er abtauchte, wenn er mit ihr das Grab der Mutter besucht hat. Dann sah er hilflos aus. So verloren, dass sie es nicht ertragen konnte. Kinder können keine hilflosen Eltern ertragen. Sie wollen glückliche Eltern, dafür tun sie alles. Liliane schluckt.

»Mit einem Gemälde von der Größe eines Couchtischs auf den Schultern können wir nicht weglaufen, Papa!«

Papa? Wer hat denn das gesagt, die kleine Lilli? Wo kommt die plötzlich her?

Leopold schwingt sich auf die Mülltonne, die er im Eingang postiert hat.

»Jetzt komm schon, Liebling, die Sache fängt an, Spaß zu machen. Und du kannst Spaß gebrauchen.«

Er schenkt seiner Tochter einen aufmunternden Blick, der Lilli völlig aus dem Konzept bringt.

Hält Leopold den Einbruch wirklich für die fällige Wiedergutmachung?

25

Hermine hat den Kronleuchter im Speisesaal der Villa Möwe angeknipst und steht erwartungsvoll neben Simon, der den Kopf schräg legt und seinen Blick in das dunkel gerahmte Seebild über der Kredenz eintauchen lässt.

Im Vordergrund wogen und tosen riesige Brecher, deren Donnern man zu hören glaubt. Weiter hinten zerschellen sie gischtsprühend an einer Felsküste, auf deren Spitze ein Leuchtturm thront und einen hilflosen Finger aus Licht in einen Himmel aus Nebel bohrt. Kap Arkona soll das sein.

Nicht sonderlich originell, wenn auch auf ungelenke Weise kraftvoll. Eine Kunstkennerin wie Liliane Wandler würde das Bild verächtlich wie Feindorns Schnecken übergehen. Doch Simon interessiert die Gouache, seit Hermine ihm von Malte, dem letzten Herrn von Seelitz, erzählt hat.

Der ehemalige Fliegerheld ist vor seinen Augen lebendig geworden. Als stolzer und trauriger Mann, der einsam in einer von Gott verlassenen Welt auf Seelitz um die Illusion eines friedlichen Refugiums gekämpft hat. Wenn schon nicht für sich, dann für die vielen verängstigten Kinder, die er während des Krieges bei sich aufgenommen hat, um sie von traumatischen Bombennächten oder dem Verlust der Eltern abzulenken.

Oder um sie zu schützen. Wie die zwei Kinder eines Pächters, die nicht recht bei Verstand waren und – dank Maltes Eingreifen – noch heute als Hänsel und Gretel auf der Insel herumstromern, statt als Namen auf einer Gedenkliste für die Opfer des Euthanasieprogramms der Nazis aufzutauchen. »Das sind keine Volksschädlinge, sondern unsere Dorftrottel, die gehören zur Insel dazu«, hat er sein Eingreifen mit dem Eigensinn des Patriarchen begründet.

Sicher war das keine herausragende Heldentat, aber es war der Versuch, nicht tatenlos zuzusehen, wie seine Welt zur Hölle wurde. Malte war kein Widerstandskämpfer, er hielt sogar Kontakt zum Regime, pflegte in Berlin seine Bindungen zum Luftfahrtministerium, empfing regelmäßig hohe Gäste aus der Reichshauptstadt und half beim Aufbau des geheimen Fliegerhorstes auf der Halbinsel Bug im Nordwesten Rügens. Vaterlandspflicht nannte er das.

Wie Hermine erzählt, tat er es außerdem, um sich anderweitig eine »gewisse Narrenfreiheit« zu sichern. Der Herr von Seelitz hat neben dem Hakenkreuz stets seine Familienflagge und den alten preußischen Adler gehisst. Ganz kaisertreu, ein Mann aus einer verlorenen Epoche.

»Und seine Flaggen waren doppelt so groß«, erinnert sich seine Wirtin und kann noch immer darüber schmunzeln. Ihr Gesicht ist ganz entspannt und sehr jung.

»Das grenzte damals an Hochverrat. Als der Ortsgruppenleiter ihn deshalb angefahren hat, hat Malte behauptet, die Hakenkreuzfahne sei beim Waschen eingelaufen. Unsere Wäscherin war die Cousine des Ortsgruppenleiters. Eine schrecklich unnütze, faule Person. Als Malte ihrem aufrechten Onkel anbot, ihr wegen der eingelaufenen Fahne zu kündigen, hat der sofort den Schwanz eingeklemmt und den roten Lappen, besser das Läppchen, nie mehr erwähnt.«

Für ein paar verlorene Kinder muss Malte ein Segen und echter Halt jenseits von Hitlerjugend, Wehrertüchtigungsspielen, Deutschlandpropaganda oder Fahnenappellen gewesen sein.

»Er hat uns ein Stück Unschuld bewahren können«, so hat Hermine es ausgedrückt. »Und Hoffnung, die nicht auf Täuschungen und Propaganda gründete. Das war viel. Mehr, als die meisten Kinder dieser Zeit in ihr Erwachsenenleben hinüberretten konnten. Ich verdanke ihm mein Weltvertrauen und die Fähigkeit, Glück zu empfinden.«

Man sieht es ihr an.

Simons Augen wandern zum Bild zurück. Das Seestück ist ein Untergangsbild und verrät, dass Malte selber kein Welt- oder Gottvertrauen mehr kannte, als er es malte. Simon kneift die Augen zusammen. Rechts unten steht Januar 1944. Der Mann hat früh Bescheid gewusst. Jedenfalls früher als andere.

»Nun, ein Caspar David Friedrich ist das bestimmt nicht.«

Hermine schüttelt den Kopf. »Nein. Aber, es löst trotzdem Gefühle in einem aus, nicht wahr? Es spricht zu einem.«

»Es ist ein zorniges Bild«, stimmt Simon zu. »Und ein trauriges.«

Hermine nickt, ihr Blick wird zart. Maltes Enkel ist sensibel und gescheit, genau, wie sie es sich gedacht hat. Sie mag ihn immer mehr.

»Meine Mutter hat das Bild über alles geliebt. Bei unserer Flucht hat sie es gegen meinen Widerstand mit nach Westdeutschland geschmuggelt, obwohl wir einen Satz Wäsche und eine Speckseite besser hätten gebrauchen können.«

Ein glucksendes Lachen stiehlt sich in ihre Stimme.

»Ich werde nie vergessen, wie der Grenzer auf dem Bahnhof in Berlin geguckt hat, als wir den riesigen Koffer öffneten, und er das Bild sah. Meine Mutter hat ihm erzählt, wir seien auf dem Weg zu einer Hochzeit in Magdeburg, wo wir wirklich Verwandte hatten, und das Gemälde sei unser Geschenk an das Brautpaar. Uns blieb das Herz fast stehen, als er es hin und her drehte und immer ungläubiger dreinschaute. Aber dann meinte er nur: ›Na ja, wenn det Kunst ist, heiß ick Rembrandt, aber vielleicht jefällt's ja.‹«

Simon hebt belustigt die Brauen. »Immerhin ein halbwegs kultivierter Polizist.«

»Und ein halbwegs gutmütiger. Er hat uns eine schöne Reise gewünscht, und wir hatten es geschafft. Hätten wir statt des Bildes mehr Wäsche und Kleidung dabeigehabt, wäre der gute Mann vielleicht darauf gekommen, dass unser Ziel viel weiter westlich als Magdeburg lag und sich nicht auf einen kurzen Besuch beschränken sollte. Ich bin wirklich froh, dass Malte meiner Mutter das Bild geschenkt hat.«

»Wann war das?«

Ein Schatten streift Hermines heiteres Gesicht.

»Kurz bevor er starb. Er hat es zu uns in die Pension geschickt.« Hermine schließt die Augen, in ihrem Kopf brummen Traktorengeräusche. Auf dem verbeulten Gefährt thront Edwina, zur Flucht entschlossen. Sie hat kurz vor der Villa Möwe Halt gemacht, um ihnen das notdürftig verpackte Gemälde zu bringen. »Er will, dass ihr das bekommt. Ich sollte mir auch was aussuchen, aber für so ein blödes Gekleckse hab ich keinen Platz. Ein Schinken war mir lieber.«

Beim Abladen des Bildes hat sie nicht geholfen. Sie hatte es sehr eilig. In der Nacht zuvor war Sassnitz bombardiert worden, ein ganzes Lazarettschiff war in die Luft geflogen, noch immer brannte die Altstadt, und jeden Tag strömten mehr Flüchtlinge nach Rügen, hofften auf ein Schiff, das sie in den Westen brachte. Edwina wollte leben. Überleben. Malte, ihre enttäuschten Hoffnungen, den verdammten Krieg.

Mit einem Kind im Bauch, das weiß Hermine jetzt. Edwina hat richtig gehandelt. Hermine öffnet die Augen und sieht Simon fest an.

»Die Ostfront stand vor dem Zusammenbruch. Wir rechneten täglich mit dem Schlimmsten, und die Gesichter und Geschichten der ersten Flüchtlinge verrieten uns, dass wir damit nicht falsch lagen.«

»Wie starb Malte von Seelitz?«

»Er ist in seiner kaiserlichen Gardeuniform auf den Bodden hinausgerudert und hat sich mit seiner Offizierspistole erschossen.«

Hermine sagt es ganz ruhig, obwohl es Gudrun damals mehr als wehgetan hat, dass er alles mit sich abgemacht und keinen Brief hinterlassen hat. Aber auch das war Malte. Ein Patriarch vom alten Schlage. Frauen waren ein Hintergrundgeräusch seines Lebens, eine hübsche Begleitmusik, aber sie gaben nie den Ton an. Sie schluckt und strafft den Rücken. Simon mustert sie abwartend.

Hermine lächelt so tapfer, als wolle sie sich dafür entschuldigen, etwas Hässliches wie den Tod erwähnt zu haben. Sie greift sogar nach seiner Hand und drückt sie. Simon erwidert den Druck, obwohl er nicht versteht, warum Hermine ihn trösten will. Für wie naiv hält ihn die Wirtin? Ihm ist schon klar, dass in einem Krieg auf viele Arten gestorben wird, meist auf sehr scheußliche und weniger selbstbestimmte.

»Es war besser so für ihn, Simon. Ein Offizierstod, verstehen Sie? Er hätte sich in der Welt nach dem Krieg nie zurechtgefunden. Wahrscheinlich hätten ihn die Russen ohnehin getötet oder in Gefangenschaft geschickt, was auf das Gleiche hinausgelaufen wäre. Und Seelitz wurde natürlich sofort enteignet. Es hat nichts mehr gegeben, wofür er hätte leben wollen. Er wusste ja nicht, dass …«

Jetzt schwankt Hermine. Simon greift nach ihrem linken Ellbogen und führt sie sanft in den Wintergarten zurück, wo die Stühle bequemer und das Licht gnädiger ist. Er hat den Verdacht, dass sie die Tränen lieber unsichtbar wegblinzeln möchte.

»Haben Sie irgendwo einen Cognac? Ich könnte einen gebrauchen«, behauptet er. Frauen mit einem Helfersyndrom tut man den größten Gefallen, wenn man Schwäche zeigt, damit sie stark sein können. Scheint zu funktionieren. Hermine lebt sofort auf.

»Oh, natürlich. Auf dem Tisch dort stehen die Digestifs. Wie unaufmerksam von mir. Ich hole sofort ein Glas.«

Simon drückt sie in den Sessel zurück. »Kommt gar nicht in Frage. Ich hole die Getränke. Vielleicht einen Sherry für Sie?«

Hermine lächelt ihn dankbar an. »Ein Cognac wäre mir ebenfalls lieber.«

Als Simon mit den Getränken zurückkehrt, hat Hermine sich gefasst. Himmel, denkt sie, das war knapp. Fast hätte sie sich verraten. Ihre Gefühle sind mit ihr durchgegangen, als ihr klar wurde, dass sie Simon soeben vom Tod seines unbekannten Großvaters erzählt hat. Wenn die beiden sich nur hätten kennen lernen können. Verdammt, vielleicht hat Edwina Recht, Sentimentalitäten führen zu nichts. Sie machen einem nur das Leben schwer.

Sie greift nach dem Cognacglas und wärmt es zwischen ihren Händen.

Simon betrachtet sie nachdenklich. Natürlich ist er zunächst wütend gewesen, dass Liliane ihm vorhin entschlüpfen konnte, aber die Unterhaltung mit Hermine ist spannend. Endlich erfährt er etwas über Seelitz.

»Es ist merkwürdig, dass Sie so gern über das Gutshaus und Ihre Kindheit dort sprechen und meine Großmutter überhaupt nicht. Es ist fast so, als hätten Sie zwei völlig verschiedene Welten erlebt. Edwina hat mir nie über diesen Malte erzählt, dabei scheint er ein interessanter Charakter gewesen zu sein.«

Hermine nippt an ihrem Cognac und hüstelt verlegen. Den ganzen Abend kämpft sie gegen das Verlangen an, Simon anzudeuten, wie verschieden Edwinas und Hermines Erlebnisse auf dem Gut waren. Lügen und Geheimnisse sind entsetzlich anstrengend.

»Edwina ist mehr als vierzehn Jahre älter als ich. Zwischen Kindern und Jugendlichen macht das eine Menge aus. Ihr Verhältnis zu Malte …« Halt. Sie darf das nicht erzählen. Aber Edwina *muss* es ihm erzählen. Irgendwann. Sonst tut sie es doch. Man darf keinem Menschen seine Geschichte nehmen. Ein Klingeln befreit sie aus der Zwickmühle. Draußen schellt es Sturm.

Simon wundert sich. »Nanu, das klingt ja, als sei jemand in Not geraten? So knapp sind die Unterkünfte auf der Insel derzeit doch wohl nicht?«

Die Wirtin stellt das Cognacglas ab. »Ich werde mal nachschauen. Vielleicht ist es ja Ihre Großmutter?«

Simon legt kurz die Hand auf ihren Arm. »Wenn es Liliane Wandler oder jemand anderes ist, vergessen Sie bitte nicht, dass ich ein Kunstgutachter aus dem Hause Sotheby's bin und Stepford heiße. Das ist übrigens der Mädchenname meiner Mutter.«

Hermine erhebt sich seufzend. Wenn du wüsstest, wer du wirklich bist. Laut sagt sie: »Ein wenig ist mir dieses Versteckspiel zuwider, Herr Stepford, ich meine, Mister Graf.«

Ihr Gast zwinkert ihr aufmunternd zu. »Nennen Sie mich Simon, das ist einfacher, okay!«

»Dann bin ich ab sofort Hermine für Sie!«

Simon prostet ihr zu. »Nun denn, Hermine. Man muss Betrüger mit ihren eigenen Waffen schlagen. Nehmen Sie es sportlich. Ich lüge nur im Dienste der Wahrheitsfindung. Darauf gebe ich Ihnen mein Ehrenwort.«

26

Leopold presst die Hand, mit der er den kleinen Handbohrer führt, fest gegen die seitliche Wand, um sie abzustützen. Bloß nicht zittern. Ohne Druck lässt er das Gewinde in das Gehäuse des Alarmgerätes eindringen. Eine Locke Plastik schält sich heraus, fällt herab. Mit zusammengepressten Lippen arbeitet er weiter gegen den Widerstand an, spürt wie die Bohrspitze am anderen Ende heraustritt und der Gegendruck nachlässt.

Lilli atmet tief ein, ihre Hände schmerzen, so fest hält sie von unten die Beine ihres Vaters. Mit vierunddreißig Jahren ist sie wieder als Papas kleiner Helfer aktiv und macht die Räuberleiter. Okay, immerhin macht er die Drecksarbeit. Und wenn sie den echten Sisley los sind, ist die Sache so gut wie vorbei. Bleibt nur noch das Austauschmanöver morgen Abend, dann kann sie ihren Vater und seine Eskapaden ein für alle Mal abhaken und vergessen und ihr geruhsames Leben wieder aufnehmen.

Willst du das wirklich? Nach dreizehn Jahren Schweigen und so vielen Missverständnissen?

Ja. Besser als am Fuß einer Mülltonne und am Anfang einer Einbrecherkarriere zu stehen, weil ihr Vater sie mit Tigergeschichten und Eishörnchen-Diebstählen eingelullt hat. Das kann er sehr überzeugend.

Du hast wirklich Spaß mit ihm gehabt.

Nur keine normale Kindheit mit Fernsehverboten oder Stubenarrest oder Taschengeldkürzungen. Natürlich hat die Hälfte ihrer Klassenkameraden sie um so einen Vater glühend beneidet, aber sie war gern bei deren Eltern zu Besuch. Bei Eltern, die ihre Kinder nicht wie ihre allerliebsten Spielkameraden behandelten, sondern Sätze wie »Wasch dir vorm Essen die Hände« und »Marsch ins Bett, es langt für heute« sagten.

Meine Güte, jetzt hört sie sich schon an wie ein Schwerverbrecher, der sich für seinen Auftritt vor Gericht die Geschichte einer schweren Kindheit zurechtstrickt. Verdammt.

»Bist du endlich durch, Vater?«

»Immer mit der Ruhe, und zappel nicht so.« Lilli zappelt gar nicht, sie bebt nur ein bisschen. Nicht mehr als Stufe eins auf der nach oben offenen Richterskala. Na ja, nach den drei Beruhigungstabletten, die sie heute Abend geschluckt hat, ist das vielleicht kein Wunder.

Leopold legt die Hand auf das Futter und dreht die Nadel sachte weiter, bis er die letzte Plastikschicht durchstoßen hat, dann bewegt er sie mit entgegengesetzten Drehungen behutsam zurück. Als er den Bohrer in Zeitlupentempo herauszieht, bleibt ein sauberes kleines Loch zurück. Leopold stößt bedächtig die Luft aus. In kleinen Wolken steigt sein Atem nach oben ins Licht der Eingangslaterne, beschlägt sie mit feinem Nebel.

»Das war Präzisionsarbeit, mein Kind. Den Schaum bitte.«

Lilli langt nach unten und reicht ihm eine Sprühdose mit Silikonfüllstoff.

»Jetzt kommt die Stelle, die über den Wahrheitsgehalt von Hollywood-Drehbüchern entscheidet. Wirklich spannend.«

Lilli schließt die Augen und lauscht dem Klackern der Steinchen in der Sprühdose, die Leopold heftig schüttelt. Er steckt die kleine Düse in das Bohrloch, rückt die Dose gerade und drückt gleichmäßig. Mit leisem Pfeifen entleert sich der Schaum in das Gehäuse, dehnt sich aus, quillt zurück aus dem Bohrloch.

»Das war's schon.«

Leopold zieht die Dose zurück, klettert mit Lillis Hilfe von der Tonne herunter, öffnet sie und wirft die Dose hinein. Dann zupft er die Chirurgenhandschuhe von seinen Fingern, faltet sie umständlich und schmeißt sie hinterher.

»Wir wollen der Polizei die Spurensuche ein wenig erleichtern, nicht wahr? Schließlich haben die Besseres zu tun, als vorgetäuschte Diebstähle in Schneckenmuseen zu enträtseln.«

Lilli betrachtet mit zusammengezogenen Brauen den Schaum, der sich in Tropfenform am Gehäuse verfestigt. »Und das soll funktionieren?«

Leopold greift nach dem Bild.

»Es ist im Grunde ganz simpel. Der Schaum verhärtet sich, legt den Erschütterungsnerv lahm und mummt die Glocke ein. Das hoffe ich jedenfalls. Wir werden es wissen, wenn wir ein Fenster eingeworfen haben. Möchtest du? Als Kind hast du sehr gerne mit Steinen geworfen. Erinnerst du dich noch an …«

Lilli unterbricht ihn schroff. Keine Erinnerungen mehr, schon gar nicht die liebevollen.

»Nein, danke. Das Vergnügen überlasse ich ganz dir.«

»Wie du meinst. Du kannst schon weglaufen, wenn dir das lieber ist. Wirklich, ich bin dir nicht böse. Du musst mir nicht helfen.«

»Was hältst du von mir? Ich lass dich nicht im Stich.«

Schließlich ist Leopold der einzige Vater, den sie hat. Und wie unersetzlich ein Elternteil ist, hat sie nach dem Tod der Mutter früh gelernt.

Leopold reißt die Arme auseinander und schlingt sie um Lilli. »Das ist meine Lilli.«

Liliane verweilt in der Umarmung.

Willst du dich nicht wehren?

Gegen die Liebe?

Zieht einem doch nur den Teppich unter den Füßen weg!

Was soll das? Schaltet ihr Seelenspion jetzt auf Schutzengelfunktion? Lilli entwindet sich der väterlichen Umarmung und kramt in ihrer Jeanstasche nach der Tabletten-Notreserve. Sie legt ein Dragee auf ihre Zunge, lutscht den zuckerigen Überzug ab. Schmeckt wie faulende Petersilie.

Suchend schaut sich Leopold auf dem Boden um. Aha, der handliche Brocken aus der Beeteinfassung ist perfekt. Er hebt ihn auf und wiegt ihn in der Hand. Dann wickelt er seinen Schal darum.

»Geh mal zur Seite, mein Kind.«

Lilli fällt ihm hastig in den Arm. »Nein, lass mich das machen.«

»Bravo!«

Lilli packt den umwickelten Stein, holt aus und zertrümmert mit Wucht das gläserne Rechteck eines bodentiefen Sprossenfensters. Mehr als ein dumpfes Klirren ist nicht zu hören. Der Alarm bleibt stumm.

»Du hast das Zeug zum lautlosen Verbrecher, Liebling. Hast du dich verletzt?«

Lilli schüttelt den Kopf und begutachtet zufrieden das zerschmissene Fenster. Ihr Vater steckt vorsichtig die Hand nach innen und öffnet die Verriegelung, stößt geschickt einen der Türflügel auf. Lilli hebt die Brauen.

»Auch nicht schlecht. Hast du das in den vergangenen Jahren öfter gemacht?«

»Nein, bislang bestand dazu keine Notwendigkeit. Und wie mir scheint, sind Einbrüche keine echte Herausforderung für uns. Ich finde, wenn schon Verbrecher, dann richtig, oder? So, und jetzt rein mit dir.«

Im Gartenhaus knipst Leopold auf der Suche nach einem geeigneten Versteck für das Bild die Taschenlampe an und lässt den Lichtkegel über Boden und Wände gleiten.

»Gar kein übler Raum«, murmelt er. »Na ja, die Möbel habe schließlich ich besorgt. Ich fürchte, sie haben sehr gelitten.«

Ungläubig starrt Lilli ihn an. »Warst du denn nie hier drin in all den Jahren?«

Leopold legt vorsichtig den Sisley auf den Tisch, fährt mit einem Finger über einen Kratzer und schüttelt den Kopf.

»Du glaubst doch nicht im Ernst, dass ich mir das da«, er leuchtet kurz einige Exponate in einer Vitrine an, »hätte anschauen wollen. Was für ein Ekel erregendes Hobby. Reine Zeitverschwendung. Das Geld, das hier drinsteckt, hätte man in große Kunst investieren können. Erst heute Morgen habe ich ein Seerosenaquarell entdeckt, das …«

»Die Schneckenhäuser sind ziemlich hübsch, wenn man sie genauer betrachtet«, unterbricht Lilli ihn und denkt an Doktor Feindorns unverfälschte Begeisterung. »Man muss sich nur einmal damit beschäftigen, statt seinen eigenen Geschmack zum Maßstab aller Dinge zu machen, Vater. Das ist kindisch, und du bist nicht Gott!« Nicht mehr.

Bravo, applaudiert es in ihr. *Da capo.*

Leopold nimmt Lillis Stimmungsumschwung nicht zur Kenntnis.

»Wenn du dich hier auskennst, weißt du vielleicht, wo wir das Bild bis morgen Abend unterbringen können.«

Lilli deutet auf eine ausladende Vitrine. »Dahinter ist ein breiter Spalt, das Bild passt genau hinein.«

»So wie das hier aussieht, könnte ich es wahrscheinlich einfach an die Wand hängen, dieser Doktor Feindorn würde wahre Schönheit nicht einmal bemerken, wenn sie ihn beißt.«

Jetzt langt's. Ein paar Rechnungen hat sie doch noch offen mit Mister Superdad.

»Bist du dir sicher? Vielleicht hat Sisley ja ein paar Ohrschlammschnecken im Gras versteckt. Die sollen in englischen Gärten vorkommen.«

Leopold trägt das Bild zur Vitrine. »Erlaube mal! Alfred war ein Künstler von erlesenem Geschmack, kein fantasieloser Möchtegernkünstler mit Hang zu naiven Sujets …«

»So wie *ich?*«

Wo kommt der Satz denn plötzlich her? Ist einfach so aus ihrem Kopf, wo er sich lange versteckt gehalten haben muss, in ihren Mund gehüpft, der nach faulender Petersilie schmeckt. Herrje, die Tabletten! Spielen wieder Dribbelball mit ihren Gefühlen.

»Holla! Wie interessant.« Leopold klingt tatsächlich interessiert. Mächtig interessiert.

Na endlich. Sie hat ihren Vater aus der Ruhe gebracht. Er hört ihr zu. Jetzt muss sie nur den Mut aufbringen, über ihre heimlichen Träume zu reden. Einmal im Leben. Lilli holt tief Luft, bis in den letzten Lungenwinkel hinein.

Leopolds Taschenlampe fährt über eines von Maltes Seestücken. Er streckt einen Finger aus und fährt über die narbige Oberfläche. »Wirklich interessant. Wer hat denn das fabriziert?«

Das darf nicht wahr sein. Ihr Vater hat überhaupt nicht hingehört. Nein, er schaut sich die Bilder von Malte dem Schmierfink an. Sogar die sind wichtiger als ihre Talente, ihre Träume, ihre Bilder, ihre Gefühle.

»Findest du das etwa schön?«

Leopold runzelt irritiert die Stirn und spricht wie in Gedanken weiter.

»Um Gottes willen, das sind selten schlechte Bilder, aber Technik und Material sind ungewöhnlich. Eine Art Experiment, nehme ich an. Gouache und Öl auf Leinwand über …«

Lilli lässt ihn nicht ausreden. Dieser verflixte Bruder Leichtfuß muss ihr jetzt einmal im Leben zuhören.

»ERSTAUNLICHER UND BESSER ALS MEINE BILDER? WILLST DU DAS SAGEN?«

Leopold fährt herum. »Ich bin nicht taub, Lilli. Herrje, was ist jetzt wieder los?«

Liliane senkt ihre Stimme zu einem heiseren Flüstern. »Doch, das bist du. Du bist taub, ignorant und unter anderem einer der größte Egozentriker, den ich kenne.«

Das kann unmöglich sie sein, die da spricht, wundert sich Lilli. Das ist ihr Alter Ego. Es ist einmal mehr nicht auf stumm geschaltet und hat eine eindringliche Stimme, die man nicht zum Schweigen bringen kann: »Du hast dich nie für meine Malerei interessiert.«

Leopold runzelt die Stirn. »Ich habe deine Begabung und deine Picassos eben über alles gelobt, weshalb ich sie nie und nimmer hätte verbrennen können. Sie sind exzellent …«

»… aber letztlich nicht von mir, sondern von Picasso. Ich spreche von meinen eigenen Arbeiten.«

Leopold hebt die Brauen, sie bilden ein steiles M auf seiner Stirn.

»Eigene Arbeiten? Was meinst du damit? Du hast mir nie eigene Arbeiten gezeigt.«

»Weil sie deinem kritischen Blick nicht standgehalten hätten. Weil du nur große Meister anerkennst, aber keine naiven Sujets. Etwa Schnecken.«

»Du hast Schnecken gemalt?«

»Natürlich nicht, aber lauter Dinge, die dich nicht interessieren.«

Ihr Vater ist ehrlich verblüfft. »Wie kommst du darauf? Deine Arbeiten hätten mich sicher interessiert. Warum hast du ein Geheimnis daraus gemacht?« Leopold ist jetzt ganz Aufmerksamkeit, Maltes Bilder sind vergessen, die Taschenlampe ist auf seine Tochter gerichtet.

Liliane sinkt auf einen Stuhl am Konferenztisch. Sie räuspert sich und spricht mit der zerkratzten Mahagoniplatte, die Kratzer greifen nach ihrer Stimme.

»Ich wollte dich nicht enttäuschen. Darum habe ich mich bemüht, so zu sein wie du. Ach, Papa, ich habe dich so sehr geliebt und bewundert. Darum habe ich mit sechs Jahren Paul Klee gemalt und heimlich Marienkäfer oder den dicken, fetten Pfannekuchen oder Wolkenschafe, und sie danach ins Klo gespült. Sie waren nicht gut genug. Für dich.«

Leopold muss sich setzen.

»O Lilli, das klingt schauderhaft, einfach schauderhaft.«

Liliane fährt mit dem Daumennagel einen Kratzer nach. Sie lacht trocken auf. »Was? Der dicke, fette Pfannekuchen?«

Leopold schüttelt den Kopf. »Das ist eine sehr ernste Sache. Hast du später immer noch heimlich gemalt?«

»Ein bisschen, nicht viel.«

Leopold seufzt. »Und ich habe nichts geahnt!«

»Clemens hat mir zugeredet, meine Versuche bei der Kunstakademie einzureichen.«

Leopold stöhnt laut auf. »Ausgerechnet Clemens. Darum hast

du dich in ihn verliebt. Ausgerechnet. Was für ein elender Versager muss ich gewesen sein. Was für ein Tyrann, ein Ekel, ein Banause.«

Liliane streicht sich müde über die Stirn.

»Im Gegenteil, du hattest Recht. Weißt du, was die Auswahlkommission zu meinen Bildern meinte? Ich sei technisch perfekt, aber ein Nachahmer ohne eigenen Stil. Die geborene Restauratorin eben. So jemanden wollten sie nicht. Das war, als hätten sie gesagt: ›Sie sind ein Nichts, ein Niemand. Außer der Kopie einer Kopie eines Künstlers.‹ Das ist der eigentliche Grund, warum ich nie mehr einen Pinsel in die Hand genommen habe. Das tat zu weh. Meine eigenen Ansprüche waren noch viel höher als deine.«

Leopold wiegt den Griff der Taschenlampe in seiner Hand, als müsse er eine Gewichtsbestimmung vornehmen. Er nimmt sich viel Zeit, bevor er wieder spricht. Die Taschenlampe wiegt tonnenschwer.

»Ich habe dir also die Freude am Malen genommen, an deinem größten Talent, deiner wichtigsten Leidenschaft. Oh, Lilli, du hattest Unrecht. Ich bin kein Egomane, ich bin ein Monster.«

»Nein, das bist du nicht. Du kannst nichts dafür, dass ich nur zur Kopistin tauge.«

Leopold fährt sich durch die Haare.

»Überlasse mich nur einen Moment meiner Zerknirschung, sie wird nicht lange anhalten. Du kennst mich, besser als ich dich, wie das so ist mit Egomanen. Ach Lilli, ich habe dich all die Jahre gar nicht wirklich gekannt.«

Liliane schaut kurz hoch. Natürlich hat er das nicht. Alle Welt hält sie für die spröde Lilli. Sie hat alle täuschen können über Jahre hinweg. Vor allem sich selbst. Ihre Wut gerinnt wie saure Milch.

»Wir haben alle einen Platz im Kopf, in dem wir uns und unsere Träume verstecken, Vater. Leider habe ich meine nie in einer geheimen Dachkammer ausgelebt.«

Leopold beugt sich über den Tisch und betrachtet seine Tochter aufmerksam. Die Taschenlampe zittert in seinen Händen, und seine Stimme ist nun sehr leise.

»Ich glaube, es ist dir richtig ernst, mein Kind.«

Lilli schaut ihn misstrauisch an, kommt jetzt ein Dandy-Witz darüber, wie langweilig ernste Menschen sind? Leopold schweigt abwartend und streichelt ihre Hände.

»Versprich mir, dass du wieder anfängst zu malen, Liliane. Wir werden die Sammeringbilder mit sehr gutem Gewinn verkaufen, dann hast du Zeit, dich der Malerei zu widmen. Ich werde dir helfen. Lass mich dir helfen, ich liebe dich, das glaubst du mir hoffentlich. Und ich will, dass du dein Leben lebst.«

Liliane schluckt. »Aber was ist, wenn ich es gar nicht kann? Ich meine, etwas Eigenes malen? Ich habe nicht einmal eine Idee, was das sein könnte. Mich gibt es ja gar nicht.«

»Papperlapapp. Du hast dich und deine Begabung nur versteckt. Du musst wieder malen. Egal, was es ist!«

Seine Tochter öffnet den Mund, um zu antworten.

Sie kommt nicht dazu, weil Licht aufflammt. Leopold muss sich die Hand vor die Augen halten, und Lilli blinzelt, während sie ihren Kopf zur Tür dreht.

»Was für eine fantastische Idee. Genau das wollte ich gerade vorschlagen.«

27

Hermines Küche gleicht einem Schlachtfeld. Mehl und Weizengrieß liegen taufein auf den Arbeitsflächen, über dem Tisch in der Mitte vernebeln sie die Hängelampe, während Vittorio Nudelteig in einer Schüssel mischt.

»Den ganzen Tag nix essen ist eine Sünde, Signorina. Etwas mehr Wasser, bitte. *Un poco*. Genug.« Vittorio knetet flink die Flüssigkeit unter das Mehl.

Charlotte stellt den Messbecher ab und hakt sich die Haare hinter die Ohren. Mann, sie hat wirklich Hunger, und der Kerl ist doch tatsächlich Koch. Und General. Nach seinen Anweisungen steht die Pensionswirtin am Herd, rührt Tomatensauce und brät Hackfleisch an, während der Pensionsgast Stepford zum Käsereiben abkommandiert ist.

Sieht komisch aus, wie der Kerl mit Händen wie Baggerschaufeln eine Käseecke über das Reibeisen schrubbt. Und so einer arbeitet für Sotheby's? Sieht mehr nach Ackerbau und Viehzucht aus. Wenigstens kann er sie beim Käsereiben nicht so eindringlich mustern, wie er es getan hat, als Vittorio sie vorhin vorgestellt hat.

»Das ist die bezaubernde Tochter unserer Kunstexpertin Wandler. Ist das nicht eine *grande sorpresa?* Wie ich es prophezeit habe, Hermine, Ihr verschollenes Bild versammelt lauter Menschen aus der fantastischen Kunstwelt bei uns, und alle sind so überaus spannend!«

Herr Stepford, der halber Brite sein soll, obwohl er nur entfernt so klingt, hat Charlotte angegafft, als wäre er ein zweijähriges Kind, das wissen will, wie der Hase mit der Blechtrommel funktioniert. So, als hätte er sie am liebsten aufgeschraubt und nach dem Mechanismus gesucht.

Die Wirtin Tressewitz hat cooler reagiert, ist nach oben geflitzt, um ein Bett zu beziehen, und hat sich gefreut, »einen so jungen Gast zu haben. Wenn Sie mir noch mehr Touristen vermitteln, Vittorio, muss ich anbauen«.

»Sie kriegen noch einen ziemlich alten dazu«, hat Charlotte daraufhin verkündet. »Mein Opa Leopold ist unterwegs hierher. Und der hat die Kunst sozusagen erfunden!«

Stepford hat an diesem Punkt einen Hustenanfall erlitten und musste von Hermine mit Rückenklopfen kuriert werden. Es folgte verlegenes Schweigen, bis Charlotte weitergeredet hat.

»Komisch, dass er und meine Mom nicht da sind. Aber vielleicht haben sie eine Verabredung mit meinem Dad. Clemens von Krolow, kennen Sie den auch schon? Der steigt jetzt ebenfalls in die Kunst ein.«

Hermine und Vittorio haben nur kurz genickt, während sich Mister Stepford schlagartig vom Husten erholte und seinen Blick auf Röntgenstärke verschärft hat.

»Hört sich ja nach einem richtigen Familientreffen an«, hat er mit rostiger Stimme gesagt.

»Ja, toll, was?«

»Dann sollten wir eine große Lasagne zubereiten«, hat Vittorio entschieden und ist in Richtung Küche verschwunden, während die Wirtin in einem Dielenschrank nach Handtüchern gekramt und Simon Stepford weiter Sherlock Holmes gespielt hat.

»Ihr macht also alle zusammen Urlaub auf Rügen. Du, deine Mutter, dein Großvater.«

»Nee, der ist zum Arbeiten hier. Er muss was auf Seelitz abliefern und nach versteckten Bildern suchen.« Nämlich nach den Picassos. Ist ihm mächtig dringend. Soll er doch, aber das Geld, das sie dafür gekriegt hat, rückt sie nicht wieder raus. War doch ein ganz reeller Deal mit Dad.

»Dein Großvater sucht verschwundene Bilder?« Frau Tressewitz ist mit hochrotem Kopf aus dem Schrank aufgetaucht und schien zwischen Begeisterung und Entsetzen zu schwanken.

»Ja, da ist er sehr gut drin, sagt Mom. Außerdem weiß er ziemlich genau, wo sie sind.«

Hermine Tressewitz und Simon Stepford haben sich einen Wettkampf im Luftschnappen geliefert.

Hermine hat als Erste die Sprache wiedergefunden. »Du meinst auf Seelitz?«

Charlotte hat nur mit den Schultern gezuckt. »Kann gut sein. Falls mein Dad da ist, meine ich. Mein Großvater und er arbeiten jetzt zusammen, sagt Dad.«

Simon Stepford hat an dieser Stelle geguckt wie Columbo kurz vor der Auflösung eines besonders heimtückischen Mordes. Sein Blick galt allerdings nicht Charlotte, sondern der Wirtin Tressewitz. Der ist dabei ganz mulmig geworden.

»Ich schaue mal besser nach der Bettwäsche. Ich bin mir nicht sicher, ob genug Garnituren gebügelt sind. Ich meine, falls Herr Wandler kommt.«

Weg war sie. Die Treppe rauf auf etwas wackligen Beinen, dabei scheint sie ansonsten prima in Schuss und ist beinahe hübsch. So für ihr Alter.

»Keine Bange«, hat Charlotte ihr noch nachgerufen, »Opa ist schwer in Ordnung. Sie werden ihn bestimmt mögen. Er ist keine tatterige Kalkleiste.«

»Nein, das ist er sicher nicht«, hat der Pensionsgast in ihrem Rücken gemurmelt.

»Kennen Sie meinen Opa?«

»Ich habe einiges von ihm gehört und freue mich darauf, ihn bald persönlich in Augenschein nehmen zu können.« Mister Stepfords Miene sah allerdings nicht nach Freude aus, während sie in die Küche gegangen sind. Vielleicht hat er auch so einen mörderischen Hunger?

Vittorio greift nach einem Nudelholz und beginnt seinen Teigklumpen zu einem Fladen auszurollen. Dann faltet er ihn wieder zusammen, klopft darauf herum. Charlotte nascht Käsestücke.

»Der Teig muss glatt und samtweich sein wie eine Babypopo«, erklärt Vittorio. »Und nun rollst du! Wir können doch Du sagen, oder? Jetzt, wo wir zusammen für *la famiglia* kochen? Das mache ich nur mit meinen besten Freunden.«

Charlotte nickt und greift nach dem Nudelholz. Vittorio ist ein echter Knaller, fast so lustig wie Leopold. Mit kräftigen Strichen fährt sie über den Teig.

»Sachte, sachte, Signorina. Das Nudelmachen ist eine Kunst.«

»Echt? Dann ist das nix für mich.«

»Ah, das kann nicht sein, *bellissima*. Du hast schöne, schlanke Künstlerhände ganz wie die Mama.« Vittorio rollt schwärmerisch die Augen. Sie hat es ihm ziemlich angetan, diese Liliane Wandler. Vor allem, weil er einfach nicht hinter ihre Geheimnisse kommt. Und die hat sie – todsicher.

Charlotte lacht. »Ich und Künstlerhände? Sagen Sie das mal meinem Direx. Er hat mich heute wegen ein paar Zeichnungen von der Schule geschmissen. Dabei hat mir jemand tausend Euro dafür geboten.«

Vittorio lüpft entsetzt die Augenbrauen. »Was für ein Banause. Ich meine, dieser Direktor.«

»Sagt Opa auch. Er findet, die Zeichnungen waren so gut wie echt von Picasso.«

»Tatsächlich? Dein Opa ist wohl ein Experte in solchen Fragen.«

Oho, Mister Muffelkopf schaltet sich wieder zu, reibt statt Käse jetzt seine Fingerkuppen in die Schüssel. Das muss doch wehtun! Tut es, Mister Stepford zieht die Finger zurück und wirft das Reibeisen in die Spüle, dann wischt er sich die Hände an einem Geschirrtuch ab. Er stützt sich auf die Tischplatte und beugt sich mit sehr besorgten Augen zu ihr herüber.

»Du malst also Picassos wie in echt?«

Jetzt klingt der Mann wie der Suchtberater, den sie letzthin in der Schule hatten. Ein Zauselbart in Cordhosen, der sie über die Gefahren von Alcopops aufklären sollte und erzählt hat, was das Shitrauchen aus ihm gemacht hat. Als ob man das nicht auf einen Blick gesehen hätte.

Echt abschreckend. Vor allem die Cordhosen. Der hätte sich nur vor die Klasse hinstellen müssen, um einen den Spaß an jeder Droge jenseits von Gummibärchen zu verderben.

Mister Stepford sieht zwar anders aus, dafür hat er momentan die gleiche Tonlage. Betroffenheits-Moll, als wolle er sie vor der bösen Welt beschützen.

»Bist du nicht etwas jung, um große Künstler nachzumalen?«

Muss der ein langweiliges Leben haben, wenn er sich so für das von anderen Leuten interessiert. Charlotte rollt den Teig und ihre Augen.

»Ich male sie ja gar nicht. Ich verkaufe sie nur.«

Simon Stepford zieht hörbar die Luft ein und sieht aus, als habe er Zahnschmerzen.

»Ich komm da auf meinen Vater. Das Künstlerische liegt mehr meiner Mutter. Die hat ganz früh mit dem Malen angefangen und zwar mit Paul Klee, sagt Opa, weil er das auch immer gemacht hat. Kennen Sie den? Ich meine Paul Klee, nicht meinen Opa.«

Simon schließt kurz die Augen. Meine Güte, was für eine Familie, jeder steckt in dem Geschäft mit drin. Und dieses Kind scheint dabei so unschuldig und harmlos mit ihren riesigen Augen, die die Form von Lillis haben, aber veilchenblau statt dunkelgrün strahlen.

»Die Picassos waren auch von Mom. Mit zehn Jahren hat sie schon in Öl gepinselt.« Ein bisschen beeindrucken will sie den Kerl.

Simons Stirn furcht sich wie frisch gepflügter Acker. Diesem Leopold sollte man den Hintern versohlen. Nein, das ist viel zu niedlich. Anzeigen muss man ihn. Ihm ein für alle Mal das Handwerk legen.

Ein Mädchen wie Charlotte, beinahe noch ein Kind, in seine Fälschereien zu verwickeln. Die eigene – sicher ehemals ebenso niedliche – Tochter Lilli zur eiskalten Kunstfälscherin auszubilden! Man bekommt geradezu Mitleid.

Charlotte bügelt Teigdellen glatt. Vittorio nickt anerkennend.

»*Bene!*«

»Eigentlich komisch, dass Mom nicht mehr malt, seit ich auf der Welt bin.«

Simon wirbelt herum. »Sie malt nicht mehr?«

»Was für eine Schande«, murmelt Vittorio. »Das sollte sie tun, wenn sie eine Künstlerin ist.«

Charlotte nickt. »Finde ich auch, aber die macht lieber in besorgte Mutti und Versicherungen. Dabei verdient sie damit voll wenig. Wir hatten noch nie Kabelfernsehen oder Premiere.«

Komisch, das scheint den britischen Wunderling mit dem Verhörtick echt zu erleichtern. Sein Gesicht ist jetzt fast faltenfrei, man könnte glauben, er lächelt.

Simons Blick streift den bunten Glasring an Charlottes Finger. Der gleiche wie Lillis. Sie muss ihre Tochter sehr lieben. Sie hat sich sogar aus dem Familiengeschäft zurückgezogen. Vielleicht ist nur Leopold der eiskalte Lügner. Den seine Tochter gegen ihren Willen deckt. Daher der überzeugende Opferblick der Liliane Wandler.

Und kein Wunder, dass sie zu Panikattacken neigt und manchmal umkippt. Vielleicht ist die Familie nicht völlig verdorben, vielleicht steckt in Liliane doch eine ganz und gar ehrliche Person. Er hätte wohl seinem ersten Eindruck und ihrem Unschuldsblick trauen sollen.

Vorsicht, mahnt ihn eine Stimme. Vorsicht und denk an Valerie. Die hat auch unschuldig ausgesehen, als sie die Verlobung gelöst hat. Dabei hatte sie längst ein anderes Eisen im Feuer und mehrere Tausend Hektar Land in Aussicht. Ein berechnendes Luder mit dem Blick eines Zwieback-Babys. Simon würgt das Reibeisen.

Charlotte bügelt mit frischer Energie auf dem Teig herum. »Ich hoffe mal, Mom fängt jetzt wieder mit dem Malen an, wo ich ihre Picassos so gut losgeworden bin. Da steckt jede Menge Geld drin, sagt Dad. Die beiden passen toll zusammen.«

500 Euro in zehn Minuten, wenn sie das hochrechnet kommt sie auf einen Stundenlohn von 3000 Euro für's Bilderverkaufen. Das muss sie Mom mal vorrechnen. Wo die immer stöhnt, sie hätten kaum noch Patte und die Wohnung verloren und so weiter und so weiter.

Wirklich eine Giga-Idee, dass sie sich mal um die Geschäfte kümmert und Mama unter die Arme greift. Auf Opas Dachboden gibt es noch jede Menge zu holen. Wenn man mal annimmt, das jedes Bild von ihm fünfhundert bringt, dann …

»Ist das deiner Mutter denn recht?« Herr Stepford hat wieder seinen Forscherblick aufgesetzt samt Stirnfalten.

Charlotte schaut verärgert hoch. Sie wird nicht gern beim Rechnen gestört. »Was?«

»Na, dass du ihre Bilder verkaufst.«

Er denkt an Lilianes Entsetzensschrei heute Morgen am Telefon und schlägt alle Selbstermahnungen wegen falscher Unschuldsengel in den Wind. Vorsicht? Vor Lilli? Ach was. Der ist glatt die Luft weggeblieben wegen der Picassos. Plötzlich bekommt ihr ganzes Verhalten einen Sinn. Sie war schlicht und einfach entsetzt.

Und er hat sie auch noch in die Enge getrieben. Fast schämt er sich. Sogar kleine Kinder verdächtigt er, abgefeimte Lügner zu sein. Seine Augen werden weich wie eine Flauschdecke, während er auf Charlottes Antwort wartet.

»Mannomann. Sie tun so, als wäre ich zu blöd, ein Benjamin-Blümchen-Puzzle zusammenzulegen. Natürlich darf ich Bilder verkaufen. Ich werde in acht Monaten vier…, äh, sechzehn und strebe eine kaufmännische Karriere in der Galerie von Opa an.«

»Sechzehn?«

Puuh, jetzt guckt Mister Stepford streng und eckig wie ein Schuhkarton.

»Ja, und ich bin ziemlich reif für mein Alter, sagt Opa. Das liegt in der Familie.«

Dieser verfluchte Leopold! Es wird Zeit, ihm das Handwerk zu legen.

Vittorio nimmt Charlotte die Nudelrolle ab. »*Finito*. Du machst mir meinen Teig kaputt. Und jetzt müssen wir Platten für eine Lasagne schneiden. Hermine, hat der Ofen die richtige Temperatur?«

»Was? Ich glaube schon.«

»Dann werde ich mich jetzt verabschieden«, sagt Simon.

»Sie haben keinen Hunger?« Vittorio ist entsetzt.

»Ich habe bereits gegessen. Ich will noch einen Nachtspaziergang unternehmen.«

Hoffentlich begegnet ihm dabei keiner, denkt Charlotte, der Mann zieht ein Gesicht wie ein Serienmörder auf Freigang. Als er weg ist, wendet sich Hermine mit gerunzelter Stirn um.

»Ich finde, du solltest mit deinem Alter nicht schummeln, junge Dame. Schließlich ist es keine Schande, dreizehn zu sein. Alt wird man von selbst.«

»Aber, Hermine, wie können Sie nur! Jede Dame hat das Recht, mit dem Alter zu flunkern«, findet Vittorio. »Das ist ganz reizend. Sie sollten es auch mal versuchen.«

Charlotte schenkt ihm ein dankbares Grinsen. Der Typ ist wirklich in Ordnung. Kein Spaßverderber. Fast so cool wie Opa Leopold.

»Aber mit dem Teig solltest du zartfühlender umgehen, Signorina! Alles andere ist ein Verbrechen und keine echte Lasagne. *Capisce?*«

28

Die Verhandlungen sind ins Stocken geraten, dabei hat er ein Angebot gemacht, das man unmöglich ablehnen kann. Clemens von Krolow grinst mit allen Jacketkronen. Was ist er doch für ein talentierter Teufelskerl.

Lilli hat ihre Brille abgenommen, um sich seinen Anblick erträglicher zu machen. Sie ist so weit wie möglich von ihm weggerutscht. Ihr Stuhl steht am Kopfende des Tisches zwischen dem ihres Exmannes und dem ihres Vaters. Eine vertrackte Position. Ihr fällt nichts ein, was ihr aus dieser verdammten Lage heraushelfen könnte, außer aufstehen und gehen.

Leider ist das unmöglich. Die Picassos sind nun mal von ihr und sogar signiert – durch Charlotte. Sie muss die Zeichnungen zurückhaben. Egal, was sie dafür tun muss. Das ist alles, was noch zählt. Zum Teufel mit ihren versteckten Gefühlen und ihren verborgenen Träumen.

Ihr Kopf bleibt klar, nicht das kleinste Schwindelgefühl stellt sich ein. Keine Wut, keine Panik, keine Atemnot, kein Hecheln – nichts. Genau, sie fühlt nichts, wie ausgelöscht. Das muss der Schock sein oder die Überdosis Beruhigungstabletten oder die erschreckend klare Situation.

Ihr Vater hat seinen Mantel ausgezogen und umständlich zusammengefaltet, um Zeit zu gewinnen, nachdem Clemens seine Bedingungen für die Herausgabe der Picasso-Zeichnungen unterbreitet hat.

Was fehlt, ist das Ticken einer Standuhr, um die Stimmung zu untermalen, oder das Surren einer Fliege, aber die gibt es Anfang

März nicht. Nur das Quieken eines Schweins zerreißt ab und an die unwirkliche Stille. Das muss Isolde sein, die um Einlass ins Gutshaus bettelt, denkt Lilli. Schade, dass sie nicht hier ist, um Clemens ihre gelben Zähne in den Hintern zu rammen oder ihm das Lächeln aus dem Gesicht zu reißen – samt Jacketkronen. Schweine sind bekanntlich Allesfresser.

»Ich würde euch gerne Bedenkzeit einräumen, aber ich finde, es ist in eurem eigenen Interesse, so bald wie möglich mit der Arbeit anzufangen«, greift Clemens das Gespräch wieder auf, »ein Friedrich macht sicher mehr Arbeit als ein Picasso. Ist ja viel mehr drauf auf dessen Bildern.«

Leopolds Gesicht ist grau, stellt Lilli fest. Er sieht zum ersten Mal an diesem Abend, zum ersten Mal überhaupt ängstlich aus. Armer Leopold, er ist nicht mehr *master of the game*. Die hässliche Wirklichkeit hat ihn eingeholt und gehorcht nicht mehr seinen Spielregeln.

Der angewiderte Zug um seine Mundwinkel kommt gegen seine Angst nicht an und seine Dandymanieren auch nicht. Es hilft nichts, dass er sein Einstecktuch zweimal entfaltet und kunstvoll neu drapiert. Es hilft nichts, dass er Falten aus seiner Hose streicht und die Keksschale, die von heute Morgen noch auf dem Tisch steht, von Krümeln befreit. So, als sei das seinem Gefühl für Ästhetik unentbehrlich. Antworten muss er ihrem Erpresser doch.

Leopold richtet sich auf und schaut seinem ehemaligen Schwiegersohn gerade ins Gesicht.

»Was du verlangst, ist unmöglich, Clemens. Ich kann keinen Caspar David Friedrich malen. Ich bin ein Kopist, kein Fälscher, wie ich eben ausgeführt habe.«

Clemens winkt ab und schlägt die Beine übereinander und spielt mit seiner Zigarettenschachtel.

»Das sind Haarspaltereien. Tatsache ist, dass du und Liliane das Talent haben, große Meister täuschend echt nachzuahmen, mehr verlange ich ja gar nicht.«

Und Edwina verlangt inzwischen einen handfesten Beweis für

das Bild, bevor sie einen Cent für Seelitz rausrückt. Er hat den alten Drachen leider unterschätzt. Am Ende fängt sie noch an, das Gutshaus zu durchsuchen, nach einem Gemälde, das es nicht gibt. Noch nicht.

Leopold räuspert sich leise. »Ich habe immer nur nach Originalen gemalt, nie aus der Fantasie, das liegt mir nicht. Ich bin kein Künstler aus eigener Kraft.«

»Na, an dem Punkt könnte ja Lilli aushelfen, sie ist doch so stolz auf ihre *eigenen Arbeiten.* Sie hat mir gleich zu Beginn unserer Beziehung in den Ohren gelegen, wie gern sie endlich etwas Eigenes malen würde.«

Mit einem Satz ist Lilli aus ihrem Stuhl heraus, holt aus und lässt den Arm über den Tisch fliegen. Es ist Leopold, der ihre ausgestreckte Hand im letzten Moment abfängt.

»Nicht, mein Kind. Spare deine Leidenschaft für Dinge, die sich lohnen.«

Leopold drückt seine zornbebende Tochter sanft in ihren Stuhl zurück, bevor er sich an Clemens wendet. Seine Stimme ist scharf wie ein Teppichmesser.

»Liliane hat hiermit nichts zu tun, hörst du? Ich bin dein Verhandlungspartner. Und wenn dir das nicht reicht, können wir unser Gespräch auf einem gemütlichen kleinen Polizeirevier fortsetzen, wo ich ein Geständnis ablegen werde, das sich unter anderem mit dir und deinen Geschäften befassen wird. Ich nehme an, die Polizei hat einiges zu deiner Person vorliegen. Gerade hier im Osten.«

Clemens unterbricht ihn mit erhobener Hand.

»Lieber Leopold, niemand von uns will ins Gefängnis! Schon gar nicht du, oder? Armani produziert keine Häftlingskleidung und steht Drillichstoffen ablehnend gegenüber.«

»Mein Lieber, Modeanmerkungen mache ich. Bleib du bei schmutziger Erpressung und nachgemachten Designeranzügen, sonst geraten wir noch durcheinander.«

»Wie du möchtest. Um auf deine Idee mit der Polizei zurückzukommen, stell dir vor, was das für meine Tochter, dein Enkelkind, bedeuten würde! Opa und Papa vorbestraft oder hinter Gittern. Charlotte würde künftig alle männlichen Wesen für Verbrecher halten. Wollen wir das?«

Leopold muss Lillis Arme unter Kontrolle halten, den linken und den rechten. Ihren Fuß bekommt er nicht in den Griff, mit dem erwischt sie Clemens' Schienbein. Der stößt sich samt Stuhl vom Tisch ab und verzieht kurz das Gesicht. Leopold wirft Lilli einen bittenden Blick zu. Sie atmet tief aus.

Clemens nimmt wieder Platz und reibt sich den Unterschenkel. »Könnten wir wieder zum Geschäft kommen? In Greifswald, kaum zwei Stunden von hier, gibt es ein Museum voller Friedrichs. Geh hin, Leopold, such dir einen aus und male ihn verdammt noch mal ab. Das hast du doch schon ein dutzend Mal gemacht. Oder sogar öfter?«

Lilli lehnt sich erschöpft in ihrem Stuhl zurück. Dieser Kerl stand ganz vorne in der Schlange, als der liebe Gott die Dummheit mit der Schöpfkelle ausgeteilt hat, und zum Nachtisch hat er eine doppelte Portion Unverfrorenheit verputzt. Sie wundert sich, dass ihr Vater die Kraft findet, dieses absurde Gespräch weiterzuführen.

»Clemens, ein Bild, das bereits in einem Museum hängt, kann unmöglich plötzlich auf Seelitz auftauchen, nicht wahr? Ich meine, das muss doch jeder Idiot begreifen.«

Clemens lächelt noch breiter. Meine Güte, denkt Lilli, wie viele Zähne hat der denn im Mund? Gut möglich, dass er sich des Showeffekts wegen ein halbes Dutzend extra hat einsetzen lassen. Ob das wehtut, wenn man seine Zähne mit einem Hammer einzeln rausschlägt?

»Füge ein paar kleine Veränderungen hinzu. Ich habe etwas recherchiert. Dieser Friedrich hat viele Motive mehrmals gemalt. Was ist daran also so kompliziert, lieber Schwiegerpapa? Und die Kundin, der ich das Bild präsentieren möchte, unterschreitet die Kunstkenntnisse deines Lieblings Sammering um einiges. Von Malerei hat sie so viel Ahnung wie …«

Clemens hält inne und starrt zur Decke, wo er nach einem inspirierenden Vergleich zu suchen scheint.

Leopold hilft aus. »So viel Ahnung wie du? Nun, das wäre erschreckend wenig. Um dir Nachhilfe zu geben: Friedrich hat seine Gemälde in mehreren Schichten aufgebaut, in Lasuren, bei denen eine Farbe durch die andere hindurchschimmert. Jede einzelne muss durchtrocknen, bevor man die nächste Schicht darüberlegen kann. Das bedeutet, man braucht für einen Friedrich mindestens drei Monate, eher ein halbes Jahr, wenn das Bild halbwegs glaubwürdig sein soll. Ansonsten müsste es künstlich getrocknet und gealtert werden, was leicht nachzuweisen ist. Man bräuchte zudem eine historisch korrekte Leinwand, alte Farbpigmente und wie gesagt viel Zeit. Weshalb ich vorschlage, die Kopie wegzulassen und darauf zu vertrauen, dass die alte Dame mir glaubt, wenn ich sage, es gäbe einen Friedrich auf Seelitz. Ich habe einen Ruf in diesen Dingen. Gerade auf dem Gut.«

»Leider ist meiner Kundin das nicht genug.« Vor allem seit er seine Provision für Seelitz auf zwei Millionen erhöht hat. Er braucht das Gemälde und kein Gerücht, und er wird es bekommen.

Mit dem gespielten Bedauern eines Bankangestellten, der soeben einen Kredit abgelehnt hat, lächelt Clemens in die Runde. Lilli sieht, dass er sich auf dem Siegertreppchen wähnt.

»Die technischen Schwierigkeiten sind eure Sache, und so, wie du darüber sprichst, Leopold, scheinst du alles über anständige Fälschungen zu wissen. Ihr habt einen Monat. So lange kann ich die Verhandlungen hinziehen. Dann möchte ich der alten Dame ein – wie du sagtest – halbwegs glaubwürdiges Bild vorführen.«

Leopold streicht sich müde über die Augen.

»Du bist verrückt. In einem Monat, wenn die Sammeringausstellung eröffnet, wird es hier vor Kunstexperten aus aller Welt wimmeln. Und dann fliegen wir alle auf, falls die alte Dame auf die nahe liegende Idee kommt, den Friedrich begutachten und versichern zu lassen. Hast du darüber schon nachgedacht?«

Clemens erhebt sich. Für ihn scheint das Gespräch beendet.

»Meine Kundin legt Wert auf eine inoffizielle Transaktion. Dank Hermine Tressewitz' Büchlein über das Gut Seelitz ist das Gerücht über das verschwundene Bild im Umlauf. Und dank Edwinas Suche danach, bei der wir ihr helfen, wird es in die Welt zurückkehren.«

»Und als Fälschung enttarnt, verdammt noch mal.«

Clemens zuckt die Achseln.

»Na und? Dann hat die Lady bereits für das Haus gezahlt. Und selbst wenn das Bild auffliegt, sind wir aus dem Schneider. Wir sagen einfach, dass irgendwann einer der Ahnherren von Seelitz darauf hereingefallen sein muss. Auf eine exzellente Fälschung auf historisch korrekter Leinwand, wie du vorgeschlagen hast. Die wirst du doch auftreiben können, irgendeinen alten Schinken, den du übermalen kannst. Fälschungen sind so alt wie die Kunst, und auch Experten wie du könnten sich kurzfristig täuschen.«

Liliane starrt ihren Exmann mit riesigen Augen an. Sie kann nicht anders, sie fleht geradezu. Er muss zur Vernunft kommen, sie muss ihn von der Idiotie seines Plans überzeugen, mit allen Mitteln, selbst denen, die ihr zuwider sind: hilfloses Bitten und Betteln. So tun, als glaube sie noch an das Gute in Clemens und – igitt – an Liebe.

»Clemens!« Sie streckt die Hände aus. »Vergiss das Ganze. Bitte, tu uns und deiner Tochter das nicht an.« Sie stockt. »Ich habe dich einmal geliebt und dir vertraut. Bedeutet dir das gar nichts?« Leopold hebt warnend den Kopf.

Von Krolow tätschelt gönnerhaft Lillis Arm. Fährt mit seiner Hand in ihren Nacken, dreht eine ihrer Locken um seinen Zeigefinger.

»Das ist sehr anrührend, Liliane. In der Tat. Aber sei nicht so verflucht hingebungsvoll, das hatten wir schon, wütend bist du weit anziehender. Geradezu eine Versuchung. Und ich schließe nicht aus, dass dieses Geschäft der Beginn einer wundervollen Freundschaft ist, hm? Mir schwebt da eine langfristige Zusammenarbeit vor, könnte Spaß machen. Du bist die erste Frau, der ich so ein Angebot zweimal mache.«

Seine Exfrau erstarrt vor Widerwillen und Ekel. Die Kunst der Verstellung fällt ihr plötzlich schwer, sehr schwer. Clemens zupft eine weitere Locke hervor.

»Wart's nur ab, wir werden alle mit Gewinn aus der Sache herausgehen. Bislang sind dein fabelhafter Vater und du doch mit allen Arbeiten durchgekommen. Leopold ist ein Glückskind. Und er wird es bleiben, wenn wir eure, ich darf sagen, unsere Familiengeheimnisse für uns behalten. Ich freue mich zutiefst, dass ich endlich ganz zu euch gehöre. Das nenne ich wahre Liebe, Lilli.«

29

Simon schlägt den Kragen seiner Lederjacke hoch und verschwindet hinter nassem Brombeergestrüpp. Er ist rechtzeitig eingetroffen, um seinen Verdacht zu erhärten. Im Gartenhaus von Seelitz findet ein konspiratives Familientreffen statt.

Liliane Wandler sitzt am Kopfende des Tisches. Simon verzieht vor Enttäuschung den Mund. Sie scheint also den Vorsitz zu führen. Das passt leider schlecht zu seiner Unschuldsvermutung von vorhin. Leider? Hier geht es um die Wahrheit, um nichts als die Wahrheit. Eine Aufklärungsarbeit nach rein rationalen Gesichtspunkten. Verstohlen schiebt er sich näher ans Fenster, studiert Liliane Wandler, hören kann er leider nichts.

Nun, ihr Gesicht hat einen hilflosen Ausdruck, ihre Augen sind schreckgeweitet, und sie trägt keine Brille, was den Effekt verdoppelt, aber dafür streckt sie die Hand zärtlich nach dem blonden Gesprächspartner aus. Das muss ihr Exmann sein. Ihr angeblicher Ex. Clemens von Krolow.

Sie schaut ihn mit einem Bittblick an, der zu sagen scheint: Du bist mein Held, rette mich. Sie kann das perfekt. Ihn hat sie auch schon mal so angeschaut – nicht wie einen Helden, aber wie eine Frau, die dringend gerettet werden muss.

Und der Ex scheint keinesweg immun gegen die Showeinlage. Er streichelt Lillis Arm. Zupft sich sogar eine Locke aus ihrer Frisur. Sieht so ein geschiedenes Ehepaar aus? Sicher nicht, eher ein rasend verliebtes direkt nach der Trauung. Wie hat Charlotte vorhin gesagt: »Sie sind ein tolles Team.«

Der Mann geht zur Tür und lächelt wie betrunken vor Glück.

Simon kennt dieses Lächeln, o ja, Val hat ihm mal ähnliche Idiotenfratzen entlockt.

Er drückt sich tiefer in das dornige Gewirr aus Ästen. Die Eingangstür öffnet sich, während ihn Brombeerarme würgen. Im Schein einer Laterne glänzt der Blondschopf auf. Kein Zweifel, es ist von Krolow. Edwina hat ihn als eine Mischung aus kalifornischem Strandwächter und Hünen mit Wikingerkinn beschrieben. Okay, er sieht auf männliche Weise hübsch aus, aber nicht rasend intelligent, bestenfalls clever.

Das Denken überlässt er wahrscheinlich Liliane Wandler und deren Vater. Mit unmelodiösem Pfeifen entfernt von Krolow sich in Richtung Haupthaus.

We are the champions soll das sein. Einen bescheidenen Musikgeschmack hat er also außerdem. Dünn zittert der Refrain durch die Nacht, während seine Schritte im Kiesbett knirschen. Simon schleicht sich geduckt zur Vorderfront des Gartenhauses. Exzellent!

Dieser Dummkopf hat die Vordertür nicht geschlossen, und außerdem ist eine Fensterscheibe eingeschlagen. Simon presst sich gegen die Mauer und lauscht mit angespanntem Gesichtsausdruck. Das muss Lilli sein, die da spricht.

»Okay, damit ist alles klar. Wir werden einen sensationellen Caspar David Friedrich produzieren, damit Clemens das Haus verkaufen kann.«

Diese Stimme! Richtig anrührend. So zerbrechlich und erschöpft. Pah. Simon späht durchs Fenster. Lilli dreht in den Händen das vertraute Tablettenglas, öffnet es und schüttelt sich ein Dragee heraus, das sie mit Schwung in ihren Mund befördert. Herrje, diese Schurkin ist geradezu süchtig nach Vitaminen. Ein neuer Verdacht keimt in ihm auf.

Wenn das denn Vitamine sind!

Sein Blick fällt auf Leopold Wandler, der äußerlich ebenfalls wenig mit einem hintertriebenen Schurken gemein hat. Er erinnert an Burt Lancaster in der Rolle des gütigen Patriarchen.

Er greift nach der Hand seiner Tochter und spricht auf sie ein wie auf ein trostbedürftiges Kind. Der Mann klingt echt.

»Liebes, wir können die ganze Sache sofort beenden. Ich stelle mich der Polizei. Keine Widerrede, das ist das Wenigste, was ich für dich tun kann. Es ist vielleicht gar keine schlechte Idee, einmal ganz ehrlich zu sein.«

»Vergiss es. Das würde uns alle auf immer ruinieren.«

»Ich halte dich und Charlotte aus allem heraus, das schwöre ich.«

»Denk an die Picassos!«

»Mir fällt schon was ein. Liebling, ich mach das gern für dich.«

O ja, alle lieben Lilli, das Unschuldslamm! Verflixt, sie scheint einen ganzen Schock Männer mit der Opfermasche um den Finger zu wickeln. Selbst er ist in Hermines Küche vorhin weich geworden.

Mit einem Mal wird Lillis Blick hart. »Tut mir Leid, Vater, aber ich misstraue deinem Einfallsvermögen. Außerdem gehörst du nicht ins Gefängnis.« Sie lacht staubtrocken. »Tja, Schicksal, jetzt werde ich also wirklich wieder malen. Noch dazu ein Meisterwerk. Freust du dich nicht für mich?«

Aha!

»Lilli, hör auf. Das darfst du nicht tun.«

»Wer denn dann? Du hast eben gesagt, du kannst keinen Friedrich kopieren, Vater.«

»O Liebling, ich kann es immerhin versuchen. Ich hasse es nur, wenn mich jemand dazu zwingt, etwas zu kopieren, was ich mir nicht selbst ausgesucht habe. Welch ein Mangel an Freiheit und Esprit! Und Friedrich ist so ein verdammt tiefsinniger Maler. Mir wird schon ganz schwermütig zumute. So deutsch.« Leopold streicht sich mit schwungvoller Geste die Haare aus der Stirn.

Liliane fährt hoch und blitzt ihn wütend an. »Jetzt nimm die Sache endlich ernst. Clemens hat sicher keinen Sinn für deine Späße. Und ich auch nicht.«

Aha, jetzt kommt die wahre Lilli zum Vorschein.

»Du hast Recht, mit Humor ist dein Exmann nicht gesegnet. Denk doch nur an seinen Scherz über ›Malen nach Zahlen‹. Diese

Geldgier finde ich äußerst unbefriedigend, und sie hat nichts mit aufrichtiger Liebe zur Kunst zu tun, die mich ein Leben lang angetrieben hat. Und jetzt soll ich mich gegen meine Natur, meine Werte, schlimmer noch, gegen meinen Geschmack versündigen!«

Liliane legt noch einen Scheit flammenden Zorn auf. Ihre grünen Augen lodern. Weibsstück, Luder!

»Du fängst schon wieder an!«

»Womit?«

»Mit deinem Ästhetengeschwätz und deinen verschrobenen Moralvorstellungen. Begreif es endlich, du bist hier nicht der Chef. Und werde endlich ein bisschen erwachsener. Selbst Charlotte ist vernünftiger als du.«

Was ist das für eine Mutter? Findet eine Tochter, die mit dreizehn Jahren Fälschungen in Umlauf bringt, vernünftig! Und wirft ihrem Vater, der anbietet, ehrlich zu werden, und sich dagegen wehrt, eine Fälschung herzustellen, verschrobene Moralvorstellungen vor.

Leopold scheint Lilli dennoch ergeben.

»Tut mir Leid, tut mir Leid. Ich kapituliere. Ab sofort mache ich, was du willst, Lilli, egal wie fantasielos es ist.«

Lilli lacht spöttisch. »Fantasielos? Du hast die einmalige Chance, ein richtig großes Verbrechen zu begehen, das wolltest du doch eben noch, oder?«

»Aber doch nicht für Geld!«

»Himmel, für was denn sonst!«

»Ein Verbrechen aus Leidenschaft würde ich vorziehen.«

»Du bist und bleibst ein Kindskopf, Papa. Ab jetzt übernehme ich die Führung, klar? Und kein Wort mehr über Leidenschaft und wahre Kunst, sonst bringe ich dich um.«

»Das wäre weniger als fantasielos und völlig unangemessen. Schließlich muss ich einen Friedrich malen.«

»Ich male den Friedrich.«

»Das wirst du nicht!«

»Vater, deine Talente haben bislang nur Kosten verursacht und reichlich Ärger eingebracht.«

»Und eine großartige Kunstsammlung.«

»Denk endlich mal in Zahlen. Wir müssen ein paar Millionen auftreiben. Das ist die Kunst.«

Simon verzieht verächtlich den Mund. Er muss an Valerie denken.

Leopold ist unter den Worten seiner Tochter in sich zusammengesunken, selbst seine Löwenmähne duckt sich wie ein Kornfeld im Sturm.

»Wie entsetzlich. Wo habe ich dich nur hineingetrieben.«

Simon schüttelt den Kopf. Muss der arme Mann sich bei der Tochter wirklich für sein Interesse an der Kunst und seinen Versuch, ehrlich zu bleiben, entschuldigen? Unfassbar.

»Vergiss es. Es ist, wie es ist. Wir müssen den Sisley aus Alidas Schlafzimmer stehlen *und* ein Gemälde fälschen, damit Clemens endlich das Haus verkaufen kann. Für mehrere Millionen. Wir haben keine Wahl, begreif es endlich.«

»Mein Kind, man hat immer eine Wahl!«

»Hör auf zu träumen. Es geht um Geld. Ich hoffe nur, diese Kundin ist wirklich so reich und so vertrottelt, wie Clemens behauptet. Wie wir wissen, sind seine Talente begrenzt.«

Simon hat genug gehört. Wie widerwärtig! Diese Liliane Wandler liebt wirklich niemanden und spielt mit jedem. Selbst ein Kerl wie dieser Clemens muss einem Leid tun.

Aber bei mir hat sie ausgespielt. Simon nickt entschlossen. Sie wird ihn nie hinters Licht führen. Ihn nicht und niemand anderen mehr. Er wird sie morgen Abend bei Alida Sammerings Soiree enttarnen – als Diebin, Lügnerin und gemeine Betrügerin. Vielleicht kann er sie auf frischer Tat ertappen.

Morgen wird er sie nicht eine Sekunde aus den Augen lassen. Hermine muss Leopold übernehmen, das ist der eindeutig harmlosere Fall, ein Handlanger, ein Opfer seiner Vatergefühle.

Wird sicher ein Genuss, dieser Liliane Wandler das Handwerk zu legen, grummelt Simon, während er durchs Unterholz zu seinem Wagen zurückstapft. Ein Hochgenuss.

Dämlicher Baumstumpf, da mitten in seinem Weg. Möchte man

einfach wegtreten das Ding. Rrrums. Weg mit dem blöden Ast, der ihm wie ein Scheibenwischer durchs Gesicht fährt. Rrratsch. Und der Stein da kommt ihm gerade recht. Simon holt mit dem rechten Fuß aus und kickt den Brocken in Richtung Parkplatz. Hohl prallt er gegen eine Karosserie. Prima, ein Eigentor.

Man sieht die Delle im Kotflügel seines Jaguars deutlich. Verflixte Liliane Wandler, wozu sie einen treibt! Sorgt nicht nur für Beulen im Gemüt, sondern sogar im Lieblingsauto.

Gott ist ein Taschenspieler. Mit der Schöpfung dieses Frauenzimmers hat er sich einen kosmischen Witz erlaubt. Ihr das Mienenspiel eines Engels und die Stimme eines schutzlosen Bambis zu geben.

Unfassbar. Mit lautem Knall schließt er die Fahrertür hinter sich.

30

Das Knallen der Wagentür hallt durch die Stille und lässt das Duo im Gartenhaus hochschrecken.

»Besser, wir verschwinden, Vater. Am Ende ruft Alida noch die Polizei. Der Wald ist mächtig lebendig heute Nacht.«

»In der Tat! Hörst du die wundervolle Musik? Erstaunlich.«

»Was? Das Quieken?«

»Nein, das kommt von dem Schwein.«

»Du kennst Isolde?«

Ihr Vater lächelt verschmitzt. »Ich habe sie Ewald geschenkt. Mit irgendwas wollte ich Alida ärgern, nachdem sie ihn von der Kunst aufs liebe Vieh gebracht hat. Und da er mein Urteil über alles geschätzt hat, ist Isolde sein Augenstern ge… Da, da ist es wieder!«

»Was?«

»Diese Musik! Klingt nach leicht verstimmter Geige. Ich habe sie auf dem Weg hierher schon gehört, aber für eine Sinnestäuschung gehalten.«

Lilli spitzt die Ohren. Tonfäden ziehen durch die Nacht.

Leopold schließt summend die Augen. »Ah ja! Schubert natürlich. *Leise flehen meine Lieder.* Hübsch, wenn auch sentimental. Nun, der Gute war sein Leben lang unglücklich verliebt. Der Musikwelt waren seine unerwiderten Gefühle freilich von Nutzen.«

Die Töne verlieren sich im Wald, Isolde schickt sehnsüchtiges Quieken hinterher.

»Erstaunlich, das Schwein scheint musikalisch. Nun ja, es stammt ja auch von mir. Ich habe es in einem Zirkus entdeckt, hochbegabtes Vieh und stubenrein…«

»Komm endlich.« Lilli zerrt ihren Vater hinaus hinters Gartenhaus. Leopold folgt unter Protesten. Pilzige Gerüche und Zweige schlagen ihnen entgegen.

»Mein Mantel! Einen Armani führt man nicht in derart streng riechender Wildnis spazieren.«

»Wenn das zurzeit deine einzige Sorge ist, Papa!« Regungen wie Reue und Zerknirschung sind bei Leopold wirklich nicht sonderlich haltbar.

Ihr Vater kämpft mit einem Brombeerzweig, der sich im Seidenfutter verhakt. Dummes Dickicht. Unterholz gibt es in diesem Naturreservat reichlich. Der Wald von Seelitz wird seit Jahren nicht mehr aufgeräumt, weshalb Touristen mit Schautafeln über das natürliche Aussehen von Natur aufgeklärt werden müssen. Leopold könnte auf die praktische Unterweisung in Förstereikunde verzichten, Wildnis hält er für eine Geschmacksverirrung.

»Wo steht dein Auto?«, will Lilli wissen.

»Auf dem Parkplatz beim seitlichen Parkeingang.«

Seine Tochter nickt knapp. »Gut. Ich habe meinen Wagen in Ralswiek geparkt. Ich hole ihn morgen, jetzt sollten wir zusehen, dass wir Land gewinnen.«

Wie Katzen schleichen sie über das Bodenpolster aus Buchenblättern, über Moos und Zweigwerk. Lilli biegt Äste auseinander, bildet die Vorhut und bewegt sich mit dem Geschick einer Indianerin auf Büffelpirsch.

»Vater, hier ist schon jemand durchgegangen. Hoffentlich hat uns niemand beobachtet. Da sind Fußspuren.«

»Ich muss schon sagen, die Sache weckt am Ende doch deine verspielte Seite. Ich wusste gar nicht, dass du noch immer eine so leidenschaftliche Pfadfin ...«

»Schscht.«

»Wie?«

»Da vorne bei den Eichen ist jemand. Kannst du was erkennen? Verflixt, ich habe meine Brille im Gartenhaus vergessen.«

Leopold bückt sich und späht durch einen Vorhang verdorrter

Blätter. Dreißig Meter vor ihnen entdeckt er im Licht des untergehenden Mondes zwei Gestalten, die Händchen halten und den Himmel betrachten.

»Sind das Polizisten?«

»Nein, Hänsel und Gretel.«

»Vater!«

Leopold richtet sich auf und marschiert mit geradem Rücken auf die beiden alten Leutchen, einen Mann mit Geige und eine bezopfte Dame, zu.

Liliane folgt ihm stolpernd und leise fluchend.

»Guten Abend«, hallt Leopolds Stimme durch das Wäldchen, »lange nicht gesehen! Ich wusste gar nicht, dass Sie Geige spielen.«

»Guten Abend«, schallt es fröhlich zurück, »auch mal wieder hier?«

Liliane reißt die Augen auf und mustert das verschrumpelte Paar, das Händchen haltend unter einer Eiche steht und selig lächelt.

»So spät noch unterwegs, ihr zwei?«

Das darf nicht wahr sein! Leopold lehnt sich bequem an einen Baum, um ein Schwätzchen zu halten.

»Ja, wir wollen im Gartenhaus übernachten. Sollen der Dame vom Haus morgen Abend ein Ständchen bringen, wo der Mond so schön scheint, und weil sie nachts Angst vor Einbrechern hat. Die sollen wir abschrecken. Jetzt muss meine Schwester aber schlafen. Stalin war äußerst unfreundlich zu ihr.«

Leopold nickt. »Wie bedauerlich und ungezogen. Aber heute Abend passt es schlecht mit dem Gartenhaus.«

»Ist der Alarm an?«

»Nicht mehr, aber Lolek und Bolek könnten irgendwann auftauchen. Es gab nämlich einen Einbruch.«

»Vater!«

Hänsel ist verblüfft. »Heute? Alida hat gesagt, dass morgen bei Vollmond …«

Lilli hält das nicht mehr aus.

»VATER!!! Wir haben keine Zeit für irrsinniges Geschwätz über

Stalin oder Grimms Märchen oder Lolek und Bolek, wer auch immer das sein soll.«

Leopold dreht sich kurz zu ihr um.

»Die Polizei natürlich. Und Stalin ist ein Bahnschaffner, der meinen beiden hochverehrten Bekannten gelegentlich zu schaffen macht. Hänsel und Gretel lieben Tarnnamen, sie haben außergewöhnlich viel Fantasie. Richtige Naturbegabungen. Von ihnen kann man viel lernen.«

Lilli packt ihren Vater am Arm. »Jetzt komm schon. Wir müssen zum Auto.«

»Wir können die beiden doch nicht ganz allein im Wald lassen.«

Lilli kann inzwischen auch ohne Alter Ego sarkastisch sein: »Wieso nicht? Schließlich sind das Hänsel und Gretel.«

»Ja«, bestätigt der alte Mann und nickt heftig. »Und Lolek und Bolek können uns mal. Genau wie Stalin. Wir sind schließlich plemplem. Das ist amtlich, seit mehr als fünfundsiebzig Jahren. Leb wohl, Leopold.«

Der Alte hakt Geige und Gretel unter, sie lächelt sehr süß nach Prinzessinnenmanier und macht einen Knicks, dann gehen sie los.

»Und so schreiten sie fürbass«, kommentiert Leopold. »Inseln bringen die herrlichsten Originale hervor. Liegt sicher daran, dass hier viele Familien seit Generationen den gleichen Nachnamen haben. Was mich wundert, ist, dass Alida Gefallen an ihnen gefunden hat. Ihre musische Seite ist bedauerlich unterentwickelt und nicht durch Silikon aufzupolstern. Ziemlich beschränkt, die Gute.«

»Da scheint sie nicht die Einzige, Papa. Wie konntest du den beiden von dem Einbruch erzählen?«

»Oh, das schadet nichts. Die beiden sind ausgemachte Geheimnisträger, und außerdem glaubt ihnen ohnehin keiner was.«

»Und was ist, wenn die beiden Irren unseren Sisley entdecken?«

»Keine Bange, sie würden ihm nie etwas antun. Die beiden lieben die Kunst.« Summend marschiert er durchs Unterholz.

31

Charlotte schläft. In ihrem Sleepshirt mit einer verwaschenen Arielle darauf sieht sie aus wie ein zu groß geratenes Kleinkind. Ihre Wimpern berühren ihre Wangen, die Augenlider flattern im Lichtstrahl, der durch den Türspalt fällt.

Dieses Mädchen ist eine seltsame Mischung. Lebhaft, vorlaut, bereit, das Leben beim Kragen zu packen und dann wieder ganz das naive Kind, dem man *Frau Holle* vorlesen möchte. Hermine lächelt und zieht die Tür vorsichtig zu. Sie mag Kinder, das hat sie von Malte gelernt. Auf leisen Sohlen tappt sie die knarzende Holztreppe hinab.

Es ist kurz vor Mitternacht. Sie hat Charlotte versprochen, auf Lilli zu warten, um sie auf die Anwesenheit der Tochter vorzubereiten.

»Das wäre voll nett, Frau Tressewitz. Und lassen Sie sich von Mom nicht hochnehmen, wenn sie auf Blitz und Donnerwetter macht. In echt ist sie soft wie'n Wattebausch. Die Brille und das strenge Gesicht sind nur Tarnung. Sie sollte einfach 'ne Nacht drüber schlafen, bevor sie mich in Lebensgröße sieht. Am besten, Sie erzählen, ich bin Rotz und Wasser heulend ins Bett gekrochen. Zitternd, frierend, halb verhungert. Vor Kummer und so. Schließlich hätte mir ja was passieren können. Vielleicht könnten Sie einen Verfolger erwähnen? Wenn Mom sich nachträglich Sorgen um mich macht, ist der Fisch geputzt. Da kenn ich mich mit aus.«

Hermine hat streng das Gesicht verzogen, obwohl ihr zum Lachen zumute war. Eine Dreizehnjährige hat sie lange nicht mehr zur Komplizin gehabt.

»Liebe Charlotte, du hast nicht weinend vor meiner Tür gestanden. Und Hunger kannst du nach drei Portionen von Vittorios Lasagne nicht mehr haben.«

»Also, um ehrlich zu sein, ein Eis ginge noch rein! Haben Sie Magnums?«

»Kein Eis, und überlasse das Gespräch mir, okay?«

Erschöpft sinkt Hermine auf ein Sofa im Salon. Kater Puschkin rollt sich neben ihr ein, schnurrt und blinzelt träge. Noch immer rüttelt Seewind an den Verandafenstern, ein Wetterwechsel steht bevor. Was für ein Abend.

Simon ist zurückgekommen und zu Bett gegangen, nachdem er finstere Andeutungen über ein Treffen des Wandlerclans auf Seelitz gemacht und sie gebeten hat, morgen ein Auge auf Leopold zu haben, falls der in der Pension auftauchen sollte. Gefällt ihr nicht, der ganzen Welt zu misstrauen. Warum hat sie nur die elende Geschichte über das Gemälde in die Welt gesetzt? Hätte sie geschwiegen, wäre alles beim Alten geblieben. Vielleicht hatte Stine Recht, das Bild sorgt nur für Unruhe.

Hermine wärmt sich die Hände an einem Teebecher, als sie das Schaben von Schlüsseln und Riegeln vernimmt. Die Haustür wird geöffnet. Seufzend erhebt sie sich und geht zur Diele. Frau Wandler wird sicher außer sich geraten über die Reiselust ihres Kindes. Sie hört Lilianes müde Stimme und drückt die Klinke der Salontür herab.

»Ich muss erst einmal ins Bett, Vater. Was *ich* genau wegen des Friedrichs unternehme, besprechen wir morgen weiter.«

Hermine lässt die Türklinke fahren und horcht mit klopfendem Herzen auf. Sie verharrt hinter der halb offenen Salontür, während eine tiefe, wohlklingende Männerstimme antwortet.

»Ein für alle Mal, Liliane, du wirst keinen Friedrich malen. Ich schäme mich meiner Versäumnisse als Vater wirklich. Lass mich dir helfen, von nun an bei der Wahrheit zu bleiben. Du brauchst meine Hilfe.«

»Vergiss es, Vater! Du hast selbst gesagt, ich sei die Begabtere von uns. Es ist, wie es ist. Ich bin die geborene Kopistin.«

»Musst du mir meine Fehler denn immer und immer wieder unter die Nase reiben? Lass uns endlich aufhören zu streiten, bitte. Ob man hier noch einen Martini bekommen kön-… Oh, guten Abend. Wir sind ja gar nicht allein. Darf ich mich vorstellen?«

Leopold ist mit der lauschenden Hermine zusammengeprallt, als er forsch in den dunklen Salon getreten ist. Er tastet nach einem Lichtschalter, drückt ihn nach unten und verneigt sich beim Aufflammen der Lampen.

»Mein Name ist Wandler. Leopold Wandler. Und Sie müssen die Wirtin meiner Tochter sein.«

Liliane mustert blitzschnell Hermine, die sichtlich um eine Unschuldsmiene kämpft.

»Ich, oh, ja, ich war gerade auf dem Weg ins Bett.«

Hermine senkt kurz die Augen, sammelt sich und betrachtet dann ihren neuen Gast. Also, nach eiskaltem Betrüger sieht der legendäre Galerist genauso wenig aus wie seine Tochter. Aber das, sagt Simon, ist eine Wandler'sche Familieneigenschaft, und Charlotte hat ihr von dieser Doppelbödigkeit heute Abend eine ordentliche Kostprobe gegeben.

Reizend ist sie trotzdem, genau wie das Gentlemanlächeln ihres Großvaters und Lillis verwuselter Lockenkopf. Hermine streicht sich Rock und Haare glatt.

»Ich freue mich, Sie als Gast zu begrüßen. Ein Zimmer habe ich bereits vorbereitet. Sie wollten noch einen Martini? Kommen Sie doch bitte herein. Und Sie auch, Frau Wandler.«

Liliane will den Kopf schütteln, die Frau darf auf keinen Fall noch mehr mitbekommen, aber Hermine ist mit Leopold bereits im Salon verschwunden. Das Klirren von Gläsern ertönt, darüber die Stimme ihres Vaters.

»Mein Schwiegersohn hat mir heute Abend erzählt, Sie hätten ein Buch über Seelitz und seine Geheimnisse verfasst! Wir werden uns viel zu erzählen haben. Ich liebe Geheimnisse, erst recht, wenn es um die Kunst geht. Das größte Geheimnis von allen! Finden Sie nicht auch?«

Ach ja, du Plaudertasche? Lilli rollt die Augen zur Dielendecke. Herrje, muss er dieses Thema anschneiden. Auf dem Weg hierher wollte er schon Fragen der Farbbeschaffung erörtern und über das Motiv eines falschen Friedrichs diskutieren. Geschmeidig und enthusiastisch wie eh und je passt er sich den Gegebenheiten an. Er favorisiert bereits eine einsame Wintereiche mit einem Raben als Todesvogel darauf, ein Motiv, das der Romantiker mehrfach gemalt hat.

»Bei einem kahlen Baum, bedecktem Himmel und Schnee hat man weniger zu tun als bei einer Sommerlandschaft mit Laubbäumen! Friedrich pflegte jedes Blatt vorzuzeichnen und dazu seine unendlichen Himmel, das vielschichtige Licht! Ich werde mir etwas hübsch Tristes mit viel Grau und durchgehender Wolkendecke aussuchen.«

»Vater! Du wirst dir überhaupt nichts aussuchen. Ab jetzt male ich wieder.«

»Aber keinen Friedrich. Wenn du den malst, gehe ich sofort zur Polizei und stelle mich.«

»Nein.«

»Doch.«

»Vater! Der Erpresser ist Clemens, nicht du.«

»Reden wir über Kunst. Die Deutschen lieben das Depressive. Ich werde meine Arbeit am Ende so stark nachdunkeln, dass die Experten Suchscheinwerfer brauchen, um es zu durchleuchten. Einen Friedrich auf Rügen zu erfinden hat seinen Reiz.«

Lilli seufzt, wenn sie nur ein wenig mehr wie er wäre.

Das bist du doch!

Nein. Nun ja. Ein wenig.

Bravo.

Leopold sucht seinen Spaß an der Sache. Und spielt wieder Gott. Er ist und bleibt eben Leopold.

Und spricht Hermine im Salon gerade auf die Geschichte vom Sammler Malte an. Liliane stürzt alarmiert in den Raum und verlangt dringend nach Wasser.

»Aber natürlich, Frau Wandler«, sagt die Wirtin und eilt in die Küche nach einem passenden Glas.

»Hör auf, über Bilder zu reden«, zischt Liliane. »Willst du denn mit aller Gewalt einen Verdacht auf dich lenken?«

»Das ist Teil meines Planes. Schließlich muss ich dich schützen.«

Lilli sieht, dass ihm das ernst ist.

»Okay, Vater, du kannst mir bei dem Friedrich zur Hand gehen, mehr nicht! Aber du musst keine schlafenden Hunde wecken! Hermine Tressewitz ist ohnehin schon närrisch wegen der Geschichte. Sie plaudert das Friedrichmärchen auf ganz Rügen herum, gibt sogar Interviews darüber.«

Leopold schlendert zur Anrichte hinüber.

»Ausgezeichnet, so muss es sein. Soll sie das Gerücht nur am Leben erhalten und es nähren. Ein Meisterwerk braucht einen Background. Das ist der entscheidendste Teil einer Fälschung. Große Kunst taucht nicht aus dem Nichts auf. Der Handel lebt von guten Herkunftsgeschichten und Legenden. Und wenn ich mir die Bemerkung erlauben darf: Frau Tressewitz sieht weder närrisch aus, noch erinnert sie an einen schlafenden Hund. Eher an einen seltenen Correggio. Die feine Linie ihres Halses, die exakt gezeichneten Brauen. Sie muss in ihrer Jugend eine Schönheit gewesen sein, zumindest erweckt sie den Anschein, was dasselbe ist. Oh, was haben wir denn hier schon wieder?«

Er ist vor dem Seestück über der Anrichte stehen geblieben und betrachtet es mit zusammengekniffenen Augen.

Lilli lässt sich auf das Sofa fallen.

»Ein weiteres Werk von Schmierfink Malte, Vater. Was reizt dich an dessen Bildern nur so? Mit einem Friedrich haben sie so viel gemein wie Pixi-Bücher mit Goethes *Faust*.«

Leopold dreht sich mit listigem Lächeln zu ihr um.

»Wer redet denn von den Bildern, mein Schatz? Mich interessiert an diesem Machwerk die Leinwand. Perfekt. Hast du die feine Knotung gesehen? Die körnige, erhabene Oberfläche? Die authentischen Haarrisse. Das ist beste Handwerkerarbeit, kein industrielles Fertigprodukt, wie es nach Friedrich aufkam. Wenn ich diese Leinwand behutsam reinige und die alte Grundierung rette, habe ich, pardon haben wir, eine wunderbare Grundlage für einen Caspar gefunden. Damit wären wir einen entscheidenden Schritt weiter.«

Lilli schließt seufzend die Augen.

Jetzt ist es passiert.

Ihr Vater nennt Friedrich beim Vornamen. Caspar. So wie er den Sisley nur als Alfred kannte und duzte. Demnächst wird Leopold als tiefgründiger Romantiker posieren, wahrscheinlich sogar seinen Widerwillen gegen Spaziergänge aufgeben und in großen Zitaten leben. Alles geht von vorne los. Alles bleibt, wie es war. Soll sie einfach zuschauen, besser wegschauen? Nein, nie mehr. Sie öffnet die Augen.

Leopold hat sich in der Tat leidenschaftlich verguckt.

Man sieht es an dem Blick, mit dem er Hermine bedenkt, als sie mit einem Glas Wasser in den Salon zurückkehrt. Der Blick ist so einschmeichelnd, dass Hermine darunter errötet. Und Leopolds Stimme ist samtig wie gesiebtes Mehl, als er der Wirtin zu dem Bild gratuliert.

»Eine originelle Arbeit. Ich würde sie mir gern genauer ansehen. Als Experte, wenn ich darf.«

Hermines Augen glänzen. »Oh, aber sicher. Es ist einzigartig in seiner Art, nicht wahr?«

Leopold nickt. »Wenn Sie nichts dagegen haben, würde ich es mir ausleihen, ein wenig reinigen und einer Untersuchung mit der Lupe unterziehen. Bei gutem Licht.«

»Ich habe Ihnen das Strandzimmer fertig gemacht. Es hat sogar Oberlicht in der Veranda.«

»Exzellent!«

»Ich hatte mal einen Künstler zu Gast, der meinte, die Veranda habe Atelierqualität.«

»Wie interessant, ich liebe gutes Licht. Es ist eine entscheidende Voraussetzung für meine Arbeit.«

»Tatsächlich?«

»Alles in der Kunst ist nichts ohne das Licht. Göttliches Licht.« Die Formulierung könnte von Friedrich stammen. Liliane runzelt verärgert die Brauen.

Hermine betrachtet Leopold eingehend. »Malen Sie denn selbst?«

»Nicht im eigentlichen Sinne.«

Lilli schießt alarmiert im Sofa nach oben.

»Vater, es ist Zeit, ins Bett zu gehen.«

Und sich in Sicherheit zu bringen vor Hermine Tressewitz, die ihre Plaudereien mit gefährlichen Fallgruben vertieft, während ihre Hauptbeschäftigung das Verwöhnen des neuen Gastes zu sein scheint. Sie füllt Leopolds Martiniglas nach und dekoriert es mit einer Zitronenscheibe. Wenn man die beiden so sieht, könnte man meinen, sie inszenierten eine Liebesszene.

Liliane schiebt entschlossen die Hand unter Leopolds Arm und zieht ihn von der Anrichte fort, bevor er antworten kann. Ihm ist alles zuzutrauen, sogar eine Auskunft über seine Leidenschaften. Eben erst hat er zwei Irren vom Einbruch erzählt. Er hinterlässt mehr Spuren als ein Kind, das mit Fingerfarben spielt.

Hermine erinnert sich an ihre Rolle als Wirtin und eilt voraus, um Leopold sein Zimmer zu zeigen. Als sie später in ihrem eigenen Schlafzimmer die Nachttischlampe ausknipst, fällt ihr ein, dass sie etwas vergessen hat. Nämlich Lilli auf ihre Tochter vorzubereiten. Arme Charlotte, aber sie wird sich zu helfen wissen. Hermine seufzt.

Die Sache mit dem Friedrich ist zu aufregend. Sie wird sich Leopold Wandler morgen an die Fersen heften, um mehr herauszubekommen. Das verspricht sie dem Foto ihrer toten Mutter.

Leopold ist ein erstaunlich gesprächsbereiter Mann. Wer zu viel redet, will von etwas ablenken. Vielleicht von Lilli?

Gudrun lächelt zustimmend.

Die gute Gudrun hat auch gern geredet. Ihr Lebtag lang. Fröhliches Gezwitscher von morgens bis abends. Ach, Mutter, ich hab trotzdem alles gewusst. Und alles verziehen. Hermines Herz ist groß.

Ihr Herz hat sie nämlich wie die eisgrauen Augen von Malte geerbt. Ob Simon in dieser Hinsicht auch nach dem Patriarchen von Seelitz kommt?

32

Der Morgenhimmel ist wolkenlos heiter. Lilli steht in ihrem Dachzimmer mit den altmodischen Rosentapeten, räkelt sich wach und öffnet das Gaubenfenster. Unter ihr liegt Hermines Garten. Er scheint ihr zuzulächeln und die Arme zu öffnen. Gelbe Stiefmütterchen recken ihre Katzengesichter in die Sonne. Kräftige Märzsonne aalt sich auf dem Rasen und malt die ersten Tulpen bunt.

Eine Lerche zwitschert Frühlingslieder durchs hochgeklappte Fenster. Glasklar prickelt die Luft. Binz leuchtet. Rügen lässt sich durch nichts aus der Ruhe bringen. Schon wieder Idylle. So wie gestern, denkt Lilli.

Was folgte, war der verrückteste Tag ihres Lebens.

Alles hat sich seither gedreht. Seltsamerweise beschwingt sie das. Genau wie die Tatsache, dass sie wieder malen muss, um zu überleben. Sie kann sich nicht drücken – oder?

Falsch.

Lilli schließt die Augen und atmet die salzige Luft ein, die durch das Fenster strömt. Die Wahrheit ist: Sie will sich nicht drücken. Lilli wendet sich vom Fenster ab. Ja. Ihr Entschluss steht felsenfest. Es tut seltsam gut, mit einer klaren Entscheidung zu leben, selbst wenn das eine Entscheidung für eine Art von Betrug ist.

Eine Art von Betrug? Was ist das?

O nein. Keine lästigen Fragen bitte. Sie hat sich entschieden. Lilli schaut auf ihren Reisewecker. Neun Uhr schon. Zeit, um sich für Verbrechen und andere Kleinigkeiten zu wappnen. Rasch streift sie sich das Nachthemd über den Kopf und geht ins Badezimmer, stellt die Dusche an. Unter dem heißen Wasser entspannen sich ihre

Nackenmuskeln. Sie legt den Kopf nach hinten und genießt die Bäche, die ihre Locken zerteilen und über ihren Rücken mäandern. Sie massiert Pfirsichshampoo in die Kopfhaut.

Mit frisch geföhnten Haaren eilt sie wenig später die Treppe hinab, ihre Locken tanzen. Warum noch Pferdeschwänze binden? Warum sich in Kostüme zwängen? Die Maskenspiele haben nichts genutzt, und mit dem eintönigen Leben der Versicherungsgutachterin hat sie als Einbrecherin endgültig Schluss gemacht.

»Freedom's just another word for nothing left to lose«, röhrt Janis Joplin in ihrem Kopf.

Sollte sie sich nicht anders fühlen? Aufgebracht, verängstigt oder am Rande des Wahnsinns? Warum? Dort hat sie sich die letzten Monate aufgehalten, ohne etwas daran ändern zu können, dass sie längst in einen Betrug verwickelt ist und die Talente ihres Vaters geerbt hat.

Liegt Freiheit nicht darin, das zu wollen, was man kann? Etwa Bilder kopieren.

Flüchtig betrachtet sie ihr Gesicht im Dielenspiegel und ist überrascht, wie entspannt sie aussieht. Nun ja, ohne Brille betrachtet, die sie im Gartenhaus zugleich mit ihrer alten Existenz abgelegt hat. Sie tritt näher an den Spiegel heran und schaut genau hin.

Sie sieht tatsächlich entspannt aus. Es scheint ihr gut zu tun, dass sie abgestürzt ist. Keine Drahtseilakte mehr. Sie fühlt wieder Boden unter den Füßen, auch wenn sie knietief im Schlamassel steckt. Wenigstens kennt sie jetzt die wahren Ausmaße des Schlamassels und hat es mit einem einfacheren Gegner als sich selbst zu tun.

Mit Clemens, diesem Dreckskerl.

Sie hat sich ihre Wut für ihn lange aufgespart. Über dreizehn Jahre. Jetzt ist es an der Zeit, ihre Aggressionen und Talente an der richtigen Stelle loszuwerden. In Personalunion mit ihrer rebellischen Seelenschwester.

Clemens soll seinen Friedrich haben.

Sie wird ihn malen. Leopold kann ein bisschen mithelfen, aber ansonsten soll er anderswo spielen, die Romantik liegt ihm nicht.

Natur ist ihm zuwider, weil man dort nasse Schuhe bekommen kann. Das hier ist etwas für Profis, und sie ist einer. Es ist an der Zeit, zu ihren Begabungen zu stehen. Und zu ihrer Wut. Nachdenklich dreht sie ein rosa Dragee zwischen ihren Fingern.

Sie hat nur noch zwei Stück. Sie wird sie im äußersten Notfall einsetzen. Lilli probt einen eiskalten Blick im Spiegel. Geht doch. Gut sogar. Ha, sie wird ihren Exmann vernichten, sobald sie ihre Picassos wieder in den Händen hält. Rache ist ein Gericht, das man kalt genießen sollte.

»Und das werde ich. Als Kriminelle bin ich unschlagbar«, versichert sie ihrem Spiegelbild und bekommt Angst vor sich.

»Überprüfen Sie Ihre umwerfende Wirkung, Frau Wandler?«

Liliane wirbelt herum. Hinter ihr steht Simon am Fuß der Treppe. Sehr aufrecht und mit Augen, die an polierte Kiesel erinnern.

Hermine hat ihn heute Morgen früh geweckt und von dem belauschten Gespräch zwischen Vater und Tochter Wandler berichtet. Jetzt weiß er mehr als genug und hat keine Zweifel mehr. Und einen Plan, wie er Lillis Fassade bis zum Abend so ins Wanken bringen kann, dass sie am Ende zusammenfällt.

»Aber wie soll das gehen«, wollte Hermine am Morgen wissen, als sie ihre Verfolgeraufgaben besprochen haben.

»Man muss sie in Panik versetzen, dann verrät sie sich. So wie an dem Morgen im Schneckenmuseum, als ihr die Bemerkung über die Picassos entschlüpft ist. Der Sotheby's-Experte muss ein ordentlicher Schock für die Schwindlerin gewesen sein.«

»Welcher Sotheby's-Experte?«

»Na, ich. Mister Stepford.«

»Ach du. Tut mir Leid, aber das bringe ich immer noch durcheinander. Aber dich, also ich meine den Experten, kennt sie nun schon und scheint den Schock überwunden zu haben.«

»Oh, keine Bange, heute wird sie mich von einer neuen Seite erleben und todsicher den Boden unter den Füßen verlieren. Dafür sorge ich.«

Simon steigt von der letzten Treppenstufe. Scheint leichter als gedacht. Liliane schwankt schon jetzt bei seinem Anblick, sucht Halt am Garderobenständer und verstrickt ihn in einen Tanz. Mantelärmel winden sich um ihren Rücken. Simon befreit sie galant, aber mit der Andeutung eines Grinsens von dem hölzernen Partner. »Begrüßen Sie Ihre liebsten Möbelstücke immer so stürmisch? Oder vermissen Sie wieder die Brille?«

Soll man darauf antworten?

»Ich, ich neige gelegentlich zu Schwindelanfällen.«

»Tatsächlich? Wie überaus interessant.«

Der Kerl kann sich kaum noch das Lächeln verkneifen. Teufel noch mal, diese Plage hat sie über den Aufregungen im Gartenhaus ganz vergessen. Diese Plage verursacht ihr kurzes Herzklopfen. Ach was. Ab sofort wird Mr Sotheby's sie von ihrer neuen Seite kennen lernen. Zum Äußersten entschlossen. Zur Abwechslung wird sie sogar die Rolle der Flirtkanone übernehmen, die er so gerne gibt.

»Mir ist nur etwas flau vor Hunger. Wollen wir zusammen frühstücken? Unsere gestrige Mahlzeit endete bedauerlich abrupt.«

Simon verzieht keine Miene, während er nickt. Liliane Wandler scheint sich wohl für unschlagbar zu halten, nachdem sie ihren Exmann und ihren Vater zu weiteren Delikten überredet hat.

In der Veranda sind zwei Tische gedeckt. Der kleinere ist mit Resten eines hastigen Frühstücks bedeckt, auf dem größeren warten ein Brötchenkorb und Thermoskannen aus Plastik, die nicht zu Hermine passen. Die Wirtin hat stets Wert auf frisch gebrühten Kaffee und Tee gelegt. Heute hatte sie anscheinend Wichtigeres zu tun.

Auf einem Teller entdeckt Lilli eine an sie adressierte Botschaft. Sie entfaltet sie ein wenig nervös, während Simon ihre Tasse füllt. Tee strudelt aus der Kanne. Der Brief ist von Leopold. Liliane liest.

Mein liebes Kind,
bitte verzeih meine Abwesenheit am Frühstückstisch. Ich wollte rasch los, um einige Besorgungen zu machen. Frau Tressewitz hat sich spontan angeschlossen und will

mir die malerischen Seiten Rügens zeigen, von denen sie behauptet, es gäbe genügend, um Monate hier zu verbringen. Ich muss sie bislang übersehen haben und bin – in Anbetracht meiner künftigen Aufgabe – gespannt.

Dieser sture Halunke will ihr ein Schnippchen schlagen! Na warte, Vater, du kennst die neue Lilli nicht.

Übrigens ist Charlotte bei uns. Sie sagt, sie hätte solche Sehnsucht gehabt, dass sie sich entschlossen hat, uns zu folgen. Ich nehme sie mit und werde ein Auge darauf haben, dass sie keine Dummheiten ohne uns anstellt. Ehrenwort! Ruhe du dich gründlich aus bis heute Abend.

Charlotte hier! Unmöglich!

Hermine will mich einem Restaurantbesitzer vorstellen, der sich gestern um Charlotte gekümmert hat. Vittorio soll einen vorzüglichen Kaffee servieren – so Hermine – und »voll krasse Lasagne«. Ich nehme an, du ahnst, von wem diese Aussage stammt!

Bis später,
dein dich liebender Papa Leopold

Lilli starrt auf den Brief. Ihre Energie fällt in sich zusammen wie Hefeteig im Windzug. Sie hat nur noch einen Gedanken.

Charlotte ist *hier?*

Das muss sie wohl, wie Lilli an dem gestrichelten Männchen erkennt, das unter die Notiz gekrakelt ist. Das Männchen macht einen Kussmund, hat zwei linke Hände, einen halben Fuß zu wenig und soll ein Selbstporträt sein.

»Sorry, dein Lottchen«, steht darunter, dabei hasst Charlotte ihren alten Kosenamen. »Bin doch nicht mehr dein Baby, Mom.«

O doch, das ist sie, das wird sie immer sein. Liliane wird ganz eng ums Herz.

Hektisch überfliegt sie das Schreiben ein zweites Mal. Schon wieder ein Tag, der mit einer Überraschung beginnt. Charlotte auf Rügen. Das Kind darf auf keinen Fall Zeuge werden, wie ihre Mutter zur Kriminellen wird. Lilli beißt sich auf die Unterlippe. Sie ist doch nicht so frei, wie sie sich fühlt. Oder eiskalt. Sie weiß nicht warum, aber bei diesem Gedanken steigen Tränen in ihr hoch. Der Brief segelt zu Boden. Simon hebt ihn auf.

»Interessante Zeichnung. Scheint so, als habe Ihre Tochter kein künstlerisches Talent geerbt.« Er reicht ihr den Zettel und erhascht einen kurzen Blick in feucht blinkende Augen. Seinen Instinkten und nicht seinem Plan folgend, beugt er sich über Lilli, doch die wendet sich ab.

»Was ist mit Ihnen? Schlechte Nachrichten?«

Lilli holt tief Luft, vorbei an dem Kloß, der ihr im Hals steckt und für Reibungswiderstände und ein röchelndes Geräusch sorgt.

»Brauchen Sie wieder eine Plastiktüte?«

»Wie?«

»Sie sehen, mit Verlaub, mal wieder panisch aus. Sie können auch in die Brötchentüte atmen. Hier.«

Dieser penetrante Gentleman-Imitator hat ein unfehlbares Talent: Er macht sie wütend, ohne dass sie Tabletten schlucken muss. Fast muss man ihm dankbar sein.

»Lassen Sie das bleiben.«

»Was?«

»Die Samariterrolle. Ich brauche keine Hilfe. Die Welt ist nicht voller Prinzessinnen, die vor dem bösen Drachen gerettet werden müssen. Sie sind im falschen Film unterwegs.«

Simon erstarrt. Wow, das war deutlich. »Glauben Sie mir, ich bin der Letzte, der Sie für eine gefährdete Prinzessin halten würde. Und mit einem Drachentöter verwechsle ich mich sicher nicht.«

Vielleicht war ich etwas zu deutlich, denkt Lilli. Diesen Mann sollte sie sich nicht zum Feind machen.

Warum denn das nicht?

Weil er Kunstexperte ist.

Nur deshalb?

»Verzeihung, Mister Stepford, aber dieser Brief hat mich verärgert. Meine Tochter ist auf eigene Faust hinter mir hergereist. Sie hat in letzter Zeit einen bedenklichen Unternehmungsgeist.«

Simon greift nach einem Croissant. »Wie etwa beim Verkauf von Picassozeichnungen?«

Liliane fasst sich und übt ihre kalte Verbrechermiene. »Ich habe heute frei und möchte nicht über Kunst – egal von wem – reden.« Energisch zerteilt sie ein Brötchen, bestreicht es großzügig mit roter Marmelade und beißt hinein.

Simon betrachtet sein Croissant. »Welches Thema, das uns beide brennend interessieren könnte, schlagen Sie dann vor?«

Liliane schluckt und tupft sich Marmelade aus den Mundwinkeln. Es ist an der Zeit, diesen penetrant neugierigen Kerl in Grund und Boden zu flirten. Um Charlotte wird sie sich später kümmern.

»Mister Stepford, haben Sie für heute schon Pläne?«

Na ja, bisschen schlichte Vorgehensweise, aber Simon scheint sofort von der Kunst abgelenkt. Er nippt an seinem Tee und schaut kurz zum Strand hinüber. Lilianes Blick folgt dem seinen, und sie versinkt ebenfalls im Postkartenblick. Sieht täuschend echt nach Urlaub aus. Die Insel und der Mann.

Wie bitte?

Vielleicht sollte sie sofort eine von den Tabletten nehmen? Nein, entscheidet Lilli, das hier ist kein Notfall, mit einem neugierigen Kunstgutachter wird sie auch so fertig.

Das Meer schaukelt weiße Boote. Segel winken wie Taschentücher. Die kräftigen Winde der vergangenen Nacht haben die Wolken verjagt und Kreide aus den Steilklippen geschwemmt. Das Wasser leuchtet dank der Kalkbeimischung karibisch.

Es ist schade, dass man diese Herrlichkeit nicht genießen kann, sondern sich mit Verbrechen rumschlagen muss. Denkt Simon.

Lilli denkt dasselbe. In ungewohnter Eintracht schweigen sie eine Weile. Schweigen gern. Graf setzt seufzend seine Teetasse ab, bevor es zu gemütlich wird.

»Was ich vorhabe? Nun, eventuell besuche ich das Gartenhaus, um weitere Schneckenzeichnungen zu begutachten. Vielleicht findet sich ein unterschätztes Exponat darunter, das ich Frau Sammering heute Abend präsentieren kann. Ich würde ihr gern meine Spürnase unter Beweis stellen.«

Alarmiert schaut Lilli von ihrem Teller hoch. »Sie wollen ins Gartenhaus?« Mist, klang das atemlos. Der Kerl ist keineswegs abgelenkt, sondern setzt weiter Nädelchen, um sie zu quälen. Und er weiß, wo es wehtut, scheint den siebten Sinn zu haben. Sie beißt die Zähne zusammen.

»Heute ist Samstag, das Gartenhaus wird geschlossen sein. Doktor Feindorn hat es nicht gerne, wenn man in der Sammlung herumkramt und sie durcheinander bringt.«

Simon grinst. »Ich nehme an, das kann er selbst am besten. Aber keine Bange, ich finde mich ohne ihn oder Sie zurecht. Falls ich ins Gartenhaus hereinkomme. Vielleicht hätten Sie einen Tipp für mich, wie man das außerhalb der Öffnungszeiten macht? Sie haben doch sicher jederzeit Zugang.«

Verflixter Kerl. Immer diese Anspielungen. Was, wenn er die zertrümmerte Scheibe entdeckt oder die Vitrinen inspiziert? Ist der Sisley hinreichend versteckt? Und wo treiben sich die Irren herum, die Leopold und sie gestern im Wald gesehen haben?

Lilli beugt sich mit klopfendem Herzen über den Tisch und wirft ihm einen – wie sie hofft – intimen Blick aus halb geschlossenen Augen zu. Ein Haar schlüpft unter ihr linkes Lid und sticht gemein. Sie muss blinzeln und ihre Serviette benutzen, um den Störenfried loszuwerden. Egal, weiter so.

»Finden Sie nicht, dass Sie übertreiben? So entsetzlich pflichtbewusst! An einem Samstag sollten Sie ausspannen, Spaß haben. Zum Beispiel mit, hm, mir. Das könnte doch sehr unterhaltsam sein.«

Simon fixiert sie mit Wolfsaugen. »Daran zweifle ich nicht. Übrigens, Sie haben Marmelade über dem Auge.«

»Oh.« Sie greift zur Serviette und reibt sich durch ihr Gesicht.

Simon schüttelt den Kopf.

»Jetzt sehen Sie aus wie eine Schwerverletzte. Lassen Sie mal den Drachentöter ran.«

Er nimmt eine frische Serviette. Liliane zuckt zurück, als seine Hand ihr Kinn berührt. Er umklammert es sanft, während er mit dem Stoff über ihre Wangen streicht. Lilli wird heiß. Vor Zorn natürlich. Fehlt nur noch Spucke, damit sie sich wie ein Kleinkind fühlt. Als Simon loslässt, schnellt sie zurück.

»Was fällt Ihnen ein! Lassen Sie mich in Ruhe.«

»Es ist wirklich schwer, es Ihnen recht zu machen, eben laden Sie mich ein, den Tag mit Ihnen zu verbringen, und dann behandeln Sie mich wie einen aufdringlichen Verfolger. Für eine Version sollten Sie sich langsam entscheiden, Frau Wandler.«

Liliane ringt um Fassung. Warum fühlt sie sich nur immer wieder ertappt von Herrn Stepford?

»Ich habe es nur nicht gern, wenn man mich anfasst.«

Simon hebt ganz leicht die Brauen. Fragend. Verflixter Kerl.

»Ich dachte nur, bis zur Soiree auf Seelitz ist viel Zeit. Wir könnten uns also einige der Sehenswürdigkeiten anschauen, die Sie gestern erwähnt haben.«

»Sehenswürdigkeiten, hm.« Klingt nicht sehr interessiert.

Lilli fährt sich mit der Zungenspitze über die Oberlippe und bleibt an einem Brötchenkrümel hängen. Verstohlen tupft sie ihn mit der Zunge auf und befördert ihn in ihren Mund. In Sachen Körpersprache der Verführung ist sie unter *Bravo*-Niveau. Charlotte wäre mal wieder entsetzt. »So wird das nie was, Mom«, hört sie ihr Herzblatt maulen.

Erstaunlicherweise ist sie trotzdem erfolgreich.

Simon hebt jetzt geradezu verzückt die Brauen. »Nun. Ich könnte mir keinen Menschen vorstellen, mit dem ich meine Zeit bis heute Abend lieber verbringen würde. Lieber wäre mir allerdings ein Ausflug in die Natur! Ruhe und Einsamkeit. Das Wetter ist wundervoll.«

Nur das nicht. In keinem Fall Idylle und Stille. Rügen ist in dieser Hinsicht ein gefährliches Pflaster. Man kommt so unverhofft zu sich selbst.

»Also, dazu habe ich eigentlich keine Zeit.«

Simon hebt wieder die Brauen.

»Ich meine«, fügt Lilli hastig hinzu, »mir fällt eben ein, dass ich mir ein Kleid kaufen muss.« Was redet sie denn da? Augen zu und durch. »Für heute Abend. Die Soiree. Ich dachte, es würde Ihnen Spaß machen, mich zu beraten.«

Simon bestaunt sie mit Stahlblick.

Mist, der durchschaut sie. Was auch sonst, sie sieht nicht nach einem notorischen Fashion-Freak aus in ihren H&M-Jeans und Wollpullover. Simon lehnt sich zurück, sein Korbstuhl knarrt.

»Was für ein hübscher Vorschlag. Viel interessanter als Natur und Sehenswürdigkeiten. Ich schaue Frauen gern beim Umziehen zu. Man erlebt mitunter erstaunliche Verwandlungen.«

Sie will ihn also mit der Zurschaustellung ihres Körpers von der Fährte abbringen. Ist das billig. Ihm ist ihr hübscher Po, der sich in den Jeans deutlicher abzeichnet als unter dem Kostüm von gestern, herzlich schnuppe. Erst recht, wenn sie damit beim Gehen wackelt, wie jetzt, während sie die Veranda verlässt, um ihre Tasche zu holen. Sehr aufdringlich! Was hat er nur je an dieser Frau interessant gefunden?

Nichts natürlich. Oder, na ja. Ihre verhuschte Unschuldsnummer ist raffiniert, man muss zweimal hingucken, bis man sie durchschaut. Als Vampkopie hingegen ist sie eine Sechs.

»Ein Kleiderkauf dauert aber sicher keinen ganzen Tag«, ruft er Lilli hinterher. »Wenn es Ihnen recht ist, würde ich danach gern etwas nach meinem Geschmack unternehmen. Mit Ihnen.«

Liliane dreht sich im Gehen um. »Und was soll das sein?«

»Eine kleine Überraschung. Oder haben Sie Angst vor kleinen Überraschungen?«

»Nein«, beteuert Liliane und stößt mit der Nussbaumkredenz im Salon zusammen.

»Aua.« Sie reibt sich die Hüfte und wirft dem Möbel einen zornigen Blick zu.

»Hat das wehgetan?«, ruft Simon von der Veranda aus herüber und erhebt sich.

Lilli antwortet nicht. Sie starrt auf den leeren Fleck Tapete über der Anrichte. Es ist ein heller, rechteckiger Fleck, und am oberen Rand ragt ein Bilderhaken hervor.

Verfluchter Leopold! Er hat wirklich schon angefangen – ohne sie und unter den Augen der hellsichtigen Hermine. Nervös fingert sie nach der Notfalltablette in der Hosentasche. Wenn sie nur ihren Verfolger los wäre.

Der ist kaum drei Meter hinter ihr und steuert auf die Anrichte zu. Liliane wendet sich zu ihm um, schluckt das Dragee und verstellt ihm, so gut es geht, den Blick auf die Wand.

»Was machen Sie da?«

Lilli fasst sich an den Kopf, taumelt ihm mit ausgestreckten Händen entgegen.

»Ich, ich glaube, ich habe mir doch wehgetan.«

»Wo?«

»Am Kopf«, stöhnt Lilli und lässt sich in Simons Arme fallen, presst ihre Locken an seine Brust.

»Erstaunlich, wo Sie Ihren Kopf haben. Bei anderen Menschen sitzt er auf dem Hals und nicht an der Hüfte. Und sagen Sie jetzt nicht, Ihnen sei wieder schwindelig!«

»Ich fühle mich fantastisch«, murmelt es an seiner Brust.

Es ist wahr. Liliane wundert sich, steht da und atmet den Mann ein. Der Mann lässt sie nicht los.

Schließlich will er diese Betrügerin in die Enge treiben und in keinem Fall aus den Augen lassen. Sie ganz fest an sich zu drücken ist der perfekte Anfang. Simon starrt auf das wilde Lockengewühl hinab und Lilli, die sich fest an ihn drückt. Und eben hat sie noch behauptet, sie ließe sich nicht gern anfassen.

Gefällt ihm nicht. Ganz und gar nicht. Diese Frau ist ein einziges Schleudertrauma. Kaum glaubt man, sie im Griff und durchschaut zu haben, ist sie wieder wie ausgewechselt. Er sollte sich davon losreißen.

Sein Handy gibt ihm die Gelegenheit und meldet sich summend. Simon schiebt Lilli von sich weg. Dann angelt er sein Handy aus der Tasche, will auf Empfang drücken, als sein Blick auf die im Display aufleuchtende Nummer fällt. Eine englische Nummer, die er mal auswendig konnte. Valeries Nummer. Das darf nicht wahr sein.

Entschlossen drückt er das Gespräch weg und schaltet den Apparat aus. Das muss ein Wink des Schicksals sein. Eine Warnung vor den falschen Frauen.

Lauernd betrachtet er Lilli, die sich etwas hilflos ihren Mantel überstreift. Sieht auch aus, als könne sie kein Härchen trüben und kein Wässerchen krümmen.

Wie bitte? Verflixte Miss Wandler, bringt einen völlig durcheinander.

33

Isolde stolziert mit hochgerecktem Ringelschwanz voran. Sie stört sich nicht an Schummerlicht, feuchten Flecken und Mauerschimmel. Ihre zitternde Nase hat Witterung aufgenommen. Wild schnüffelnd bleibt das Schwein in einem Winkel neben einer Eisentür stehen, schabt und quietscht und triumphiert.

»Die Biester scheinen nicht nur bei der Trüffelsuche nützlich«, bemerkt Edwina und arbeitet sich stockschwingend durch das Mauergewölbe voran. »Bin gespannt, was es jetzt entdeckt hat. Die Schimmelkolonie hinter der Esszimmertäfelung war ein Volltreffer. Dafür ziehe ich zwanzigtausend Euro vom Kaufpreis ab.«

Alida folgt mit gerümpfter Nase und dicht an den Körper gepressten Armen. »Das war Zufall. Glauben Sie mir, das Schwein ist saudumm.« Und hinterhältig. Die Schimmelkolonie war der dritte Schandfleck, den Isolde für Edwina im Haus aufgespürt hat.

»Saudumm? Immerhin war das Tier klug genug, um sich bei Ihnen als Schoßtier einzuschmeicheln.« Und dazu muss einiges gehören, wenn man sich dieses kosmetische Kunstprodukt von Frau anschaut.

»Das Schwein gehörte meinem Mann.«

»Der muss sich sehr nach Liebe gesehnt haben, wenn er sie bei Isolde gesucht hat.«

Alida antwortet nicht, ihr Blick ist auf einen matschigen Haufen gerichtet, den das Schwein umtänzelt. Igitt, was ist denn das?

Edwina stupst ihren Stock hinein.

»Eine Ratte!« Sie dreht sich zu Alida um. »Ein stubenreines Hausschwein nehme ich hin, aber das hier geht zu weit. Wie können Sie Ungeziefer auf Seelitz zulassen? Früher gab es nie Ratten im Haus – weder tot noch lebendig. Wenn das so weitergeht, ziehe ich noch einmal zehntausend ab, womit wir bei einem Kaufpreis von 650 000 Euro wären, die Löcher in der Treppe nicht mitgerechnet.«

Alida verzieht empört ihre Schlauchbootlippen. »Die Ratte ist eine Ausnahme. Dieses verfluchte Schwei…, also, Isolde muss sie reingeschleppt haben. Erst gestern hat sie mir eine vor die Schlafzimmertür gelegt. Irgendwer muss sie darauf dressiert haben.«

Edwina schüttelt den Kopf. »Dann ist die Ratte also keine Ausnahme! Und schieben Sie die Schuld nicht auf das Schwein. An beißenden Hunden sind auch die Besitzer schuld. Als Tierfreundin müssten Sie das wissen und Ihr Schwein verteidigen.«

»Ich finde, wir sollten Herrn von Krolow hinzuziehen. Er kann Ihnen weit mehr über den Zustand des Hauses sagen. Er hat das Gut schätzen lassen und kennt jeden Winkel.«

»Und ich kenne Herrn von Krolow und seine Wertvorstellungen. Meine Güte, es ist erbärmlich, wie Sie das Haus haben verkommen lassen. Die Leitungen hier! Wer hat denn die verlegt?«

Sie angelt mit der Stockspitze nach einem frei hängenden Kabel über ihrem Kopf.

»Das müssen die Sozialisten gewesen sein«, verteidigt sich Alida, obwohl sie die Alte am liebsten hinauswerfen würde. Geht aber nicht, sie soll diese Ruine schließlich kaufen und scheint weniger vertrottelt, als von Krolow ihr weismachen will. Jeden Winkel des Hauses inspiziert sie mit der Genauigkeit eines Drogenfahnders, der einen Tipp bekommen hat. Im Küchentrakt hat sie Tapete abgepellt und Mauerschwamm entdeckt – dank Isolde.

»Die Sozialisten? Meine Liebe, erst beschuldigen Sie ein Schwein als Rattenfänger, und jetzt reden Sie sich mit DDR-Schelte heraus. Als Witwe eines Wurst- und Eintopffabrikanten und Kapitalistin, die Sie sein möchten, gehört sich weder das eine noch das andere. Sie hätten hier längst alles in Stand setzen müssen. Ewald Sammering hat doch ein Vermögen gemacht. Erbsensuppe geht immer.«

»Mein Mann hatte nach seinem Rückzug aus der Firma höhere Interessen.«

»Sie meinen Schweine?«

»Nein, seine Kunstsammlung. Die hat ihn viel Geld und Arbeit gekostet.«

»Kann ich mir vorstellen, dass es Arbeit macht, Bilder und Antiquitäten derart verrotten zu lassen. Das, was ich im Esszimmer gesehen habe, ist reif für den Sperrmüll. So, und nun schauen wir einmal, was das Schwein noch entdeckt.«

Isolde liegt schnaubend und schmatzend vor einer Tür. Alida erkennt entsetzt, um welche Tür es sich handelt.

»Äh, das ist nur der Heizungskeller, der dürfte wohl kaum von Interesse sein.«

Edwina stößt die Tür auf. »Unsinn. Ein Heizungskeller ist von größtem Interesse. Schließlich will ich es warm haben. Ansonsten müssen Sie mit dem Preis noch viel weiter nach unten gehen.«

»Das Heizsystem ist neu, oder glauben Sie, dass ich jemand bin, der freiwillig friert?«

Edwina lässt ihren Blick über den dünnen Seidenkimono fahren, den Alida trägt. »Man könnte den Eindruck gewinnen, meine Teuerste!«

Sie drückt einen Lichtschalter und steht vor einem Allesbrennerofen, in dem es knackt und zischt. Chemische Gerüche liegen in der Luft. Isolde zieht sich mit gerümpfter Steckdosennase in den Gang zurück.

»Meine Güte, womit heizen Sie denn? Riecht wie Terpentin und Lack.«

Alida schweigt. Erstens weiß sie nicht, womit das Haus gewöhnlich beheizt wird, schließlich erledigt das der Hausmeister, und zweitens verbrennt in dem Ofen gerade das Gartengemälde von Sisley. Friede seiner Asche.

War verdammt schwer, das sperrige Ding durch die Klappe zu schieben, aber insgesamt die beste Idee, um es verschwinden zu lassen, damit heute Abend alles nach einem Diebstahl aussieht, den mehrere Kunstexperten bezeugen werden. Krolow hat ihr mitgeteilt, dass sogar Leopold Wandler zur Soiree kommen wird.

Alida ist um sechs Uhr aufgestanden, um das Gemälde unbemerkt hinunter zu tragen. Leider war Edwina schon um sechs Uhr dreißig wach, angezogen und begierig auf eine Hausbesichtigung, weshalb dieser zähe Sisley anscheinend noch nicht vollständig eingeäschert ist.

»Können wir jetzt wieder nach oben gehen? Sie müssen doch irgendwas frühstücken.«

Edwina späht mit zusammengekniffenen Augen in alle Winkel des Raums.

»Das hat Zeit, ich bin kein großer Esser.« Ihr Blick flitzt durch den mit Elefantenhaut gestrichenen Keller. Nein, hier ist nichts, was auch nur entfernt an ein Versteck erinnert. Wäre ja auch zu simpel, ein Friedrichgemälde im Heizungsraum zu deponieren. Malte wird sich etwas Raffinierteres ausgedacht haben. So raffiniert, dass die bisherigen Besitzer es noch nicht entdeckt haben. Und sie auch nicht.

Wenn sie doch nur einen klitzekleinen Hinweis fände, bevor von Krolow den Schatz entdeckt! Der Aufschneider behauptet seit gestern, er sei sich sicher, das Bild demnächst zu finden. Da muss sie ihm zuvorkommen, bevor er den Preis des Hauses in die Höhe treibt.

Hermine müsste doch irgendeine Idee haben. Sie hat als Kind in jedem Winkel des Hauses gespielt und eine ähnlich verschrobene Liebe zum Versteckspielen wie Malte, auch wenn sie Maltes größtes Geheimnis nie durchschaut hat – armes Seelchen. Edwina seufzt verstohlen. Dass man immer alles allein machen muss. Hermine mag sie nicht anrufen, die macht einen ganz närrisch wegen Simon.

Alida zieht ihren Kimono enger um die Schultern.

»Wollen wir nicht wieder nach oben gehen? Ich muss für heute Abend noch jede Menge vorbereiten lassen. Wir haben lange keine Gäste mehr auf Seelitz gehabt. Ich hoffe, dass Vittorio und sein

Team bald eintreffen, um das Essen vorzubereiten. Außerdem muss der Speisesaal gereinigt werden.«

»Ich würde sogar behaupten, er muss von Grund auf renoviert werden.«

Alida übergeht den Einwurf, damit die Alte nicht wieder auf Preise zu sprechen kommt. »Frau Graf, ich habe keine Zeit mehr. Wenn ich nicht hinter dem Personal her bin, wird nichts erledigt werden.«

»Wenn Sie möchten, werde ich das Personal beaufsichtigen. Dafür habe ich ein Händchen. Mir macht es Freude, ein schwieriges Kommando zu übernehmen, und Freude ist bekanntlich ansteckend. Fragen Sie mal meine Mitarbeiter in Berlin.«

»Ich kann Sie doch unmöglich für mich arbeiten lassen.«

»Arbeit hält jung, meine Liebe. Das sollten Sie sich hinter die Ohren schreiben.«

Alida steht der Zweifel deutlich ins Gesicht geschrieben, und hinter ihren Ohren herrscht seit dem letzten Lifting drangvolle Enge.

»Aber Sie sind mein Gast.«

»Wie Sie meinen. Dann werde ich mal die traurigen Überreste des Parks in Augenschein nehmen. Sieht von meinem Fenster wie pure Wildnis aus. Die Gärtner haben Sie wohl auch nicht im Griff! Dabei ist das Grundstück das Wertvollste hier. Zumindest das, was Ihnen noch davon gehört. Der Wald bleibt ja wohl enteignet.«

Alida hat die Gouvernantenmanieren dieses Drachen reichlich satt.

»Mein Mann wollte ein ökologisches Biosphärendingsda aus dem Park machen.«

»Schnickschnack. Eine Ratte ist eine Ratte, und Unkraut ist Unkraut, auch wenn man neuerdings Wildkräuter dranschreibt. Steht das Gartenhaus eigentlich noch?«

Alleine könnte sie es einer gründlichen Durchsuchung unterziehen.

Alida versucht, ihren alarmierten Blick zu kaschieren. Verdammt, warum musste Krolow mit dieser neugierigen Person auftauchen und sie als Hausgast einquartieren?

Das Gartenhaus kann Alida unmöglich zur Besichtigung freigeben. Dort verstecken sich ihre Einbrecher bis zu ihrem Auftritt heute Abend. Bei Mondschein. Sie hat im esoterischen Jahreskalender nachgeschaut. Der Mond wird um zehn Uhr elf aufgehen, pünktlich zum Dessert. Ein idealer Zeitpunkt für einen Einbruch. Alle werden leicht besäuselt sein – Vollmond macht bekanntlich durstig. Sie muss Edwina bis dahin im Haus beschäftigen.

»Wenn ich es überlege, könnte ich Ihre Hilfe wohl doch gebrauchen, Frau Graf. Ihre Erfahrungen in der Personalführung sind sicher unübertroffen. Und ich, äh, habe noch einen Friseurtermin und muss ein Kleid abholen. Wenn es Ihnen also Freude macht, die Rolle der künftigen Gutsherrin einzunehmen, dann stehe ich Ihnen nicht im Weg.«

»Doch, das tun Sie. Sie versperren mir die Tür.«

Alida verlässt hocherhobenen Hauptes den Keller, die Absätze ihrer Pantoletten klappern im Gang. Edwina schaut sich ein letztes Mal im Keller um, dann schaltet sie den Ofen ab. Sie kennt sich mit Maschinen aus, und der Geruch ist einfach Besorgnis erregend. Lieber frieren als verbrennen. Dann übernimmt sie mit Verve das Kommando. Und mit Gesang.

»Auf, Christenmensch, auf, auf zum Streit. In dieser Welt, in dieser Zeit ist keine Ruh zu finden.«

Im Gang stimmt das Schwein ein. Alida, die am Aufgang zur Treppe wartet, seufzt erleichtert. Von Krolow hatte doch Recht, die Alte ist anstrengend, aber leicht unter Kontrolle zu bringen, wenn sie ihre Aussetzer hat, so wie gerade.

Jetzt hat Alida Zeit für ihre Wurfübungen. Es ist viel schwieriger, als sie angenommen hat, einen Tennisball so zu werfen, dass er die Laserschranke eines Alarmsystems kreuzt und es auslöst.

34

Simon shoppt mit Begeisterung. So als gälte es, das Wort Kaufrausch neu zu definieren und Lilli mit einem Ferrari rechts zu überholen. Fünf Boutiquen liegen hinter ihnen. Gekauft haben sie noch nichts. Weil Simon an jedem Kleid, das sie anprobiert, etwas auszusetzen hat. Zu lang, zu schwarz, zu bunt, zu weiß und immer zu brav und einfallslos. Sie kommt sich vor wie ein Ausstellungsstück, und so genau wollte sie ihren Körper noch nie von einem Mann taxieren lassen. Noch dazu von einem Kunstexperten. Besser, sie hätte sich direkt auf seine Ausflugsideen eingelassen. Schlimmer als das können sie nicht sein.

Mister Stepford scheint sie für die Königin der Luxuszicken zu halten, deren Geschmack äußerst wählerisch ist. Zumindest behandelt er sie so. Dabei könnte sie sich momentan höchstens einen Jeansrock von Ernstings family leisten und braucht ein Abendkleid so dringend wie eine Halsentzündung.

Alida Sammering ist keine Gastgeberin, die Wert darauf legt, dass ihre weiblichen Besucher sich hübsch anziehen. Mit Lillis strengen Kostümen und der Möglichkeit, vernichtende Kritik daran zu üben, war sie bislang mehr als zufrieden. Und Lilli auch.

Es ist die reinste Folter, ausgerechnet von Simon Stepford an ihre Weiblichkeit erinnert zu werden. Der Mann besitzt die Frechheit, sogar Dessousläden in Augenschein zu nehmen. Ganz nackt kommt sie sich dabei vor und ist in Sachen Flirtversuche ins Hintertreffen geraten.

Außerdem begeht man Bilderdiebstähle nicht in erotischer Garderobe, findet sie. Es sei denn, man heißt Leopold und hält sich für den Hauptdarsteller einer Gangsterkomödie.

Mach dich locker. Du wolltest doch ein bisschen mehr wie er sein!

Liliane runzelt die Stirn, während sie mit Simon durch die Gassen hinter der Strandpromenade marschiert. Wie sie den echten Sisley aus dem Gartenhaus gegen den falschen in Alidas Schlafzimmer austauschen sollen, ist ihr immer noch nicht klar. Leopold hofft auf eine spontane Eingebung und sein Glück.

»Das hat mich bislang selten im Stich gelassen«, pflegt er zu sagen. »Wer Probleme gedanklich vorwegnimmt, vernebelt seine kreative Intelligenz und wird am Ende von ihnen überwältigt.«

Leopold ist der ewige Sextaner, der die Lateinaufgaben im Bus zur Schule vom Klassenstreber abschreibt – nein, kopiert.

Simon schlendert, die Hände in den Hosentaschen, auf ein holzgerahmtes Schaufenster zu.

»My goodness«, entfährt es ihm auf Englisch, während er sich in die Auslagen vertieft. »Ich glaube, hier finden wir etwas, das Ihrem Charakter entgegenkommt.«

Liliane seufzt. Zum Thema Mode fällt ihr nichts mehr ein, sie ist eben nicht Leopold.

Simon zerrt sie in den Laden. Ein elektronisches Glockenspiel läutet die ersten Takte von *La vie en rose.* Das ist auch der Name der Boutique, deren Schirmherrin die selige Barbara Cartland, Queen Mom des Liebeskitsches, gewesen sein muss. Lilli zwinkert kurzsichtig mit den Augen. Rosa, Violett und Pink in jeder Schattierung blenden die Eintretenden von Kleiderständern her und auf Regalen, in Form von Herzkissen und Parfümflakons, die undicht sein müssen. Hier riecht es sogar rosa.

Nie im Leben hätte Lilli einen solchen Laden betreten. Überall glitzern Pailletten, winden sich Chiffontücher um violette Kleiderpuppen in Bustiers und Miedern. Kaufen hier die Damen des Binzer Rotlichtmilieus? Falls es das gibt und sich nie über das neunzehnte Jahrhundert und rüschiges Moulin-Rouge hinausbewegt hat.

Lilli fährt mit der Hand verlegen über eine magentafarbene Plüschtasche mit Ohren, die auf einem Goldstuhl thront. Die Tasche schnappt nach ihrer Hand.

»O Chi-Chi, du böser Schlingel, du sollst die Mädchen nicht beißen«, näselt es hinter einer Wolke aus Federboas. Die Boas senken sich und enthüllen das Gesicht eines Jünglings, der sein Alter um den dreißigsten Geburtstag für immer verloren zu haben scheint. Der Lidstrich über seinen künstlichen Wimpern ist aus Pailletten geformt, die bei jedem Wimpernklimpern blinken.

Ein Blitzlichtgewitter geht auf Simon nieder. »Oh, wie reizend. So männlich. Womit kann ich Ihnen dienen? Etwas in Richtung Marlene Dietrich? Größe 54? Oder 56? Liege ich da richtig?«

»Ich würde sagen 38 bis 40, je nachdem, wie eng das Kleid geschnitten ist«, antwortet Simon und zerrt Lilli nach vorn.

Der Paillettenjüngling schürzt die Lippen. »Sie meinen, Sie wollen etwas für eine *Frau?* Wie ungewöhnlich.«

Simon wiegt grinsend den Kopf.

»Wie man es nimmt. Meine Begleiterin hat einen sehr extravaganten Geschmack.«

»Dann sind Sie hier goldrichtig. Ich bin neu hier und tue alles, um mich von der Konkurrenz abzuheben.«

»Äh, ich habe es mir anders überlegt«, mischt sich Lilli ein, die sich vom Anblick des rosa Plüschballs mit Hundehalsband noch nicht erholt hat. »Schließlich findet auf Seelitz kein Maskenball statt, und ich hasse alles, was nach Verkleidung aussieht.«

Simon packt sie hart beim Handgelenk und ummantelt sein Lächeln mit Stahl. »Tatsächlich?«

Ganz flau wird einem unter diesem magnetgrauen Blick. Lillis Knie drohen nachzugeben.

»Seelitz«, kreischt der Jüngling und greift nach Lillis anderem Arm, presst ihn gegen seine Glitzerbrust. »Sie gehen ins Schloss? Wie entzückend. Ich liebe Seelitz und diese kursierenden Storys um versteckte Kunst und Krieg und Flieger Malte und alten Adel. Das ist alles so romantisch, so kurz vor Königs. Keine Widerrede mehr, ich muss Sie anziehen. Sie sind eine Herausforderung für mich. Ein Naturkind und noch dazu so nackt.«

Wie bitte? Liliane schaut an sich herab. Der Jüngling kichert.

»Ich meine Ihr Gesicht. Bis auf diese falschen Wimpern. So lang trägt man sie momentan nicht.«

»Die sind echt!«

»Kaum zu glauben! Was für ein altmodisches Mädchen Sie sind. Man muss direkt an UFA-Filme und Schwarzweißkino denken. Ich liebe alte Filme. Sie könnten eine hervorragende Lilian Harvey sein oder – nein, warten Sie, hm, eine junge Jean Harlow. Dafür sollten Sie sich aber die Locken rausziehen lassen und blondieren. Ihre Shirley-Temple-Kringel sind so ohne jede Raffinesse.«

»Unterschätzen Sie die Dame nicht, mein Lieber.«

Simon hat einen durchsichtigen Schal von einer Puppe abgewickelt und hält ihn Lilli vor den Körper. Nein, keinen Schal, das soll eine Wickelbluse sein, registriert sie mit Entsetzen. Das geht zu weit. Was denkt er sich? Sie würde sich nie im Leben so zur Schau stellen. Vor ihm.

Simon schwenkt den Blusenschal, als wolle er sie zum Schleiertanz animieren.

»Das ziehe ich nicht an. Ich bin doch keine sechzehn.«

Sie fühlt sich plötzlich nur so. Wie ganz früher. Verschämt und überfordert mit der Tatsache, dass sie einen Busen und einen Po hat. Abwehrend hebt Lilli die Hände und macht ein paar Schritte nach hinten. Ein Stuhl verstellt ihr den Weg, und ihr Po macht Bekanntschaft mit Chi-Chis Zähnchen.

»Au!«

»Chi-Chi! Die Frau kann nichts dafür, dass sie ein Mädchen ist. Es scheint ihr selbst unangenehm. Meine Liebe, das muss ich wieder gutmachen. Bitte setzen Sie sich. Nein, nicht auf Chi-Chi. Hier ist noch ein Stuhl. Und Sie, Sie böser Junge, halten sich raus. Ein Naturkind steckt man nicht in transparente Babydolls. Ich bin gelernter Kostümbildner, vertrauen Sie mir. Sie hat zu viel von einer Käthe-Kruse-Puppe, dagegen muss man hart und gnadenlos angehen.«

Simon nickt langsam, und Lilli schämt sich immer mehr. Eine solch eingehende Beschäftigung mit ihrer Weiblichkeit ist sie nicht gewohnt. Wieso hat sie diesen Unsinn nur herausgefordert?

Der Boutiquebesitzer legt den Kopf schief und zupft an ihrem Pullover herum, zieht ihn im Rücken zusammen, bis er über ihrem Busen spannt.

»Im Theater nennt man das gegeninszenieren. Goethes Gretchen etwa sollte niemals blond sein. Zu unglaubwürdig. Das reinste Schmierentheater.«

»Ganz meine Meinung«, bemerkt Simon, schiebt die Federboawolke von einer Récamiere und nimmt Platz. Der Einkaufsbummel scheint ihm rasend Spaß zu machen, seit er die Führung übernommen hat. Liliane nestelt in ihrer Jeanstasche herum und will zur Tür flüchten. Der Boutiquebesitzer verstellt ihr den Weg und drückt sie zurück auf den Stuhl.

»Einen Moment. Rühren Sie sich nicht. Die Marilyn Monroe vom Kurhotel hat ihr letztes Kleid nicht abgeholt. Dummer Kerl, hat sich mit Steroiden voll gestopft, Muskeln entwickelt und seinen Busen verloren, nur weil die Zarah Leander vom Café Verkehrt auf männliche Formen steht. Jetzt passt Marilyn in das Kleid nicht mehr herein und ist ihren Job los. Aber für Sie wäre das Kleid goldrichtig, es ist so vollendet weiblich.«

Als er hinter einem klimpernden Perlenvorhang verschwindet, erhebt sich Lilli von ihrem Stuhl.

»Bitte, Herr Stepford, lassen Sie uns gehen. Ich will kein aufregendes Abendkleid. Wirklich nicht. Ich bin nicht der Typ für so etwas.« Sie wirft ihm einen flehenden Blick zu.

Simon legt entspannt einen Arm über die Rücklehne der Récamiere.

»Ach ja? Was für ein Typ sind Sie denn dann? Es scheint, Sie haben Schwierigkeiten, sich eindeutig festzulegen.«

»Ich, mir, also«, Lilli fährt sich durch die Locken. Kriminell zu werden ist höllisch anstrengend, wenn einem jemand wie der dabei zuschaut. Sie seufzt.

»Ich gehöre hier nicht hin. Ich bin eine Versicherungsvertreterin.«

Und eben keine waschechte Wandler. Leopold würde sich um

Situationen wie diese reißen und wahrscheinlich sogar Kleider anprobieren.

Simon belauert Lilianes Mienenspiel. Interessant. Da ist er wieder, dieser gehetzte Unschuldsblick. Sie scheint zu merken, dass ihre Vampmasche bei ihm nicht zieht. Das ist beinahe schmeichelhaft, denn vorher scheint sie ihn für einen Deppen gehalten zu haben, den man mit einem Wackelpo abspeisen kann. Endlich erkennt sie den Gegner in ihm.

»Ich glaube, dass in Ihnen etwas ganz anderes als eine Versicherungsvertreterin steckt.«

»Nein, nein, auf gar keinen Fall«, wehrt Liliane ab.

Der Paillettenjüngling kehrt zurück. Diesmal durchschwebt er den Vorhang mit weit von sich gestreckten Armen, an denen glänzendes Silberlamee herabfließt.

»Das ist wie für Sie gemacht. Es verhüllt alles und verbirgt nichts. Wenn Sie das tragen, sind Sie eine Femme total mit der richtigen Prise Lolita. Sünde im Gewand der Unschuld. Na ja, in Ihrem Fall eher umgekehrt. Einfach perfekt, wenn auch ziemlich Neunzehnhundert, aber meiner Meinung nach sind da eine Menge Männer stehen geblieben. Die triumphale Rückkehr des berechnenden Luders zu Beginn des einundzwanzigsten Jahrhunderts ist der Beweis! Männer wollen benutzt und betrogen werden.«

Lilli wirft Simon einen verzweifelten Blick zu. Sie ist weder zweideutigen Flirtduellen noch eindeutigen Kleidern gewachsen. Warum hat sie vorhin nicht einfach ein vernünftiges kleines Schwarzes ausgesucht und Simon dann zu Sanddorntorte in ein Rentnercafé eingeladen?

Stattdessen hat sie versucht, ihn mit den Waffen einer Frau zu schlagen, die sie nicht zu benutzen weiß, und schießt sich mitten ins Herz.

Was hat ihr Herz hier zu suchen? Nichts. Gar nichts.

Mein Gott, das ist ein Notfall, aber das letzte Dragee hat sich in einer Falte ihrer Hosentasche versteckt.

»Nun, Frau Wandler, ich finde, das wäre das Richtige.«

Simon lacht sie mit allen Mitteln an: seinem Mund, seinen Grübchen, den magnetgrauen Augen. Lilli wendet den Blick ab. Das ist entsetzlich. Ein Albtraum. Dieser Kerl braucht kein Kostüm, um auszusehen, wie sie sich einen Verführer vorstellt. Einen Rhett Butler, den Roten Korsar oder Dornröschens Prinz im Kampf mit den Rosenhecken. Das will sie nicht. Nie mehr.

Simon Stepford mustert sie so scharf, dass ihr die Tränen kommen. Sie muss blinzeln, um den Wasserstand unter Kontrolle zu halten. O nein, wirklich geweint hat sie seit Jahren nicht mehr. Am liebsten würde sie sich in ihr altes Ich verkriechen und Alter Ego um Schützenhilfe anbetteln, aber beide gibt es nur noch als Puzzle. Nicht einmal die Brille hat sie zum Verstecken dabei. Sie fühlt sich entblößter, als sie in diesem Kleid aussehen würde.

Der Kostümschneider breitet den Stoffschlauch auf der Récamiere aus. Simon hebt die Augenbrauen und stößt einen Pfiff aus.

»Wollen Sie es nicht anprobieren? Es würde hinreißend an Ihnen aussehen. Wirklich.«

Anprobieren? Lilli würde es nicht einmal wagen, dieses Kleid zu berühren, aus Angst sich zu verbrennen. Es ist ein wunderschönes Kleid. Für eine Frau gemacht, die sich in ihrem Körper wohl fühlt und ihn zeigen will. Eine Frau, die sie nie war.

»Nun kommen Sie schon, das Kleid beißt nicht.«

Lilli wird trotzig. »Ich habe kein Geld dafür.«

»Dann werde ich es Ihnen kaufen. Mir liegt daran, Sie darin zu sehen.«

Wie blöd, wie unpassend, wie schrecklich, dass ihr dieser Satz Herzklopfen bereitet. Sie schiebt ihre rechte Hand in die Hosentasche, gräbt darin herum, entdeckt die Tablette und steckt sie schnell in den Mund.

»Schon wieder Vitamine? Wofür soll das Zeug denn diesmal gut sein?«, will Simon wissen.

Lilli guckt erschrocken. »Ich brauchte nur einen kleinen Muntermacher.«

»Muntermacher?«

»Der Kreislauf, Sie wissen schon, das ist auch ein Mittel gegen meine Schwindelanfälle.«

»Müssen Sie dagegen ständig etwas einnehmen? Mir würde es gar nicht gefallen, so viele Tabletten zu schlucken. Haben Sie es schon mit alternativen Heilmethoden versucht?« Oder mit der Wahrheit, setzt Simon in Gedanken hinzu.

»Nur weil Sie mir ein Kleid kaufen wollen, haben Sie nicht das Recht, so impertinente Fragen zu stellen. Sie wären der erste Mann, dem ich das erlaube.« Hastig setzt sie hinzu. »Ich meine, mir etwas zu kaufen.«

»Kleine Liebesbeweise von Männern sind Sie nicht gewöhnt?« Simons Stimme klingt spöttisch, während er seine Kreditkarte auf die Kassentheke legt.

Lilli wendet sich ab. Sie zwingt sich, an Clemens, das Brechmittel, zu denken und die Wut, die sie auf ihn hat. Eiskalte Wut. Sofort wird ihr wohler und ihr Kopf klar. Oder wirkt die Tablette? Egal, von einem Mann lässt sie sich nicht mehr in die Enge treiben. Nie mehr. Im Gegenteil.

Während der Jüngling das Kleid einpackt, gleitet sie neben Simon auf die Récamiere.

»Danke für das Kleid. Ich hatte allerdings gehofft, also …« Sie räuspert sich, senkt die Stimme zu einem heiseren Flüstern. Erstaunlich, wie fabelhaft sie das hinbekommt! Immer weiter so. »Sie würden mich am liebsten ohne es sehen.«

Simon steht auf wie von einer Reißzwecke gestochen.

»Machen Sie sich nicht lächerlich«, sagt er schroff.

Okay, er hat es mal wieder geschafft. Jetzt ist sie wirklich wütend.

»Ich habe nur versucht, Ihren Tonfall zu treffen, Herr Stepford. Aber der ist auch nur ein schlechter Witz. Ich habe nicht das geringste Interesse an Ihnen und wäre froh, wenn Sie einfach verschwänden.«

»Das klingt halbwegs ehrlich, würde ich sagen.«

»Das ist die Wahrheit.«

»Keine Bange, ich lege es nicht darauf an, Ihre Zuneigung zu erwerben. Wenn Sie wollen, werde ich mich für den Rest des Tages mit der Gesellschaft von Schnecken begnügen.«

Lilli springt aus dem Sofa, packt ihn beim Arm.

»Kommt nicht in Frage. Sie haben mir noch eine Überraschung versprochen.«

Wusste er es doch. Jetzt versucht sie es wieder mit dem Bettelblick. Am liebsten würde er sie übers Knie legen.

35

Simons Jaguar rappelt über Buckelsteine durch die Sassnitzer Hauptstraße. Vorbei an einem Shoppingcenter, das sich Rügen-Galerie nennt und in Duisburg nicht anders aussähe. Lilli schaut nach links und entdeckt die Ostsee, für die man keine Fantasienamen erfinden muss, damit man weiß, worum es sich handelt.

Rauverputzte Häuschen schieben sich in Lillis Blick. Rechter Hand ist ein Woolworth fehl am Platz. Nebenan schämt sich ein Reetdachhaus für diesen Nachbarn. Weiter hinten bröckelt klassizistischer Stuck. Birkentriebe wachsen aus verbretterten Fenstern. Schräg gegenüber spreizt sich die Sparkasse als postmoderner Klinkerbau. So als wolle er den alten Häusern und Kunden Schuldgefühle machen. Das ist die Rache des Hässlichen am Schönen, denkt sie.

Frischer Asphalt schluckt an diesem Punkt das Reifengeräusch. Sie nehmen eine Linkskurve, vorbei an einer roten Backsteinkirche, die auf grünem Hügel thront und mit Schlichtheit triumphiert.

Lilli arbeitet sich im Sitz nach oben und lächelt schief der Kirche zu. Die Kirche lächelt zurück. Gott, ist sie froh, der Boutique und der Kleideranprobe entkommen zu sein. Stepford hat seine Flirtversuche völlig eingestellt und spielt den Gekränkten. Lilli entspannt sich.

Simon gibt Gas, um eine Steigung zu nehmen. Der Wagen schnürt den Hügel hinauf, taucht ab in den Nationalpark und die Wälder der Stubnitz. Hier kann man Stille betrachten, und die Geräusche haben Farben und die Farben Körper.

Alles ist so erstaunlich echt. Das Rascheln der Blätter ist hell-, nein, ockergelb, die Baumkronen rauschen lindgrün mit einem Stich ins Silberne, Wind pfeift in Königsblau. Die Sonne setzt Lichtsäulen zwischen ein Geländer aus Buchen und malt Inseln aufs Moos. Man bekommt Lust, spazieren zu gehen, merkt Lilli. Unbändige Lust. Auch wenn der Begleiter Simon Stepford hieße.

»Können wir langsamer fahren? Da vorne ist ein Waldweg, wo der wohl hinführt? Da steht's: Wissower Klinken. Können wir anhalten?«

»Ich habe einen Termin ausgemacht und möchte pünktlich sein.«

Aha. Der Weg scheint nicht sein Ziel zu sein. Er sieht aus, als sei dieser Ausflug eine Strafe für ihn. So steinern schauen sonst Ehemänner drein, die den Erlebnishunger ihrer Gattin übertrieben finden. Und so einer gibt das Naturkind, den Playboy, den Kosmopolit. Pah, was für ein Langweiler der in Wahrheit ist. Zieht einen Segelpullover an und hält das für Urlaub. Freizeit kann man doch nicht anziehen.

Sie passieren ein Hinweisschild zum Königsstuhl.

»Wollen Sie dahin?«, fragt Lilli erstaunt. »Nicht sehr originell als Überraschung.«

Aber Lust hätte sie, den Felsen einmal im Original zu sehen. Schon als Einstimmung auf Caspar David Friedrich. Ihr Vater hat Unrecht, man könnte durchaus ein heiteres Friedrichmotiv wagen. Hier auf Rügen. Die Kreidefelsen hat er frisch verliebt gemalt. Wenn sie sich anstrengt, bekommt sie das hin. Also das Bild, nicht das Verlieben.

Simon schüttelt missmutig den Kopf.

»Sie unterschätzen mich, Frau Wandler. Jemanden, dem Touristenattraktionen wie die Selliner Seebrücke und das Binzer Kurhaus zuwider sind, würde ich nicht mit dem Königsstuhl quälen.«

»Ich habe nie gesagt, dass mir das alles zuwider ist«, protestiert Lilli. »Im Gegenteil. Ich mag Rügen. Bis heute Morgen wusste ich gar nicht, wie sehr! Ich liebe es.«

»Dann bin also ich es, den Sie verabscheuen?«

Wie kommt der Mann auf solche Fragen?

In der Boutique deutet er Lüsternheit an, und jetzt täuscht er den Gefühlvollen vor. Normalerweise machen Männer das umgekehrt. Blödmann. Lilli schweigt, lieber denkt sie an Kunst, als auf seine Frage zu antworten. Hoppla, sie denkt ja gar nicht an Kunst, sie hat nur das übliche Herzklopfen.

Simon schweigt ebenfalls und denkt an Val. Ihre seidigen braunen Haare, den breiten Mund, die puppengrünen Augen. Moment mal? Puppengrün? Puppenaugen sind gewöhnlich blau. Val hatte blaue Augen. Oder war es mehr hellgrau? Zum Teufel, er kann sich nicht erinnern!

Egal, wie sehr er sich anstrengt, in seinem Kopf setzt sich ihr Gesicht nicht wieder zusammen. Locken pfuschen sich auf Valeries Kopf, der Kopf legt sich an seine Brust. Ihr Mund wird kleiner, bekommt eine Herzform.

Verfluchte Liliane Wandler, jetzt fälscht sie schon in seinem Gedächtnis herum. Dieses Frauenzimmer ist brandgefährlich, er hat sie unterschätzt – oder seinen Verstand überschätzt. Starr blickt er auf die Straße vor sich, schaut sich das alte Forsthaus nicht an, das Lilli unter Freudenrufen entdeckt. Er jagt durch ein Straßendorf, an Hügeln, Äckern und Pferdekoppeln vorbei. Er verschwendet keinen Blick an Alleen aus Kopfweiden oder das tuchblaue Meer, das vor dem Örtchen Lohme sichtbar wird. Dabei ist das Meer sein Ziel.

Simon bringt den Jaguar vor einem Hotel zum Stehen, dessen Terrasse über der See schwebt und mit einem »Fontane-Blick« wirbt. Liliane liest es mit Verwunderung. Als müsste man das dranschreiben! Der Ort ist auch ohne Dichterzitat magisch schön. Fern im Westen teilt Kap Arkona das Wasser.

Liliane springt wie elektrisiert aus dem Auto, läuft zu einem Begrenzungszaun, beugt sich darüber und staunt.

Sie zuckt zurück, als sich Simons Hand auf ihre Schulter legt und sie zurückreißt.

»Was soll denn das? Haben Sie das Warnschild nicht gesehen? Sie stehen mehr als zwölf Meter über dem Meer und unten nichts als Felsen.«

Lillis Blicke klettern vorsichtig die Steilklippe hinab, die unter ihren Füßen ins Meer abfällt. Dann rasch wieder hoch in Simons Gesicht, noch einmal hinab zum Ufersaum und wieder nach oben.

Kein Schwindel, keine Panik, stattdessen weich atmende Lungenflügel, die ihren Körper bis in die Zehenspitzen mit Seeluft und Glück vollpumpen. Da darf das Herz ruhig klopfen, wenn man sich so lebendig fühlt, wie neugeboren. Selbst, wenn der Zuhörer Simon Stepford heißt und Kunstexperte ist. Ihre Freude hat ja nichts mit Fragen der Kunst zu tun.

»Mir geht es wunderbar. Ich fühle mich federleicht. Ist das nicht erstaunlich?«

»In der Tat. Ich habe geglaubt, Sie litten an chronischen Schwindelanfällen.«

»Nicht, wenn ich meine Tabletten nehme.« Sie muss Doktor Valbinger wegen Nachschub anrufen. Die Dinger sind sensationell.

»Muss ja ein Wundermittel sein.«

Liliane nickt und betrachtet versunken das Meer. »Im Moment habe ich das Gefühl, ich könnte fliegen«, entschlüpft es ihr.

Simon runzelt misstrauisch die Stirn. »Ich dachte mehr an Segeln.«

»Mit einem Schiff?«

»Das ist gemeinhin üblich. Was genau ist übrigens in diesen sagenhaften Tabletten drin?«

Liliane stemmt die Hände in die Hüften. Jetzt wird der Mann wirklich lächerlich.

»Müssen Sie denn immer so ekelhaft zu mir sein und mich ständig wegen irgendwas verdächtigen? Ich bin doch keine Verbrech… Ich meine, ich tue doch nichts Verbotenes.« Noch nicht. Lilli seufzt. »Ich will mich nur entspannen. Endlich einmal entspannen, ohne an etwas zu denken. Ich hatte in der letzten Zeit genug Probleme.«

»Fabelhaft«, schnaubt Simon. »Genau wie ich. Kommen Sie. Der Hafen liegt dort unten.«

36

Die Kreidefelsen unter ihnen blitzen im Sonnenlicht, als habe die Natur die Röcke gerafft, um ihr Unterkleid vorzuführen. Oben säumen knospende Buchen die Felsen, schütteln ihre Kronen und werfen totes Laub ab. An lichten Stellen ist der Waldboden vom Violett der Leberblümchen gefleckt. Charlotte entdeckt in kurzer Entfernung ein Reh.

»Guckt mal, da ist Bambi. Ich werd nicht mehr. Hier gibt es echt Tiere.«

Quietschvergnügt heftet sie sich dem Reh an die Fersen. Der Waldboden federt wie ein Trampolin, wenn man über Wurzeln und Bäche springt. In den blauen Converse-Turnschuhen, die Opa spendiert hat, weil man so lange und einsam durch die Nacht reisen musste, um ihn wiederzusehen, kommt man doppelt weit. Wirklich cool hier.

Und Dad ist auch da, hat Opa gesagt, na ja, gegrummelt. Egal. Clemens ist auf Seelitz, was laut Hermine fast so etwas wie ein Schloss ist. Und da trifft er heute Abend mit Mom zusammen. So viel Sinn für Romantik hat sie ihrem Vater gar nicht zugetraut! Da kommt Tom Hanks nicht mit. Ist fast schon peinlich, aber bei Mom muss man schwerste Geschütze auffahren, wenn es um Liebe geht.

Kennt die sich eben nicht mit aus und gibt sich mit Märchenonkeln zufrieden. Wie diesem WOM-Verkäufer, der behauptet hatte, ein Orchester zu leiten, dabei hat er nur CDs gestapelt. Charlotte hat ihn dabei entdeckt und die Sache – also den Kerl – aus der Welt geschafft. In ihrem Liebesleben ist Mama ein hirnlastiger Nullchecker, dem man unter die Arme greifen muss. Hat nie kapiert, wie verknallt Dad noch ist oder vielleicht immer war.

Damit alles glatt geht, muss Charlotte heute Abend auf Seelitz sein. So als traurige Scheidungswaise. Nicht umsonst hat sie mit sechs Jahren *Das doppelte Lottchen* verschlungen. Als einfaches Lottchen muss sie sich natürlich mehr anstrengen, um ihre Eltern wieder zusammenzubringen, aber das traut sie sich ohne Weiteres zu.

Hermine und Leopold beobachten das hüpfende Kind, das dem Reh einen vollendeten Sehnsuchtsblick hinterhersendet.

»Man könnte meinen, dass sie viel, viel jünger als dreizehn ist«, sagt Hermine.

»Das kindliche Gemüt liegt bei uns in der Familie«, sagt Leopold. »Allerdings kann Charlotte auch anders. Man sollte sie nicht unterschätzen.«

»Man sollte Kinder und Menschen mit kindlichem Gemüt niemals unterschätzen, sie wissen mehr über die Welt als viele Erwachsene und fürchten sie weniger.«

Leopold nickt, das kommt seinen Ansichten nahe. Wie er findet, verblöden die meisten Menschen nach der Geburt zunehmend und verplempern die Weisheit, die jedem Baby ins Gesicht geschrieben steht.

Leopold und Hermine lehnen sich über einen Zaun, der den Klippenpfad sichert. Durch ein Fernglas, das sie abwechselnd benutzen, verfolgen sie ein Seeadlerpaar, das Flugschleifen in den Himmel malt.

Hermine seufzt. »Schön, nicht wahr?«

»Ich hätte längst einmal herkommen sollen«, sagt Leopold nach einer Weile. »Caspar David hat die Einsamkeit geschätzt.«

Er muss sich allerdings dringend andere Schuhe besorgen, wenn er es dem Künstler nachtun will. Fälschen hat für ihn viel mit Schauspielerei zu tun. Es geht nicht so sehr um das Bild, das man kopieren muss, sondern um die Person, die es gemalt hat.

Unwillkürlich nimmt er die Pose des einsamen Wanderers über dem Nebelmeer ein und dreht Hermine den Rücken zu. Friedrich hat Menschen vornehmlich von hinten gemalt. Der Einzelne verschwindet vor der Natur, das muss er üben.

Hermine nickt hinter ihm mit verhohlenem Stolz. Das ist ihre Insel. Ihr Rügen. Still, majestätisch, eine Naturgewalt, die einen unweigerlich in den Bann zieht.

»Sobald man sich etwas vom Königsstuhl wegbewegt, findet man all das, was viele Touristen vergeblich suchen.«

Leopold dreht sich um und lächelt versonnen. »Dann sollten wir diesen Touristen dankbar sein. Einsamkeit ist der Weg, auf dem das Schicksal den Menschen zu sich selber führen will.«

Hermine streicht eine tanzende Haarsträhne aus ihrem Gesicht. »Das haben Sie sehr schön gesagt.«

»Genau genommen war das nicht ich, sondern Hermann Hesse. Ich liebe Zitate.«

Seine Begleiterin wirft ihm einen verstohlenen Seitenblick zu. »Im Winter und im Frühjahr gehe ich oft allein hierher. Es ist beruhigend, einen Ort zu haben, an dem alles ungestört seinen Gesetzen folgt.«

Leopold nickt. »Ich kenne dieses Gefühl. Über meiner Galerie befindet sich ein Dachzimmer für meine Privatsammlung. Nirgends erlebe ich mehr Frieden und Muße. Große Kunstwerke atmen wie die Natur Überzeitlichkeit.«

Sehr gut, langsam kommt er in die richtige Stimmung. Neunzehntes Jahrhundert. Idealismus. Absoluter Geist. »Kunstwerke ermöglichen Entgrenzung ebenso wie Selbstfindung und entziehen sich den Gesetzen der Logik oder des bloß Sichtbaren.«

Hermine schweigt und hebt mit der Schuhspitze einen Ast an, unter dem sich ein Schneeglöckchen versteckt. Leopold wird ein bisschen hochtrabend. Die Pose des großen Denkers steht ihm nicht. Als Luftikus ist er ihr lieber.

Angenehme Frau, eine richtige Dame, denkt Leopold. Plappert nicht nur so herum, sondern hört zu. Macht Freude, mit ihr zu plaudern.

»Caspar hat einmal gesagt: ›Schließe dein leibliches Auge, damit du mit dem geistigen zuerst siehest dein Bild. Dann fördere zutage, was du im Dunkeln gesehen.‹«

Hermine zieht fragend die Brauen zusammen. »Caspar?«

»Oh, ich meine natürlich Caspar David Friedrich. Im Stillen neige ich dazu, die Meister zu duzen. Eine Vermessenheit, ich weiß, aber in meinen Hirnkammern versammele ich sie gern als Freunde. Eine Art Künstlersalon, wie sie um 1800 in Mode kamen.« Er tippt sich an den Kopf. »Die Gedanken sind frei.«

Lächelnd löst sich Hermine vom Zaun, schlendert ein paar Schritte über den schmalen Hochuferpfad. »Sie haben sich also eingehend mit Friedrich beschäftigt?«

»Ich beginne damit. Früher war ich mehr an den Impressionisten interessiert, aber wenn man so will, ist Caspar einer ihrer Urväter. Einer der Ersten, die gefordert haben, der Künstler solle malen, was er in sich sieht.«

Leopold breitet die Arme wie ein Orchesterchef aus und redet sich in Begeisterung. Scheint, als liege ihm die Romantik besser, als er geahnt hat.

»Das ungemein Erregende an ihm ist, dass er auf den ersten Blick ein brillanter Realist ist, seine Bäume rauschen, sein Wasser bewegt sich, seine Sonnen glühen dem Betrachter auf der Haut. Aber in Wahrheit hat er Landschaften gemalt, die ganz seiner Fantasie entsprangen. Es gefällt mir, Wirklichkeit als Illusion zu begreifen. Stellen Sie sich vor, seine berühmten Kreidefelsen sind in Wahrheit aus drei verschiedenen Perspektiven komponiert. Eine täuschend echte Erfindung! Eine geniale Sinnestäuschung.«

Mein Gott, er ist Caspar so seelenverwandt.

Hermine verbeißt sich ein Lächeln und zupft an einem Zweig herum. »Gibt es für Ihr Interesse an dem Romantiker einen besonderen Anlass?« Sie wendet sich um. Leopold ist ihr gefolgt, vorsichtig jede Pfütze meidend, die in den Bodendellen steht.

»Wir sind auf Rügen, Frau Tressewitz. Hier hat er gemalt, vielleicht von eben diesem Punkt aus. Oje, nun bin ich in eine Pfütze getreten.«

»Friedrich galt auf Rügen als armer Irrer. Wussten Sie das?« Hermine blinzelt schelmisch. »Die Fischer wussten so gar nichts mit dem Verrückten anzufangen, der bei Sturm in die Steilklippen stieg, sich unter Todesgefahr hinabhangelte und raunte: ›Das ist groß, das ist gewaltig‹. Für die Rüganer handelte es sich lediglich um Schietwetter.«

Leopold zuckt mit den Schultern, putzt seine Schuhe mit einem Tuch und runzelt die Stirn.

»Künstler müssen verrückt sein. Das ist ihr Job. Zumindest müssen sie der Welt so erscheinen. Ich habe mich ein Leben lang bemüht, neben der Spur zu laufen, aber leider hat es keinen großen Künstler aus mir gemacht. Ich muss mich mit der Rolle des demütigen Bewunderers, Händlers und Sammlers bescheiden. Zumindest halte ich Großes am Leben und im Gedächtnis der Welt.«

Hermine schmunzelt wieder. Demut und Bescheidenheit sind die letzten Eigenschaftsworte, die einem zu Leopold Wandler einfallen.

»Opa, ich habe einen Frosch gefangen! Willst du mal sehen?«

Charlotte schießt zwischen den Bäumen hervor, die Hände zu einer großen Walnuss zusammengefügt. In der Walnuss zappelt es.

»Nur das nicht«, bemerkt Leopold, »ich habe bereits Bekanntschaft mit dem Schlamm gemacht. Seine Bewohner üben keine Anziehungskraft auf mich aus.«

Hermine eilt auf Charlotte zu und betrachtet sachkundig den Fang.

»Das ist ein Springfrosch. Die haben wir früher eimerweise gefangen und lästigen Nachbarn in den Teich gesetzt. Wollen Sie ihn nicht anschauen, Herr Wandler? Er hat eine hübsche Zeichnung.«

Leopold schüttelt sich. »Nein danke, mein Interesse an Weichtieren hält sich in überschaubaren Grenzen. Charlotte, könntest du dieses Tier bitte entfernen.«

Seine Enkelin lässt den Frosch hüpfen und borgt sich bei Hermine das Fernglas aus.

Frau Tressewitz legt den Kopf zur Seite. »Friedrich schrieb einmal: ›Das Göttliche ist überall, auch im Sandkorn.‹«

Leopold ist verblüfft. »Sie beschäftigen sich *auch* mit Friedrich?«

»Ich habe seine Briefe gelesen, wenn Sie möchten, leihe ich Ihnen das Buch.«

»Aber unbedingt! Ich lerne gern dazu.«

»Vielleicht sollten Sie lernen, auch Frösche mit dem inneren Auge des Künstlers zu betrachten. Caspar David Friedrich hätte das getan.«

Erstaunlich diese Frau, wirklich erstaunlich, eine Lady aus Stahl, die die Klinge zu führen weiß.

»*Touché*, meine Liebe. Meine Tochter würde Ihre Ansicht sicher teilen. Sie hält neuerdings sogar Schnecken für Kunstwerke!«

»Und das ist Ihnen *zu* verrückt.«

Leopold schaut irritiert auf, der Hieb geht ihm ein wenig zu tief. »Wie meinen Sie das?«

Hermine senkt den Blick und zeichnet mit der Schuhspitze Kreise in den Schlamm. »Liliane ist die wahre Künstlerin in Ihrer Familie, nicht wahr?«

Leopold strafft die Schultern und tritt einen Schritt zurück, nimmt die *en-garde*-Position ein. »Das könnte sie sein, wenn sie malen würde.«

»Sie *malt* nicht?«

»Nein! Sie hat zu meinem großen Bedauern vor dreizehn Jahren damit aufgehört.«

Das klingt kategorisch. Hermine wundert sich und schweigt einen Moment.

»Und Sie?«

»Ich habe nie etwas anderes getan, als Meisterwerke zu entdecken und – mit meinen bescheidenen Mitteln – vor dem Verfall zu bewahren. Ich betrachte das als meine Lebensaufgabe. Es sollte Dinge geben, die die Zeit und unsere kleinen Schicksale überdauern.«

Hermine nickt und denkt an Malte und Seelitz. Kann dieser Leopold ein Schwindler sein? Er muss einer sein.

»Halten Sie mein Seestück für ein Meisterwerk?«

Charlotte erspart ihm die Antwort. Sie hat mit dem Fernglas eine Entdeckung gemacht.

»Opa, da unten ist Mom.«

Leopold reißt den Kopf herum. »Wer?«

»Na Lilli.«

Aufgeregt winkt Charlotte ihn heran, presst wieder das Fernglas an die Augen. »Auf einem Boot. Sie hat einen Mann dabei. Mannometer, den Kerl kenne ich sogar! Interessiert sich mächtig für unser Familienleben.«

Leopold nimmt seiner Enkelin das Fernglas ab. »Ich wusste gar nicht, dass Liliane segelt. Passt überhaupt nicht zu ihr.« Oder doch? »Und wer genau ist dieser Kerl?«

»Das muss Simon sein«, sagt Hermine und kneift die Augen zusammen, sieht aber nur ein schwankendes Schiff und zwei Punkte, die sich aufeinander zu bewegen.

»Und wer bitte ist das?«

»Simon Gra…, ich meine Stepford, ein Kunstgutachter von Sotheby's.«

»Und der will meine Tochter küssen?«

Charlotte schreit auf und entreißt ihrem Großvater das Fernglas. »KÜSSEN?« Charlotte stellt das Glas schärfer. »Mensch Opa, du träumst, der will sie nicht küssen, sondern ins Wasser stoßen.«

»Das kann nicht sein«, protestiert Hermine, »so etwas würde Simon nie tun.«

Oder doch? Herrje, so kann man doch kein Geständnis erzwingen.

37

Mit geschlossenen Augen presst Lilli sich in die harte Plastikbank, während sie mal vor, mal zurück, mal zur Seite schwankt, gegen ihren Willen nach oben hüpft und von sprühender Gischt benetzt wird. Die Gischt ist noch das Angenehmste. Genau wie der schneidende Wind, der aus wechselnden Richtungen um ihr Gesicht streicht und ihre Locken zerwühlt. Rasch schlingt sie ihre Mähne zu einem Knoten, atmet tief ein und drückt die Augen noch fester zu. Wenn sie nicht hinschaut, wird ihr auch nicht schlecht.

Ginge es nach Simon Stepford, soll es ihr anscheinend sehr schlecht gehen. Sie machen etwas, das er gegen den Wind kreuzen nennt und das mit vielen Wendemanövern verbunden ist, bei denen sie sich auf Kommando wegducken muss. Er ist ausführlich mit Wenden beschäftigt und scheint glücklich dabei.

Seit sie an Bord sind, hat sich seine Laune gebessert. Das fing an, als er sie über eine Holzplanke aufs Schiff tragen musste, weil das Brett nun wirklich nach Drahtseilakt aussah, während es auf und abgefedert ist, immer im Takt der Wellen.

»Nun kommen Sie schon, bei der nächsten Wende sind Sie der Hilfsmatrose. Sie müssen nur die Winsch bedienen.«

Vorsichtig hebt Lilli das linke Augenlid. »Die was?«

»Waren Sie noch nie auf einem Boot?«

»Ich konnte es bislang vermeiden.«

Simon nickt und sieht verboten zufrieden aus. Er will sie wirklich ärgern.

»Die Winsch ist die Kurbel dort. Wenn ich das Segel löse, tauchen Sie unter dem frei schwingenden Baum ab auf die andere Seite und drehen die Winsch, bis die Leine, die darüberliegt, stramm ist und Baum und Segel wieder fest stehen. Haben Sie das begriffen?«

»Ich bin doch nicht blöd.«

»Das habe ich nicht behauptet. Mit geschlossenen Augen dürfte es Ihnen allerdings schwer fallen, das Manöver durchzuführen.«

»Mit umgestülptem Magen erst recht.«

»Wenn Sie brav mitmachen, sind wir bald auf ruhigem Kurs, unter Land vor den Kreidefelsen. Wir müssen den Wind nur von hinten erwischen.«

Lilli starrt zweifelnd und gegen ihren Willen aufs Meer, das ständig die Richtung wechselt, mal oben und dann wieder unten ist. »Bis dahin bin ich tot.«

»Keine Angst, so weit werde ich es nicht treiben. Klar zur Wende?«

»Nein. Ich, ich habe keine Tablette mehr, und mir ist schwindelig.«

Lilli erhebt sich schwankend, klammert sich mit einer Hand an der Sitzbank fest und fingert mit der anderen nach dem Tablettenglas in ihrer Handtasche. Vielleicht hat sie ein Dragee übersehen. Vielleicht hilft das Zeug auch gegen diesen erschreckenden Anfall von Seekrankheit. Simon refft das Segel, um dem Boot Fahrt zu nehmen.

»Zum Teufel, sagen Sie mir endlich, was das für Tabletten sind.«

Lilli betrachtet enttäuscht das leere Glas.

»Das habe ich Ihnen doch gesagt. Sie beruhigen mich, machen munter und den Kopf klar. Sie haben mein Leben verändert.«

Simons Gesicht wird hart, er stellt das Ruder auf Autopilot, fixiert Lilli mit eisigem Blick. Das würde eine Menge erklären. Diese ständig wechselnden Launen, die Wutausbrüche, ihre Euphorie und ihren Hang zu Verbrechen. Drogensucht ist ein teures Laster.

»Was ist in den Dingern drin?«

Lilli zuckt die Schultern.

»Etwas völlig Harmloses, rein pflanzlich.«

Harmlos? Was die Leute sich immer für einen Unsinn einreden. Pflanzen sind nicht per se harmlos wie Gänseblümchen. Schlafmohn ist pflanzlich, Cannabis auch, und Kokain stammt vom Kokastrauch. Sogar Kartoffeln und Tomaten haben ein Rauschpotential.

»Wie viele von den Tabletten haben Sie heute schon eingenommen?«

»Eine, das wissen Sie doch.«

»Wenn ich richtig mitgezählt habe, waren es zwei«, sagt er streng, »Sie nehmen dieses Zeug ständig und behaupten, es helfe gegen Schwindelanfälle, beim Zusammenstoß mit Möbelstücken, Seekrankheit oder um sich zu beruhigen oder das Gefühl zu bekommen, fliegen zu können. Für wie blöd halten Sie mich eigentlich, Frau Wandler? Geben Sie mir das Glas. Nun machen Sie schon.«

Mit wiegenden Schritten kommt Stepford auf sie zu, das Boot schwankt im Gegentakt zu seiner Gestalt.

Lilianes Mund öffnet sich, schließt sich wieder, wird hart, gerät ins Schlingern und öffnet sich erneut. Sie klettert rückwärts über die Plastikbank auf die Deckplanken, klammert sich an die Reling, streckt ihm ein Bein entgegen.

»Die Wahrheit ist, dass Sie es keine Sekunde ohne Tabletten aushalten. Darum Ihre dauernden Lügen, Ihre Tricks, Ihre Verstellungen!«

Verfluchter Simon. Was weiß der über ihre Verstellungen? Nichts, er ist auf einer völlig verkehrten Fährte unterwegs.

Sie reißt das Gläschen hoch und hält es ihrem Verfolger mit zitternden Fingern, Mund und Augen unter die Nase.

»Ich habe nichts zu verbergen, Sie Idiot.« Jedenfalls nichts so Dummes wie eine Medikamentenabhängigkeit.

Simon prallt zurück. Jetzt sieht dieses Weibsstück doch wirklich verletzt aus. Zutiefst verletzt und überhaupt nicht schuldbewusst.

»Das ist ein rezeptfreies Beruhigungsmittel. Mein Arzt hat es mir gegeben. Lesen Sie das Etikett.«

Simon nimmt das Glas und liest. Komisch. Das sind tatsächlich keine Drogen, als Experte für Viehzucht kennt er sich hinreichend aus. Wenn man dem Aufkleber glaubt, handelt es sich nicht einmal um ein Medikament. Eher um ein Nahrungsergänzungsmittel. Das

Etikett muss eine Fälschung sein, oder sie hat die Drogen einfach in ein harmloses Glas gefüllt.

»Sehen Sie? Völlig harmlos«, triumphiert Lilli.

»Dann können Sie auch ohne die Tabletten auskommen.«

»Aber sie helfen mir. Ich bin ein ganz neuer Mensch, wenn ich sie nehme.«

Gewiss, denkt Simon. Dieser Täuschung unterliegt schließlich jeder Alkoholiker. Er holt weit aus und wirft das Glas über die Reling. In der Sonne glitzert es auf wie ein Leuchtspurgeschoss.

»Und jetzt kommen Sie runter da und fahren mit mir die Wende.«

Lilli sieht völlig verzweifelt aus. »Das kann ich nicht. Sie machen mir Angst.«

Sieht wirklich so aus, denkt Simon. Okay. Drogensucht ist ein mildernder Umstand. Beim Prozess wegen Betrugs und Bilderfälschung wird er zu ihren Gunsten aussagen. Die Frau braucht Hilfe. Er streckt die Hände nach ihr aus, umfasst ihre Arme, will sie an sich ziehen. Das ist ein Gebot der Nächstenliebe. Hätte er nie gedacht, dass es sich dabei um ein so starkes Gefühl handeln könnte.

»Ich will Ihnen wirklich helfen, glauben Sie mir. Sie brauchen keine Angst zu haben. Wir können über alles reden. Haben Sie das mal versucht?«

Liliane befreit sich aus seinem Griff, schiebt sich weiter von ihm weg, kauert sich auf die Fersen. Die Seile der Reling schneiden sich in ihren Rücken. Das Schiff fährt nach unten. Die Seile sind weg. Sie hockt frei im Wind.

»LILLI. KOMMEN SIE DA RUNTER. SOFORT.«

Sie steht auf. Rudert mit den Armen, sieht Simons Hand, die sich rettend nach ihr ausstreckt, den bittenden Blick aus silbergrauen Augen. Ihr Magen spielt mit einem Mal Rummelplatz mit Achterbahn, ihr Herz hat Schüttelfrost. Oh, nein, bitte nicht. Nur das nicht!

So hat sich das noch nie angefühlt, schlimmer als eine Virusgrippe und viel hartnäckiger. Sie ist gar nicht seekrank. Nein, die Krankheit, die sie voll erwischt hat, will gepflegt und nicht geheilt werden. Es ist eine Krankheit, bei der immer zwei ins Bett müssen. Eine Krankheit, die vorgibt, ihr eigenes Heilmittel zu sein. Mit rudernden Armen beugt sie sich vor, dann wieder zurück, kämpft um ihr Gleichgewicht, will auf keinen Fall Simons Hand berühren. Dann ist alles zu spät, dann ist sie verloren.

Warum muss ihr das ausgerechnet jetzt und bei diesem Kerl passieren? Simon Stepford passt nicht in ihr Schema. Er ist weder ein Hochstapler noch ein Betrüger oder sonst eine Art von Lügner. Er ist ein durch und durch ehrlicher Kerl, der es tatsächlich gut mit ihr zu meinen scheint, sich Sorgen macht, ihr Kleider kauft und ihr helfen will.

Und das ist ganz besonders furchtbar.

Zum ersten Mal verliebt sie sich in einen Mann, der kein Schwindler oder Hochstapler ist. Genau in dem Moment, in dem sie gezwungen ist, eine Betrügerin zu sein.

Das Schiff saust nach unten.

»LILLI!«

38

Die Rückkehr nach Binz verläuft schweigsam. Bis Charlotte das Wort ergreift.

»Ich bin nur froh, dass er sie nicht geküsst hat.«

Hermine lenkt den Wagen und schweigt. Leopold dreht sich kopfschüttelnd zu seiner Enkelin um. »Wäre es dir lieber, der Kerl hätte deine Mutter ins eiskalte Wasser gestoßen?«

Hermine setzt den Blinker. »Das hatte er sicher nicht vor. Das wäre doch lebensgefährlich.« Das kann er nicht vorgehabt haben.

»Es sah aber danach aus. Einen Passagier bei dem Wellengang einfach so auf dem Deck herumbalancieren zu lassen. Ohne Sicherheitsleine! Meine Tochter ist doch keine Akrobatin.«

»Vielleicht war sie nur ein wenig übermütig.«

»Meine Tochter ist alles andere als übermütig! Dieser Simon hingegen ist geradezu mörderisch leichtsinnig.«

»Simon ist bestimmt ein ausgezeichneter Segler, genau wie sein Großvater. Wahrscheinlich haben Ihre Tochter und Simon nur, na ja, ein bisschen Spaß gemacht. Liliane sah doch ziemlich gelöst aus, nachdem sie ihm in die Arme gesprungen ist.«

Und Simon hat sie an sich herangezogen. Sah nach einer Liebesszene aus, wie die beiden aneinander geklammert auf Deck gestanden haben. Als das passierte, war Hermine mit dem Fernglas dran und hat ihre Entdeckung für sich behalten. Sie will erst von Simon wissen, was passiert ist und wie viel Interesse er noch daran hat, Liliane oder Leopold als Betrüger vor Gericht zu bringen.

Leopold unterbricht ihre Gedanken. »Sie kennen den *Großvater* des Sotheby's-Experten?«

Das Auto gerät ins Schlingern, Hermine reißt das Lenkrad herum. So ein Schreck aber auch. Nun hat sie sich tatsächlich verplaudert. »Äh, nun ja, Mister Stepford hat mir von ihm erzählt.«

»Sie scheinen sehr vertraut mit Ihrem Gast, wenn Sie sich sogar duzen.«

»Er ist eben Engländer. Sie wissen schon, du und Sie, das ist für die Briten eins. So, da wären wir.«

Hermine hat es eilig, den Wagen zu verlassen. »Und nun werde ich uns allen einen Tee kochen.«

Mit wenigen Schritten ist sie beim Haus. Leopold hat es weniger eilig. Er nimmt Charlotte beim Arm, als sie aus dem Auto steigt.

»Dir scheint es auch nicht zu gefallen, dass deine Mutter mit Kunstsachverständigen in wilden Gewässern herumsegelt, oder?«

Charlotte schüttelt energisch den Kopf. »Überhaupt nicht. Und der Typ ist voll seltsam. Gestern Abend hat er mich richtig verhört und doofe Fragen wegen Picasso gestellt, dabei müsste er über den doch alles wissen, so als Kunstexperte.«

»Falls es sich bei dem Mann um einen Kunstexperten handelt. Deine Mutter hat ein bedauerliches Talent, sich mit zwielichtigen Gestalten einzulassen. Und dabei alle Vorsicht über Bord zu werfen oder sich selbst.«

Charlotte reißt die Augen auf. »Oh, *no!* Glaubst du, Mom ist wieder auf einen Betrüger reingefallen? Scheiße, dann wollte sie ihn bestimmt doch küssen.«

Leopold wiegt nachdenklich den Kopf. »Wie wäre es, wenn du dich dem Herrn an die Fersen heftest, sobald er wieder auftaucht. Ich habe heute Abend andere Dinge zu tun und kann meine Augen nicht überall haben.«

»Keine Bange, Opa, genau das habe ich vor.«

»Wenn ich nur eine Idee hätte, wie wir dich nach Seelitz bekommen.«

»Habe ich bereits organisiert, als wir bei Vittorio Kaffee getrunken haben. Er braucht mich als Küchenhilfe im Schloss.«

»Exzellent! Ganz exzellent.«

»Jo, der Typ ist echt taco. Ich schulde ihm jetzt allerdings einen Gefallen, hat er gesagt.«

Leopold reißt entsetzt die Augen auf. »Wie meint er denn das? Du bist erst dreizehn.«

»Was du immer denkst, Opa. Also wirklich. Er will den Gefallen nicht von mir, sondern von Mom.«

Leopold pflückt ein Stiefmütterchen und betrachtet es nachdenklich. »Deine Mutter hat auf dieser Insel eine erstaunliche Anzahl von Verehrern.«

Seine Enkelin lacht. »Opa! Er will nur, dass Mom für ihn arbeitet.«

Leopold wundert sich. »Deine Mutter ist nicht das, was man eine begeisterte Köchin nennen könnte.«

»Quatsch, kochen, ich hab ihm erzählt, dass Mama malen kann.«

»Charlotte, tu mir den Gefallen und schlag dir die Kunst aus dem Kopf.«

»Sagst ausgerechnet du!«

»Ich meine es ernst. Ich hoffe, du hast Vittorio nichts von den Picassos erzählt.«

»Nee, nur von Rembrandt.«

»Charlotte!«

»War nur'n Scherz. Lilli soll bei ihm eine Wand bemalen. Egal mit was. Er gibt ihr sogar Geld dafür.«

»Eine Wand?«

»Ja. In seinem Restaurant. Vittorio findet, dass Mama Künstlerhände hat. Er meint, das sieht man auf den ersten Blick. Da hab ich den Deal perfekt gemacht.«

Leopold lüpft die Augenbrauen, legt die Stirn in nachdenkliche Falten. »Der Mann scheint nicht dumm. Und wenn ich es mir so überlege, ist Wandmalerei vielleicht das Richtige.«

Nämlich ein Auftrag, der zum einen mit Malerei und zum anderen mit viel Arbeit verbunden ist, und Lilli von seinem Caspar fern hält.

Charlotte nickt zustimmend. »Sag ich doch. Was meinst du, wo Mom sich jetzt rumtreibt?«

»Hoffentlich an Land und mit ihren Künstlerhänden in den Hosentaschen.«

39

Lillis Hände spielen mit Simons Handy. Sie hat es ihm abgeschwatzt, damit sie Doktor Valbinger anrufen kann – wegen der Tabletten und ihren Inhaltsstoffen. Aufklärung muss sein, nicht nur in Sachen Suchtmittel.

»Ich werde Doktor Valbinger von seiner Schweigepflicht entbinden, dann kann er dir alles erklären«, hat sie Simon versprochen.

»Nicht nötig. Wir bekommen das auch so hin, und ich kenne die Wahrheit.«

»Da gibt es nichts hinzubekommen, verflucht. Das Zeug ist harmlos.«

Sie dreht das winzige silberne Gerät in ihren Fingern. Was für ein Schmuckstück. Eigentlich ist es zu zierlich für Simons Hände. Sehnige, große Männerhände, gemacht, um Schaufeln zu halten oder Äxte zu führen oder Frauen vor dem Untergang zu retten, die zu hart am Wind segeln. Allein und ohne Hilfe. Nun, jetzt nicht mehr. Fühlt sich das gut an. Lilli lässt das Handy mit einem Seufzer sinken. Ach, Simon.

Der Anruf kann warten. Erst einmal will sie noch träumen und ihre Gefühle auskosten. Verliebt sein ist auch alleine sehr schön, wenn alles nach Paradies schmeckt oder wie kurz davor. So fühlt sie sich, seit sie Simon geküsst hat. Ganz unschuldig und wissend, wach, begierig, sehnsuchtsvoll, hingebend. Alles, alles auf einmal. Alles, von dem sie so lange abgetrennt war. Ihr Magen krampft sich im schönsten Liebesschmerz zusammen. Überall fühlt sie das Blut pochen. Ihr Herz in den Schläfen, in der Brust und an Stellen, die niemanden etwas angehen. Außer irgendwann einmal – Simon.

Aber das kann warten, es ist viel aufregender, damit zu warten, diesen wundervollen Schmerz und das Verlangen zu spüren. Herrlich.

Und – was noch viel besser ist – er hat sie auch geküsst. Etwas zögerlich, ein wenig überrascht, aber dann sehr eindrucksvoll. Auf dem Boot.

Jetzt sitzt sie in der Veranda des Panorama-Hotels von Lohme, und die schwebt im Himmel über dem Meer. Das Meer ist wundervoll, so aus der Ferne betrachtet. Sogar jetzt, während sich eine Wolkenfront vor den Himmel schiebt und die Ostsee in bleiernes Licht taucht. Wer hat was gegen graue Himmel? Lilli liebt Grau in allen Nuancen. Es erinnert an Simons Augen. Die sind schöner als das schönste Himmelblau und harmonieren perfekt mit Rosarot.

»Möchten Sie etwas essen?«

Eine adrette Bedienung in Schwarz und mit Schürzchen steht neben ihrem Tisch und reicht ihr eine Speisekarte mit roter Kordel. Hübsch. Wie alles hier, die Holzdielen, die Korbmöbel, die helle Täfelung, die Steckdosen, das Brummen des Staubsaugers nebenan … Im Paradies hat alles seinen Platz.

»Kann ich Ihnen etwas zu trinken bringen?«

Ach ja, das Paradies hat sogar eine Kellnerin.

Liliane strahlt sie an und schüttelt den Kopf. »Noch nicht, ich warte noch auf meinen Begleiter. Oder, nein, ich meine, doch. Haben Sie Champagner? Zur Feier des Tages.«

Die Bedienung nickt erfreut. Scheint auch im Paradies angekommen. Liliane bestellt das französische Original.

Simon ist im Hafen, er muss das Boot noch vertäuen oder abtakeln oder was auch immer. Simon. Sie wird ihm natürlich die ganze Wahrheit sagen müssen. Sie seufzt. Keine Geheimnisse mehr. Sie wird ihm alles erzählen, so wie es Doktor Valbinger geraten hat. Warum auch nicht? Genau genommen ist sie ja noch keine Verbrecherin. Und war es auch nie.

Sie hat bislang kein Bild gestohlen oder gefälscht. Jedenfalls nicht wissentlich. Sie beißt sich auf die Lippen, betrachtet ihre

Hände. Ihr Vater hat selbst vorgeschlagen, alle Verantwortung zu übernehmen, im äußersten Falle sogar zur Polizei zu gehen.

Gut, er wird darüber seine Galerie verlieren und seinen Ruf. Vielleicht wird er einige Monate wegen Betrugs bekommen, aber sicher nur auf Bewährung. Es gibt viele mildernde Umstände. Mit dem Kunsthandel allerdings wird es für immer vorbei sein. Und damit mit dem Leopold, den sie kennt. Gibt es einen anderen? Und kann dieser andere Leopold ein glücklicher Mann sein?

Lilli streichelt den Keramikring an ihrem Finger. Charlotte würde *ihr* so etwas niemals antun. Nein. Sie signiert lieber Picassos, um ihre Mutter und den Großpapa und dessen Galerie vor dem Ruin zu retten. Und Leopold kopiert die Bilder seiner verstorbenen Frau, um sie nicht verkaufen zu müssen. Weil ihnen die Familie über alles geht.

Zum Teufel, damit muss Schluss sein.

Simon wird es verstehen, er wird sich zurückhalten. Liebe verzeiht alles, da kennt Lilli sich aus. Sogar die Tabletten, die er für Drogen hält. Das muss sie sofort klären. Sie schaltet Simons Handy ein und will die Nummer der Praxis Valbinger wählen. Ein Anrufer kommt ihr zuvor. Verwirrt drückt Lilli auf Empfang und meldet sich.

»Hallo?«

Kurzes Schweigen am anderen Ende der Leitung und transatlantisches Rauschen.

»Is this Simon's mobile?«

Oh, eine englische Stimme. Wunderbar, der Akzent. Simon sollte seinen mehr pflegen. Herrlich, dieser britische Touch. Auch wenn er in diesem Fall sehr weiblich ist.

Lilli antwortet schwungvoll mit *»yes«*.

Die Frau am anderen Ende will wissen, wer Lilli ist. Britische Akzente können auch nach Metall klingen.

»WHO ARE YOU?« Das ist knallharter Sheffield-Stahl.

Tja, wer ist sie?

»A friend«, beschließt Lilli. Freund ist ja wohl das Mindeste. Aber wer ist die Dame am anderen Ende?

Lilli erkundigt sich höflich.

»*Valerie, his fiancée.*«

Hm, was war das noch einmal? Lillis Vokabelkenntnisse erstrecken sich mehr auf den Kunstsektor. Aber *fiancée?* Klingt nach Finanzberaterin. Darum die stahlharte Stimme. Halt, stopp, nein, gleich weiß sie es. *Fiancée* ist das englische Wort für …

»*I have to talk to him*«, herrscht sie die Stimme aus dem Handy an, während die Bedienung den Champagner serviert und zwei Sektflöten.

Lilli schaut weg. *Fiancée,* denkt sie, ist das Wort für: VERLOBTE.

Und schreit es in den Hörer. Einmal mit Ausrufungszeichen, dann mit Fragezeichen.

»*Pardon me?*« Ihr Gegenüber scheint das deutsche Wort für *fiancée* nicht zu kennen.

»Darf ich einschenken?«

»Er hat eine Verlobte«, wiederholt Lilli tonlos in Richtung der Kellnerin.

Plopp, macht der Champagnerkorken. Plopp, macht es in Lillis Herz, Hirn und Bauch. Lilli drückt das Gespräch weg.

Lilli starrt das Handy an. In ihrem Champagnerglas arbeiten sich die Bläschen hoch und zerplatzen.

»Nehmen Sie das bitte weg«, haucht Lilli.

»Hätten Sie lieber etwas Stärkeres?«

Die Stimme der Bedienung hat einen mitfühlenden Unterton. Scheint, dass Lillis Aufschrei sie zu den gleichen Schlussfolgerungen wie Lilli veranlasst hat.

Nämlich, dass ihr Begleiter ein Lügner ist und Champagner alles andere als angebracht, weil es nichts zu feiern gibt. Jedenfalls nicht mit ihr. Lillis Augen füllen sich mit Tränen. Schon wieder. Ein Mann, dem man nicht trauen kann. Sie hätte es wissen müssen. Sie hat es geahnt. Am Anfang zumindest, bei der ersten Begegnung. Ihr Alter Ego hat sie gewarnt. Warum ist sie so von der Bahn abgekommen?

Die Bedienung zieht sich diskret zurück. Die Flasche und ein Glas lässt sie stehen. Das zweite wird wohl nicht mehr gebraucht.

Lilli wischt sich die Augen. Wie konnte sie nur so blind sein? Wie konnte sie sich wieder einmal solchen Illusionen hingeben? Mit unterdrücktem Schluchzen holt sie Luft. Ihr Herz wiegt tonnenschwer und schlägt dumpf.

Das Handy klingelt wieder. Sie drückt die Off-Taste, als Simon im Türrahmen erscheint und sich suchend in dem langgestreckten Raum umschaut, sie entdeckt und lächelt. Lilli wendet sich erschrocken ab. Der Kerl darf sie so nicht sehen. Der nicht. Niemand. Sie klammert sich an sein Handy.

Warum musste sie das verdammte Ding bloß mitnehmen?

Um Doktor Valbinger anzurufen. Um Simon zu beweisen, dass die Tabletten harmlos sind. Aber das sind sie nicht, durchzuckt es sie.

Sie haben ihr die Illusion verschafft, dass sie den Weg zum Himmel kennt. Fliegen kann. Frei ist. Ein ganz neuer Mensch. Blödsinn. Blödsinn.

Entschlossen tippt sie eine Nummer ein.

»Ich werde dir beweisen, dass die Tabletten völlig harmlos sind«, hat sie zu Simon gesagt. Jetzt würde sie gern das Gegenteil hören. Nämlich dass ihre Gefühle ein chemischer Irrtum waren, der abklingen wird wie ein Schnupfen. Eine kleine Betriebsstörung. Weiter nichts.

»Du hast Champagner bestellt?« Simon schält sich aus seiner Jacke und lässt sich in einen Korbstuhl fallen. »Eine gute Idee. Obwohl ich nicht weiß, ob Alkohol das Richtige für dich ist. Du solltest eine Weile ganz auf Rauschmittel verzichten …«

Lilli wendet sich ab, presst das Telefon an ihr Ohr.

»Lass doch das dumme Telefon. Wir haben uns erst einmal genug zu erzählen oder nicht? Ich möchte alles über dich wissen.«

Lilli wirft ihm einen abweisenden Blick zu, der Simon zum Schweigen bringt. Was ist jetzt wieder los? Ganz verheult sieht Liliane aus und aufgebracht und verzweifelt.

»Guten Tag, hier ist Liliane Wandler. Ich muss dringend mit dem Doktor sprechen wegen der Tabletten, die er mir gegeben hat, ich habe das Gefühl, dass damit etwas nicht stimmt…«

Simon streckt seine Hand aus und legt sie schützend auf Lillis Arm, sie schüttelt sie heftig von sich ab. Das Champagnerglas gerät ins Wanken, kippt und geht zu Boden.

»Oh, Frau Wandler, gut, dass Sie sich melden. Der Herr Doktor hat schon versucht, Kontakt mit Ihnen aufzunehmen. Wegen der Tabletten. Ihm ist da ein Missgeschick passiert. Er hat Ihnen versehentlich etwas Falsches mitgegeben. Es ist ihm so peinlich, und er möchte sich entschuldigen, weil…«

Der Hörer beginnt zu zittern. Nein, ihre Hand.

»Was ist los«, will Simon wissen, der sich nach den Scherben bückt.

»Soll ich Sie mit Herrn Valbinger verbinden«, schlägt die Sprechstundenhilfe Lilli vor.

»Nicht nötig.« Lilli lässt das Handy fallen.

Simons besorgter Blick spricht Bände. »Na? Was sagt der Doktor?«

»Er ist nicht da.«

Simon schenkt ihr einen Blick, der nach grenzenlosem Mitleid aussieht. »Liliane, vertrau mir doch. Zusammen können wir das durchstehen.« Jetzt schaut er sie aufmunternd an. Aufmunternd wie ein Arzt. Der Mann ist Profi. Im Lügen.

Liliane hopst aus dem Stuhl.

»Das werde ich. Das ist überhaupt kein Problem für mich. Und jetzt möchte ich sofort in die Pension zurück. Ich will mich auf heute Abend vorbereiten.«

»Lilli, was ist nur los mit dir? Wir waren doch schon einmal weiter.« Er senkt die Stimme. »Viel weiter. Sag mir doch endlich die Wahrheit. Bitte.«

»Das tue ich die ganze Zeit. Im Gegensatz zu anderen Leuten.«

Wieder dieser eindringliche Blick, so als würde es Simon geradezu beglücken, dass sie eine Süchtige ist. Er greift nach ihren Händen.

»Lassen Sie sofort meine Hände los, Herr Stepford! Was fällt Ihnen ein. Und schauen Sie mich nicht an, als wäre ich ein medizinischer Notfall.«

»Lilli, erinnerst du dich daran, dass du mich eben noch geküsst hast?«

»Nennen Sie das einen Kuss?« Lilli macht eine wegwerfende Handbewegung. »War nur eine Laune. Ich hoffe, Sie sind nicht darauf hereingefallen, Mister Stepford. Ich habe Sie für intelligenter gehalten.«

40

Leopold streicht seinen Smoking glatt und ordnet den Kummerbund. Hermine ist eine Frau mit vielen Talenten. Sie hat das gute Stück, das er bei einer Auktion von Hollywood-Memorabilia ersteigern konnte, wunderbar aufgebügelt. Er dreht sich vor dem Spiegel im großen Strandzimmer, greift nach seinem Martini und geht versonnen zu der Kommode hinüber, auf der Maltes Seestück seiner Vernichtung harrt.

Vor dem Bild sind säuberlich ein Beutel Watte, destilliertes Wasser und eine Fleckenseife mit farblösenden Substanzen aufgereiht. Mehr war auf die Schnelle in der Drogerie an der Hauptstraße nicht aufzutreiben. In Hermines Gegenwart wollte er kein Geschäft für Künstlerbedarf aufsuchen, obwohl er das gleich morgen tun muss.

Er braucht eine Leinwand und Farben, um zunächst das Seestück zu kopieren. Hermine will es schließlich zurück, und Hermine beraubt er nur ungern. Er muss nur aufpassen, dass die Kopie nicht schöner wird als das Original. Die Gefahr, dieses Machwerk unfreiwillig zu verbessern, ist groß. Nachdenklich nippt er an seinem Drink.

Exzellente Mischung: viel Wodka, ein Hauch von Wermut und ein Scheibchen Zitrone. Frau Tressewitz hat wirklich die seltene Gabe, seinen Geschmack zu treffen. Er schiebt die Manschetten zurück, um einen Blick auf die Armbanduhr zu werfen. Gleich sechs.

Das nordische Dämmerlicht, das durch die Oberlichter fällt, ist nicht ideal, aber er hätte große Lust, mit der Freilegung der Leinwand anzufangen. Ein winziges Eckchen könnte er angehen, um die Beständigkeit der Farben und das Alter der Leinwand zu prüfen.

Es gibt nichts Erregenderes als den Beginn einer künstlerischen Arbeit. Dieser heilige Moment vor der Versenkung in das Handwerk.

Pfeifend macht er sich ans Werk, tränkt ein Stück Watte mit Wasser, reibt auf der Seife etwas Schaum an und streicht behutsam über ein Eckchen im rechten Bildrand, wo nichts als Schwarz in Schwarz vermalt scheint. Die Farbe ist dick aufgetragen, löst sich aber leicht. So als schwimme sie auf der Oberfläche.

Leopold seufzt. Der Mann hat nicht einmal anständig grundiert. Ein Wunder, dass das Machwerk so lange überlebt hat. Er fährt wieder über die Farbe, legt eine matt schimmernde Oberfläche frei. Seltsam, sieht wie Schellack aus. Was für ein Einfaltspinsel der Kerl gewesen ist! Mit Schellack hat er ja jede Pore versiegelt, statt sie als Farbträger für die Gouache zu öffnen.

Leopold greift nach mehr Watte, als die Tür zu seinem Zimmer aufgerissen wird. Ärgerlich dreht er sich um und prallt zurück. Im Türrahmen und in vollem Gegenlicht steht umblitzt von silbernen Lichtreflexen eine fließende Erscheinung.

Eine Art Engel der Verkündigung, der sich allerdings in nahezu paradiesischer Nacktheit präsentiert und nach Hiobsbotschaft aussieht. Der halb nackte Engel tritt ein.

»Liliane! Ich muss schon sagen! Was ist denn mit dir geschehen? Dieses Kleid ist *göttlich*.«

Lillis Laune nicht, die ist düster.

»Wo hast du Charlotte gelassen? Ich habe schon die ganze Pension nach ihr abgesucht.«

»Sie hat einen kleinen Job übernommen.«

»Für dich?«

»Nein, für diesen bezaubernden Signor Vittorio, bei dem wir heute Mittag einen Latte macchiato getrunken haben. Aber nun lass dich genauer anschauen.«

Leopold wischt sich die Hände an einem Tuch ab, schließt behutsam die Tür und schaltet das Licht ein. Ah, er hat immer gewusst, dass seine Tochter etwas Außergewöhnliches sein kann, wenn sie will. Dieser neue Hang zu Gefühlsschwankungen ist zwar anstrengend, ja geradezu launenhaft weiblich, aber ihrer Erscheinung bekömmlich.

»Du siehst hinreißend aus. Wann hast du dir dieses Kleid ausgesucht?«

Lilianes Gesicht verfinstert sich weiter.

»Das war nicht ich, das war dieser Mensch von Sotheby's. Der Kerl ist durch nichts abzuschütteln und kommt auf die seltsamsten Ideen.«

»Ich muss sagen, seine Auswahl spricht für einen gewissen ästhetischen Sachverstand, vielleicht hat er mehr von einem Kunstexperten, als ich angenommen habe. Obwohl das Ganze ein wenig zu offensichtlich ist. Dreh dich doch einmal um. Aber du kannst es tragen.«

Liliane verzieht abweisend den Mund.

»Vater! Ich will wissen, wo Charlotte ist und was sie macht.«

»Amüsiert sich prachtvoll als Vittorios Küchenhilfe.«

»Wie bitte?«

»Sie hat allem Anschein nach ihre Liebe zur Kochkunst entdeckt. Wir Wandlers haben eben alle eine kreative Ader, und ich bin nach deiner gestrigen Strafpredigt der Letzte, der ihr bei ihrer Entwicklung im Weg stehen möchte. Keine Sorge, dieser Vittorio ist ein fantastischer Babysitter. Und sein Latte macchiato, den ich heute Mittag kosten konnte, ist ein Gedicht. Menschen, die so einen Kaffee kochen, können nicht von Grund auf schlecht sein.«

»Du kannst Charlotte doch nicht einem Wildfremden überlassen.«

»Wildfremd? Die beiden duzen sich bereits, ich habe mich ausführlich mit ihm bekannt gemacht, und wie ich höre, hast du Vittorio öfters bei Hermine gesehen. Er jedenfalls hat dich durchaus wahrgenommen und in den höchsten Tönen von dir geschwärmt, weshalb ich …«

Liliane runzelt die Stirn. »Hat Charlotte denn gar nichts über mich gesagt?«

»Doch. ›Grüß Mama.‹«

Liliane lässt sich erschöpft auf einen Stuhl sinken.

»Die Scheidung scheint ihr mehr zu schaffen zu machen, als ich dachte. Erst trifft sie ihren Vater wieder, der sie – wie jedes Mal – einfach abschiebt. Ich bin nicht da, als sie mich braucht, und nun will sie mich nicht mehr sehen. Ich glaube, ich werde einen Psychologen zu Rate ziehen müssen.«

Leopold stellt sein Glas ab und setzt sich neben sie. Er nimmt ihre Hand.

»O Lilli, was soll denn das? Kaum findet dein Kind etwas, das ihm Spaß macht, willst du es therapieren. Als Küchenhilfe kann sie keinen Schaden anrichten. Denk doch endlich mal an dein Vergnügen.«

»Vergnügen? Wir haben Arbeit vor uns. Wenn du wüsstest, was für ein harter Brocken dieser Sotheby's-Experte ist. Er will alles über mich wissen und tut alles, um mich aus der Reserve zu locken. Der schreckt vor nichts zurück. Und er klebt mir geradezu an den Fersen.«

»Na, bei dem Kleid ist das kein Wunder.«

»Vergiss es, der Mann hat eine Verlobte.«

»Klingt nach der guten alten Doppelmoral. Nun, ich hoffe, der Mann ist deine Verwandlung wert und stiftet dich nicht zu Dummheiten an. Denk an Clemens.«

Leopold guckt sehr streng. Liliane errötet gegen ihren Willen und muss an die unbändige Lust denken, die sie an Bord des Segelschiffs und in Simons Armen überfallen hat. Alles Einbildung. Alles.

Leopold zupft am Saum ihres Kleides herum. »Wirklich ansprechend«, sagt er.

»Ich trage das Kleid nur, um den Kerl so lange abzulenken, bis der Sisley ausgetauscht ist, Vater. Morgen werde ich diesen Fummel verbrennen. Hast du dir inzwischen überlegt, wie wir heute Abend vorgehen werden?«

Leopold betrachtet das Kleid. Immer will seine Tochter Kunstwerke zerstören.

»Liebste Lilli, hör auf, dir über meine Probleme Gedanken zu machen. Ich bin ein Glückskind. Mir fällt immer etwas ein. Genieße du das Leben. Wir sind auf ein Schloss eingeladen, und du bist verlockender als die Sünde. Außerdem wirst du bald wieder malen.«

Lilianes Blick streift das Seestück, die verschmutzte Watte und den Fleckentferner.

»Kopieren, Vater, kopieren! Wenn du die Leinwand gereinigt hast, fange ich an.«

Leopold schüttelt listig den Kopf.

»Nein, nein, nein. Schlag dir das aus dem Kopf. Du hast etwas Besseres zu tun. Ich meine richtige Malerei. Es ist nur ein Anfang, aber Vittorio wird dir eine angemessene Summe zahlen, dazu habe ich ihn vorhin am Telefon überredet. Viertausend Euro sind für eine unbekannte Künstlerin nicht schlecht.«

Viertausend Euro, die zur Hälfte Leopold bezahlen muss, denn ganz so überzeugt, wie Charlotte angenommen hat, ist Signor Lambarini von Lillis Künstlerhänden nicht. Jedenfalls nicht, wenn es um Malerei geht, argwöhnt Leopold.

»Vittorio? Was sollte ich für ihn malen? Spaghetti?«

»Das Motiv bleibt dir überlassen. Ich habe ihm deutlich gemacht, dass künstlerische Freiheit für dich unabdingbar ist. Wenn du willst, darfst du sogar Schnecken malen. Er serviert sie, glaube ich, in Estragonbutter und mit einem Hauch Marsala. Mehr wollte er über das Rezept nicht verraten.«

»Schnecken? Wovon redest du denn nur?«

»Von Vittorios Restaurant La Vita. Er glaubt, dass ihm eine großflächige, farbige Wandmalerei fehlt, um sich einen exklusiven Anstrich zu geben, und dass du für so etwas die Richtige bist.«

Oder für ihn selbst.

»Wie bitte?«

»Oh, pardon, das Wort Anstrich hätte ich nicht wählen dürfen. Die Freskenmalerei ist eine sehr alte Kunstform und bei Italienern ungemein beliebt.«

Leopold öffnet einen Kleiderschrank und zieht seinen Kaschmirmantel hervor, überprüft ihn und wählt dann einen Burberry.

»Vater, ich habe keine Zeit für so einen Unsinn. Ich will den Friedrich malen.«

»Das wirst du nicht, du hast einen anderen Auftrag.«

»Das werde ich sehr wohl!«

»Sei nicht so ungezogen. Ich verbiete es dir ein für alle Mal.«

»Du wirst doch nicht anfangen wollen, mich jetzt noch zu erziehen?«

»Irgendwann muss ich ja damit anfangen.«

»Vergiss das lieber. Erziehen ist mit viel Arbeit und Ärger verbunden. Vor allem, wenn das eigene Kind schon vierunddreißig Jahre alt ist.«

»Wenn du nicht auf mich hörst, gehe ich zur Polizei. Keine Widerrede. Es ist mir ernst. Heute Abend wirst du nichts weiter tun, als dich zu amüsieren.«

»Das kann ich nicht.«

»Vielleicht ist dir der Mann von Sotheby's dabei behilflich? Mir wäre es sehr recht, wenn du ihn mir ein wenig vom Hals hältst. Er scheint ein paar gefährliche Talente zu besitzen.«

41

Edwina ist zufrieden mit sich. Kommandieren ist wirklich ihre Stärke. Die Eingangshalle von Seelitz ist entrümpelt und geschrubbt. Die Mahagonitäfelung wird von Kerzen beleuchtet und sieht im weichen Licht halb so wurmstichig aus, wie sie ist. Im Speisesaal hat sie ein anständiges Service aus Sammerings Sammelsurium aufdecken lassen und auch hier für schmeichelhaftes Kerzenlicht gesorgt.

Die Putzfrauen hatten richtig Spaß an der Sache, nachdem Edwina ihnen ein bisschen was aus ihrer Schwarzgeldtasche zugesteckt hat. Den Hausmeister hat sie von den maroden Toiletten abgezogen und zum Butler befördert. Er macht gar keine schlechte Figur, wie er da in einem von Sammerings Fracks hinter der Eingangstür steht und auf die Ankunft der Gäste lauert. Hoffentlich merkt er sich, dass er den Leuten nicht die Hand geben darf. Für einen Ostler ist das eine schwere Übung – sind alle verdammt kontaktfreudig hier und höflich.

Außer zu Alida, die ein bemerkenswertes Talent hat, sich unbeliebt zu machen.

Nachmittags ist ein Herr Nötzing mit zwei Pferdetransportern eingetroffen, um lahmende Gäule abzuholen, mit denen er nicht weiß, wohin. Der sah aus, als würde er der Herrin von Seelitz liebend gern mit der Reitpeitsche ein bisschen Tierliebe einprügeln. Aber da ist nichts zu machen. Eher könnte man ihr mit dem Hammer Verstand einbläuen. Edwina hat den guten Mann kurzerhand zum Fest eingeladen. Jetzt, wo sie hier Chefin ist – was ihr ausnehmend gut gefällt –, muss sie dafür sorgen, dass das Fest in Schwung kommt.

»Ich werde jetzt Isolde einfangen und in einen Stall treiben.«

Edwina reißt den Kopf hoch. »Wie?«

Clemens ist aus dem Schlaftrakt aufgetaucht und schwingt eine Papprolle. »Alida möchte nicht, dass das Schwein die Gäste erschreckt.«

»Ich glaube eher, dass Sie das Schwein mit der Papprolle erschrecken werden. Isolde ist sehr sensibel.«

Clemens versteckt die Rolle hinter seinem Rücken. »Ein paar Klapse dürften ihr nicht schaden.«

Nicht dass er vorhätte, mit der Rolle auf das Schwein einzuprügeln, schließlich verbergen sich darin Lillis Picassos, die er nicht im Haus haben will, wenn der findige Leopold auftaucht. Die Picassos sind ja sozusagen seine wichtigsten Wertpapiere, die er bei sich trägt, seit er sie Charlotte abgekauft hat. Er trennt sich auch jetzt nur ungern davon. Man weiß schließlich nie, wo Leopold seine neugierige Nase hineinsteckt. Am Ende in sein Schlafzimmer, aber sicher nicht in den Schweinestall. Schon der Gerüche wegen.

Edwina übernimmt das Kommando. »Nun lungern Sie nicht länger hier herum. Machen Sie sich nützlich. Isolde ist im Park.«

Clemens nickt servil und grinst heimlich. Schließlich weiß er, wer hier wirklich Chef ist. Der kostümierte Hausmeister öffnet ihm schwungvoll die Tür und streckt ihm die behandschuhte Rechte entgegen. »Guten Abend, der Herr. Darf ich Ihnen den Mantel abnehmen?« Kopfschüttelnd verlässt Clemens das Haus.

Edwina dreht die Augen zur Decke. »Das ist der Text für ankommende Gäste, Wilfried.«

»Ich wollte nur üben.«

»Nicht nötig, mein Lieber, Sie sind perfekt, wenn Sie den Handschlag weglassen.«

»Wie unhöflich. Seid ihr im Westen alle so verkniffen?«

»Gute Butler sind unhöflich, sie müssen die Gäste einschüchtern.«

»Das lerne ich nie.«

Edwina nickt ihm aufmunternd zu. »Nehmen Sie sich einfach ein Beispiel an mir.«

Bleibt noch ein Kontrollgang in den Küchentrakt, der hinter einer Tapetentür verborgen ist. Gudruns ehemaliges Reich, in das sie sich freiwillig zurückgezogen hatte, nachdem Malte sein amouröses Interesse an seiner Bediensteten – ganz nach Gutsherrenart – verloren und in scheinheilige Fürsorglichkeit verwandelt hatte.

Wäre Edwina nie eingefallen, sich zur Küchenmagd und Hausfrau degradieren zu lassen, nur um in seiner Nähe zu bleiben und diesen Schürzenjäger weiter zu vergöttern. So wie Hermine es heute noch tut, wahrscheinlich hat sie sein Foto auf dem Nachttisch stehen und Kerzen davor aufgebaut. Hat keinen Stolz, die Gute, na ja, und wahrscheinlich gar keine Ahnung, wer sie ist. Wüsste sie es, wäre es mit der ungetrübten Malteverehrung doch sicher vorbei, und sie hätte längst Ansprüche auf das verschwundene Bild geltend gemacht.

Einen Moment verharrt Edwina mit Blick auf die Halle. Hier hat der Herr von Seelitz seine Gäste empfangen, wenn es zur Jagd ging. Sogar der Reichsjägermeister soll mal hier gewesen sein. Hermann Göring, diese geborene Witzblattfigur, die tragischerweise Geschichte machen durfte und mit seinem totalen Luftkrieg unter anderem für den Tod ihrer Eltern gesorgt hat. Das war vor ihrer Zeit auf Seelitz, aber danach kamen immer noch Berliner Herrschaften zu Besuch, obwohl sie Malte verhasst waren.

Einige erschienen in knarrenden Stiefeln und Fantasieuniformen voll Lametta und Flitterkram, andere in diskreten Anzügen. Die wollten Maltes Bilder. Geschenke für ganz oben als Gegenleistung für gewisse Freiheiten des Herrn von Seelitz. Etwa der, kein erklärter Anhänger von Herrn Göring und Herrn Hitler zu sein, die neben Krieg und Massenmord genügend Zeit fanden, um Kunstsammler zu mimen und halb Europa zu plündern, als handelte es sich um ihren persönlichen Spielzeugladen. Modelleisenbahnen hat der dicke Göring ebenso konfisziert wie Madonnen von Grünwald.

Edwinas Mund wird zum harten Strich. War Malte zuwider, diesen selbsternannten Herrenmenschen die Familienschätze in den

Rachen zu schieben, aber getan hat er's doch. Für Seelitz und die darin versammelten Kinder. Im Kleinen ein Filou, im Großen ein Philanthrop.

Nur bei dem Friedrich hat er den Strich gemacht. Hat ihn verschwinden lassen und sich lieber erschossen, als seinen eigenen Kragen ein letztes Mal aus der Schlinge zu ziehen.

Mit einem Friedrich zu Führers Geburtstag hätte er vielleicht den Rest des Kriegs überleben und mit ihr einen neuen Anfang machen können. Seelitz und die Kunst waren ihm wichtiger.

Was für ein Depp. Dahin, wo er sich verzogen hat, konnte er das Bild ja doch nicht mitnehmen. Gudrun hat er es – wie sie jahrelang vermutet hat – nicht hinterlassen, und nun ist die halbe Welt auf Schatzsuche.

Hätte Malte wahrscheinlich gefallen. Filou bleibt Filou.

Sie verschwindet hinter der Tapetentür. Jesses, hier bräuchte es mehr als einen Putztag und Kerzenlicht, um alles in alten Glanz zurückzuversetzen. Hm, wenigstens riecht es gut. Schnuppernd folgt Edwina dem Duft von geschmortem Fleisch und Kräutern, gelangt zur Küchentür und stößt sie auf.

Umwallt von Dampf ist Vittorios Team bei der Arbeit. Gemüsemesser klappern im Kastagnettentakt auf Tomaten und Zwiebeln nieder. Mit den abgezirkelten Bewegungen von Balletteleven tänzeln Hilfsköche um Arbeitsflächen, Ofenbleche und den Tisch in der Mitte.

Sie dekorieren Platten, schlagen Sahne, rühren Soßen und werfen eingeschüchterte Blicke zum Maestro, der mit einem Probierlöffel das Kommando führt. Macht der Mann nicht schlecht, bei dem stehen wahrscheinlich sogar gekochte Spaghetti stramm, wenn er es will.

»Zu viel Rosmarin, kipp das weg, *avanti* und von vorn. Was soll das werden?« Er schnappt sich ein Blätterteiggebilde, das ein Gehilfe mit Käsecreme füllen will.

»Ein Gorgonzola-Schiffchen an einem Spiegel aus Steinpilz-Pesto.«

»Lass das Speisekartenlatein. Mich verwirrst du damit nicht. Das ist kein Schiffchen, sondern eine Ozeandampfer. Charlotte, probier du es mal.«

Eine ziemlich junge Kochschülerin, Edwina würde sie als Kind bezeichnen, schnappt sich eine Blätterteigplatte und faltet sie ungeschickt zusammen. Vittorio hebt in stummer Verzweiflung die Augenbrauen. Als das Kind ihm stolz sein misslungenes Schlauchboot präsentiert, fahren die Brauen sofort nach unten, und ein Lächeln überflutet das Gesicht des Italieners.

»*Bene*. Und jetzt kannst du zu meinem Wagen gehen und den Korb mit den Melonen holen. Daraus machen wir ebenfalls Schiffchen.«

Das Mädchen wischt sich die Hände an einer Schürze und flitzt zur Hintertür. Draußen wird ein Mann von Isolde, dem Schwein, gejagt. Charlotte lacht, bis sie erkennt, dass der Komiker ihr Vater ist und saublöd aussieht. Hoffentlich bekommt Mom ihn nicht so zu Gesicht. Keulenschwingend und voller Panik sieht er nicht nach großem Liebhaber aus.

Vittorio versenkt Charlottes Blätterteigwerk in einer Plastiktonne, als das Mädchen aus der Tür ist.

»So lernt das Kind aber nie etwas. Zu viel Lob ist ungesund«, bemerkt Edwina und stippt einen Löffel in ein brodelndes Saucentöpfchen. »Und hier fehlt das Salz.«

Vittorio wirbelt herum. »Salz? Salz! Signora, salzen kann jeder Idiot. Was haben Sie überhaupt in meiner Küche zu suchen?«

»Das ist nicht Ihre Küche, sondern in absehbarer Zeit meine.«

»Sind Sie Köchin?«

»Nein, ich war mein Leben lang Chefin, etwas anderes habe ich nicht gelernt.«

»Dann sind wir Kollegen, Signora. Raus hier!«

»Ich muss sagen, Ihr Ton gefällt mir. Ich bleibe. Und jetzt geben Sie mir was von der Suppe dahinten, aber ohne Schiffchen drauf.«

»Ich bereite ein maritimes Menü, und gegessen wird pünktlich um acht Uhr.«

Edwina stampft mit dem Stock auf.

»Als Dame isst man sich vor einem Dinner satt, mein Herr. Was soll das denn für einen Eindruck hinterlassen, wenn ich mich bei Tisch mit Essen voll schlinge? Haben Sie denn gar keine Manieren?«

Edwina zieht einen Stuhl unter dem Tisch vor und nimmt Platz. Hätte sie im Leben nicht geglaubt, dass sie sich auf Seelitz noch einmal so wohl fühlen würde, geradezu belebend, diese Ruine, in der es vor widerspenstigen Mitarbeitern wimmelt. Nicht einmal das Traktorenwerk fehlt ihr im Moment. Vittorios Flüche kontert sie mit Gesang.

»Er gebietet mir zu essen, meines Jammers zu vergessen, er gebietet mir zu trinken … Wobei mir einfällt, einen Schluck Rotwein könnte ich ebenfalls vertragen. Aber nicht so ein Zeug aus Zwei-Liter-Korbflaschen.«

Vittorio zieht hörbar die Luft ein.

42

Charlotte hat keine Lust, die Melonen in die Küche zu tragen, und lässt sie hinter eine Hecke fallen. Sie hat Lebensmittel jedweder Form und Größe satt nach all der Schnipselei und Nascherei in der Küche. Die Einladung nach Seelitz hat sie sich hart genug erarbeitet. Jetzt ist es schon halb acht und höchste Zeit, dass sie sich wichtigeren Dingen als dem Essen zuwendet. Nämlich der elterlichen Wiedervereinigung. Soll sie nach Dad suchen? Der ist vorhin irgendwo bei den Ställen verschwunden.

Nein, besser sie wartet hier auf Mom, um sie auf große Gefühle einzustimmen und ihr die Brille abzunehmen, damit sie eine halbwegs schöne Überraschung ist.

Unschlüssig drückt sie sich auf dem Vorplatz des Hauses herum. Sieht schwer nach Schloss aus mit den Türmen links und rechts und einer geschwungenen Freitreppe in der Mitte. Der Putz blättert zwar, und die Mauern haben Löcher, aber im Dunkeln sieht man das kaum.

An den Wegrändern sind Kutscherlaternen mit Kerzen aufgestellt, um die Auffahrt zu erhellen. Hinter den schwarzen Bäumen übt jemand Geige. Aus dem Wald taucht ein Auto auf und unterbricht das Konzert so plötzlich, wie es begonnen hat. Ziemlich schnittige Schüssel, das erkennt sie an den Umrissen.

Scheinwerfer streifen die Front des Gartenhauses, dann biegt der Wagen in die Auffahrt ein. Charlotte drückt sich hinter die Buchsbaumhecke und nimmt auf einer Melone Platz.

Knirschend kommt das Auto in der bekiesten Einfahrt zu stehen. Die Fahrertür springt auf, ein Mann umrundet den Wagen.

Mit dem Rücken zu Charlotte öffnet er die Beifahrertür und streckt die Hand aus, während dem Fond ein zweiter Mann entsteigt. Den Mann erkennt sie am Gang. Es ist Leopold. Opa liefert sich mit dem Fahrer ein Höflichkeitsgefecht um das Recht, der Beifahrerin beim Aussteigen zu helfen.

»Danke, ich komme alleine zurecht«, tönt es aus dem Auto.

Oha, den Tonfall kennt man. Die schneidende Stimme gehört Mom, aber der Rest der Person muss jemand anderes sein. Charlotte gafft mit offenem Mund, während sich eine Frau in Silber aus dem Wagen schält und nach einem Mantel angelt. Den hat sie nötig, sie sieht nämlich aus wie – nackt. Also ehrlich!

Mom muss vor dem Anziehen ihre Brille verlegt haben. In dem Fummel sieht man alles.

Und so jemand verbietet einem Tanktops und Hotpants, weil das Jungs angeblich auf falsche Gedanken bringt! Immerhin, frohlockt Charlotte. Dad wird dieses Kleid sicher auf die richtigen Gedanken bringen. Sie springen einem ja förmlich ins Gesicht. So hat er Mom bestimmt noch nie gesehen.

»Wollen wir nicht hineingehen? Es ist für dich, ich meine, für Sie zu kalt hier draußen«, sagt der Fahrer mit kurzem Blick auf das Kleid. Scheint ihm mächtig unangenehm, was er da sieht. Er wendet sein Gesicht abrupt zum Haus. Die Eingangslaterne taucht ihn in mildes Licht.

Scheiße, das ist ja dieser Mister, der Kunstexperte. Der muss scheintot sein, wenn ihm zu dem Kleid nichts anderes als Schnupfen einfällt. Energisch legt er Mom ihren Wollmantel über die Schultern und macht Anstalten, ihn zuzuknöpfen. Lilli wehrt ihn ab.

»Das Kleid ist doch viel zu schade, um es zu verstecken, Mister Stepford«, gurrt sie.

Schande, was findet Mom nur wieder an diesem Kauz, der die Gentleman-Nummer fast so gekonnt übertreibt wie Opa, der jetzt Lilli seinen Arm anbietet, als sei sie gehbehindert.

»Also dann«, sagt Opa munter, »auf ins Vergnügen.«

Mister Stepford greift nach Lillis anderem Ellbogen. »In der Tat. Ich bin höchst gespannt auf Ihre Erklärungen, Herr Wandler.«

»Was für Erklärungen?«

»Na, die zu Ihrem Sisley.«

»Ich glaube kaum, dass ich einem Vertreter von Sotheby's dazu etwas erklären muss. Außerdem sollten wir uns zunächst auf das Essen konzentrieren. Vittorios Künste verdienen gebührende Beachtung. Ich durfte heute Mittag bereits kosten. Uns erwartet ein Meisterwerk.«

Das Trio geht auf die Treppe zu. Über Lillis Kopf hinweg bemerkt Simon schroff: »Ein kurzer Blick auf das Bild wird uns sicher nicht den Appetit verderben. Im Gegenteil, dann hätten wir den kritischen Teil des Abends hinter uns.«

Liliane gerät kurz ins Stolpern, weil Leopold ihr einen Stups gibt. »Ich würde gern noch ein wenig spazieren gehen«, sagt, nein hustet sie, ziemlich spröde.

»Eine glänzende Idee«, begeistert sich Opa mit der Leidenschaft, die Lilli eindeutig fehlt. »Ich allerdings widme mich lieber einem kleinen Martini. Feuchtigkeit bekommt einem Mann meines Alters besser von innen als von außen, und ich hatte heute bereits das Vergnügen eines Spaziergangs in reizender Begleitung. Sie sollten es auch probieren. Man kann sich an dieses Vergnügen gewöhnen.«

Simon mustert Leopold und Liliane verärgert.

»Mit Verlaub, in diesem Kleid würde ich Ihrer Tochter von einem Abendspaziergang unter freiem Himmel abraten.«

Der Kerl ist voll der Kunstfreak, noch schlimmer als Opa. Scheint Malerei einem Essen und dem lebenden Akt an seiner Seite vorzuziehen.

»Tatsächlich«, fragt auch Leopold verwundert. »Ich würde gerade wegen dieses Kleides einem Mondspaziergang mit meiner Tochter zuraten. Zumal Sie es gekauft haben. Ihnen fällt doch gewiss ein Mittel ein, um meine Tochter etwas zu wärmen. Und du, Lilli, hast mir versprochen, dich heute Abend ein wenig zu entspannen. Meine Tochter neigt nämlich dazu, es mit der Arbeit zu übertreiben,

Mister Stepford. Ich wäre Ihnen zu Dank verpflichtet, wenn Sie ihr dabei ein wenig behilflich sein könnten. Meiner nicht geringen Erfahrung nach geht jede Arbeit viel leichter von der Hand, wenn man sie mit dem Vergnügen verbindet.«

Liliane wirft ihrem Vater einen Blick zu, den man in Charlottes Comicheften mit mörderischen Blitzen illustrieren würde.

Mit langen Schritten eilt Leopold die Treppe hinauf und betätigt den Türklopfer.

Herr Stepford runzelt die Stirn zu Hush-Puppie-Falten und schaut unschlüssig zwischen Liliane und Leopold, der im Haus verschwindet, hin und her.

Charlotte schüttelt den Kopf. Da lädt ihn eine Halbnackte zum Mondscheinspaziergang ein, und er lehnt ab, weil er nur Kunst und Schnupfen im Kopf hat.

Vor dem muss sie ihre Mutter nicht beschützen. Aber Mom vor sich selbst. Die lässt ungelenk den Mantel von den Schultern gleiten, bringt ihr Dekolletee zur Geltung und ihre Stimme zum Gurren. Das passt zu Lilli wie Zucker zu Pommes. Ganz schräge Tonlage. Charlotte gefällt sie nicht, genauso wenig wie Lillis nächste Worte.

»Okay, Herr Stepford, ich meine, Simon, vielleicht hat mein Vater ja Recht. Du und ich, wir denken beide viel zu sehr an die Arbeit.«

Charlotte schrickt hoch. Simon? Du? Verflixt. Mom rückt näher an den Kunstliebhaber heran, sieht dabei allerdings aus, als müsse sie sich einem bissigen Krokodil nähern.

»Ich nehme an, Sie haben wieder eine Ihrer Launen, Frau Wandler«, entgegnet der halbe Brite steif. »Ich möchte mich jetzt wirklich mit dem Sisley befassen.«

»Oh, Herr Stepford, seien *Sie* nicht so entsetzlich pflichtbewusst. Sieht die Landschaft nicht wie verzaubert aus?«

Igitt, was für ein Gesülze und nicht einmal besonders gekonnt. Mutter kann man aber auch keine Sekunde alleine lassen, wenn sie sich in den Falschen verguckt. Wer weiß, was dieser Kunstexperte in Wahrheit ist. Am Ende handelt er nur mit Abziehbildern oder führt einen Tattooladen.

Besser, sie geht dazwischen.

»Mama!«

Liliane wirbelt herum und erkennt mit zusammengekniffenen Augen nichts außer einem sich heftig schüttelnden Buchsbaum.

»Charlotte? Wo bist du?«

»Ich häng an irgendwas fest. Au, das sticht gemein. Hilf mir.«

Hilflosigkeit zieht immer bei Mom.

Lilli spurtet zur Hecke, teilt sie und schlingt ihre Arme um ihr Kind, während ein vorstehender Ast ihr Kleid – rrratsch – um einen Seitenschlitz bereichert. Lilli ist es recht, endlich kann sie sich in dem Fummel frei bewegen. Sie taucht tiefer ins Buchsbaumgestrüpp.

»Liebling, was machst du hier?«

Begleitet von einem Soundmix aus mütterlichem Schnurren und töchterlichem Fluchen zerrt Lilli ihr Kind aus der Hecke.

Das ist mal wieder fast rührend, denkt Simon, wenn Charlotte nicht so unglaubwürdig die Hilflose spielen würde. Da muss sie von der Mama noch einiges lernen.

»Ich habe Vittorio in der Küche geholfen, und jetzt habe ich Lust auf einen Spaziergang. Kommst du mit? Ich hab dich so vermisst.«

»Was immer du willst. Ich habe dich auch vermisst, Lottchen. Von hier bis zum Mond und wieder zurück.«

Simon Graf verzieht den Mund. Die beiden scheinen ein eingespieltes Team. Verflixt noch mal, wem soll er jetzt auf den Fersen bleiben? Lilli und Charlotte oder Leopold und dem Sisley? Trauen kann er keinem.

Charlotte nimmt ihm die Entscheidung ab, als sie aus dem Gebüsch befreit ist und direkt auf ihn zuschießt.

»Hallo, Herr Stepford. Kommen Sie doch auch mit. Ich zeige Ihnen ein Schwein. Tolles Tier, ist früher im Zirkus aufgetreten, sagt der Hausmeister. Wir können es mit Melonen füttern, ich habe welche dabei.«

Sie läuft zur Hecke, zwängt sich mühelos hindurch und kehrt mit einer Melone zurück.

»Es ist, glaube ich, in den Ställen da drüben.« Und Dad hoffentlich auch, dann kann er diesem blöden Briten mal gleich zeigen, wer Lilli liebt.

Isolde quiekt zum Gotterbarmen. Charlotte zieht ihre Mutter in Richtung der verfallenden Ställe, die hinter einem Pappelforst verborgen sind. Simon folgt ihnen mit weit ausgreifenden Schritten.

Isolde quiekt jämmerlich. Sie ist Ställe nicht gewohnt. Charlotte stößt die Tür auf und schaltet das Licht ein. Mist, Dad ist nicht mehr da. Na ja, solange sie dabei ist, wird Mom keine falschen Gefühle entwickeln. Isolde reckt die Schnauze und fiept. Charlotte hält ihre Melone hoch.

»Ich glaube, sie hat Hunger, Mom.«

Lilli rafft ihr Kleid und setzt einen Fuß auf den glitschigen Boden. Simon Graf nähert sich mit Kennerblick der Box und betrachtet das Tier.

»Erstaunlich sauber für ein Schwein«, sagt er und fügt missbilligend hinzu: »Was man von diesem Stall nicht behaupten kann.« Er inspiziert Boden und Wände. »Die Besitzer scheinen überhaupt keine Ahnung von Landwirtschaft und artgerechter Tierhaltung zu haben. Eine Schande.«

»Isolde lebt gewöhnlich im Haus«, erklärt Lilli, greift über das Gatter und tätschelt ihr den Kopf. Simon registriert es erstaunt. Die Lady, nein, das Luder, geht sehr weit, um ihn von der Kunst abzulenken. Fast könnte man meinen, sie mag das Schwein tatsächlich. Aber das hat er auch geglaubt, als sie *ihn* geküsst hat.

Darf nicht wahr sein, denkt Charlotte, dem Kerl scheint der Anblick einer Frau, die im zerschlitzten Abendkleid mit Schweinen schmust, zu gefallen, kann gar nicht wegschauen. Was hat der denn für einen Tick?

Sie muss das Schwein von ihrer Mutter trennen.

»Ich glaube, ich lass Isolde mal besser raus«, sagt Charlotte und öffnet das Gatter. Vielleicht ist die Sau klug genug, um Stepford zu verjagen. Isolde trappelt in die Freiheit, verschmäht die von Lilli dargebotene Melone, ignoriert Graf und schnüffelt im Stall herum.

»Scheint natürliches Futter nicht gewohnt zu sein«, sagt Simon. »Wer ist für dieses Tier verantwortlich? Man sollte ihm den Hintern versohlen. Schauen Sie nur, jetzt frisst es eine Papprolle.«

Isolde hat sich Clemens' Versteck für die Rolle gemerkt und sie unter einem Regal hervorgezogen. Sie haut ihre Zähne rachsüchtig hinein, zerfetzt die Pappe und schmatzt genüsslich.

»Ich werde ihr das abnehmen«, sagt Stepford und nähert sich beherzt der Sau. Isolde knurrt und schlingt.

»Lassen Sie mich mal. Sie haben von Tieren anscheinend keine Ahnung«, geht Lilli dazwischen.

»Ich habe durchaus Ahnung von Schweinehaltung! Äh, ich meine, es ist eines meiner leidenschaftlichsten Hobbys.«

Charlotte kneift die Augen zusammen. Sehr interessant.

»Isolde scheint Ihnen diese Leidenschaft nicht abzunehmen«, sagt Mom verächtlich. »Sie reagiert sehr sensibel auf Menschen, die Gefühle nur vortäuschen.«

Charlotte runzelt die Stirn. Klang wie eine Abfuhr erster Klasse. Also, wer ist hier jetzt eigentlich in wen verknallt? Keiner, wie es scheint.

Lilli geht in die Knie und lockt das Tier mit hoher Stimme und der Melone.

»Hallo Schweinchen. Komm her, na komm, ich habe hier etwas ganz, ganz Leckeres für dich.«

Isolde legt den Kopf schief, scheint nachzudenken und zwischen Rachedurst und Zuneigung zu schwanken. Sie wirft einen Blick auf die letzten Reste der Papprolle und trabt auf Lilli zu. Die wendet sich mit triumphierendem Lächeln zu Mister Stepford um. »Sehen Sie? Das Schwein mag mich.«

»Das Schwein ist verhaltensgestört.«

»Und Sie sind der unhöflichste, arroganteste, misstrauischste und verlogenste Mensch, den ich kenne.«

Das bringt Mister Stepford zum Schweigen. Charlotte seufzt erleichtert.

Lilli hält der grunzenden Isolde die Melone unter die Nase und zieht ihr einen Papierfetzen aus der Schnauze, will ihn wegwerfen. Nanu, was steht denn da?

Picas…

PICASSO?

Wie ist das möglich? Egal. Lilli schiebt das Papier schnell wieder in den Schweinemund. Isolde schluckt.

»Brav«, sagt Lilli und drückt das Schwein überschwänglich.

Es muss ein Glücksschwein sein. Kein Wunder, Isolde stammt schließlich von Leopold. Beschwingt federt Lilli nach oben und schaut Simon mit vergnügt funkelnden Augen an.

»Ich liebe Isolde.«

»Ihre Launen geben mir wirklich zu denken«, schnappt Mister Stepford. Lilli lächelt nur verächtlich. »Das war ein hübscher Ausflug. Jetzt habe ich richtig Lust, ins Haus zu gehen. Weißt du, ob dein Vater hier auf Seelitz ist, Charlotte?«

Das Mädchen nickt eifrig. »Ganz sicher. Gerade eben war er noch hier im Stall.«

Liliane nickt und lächelt von einem Ohr zum anderen. »Das habe ich mir gedacht. Es gibt Momente, da könnte ich deinen Dad küssen!«

Charlotte schaut sehr zufrieden drein.

Verärgert lässt Herr Stepford alias Graf seinen Blick über Schweinekoben und Misthaufen fahren. Die Wandlers sind wirklich immer für eine Überraschung gut.

43

Im Kamin des Speisesaals flackert ein Feuer und wirft wabernde Lichtpfützen aufs Parkett. Leopold isst mit Genuss. Er weiß Meisterwerke zu schätzen, und Vittorios Seezungenfilets in Champagner gehören dazu.

Lilli hat seinen Appetit durch die beim Cocktail hastig kolportierte Anekdote vom Picasso im Saumagen herzhaft gesteigert. Er würde gerne mehr darüber erfahren, aber Simon Stepford hat seiner Tochter zu weiteren Flüstereien keine Gelegenheit gegeben und sich – Alidas Tischkarten ignorierend – zwischen ihn und Lilli gesetzt statt neben die Witwe Sammering. Was Alida übel nimmt.

Seine Tochter schweigt wie ein Mönch, sieht aber dank des Kleides nicht so aus, womit Simon von der Gesellschaft abgelenkt scheint. Er wendet keinen Blick von Lilli, sein Mienenspiel schwankt zwischen Zorn und Resignation. Ein verhinderter Liebhaber, tippt Leopold, aber keiner, der schnell aufgibt. Wenn das so bleibt, wird der Sisleytausch ein Kinderspiel.

Leopold kann also in Ruhe essen und sein Glück genießen, das einzig durch die Tatsache getrübt wird, dass er jetzt den schönen Friedrichpart aufgeben soll. Für eine Fälschung besteht kein Bedarf mehr, da die Picassos entsorgt sind, sagt Lilli. Melancholisch leert er sein Champagnerglas, schiebt Seezunge auf seine Gabel, kaut hingebungsvoll, seufzt. Er hatte sich schon so an Caspar gewöhnt, an seine Schwermut, seinen Hang zu protestantischer Askese.

»Noch etwas Sekt, der Herr?« Erfreut nickt Leopold.

»Das ist echter Champagner«, zischt vom Kopfende des Tisches Alida der Bedienung zu.

»Und ich bin gelernter Maschinenbauer und kein Kellner«, blafft ihr gescholtener Hausmeister zurück.

Die Dame des Hauses schluckt widerwillig den vorübergehenden Sieg des Proletariats. Leopold wirft dem Hausmeister einen beifälligen Blick zu, während Edwina am anderen Ende des Tisches die Hausherrin tadelt, als sei diese die dümmste Angestellte bei Tisch.

»Sie müssen wirklich noch eine Menge lernen. Und das in Ihrem Alter.«

Leopold wirft dem resoluten Drachen, der die Gesellschaft vorhin zu einem Tischgebet gezwungen hat, einen Blick zu. Wenn Clemens diese Frau für vertrottelt hält, ist er nicht gescheit. Clemens, der neben der Witwe Sammering sitzt, bemüht sich um Schadensbegrenzung.

»Ein entzückendes Kleid, das Sie heute tragen, Alida, es bringt alle Ihre Vorzüge zur Geltung und schmeichelt Ihnen ungemein.«

»Dann können Sie Ihre Arbeit ja für eine Weile einstellen«, brummt Edwina. »Ein übertriebenes Maß an Komplimenten wirkt unglaubwürdig. Erst recht aus dem Mund eines Immobilienhändlers, der Seelitz im Exposee als sanierten Schlossbau beschreibt. Was sich hier so unter den Tapeten versteckt …«

»Hat durchaus seinen Wert«, kontert Clemens mit kaltem Blick, »man muss nur genau hinschauen, dann finden sich bildschöne Details.«

»Das will ich hoffen«, knurrt Edwina zurück. »Für Schimmel und Mauerpilze interessiere ich mich jedenfalls nicht.«

Clemens nimmt sich ein Vorbild am Fisch auf seinem Teller und bleibt stumm. Er grübelt darüber nach, was sein Schwiegervater, Exschwiegervater, vorhin beim Cocktail gemeint haben kann, als er ihm verkündet hat, seine Arbeiten am Friedrich seien erfolgreich abgeschlossen.

Das ist doch unmöglich!

Lilli lächelt zu ihm herüber und trinkt Champagner. Scheint in Feierlaune. Finster runzelt Clemens die Stirn, während Edwina über Preisnachlässe für Seelitz parliert.

Leopold schmunzelt. Diese Kundin hat sein ehemaliger Schwiegersohn wirklich verdient. Nur gut, dass *er* diesem scharfzüngigen Besen keinen falschen Caspar unterjubeln muss. Zumal sich die alte Dame beim Cocktail vertraulich mit Simon Stepford von Sotheby's unterhalten hat, wobei, wenn er richtig gehört hat, der Name Friedrich gefallen ist.

Die Frau ist nicht auf den Kopf gefallen, und dieser Simon schon gar nicht, auch wenn er mit seinem waidwunden Blick auf Lilli danach ausschaut. Seine Tochter scheint das kalt zu lassen, sie konzentriert sich auf ihr Essen, den Champagner und lächelt hin und wieder siegessicher in Richtung Clemens. Den scheint sie endlich überwunden zu haben. Leopold nippt an seinem Glas.

Ein Herr, der sich als Nötzing und Gestütsleiter vorgestellt hat, beginnt ein Gespräch über Pferde, für das sich der Malakologe Feindorn erwärmt. Er ergreift die Gelegenheit, über die Bedeutung von Pferdeäpfeln im Lebensraum von Wiesenschnecken zu diskutieren.

Die beiden Herren vertiefen sich ins Gespräch und reden voll Begeisterung aneinander vorbei. Immer noch passender als das von der Witwe Sammering angestrebte Kunstgeschwätz, findet Leopold.

Alida schaut stumm über ihre Gästeschar. So hat sie sich das elegante Leben nicht vorgestellt. Mit einer despotischen Greisin zur Rechten, einem stummen Verehrer zur Linken, einem unverschämten Hausmeister als Kellner und Gesprächen über Pferdemist quer über den Tisch. Das ist beschämend billig. Ihr Blick streift Simons Tischnachbarin und wird grün.

Billig?

Das Kleid von dieser Wandler muss ein Vermögen gekostet haben. Es kostet ihrer Erfahrung nach immer ein Vermögen, wenn sich ein fades Mauerblümchen zum Flittchen aufputzt. Berechnendes Miststück. Hat es auf Clemens abgesehen, der seiner Ex eindringliche Blicke zuwirft, die die mit siegessicherem Lächeln erwidert.

Aber das Vermögen der Dame muss begrenzt sein, sonst hätte

das Kleid nicht einen so hässlichen Schlitz, den sie mit einer geborgten Sicherheitsnadel kaschiert hat. Das hält dieses Dummchen wohl für Versace. Nur gut, dass sie selber sich so etwas demnächst im Original leisten kann, und Clemens dazu. »Pferdemist«, ereifert sich Nötzing, »ist ein hervorragendes Therapeutikum bei rheumatischen Beschwerden. Wussten Sie das?«

»Schnecken spielen in der Medizin ebenfalls eine nicht zu unterschätzende Bedeutung, denken Sie nur an Hustensaft«, schrillt es aus Feindorns Richtung über die Tafel. »Als Schleimlöser ist Schneckensekret …«

Leopold schiebt seinen Teller von sich weg. Mit Schnecken tut er sich nach wie vor schwer, egal was Lilli und Hermine darüber sagen.

Alida räuspert sich energisch. Es wird Zeit für einen Themenwechsel. In einer halben Stunde wird das Dessert serviert, und die Irren mit den Geigen haben ihren Auftritt vor dem Haus.

»Ich habe heute zu einer Kunstsoiree geladen und würde mich gern über den Anlass unseres Essens unterhalten. Diesen, meinen – wie war der Name noch?« Stand nicht auf dem Bild drauf, also hat sie ihn vergessen. »Frau Wandler, FRAU WANDLER!«

Liliane kann sich nicht länger taub stellen und Champagner trinken. »Sie meinen das Gemälde von Alfred Sisley.«

Simon greift das Stichwort auf. »Ein grandioser Impressionist, unverwechselbar. Wie beneidenswert, ein solches Bild zu besitzen. Frau Wandler kann uns sicher viel darüber erzählen, bevor wir es begutachten dürfen. Nicht wahr, Frau Wandler?«

Er zwingt Liliane, ihn anzuschauen.

Der Kerl hat einen erschreckend durchdringenden Blick, findet Alida und ist froh, dass sie den Sisley restlos beseitigt hat. Die Tischgesellschaft betrachtet Liliane, die beim Versuch, unsichtbar zu werden, scheitert. In dem Kleid!

Leopold springt ihr bei. Es ist zu früh, um über das Bild zu sprechen, und viel zu früh, zu dessen Begutachtung überzugehen.

»Liebste Frau Sammering. Was haben Sie gegen Schnecken?

Ich finde das Thema hochkünstlerisch. Es gehörte zu den liebsten Belustigungen an Fürstenhöfen der Barockepoche – deren ästhetische Bedeutung Sie sicher zu schätzen wissen –, während festlicher Mahlzeiten Insekten über die Tafel laufen zu lassen. Südamerikanische Holzbockkäfer, ägyptische Totengräber … «

»Der Adel hatte schon immer einen Knall«, brummt Edwina, »zu viel Inzest, lauter Schwachköpfe. Ungeziefer, wie ekelhaft.«

Leopold legt seine Serviette ab. »Aber so unterhaltsam! Die gewöhnlichen Personen dieser Epoche, also Menschen wie wir, verehrte Frau Sammering, zahlten ein Vermögen, um von einer Galerie aus bei solchen Spektakeln zuzuschauen. Man nannte das einen ›Augenschmaus‹.«

»Sehr interessant, aber ich möchte lieber über mein Bild sprechen«, mault Alida. »Ich hänge so sehr daran, und heute ist die letzte Gelegenheit, es in angemessenem Rahmen zu präsentieren. Unter den wachen Augen von so vielen Experten, die seinen Wert sicher zu schätzen wissen. Laut Versicherungspolice liegt er bei fast einer Million Euro.« Sie schaut sich triumphierend um.

»Letzter Gang vorm Dessert: Broiler mit Sättigungsbeilage«, verkündet der Hausmeister-Kellner, der sich offenbar entschieden hat, eine Revolte anzuzetteln.

Alida zuckt zusammen. »Das sind getrüffelte Geflügelbrüstchen an Marsalaschaum, Sie Dummkopf.«

Der Hausmeister bohrt seinen Blick in Alidas Ausschnitt. »Na, Sie müssen's wissen, sind ja selbst reichlich aufgetrüffelt.«

»Sie sind entlassen!«

»Sie können mich nicht entlassen.«

»Das kann ich sehr wohl.«

»Können Sie nicht, weil ich hiermit kündige.«

Der Hausmeister knallt die Servierplatte vor ihr auf den Tisch. Sauce spritzt auf und besprenkelt Alidas Ausschnitt.

»Wünsche guten Hunger«, triumphiert der Hausmeister und knallt mit der Tür.

In die folgende Stille schleichen sich Geigenklänge.

»Was ist denn das?«, fragt Simon.

»Schubert«, sagt Leopold und summt leise mit.

»*Das Forellenquintett*«, bestätigt Doktor Feindorn, »wobei ich es seltsam finde, dass Fische ihn zu einer solchen Komposition inspiriert haben. Fische! Solch langweilige Tiere.«

»Ganz nett, aber ich finde Choräle erhebender«, bemerkt Edwina.

Die Köpfe der Gäste wenden sich zur Fensterfront, die auf den Vorplatz hinausgeht. Ein Schwein flitzt vorbei.

Clemens schreckt hoch.

»Wer war im Stall und hat das verdammte Vieh freigelassen?«

Sein Blick streift Leopold, der grinst. War sein Schwiegervater etwa im Stall? Verdammter Mist, Mist, Mist.

Alida springt auf. Die Irren sind zu früh. Macht aber nichts. Das verkleckerte Kleid ist ein perfekter Grund, den Raum zu verlassen.

»Sie entschuldigen mich kurz?«

Keiner entschuldigt sie, weil alle dem Konzert lauschen und nach Isolde ausspähen. Was Alida recht ist. Leopold steht auf, um eine der Fenstertüren zu öffnen. Mondlicht flutet in den Raum. Ein Windstoß löscht Kerzen, Lilli tut es ihm nach und pustet die Tischleuchter aus. Die Gäste strömen zum Fenster. Nur Nötzing und Feindorn kleben an ihren Stühlen, sie streiten über die Leistungsfähigkeit von Pferden und Schnecken im Verhältnis zu ihrem Körpergewicht und unter Berücksichtigung ihrer Bewegungsapparate.

»Schnecken«, trägt Feindorn mit gedämpfter Stimme, aber ungedämpfter Leidenschaft vor, »legen unglaubliche Strecken zurück, wenn man die Geschwindigkeit einmal außer Acht lässt.«

An diesem Punkt ist Lilli längst in den Garten entwischt. Die Gelegenheit ist zu günstig, um sie verstreichen zu lassen. Schließlich liegt das Schlafzimmer Alidas nur ein paar Türen weiter. Simon will ihr hinterher, aber Edwinas Stock bildet eine Schranke zwischen ihm und der geöffneten Tür.

Clemens taucht unter dem Stock weg und macht sich auf den Weg zum Stall, während Simon verzweifelt versucht, Edwina davon zu überzeugen, dass er momentan weder Interesse noch Zeit hat, über versteckte Bilder zu diskutieren.

Und Leopold? Leopold steht in der Tür zur Halle und lobt im Vorbeigehen Vittorio, der in Begleitung Charlottes und eines Desserts erschienen ist, für »diese exquisite Mahlzeit und die Musik, obwohl ich kein Anhänger von Erlebnisgastronomie bin«. Dann strebt er pfeifend dem Ausgang entgegen.

Verflucht, denkt Clemens und stößt Edwina beiseite, er muss wenigstens einen der Wandlers dingfest machen.

44

Hermine betrachtet den aufgehenden Mond, der der Ostsee entsteigt und dem Wasser silberne Blitze entlockt. Das hat sie schon oft gesehen, auch am Königsstuhl. Malte hat in ihren Kindertagen Picknicks auf den Kreidefelsen unternommen, um dem stillen Schauspiel beizuwohnen.

Das war herrlich, aber nie so einmalig schön wie auf diesem Bild. Man ahnt es sogar durch den milchigen Schleier, der den Mond überzieht und der sich dem Wasser und der Watte widersetzt, anders als die Wasserfarbe, die darüberlag.

Sie würde zu gerne weiterarbeiten, aber die Watte ist verbraucht und der Ausschnitt, den sie in der rechten Bildecke freigelegt hat, genügt, um zu wissen, was sie entdeckt hat. Was Leopold entdeckt hat.

Eine Sensation. So viel ist gewiss. Der große Friedrich hat seine Kreidefelsen also auch bei Mondlicht gemalt. Diese Entdeckung muss ein Vermögen wert sein.

Leopold Wandler hat tatsächlich eine verteufelte Spürnase. Ob er das Geheimnis des Seestücks auf den ersten Blick erkannt hat? Dann ist er kein Fälscher, sondern ein Genie oder einfach ein verdammter Glückspilz.

Jedenfalls ist er findiger gewesen als sie, obwohl sie immer so stolz auf ihre Scharfsichtigkeit war. Wie konnte sie nur all die Jahre so dumm und blind sein?

Und ihre Mutter ebenfalls.

Hermine schaut in die Nacht hinaus und schüttelt widerwillig den Kopf.

Nein, Gudrun war nicht dumm. Sie war auch nie blind für die Fehler und Fehltritte des Herrn von Seelitz. Sie hat ihn trotzdem geliebt, einfach geliebt, ohne berechnende Absichten. So etwas lag ihr nicht. Die verschwiegene Liebe ist oft die tiefste. Hermine fährt mit den Fingern über die grob gepinselten Wellen, die noch immer den Großteil des Bildes bedecken.

»Um nichts in der Welt würde ich das hergeben«, hat Gudrun immer gesagt. Hat das Bild in den Westen geschleppt, in der elenden Waschküche der Verwandten einquartiert, ihre erste winzige Wohnung damit geschmückt und es zum Schluss ins Altenheim mitgenommen, wo es wuchtig eine Wand einnahm.

»Pass mir gut darauf auf, Hermine! Es ist unsere letzte Erinnerung an Malte, an ein ganzes Leben.«

Für Hermine gibt es keinen Zweifel. Gudrun hat den Herrn von Seelitz so sehr geliebt, dass sie einen echten Malte einem unverfälschten Friedrich vorgezogen hat. Schon deshalb, weil der echte Friedrich ihn das Leben gekostet hat. Und nun? Was soll sie mit dem Bild machen?

Was für eine schwere Entscheidung. Hermine fühlt sich nicht glücklich damit. Seufzend betrachtet sie ihre Reinigungsarbeiten. Sind sie nicht vielmehr ein Werk der Zerstörung?

Niemandem ist mit ihrer Entdeckung geholfen. Edwina wird Seelitz nicht kaufen, wenn es dort kein verstecktes Gemälde gibt. Sollte sie selbst es auf den Markt bringen, um das Gutshaus zu retten? Kann sie das? Malte war es mehr wert als sein Leben. Was würde Simon damit tun? Es geht um seine Zukunft, nicht um ihre.

Entschlossen knüllt sie die verschmutzte Watte zusammen. Es ist an der Zeit für die Wahrheit. Sie will nicht länger warten. Keine Sekunde.

45

Lilli presst den Rücken an Alidas Schlafzimmerwand und tastet sich in die Dunkelheit vor. Unscharf erkennt sie die Umrisse des Pfostenbettes. Darüber muss der Sisley hängen. Den Rücken an der Wand lässt sie sich nach unten gleiten, geht in die Hocke, legt sich flach auf den Boden und kommt sich vor wie ein Guerillakämpfer.

Schön und gut, sie ist drin, aber wie zum Teufel soll sie sich nur an oder unter der Lichtschranke des Alarmsystems vorbeiarbeiten? Und wo steckt Leopold? Hat er die Gelegenheit genutzt, um sich ins Gartenhaus zu schleichen und den echten Sisley zu holen? Sie hofft es.

Aber nein, er ist direkt hinter ihr. Seine Hand legt sich auf ihre Hüfte. Drückt sie noch fester an den Boden. Lilli muss einen erschreckten Aufschrei unterdrücken.

»Vater«, wispert sie fluchend.

»Nicht direkt«, kommt es zischend zurück. »Was machen Sie hier?«

Liliane stößt sich vom Boden weg, schnellt in die Hocke, als die Tür zum Schlafzimmer sich öffnet und ein Lichtstrahl aufs Bett fällt. Lilli schaut nach oben, sucht die Wand ab. »Das Bild …« Weiter kommt sie nicht. Simons Hand presst sich auf ihren Mund, ein Tennisball fliegt an ihren Ohren vorbei.

Ein Tennisball?

»Verdammter Mist«, flucht eine weibliche Stimme. Alidas Stimme.

»Signora Sammering, was soll das, mich einfach stehen zu lassen und mein Dessert Sorpresa! Wo sind die Gäste?«

Die Tür zum Schlafzimmer wird ruckartig geschlossen. Die Stimmen entfernen sich.

Simon löst langsam seine Hand von Lilianes Mund.

»Nun? Was haben Sie hier gesucht?«

Liliane antwortet nicht, sie starrt mit zusammengekniffenen Augen zur Wand hinüber. Auf ihrer Netzhaut flimmert nach, was sie zuletzt wahrgenommen hat. Eine leere Wand. Das ist unmöglich. Ihr Vater ist doch kein Zauberer. Sie schüttelt Simons Hände ab und erhebt sich langsam.

»Der Sisley ist weg«, sagt sie mehr zu sich selbst als zu Simon. »Mein Gott, der Sisley ist verschwunden!«

Ihre Hand schleudert vor, so als könne sie damit das Unbegreifbare begreifen, die Bewegung löst Charlottes Keramikring von ihrem Finger. Mit der Zielsicherheit von Präzisionsmunition durchschießt er die Laserschranke und hüpft kollernd bis zum Nachttisch. Mit anschwellendem Heulton nimmt die Alarmanlage ihren Dienst auf. Ein Höllenkonzert begleitet von zuckenden Lichtern.

Mister Stepford wirft sich über Liliane, reißt sie zu Boden und zwingt sie, mit ihm unter das Bett zu kriechen. Lilli atmet Staubmäuse, ihre Nase kribbelt, wieder liegt Simons Hand auf ihrem Mund, ihr Herz hat Spatzenflügel, aufgeregt flattert es in ihrer viel zu engen Brust herum.

Das ist das Ende. Sie sitzt fest.

»Wie können Sie nur so dumm sein, so unfassbar dumm«, flucht es neben ihrem rechten Ohr, als der Sirenenton einen Moment abschwillt. Lilli will etwas sagen, aber Simons Hand ist ihr im Weg.

»Ich denke, jetzt ist es Zeit für die Wahrheit. Was machen Sie hier?«

Der Alarm setzt wieder ein. Lilli beißt panisch in die Hand vor ihrem Mund.

»Verdammt«, flucht Simon, während er sie zurückzieht, seine andere Hand bleibt fest auf ihrer Hüfte liegen.

Lilli strampelt mit den Beinen, will unter dem Bett hervor. Simon presst sie enger an sich. Rote Blitze fegen unters Bett, schicken

Lichter über Mister Stepfords wütendes Gesicht. Lillis Herz übt Purzelbäume.

»Lassen Sie mich los. In ein paar Minuten wird die Polizei hier sein. Das Alarmsystem ist direkt mit der Wache verbunden.«

Simon hält sie umklammert.

»Sie kennen sich erstaunlich gut aus, aber das gehört wohl zum Handwerk.«

»In der Tat. Ich habe das System installieren lassen.«

»Sie?«

»Zum Teufel, ja, ich bin Versicherungsexpertin.«

Der Heulton schwillt wieder an und erstickt Simons sarkastischen Lacher. Lilli macht Schwimmbewegungen mit den Beinen. Simon umschlingt sie. Fest verknäult liegen sie unter dem Bett.

»Lassen Sie mich endlich los.«

»Erst sagen Sie mir die Wahrheit. Was haben Sie im Schlafzimmer von Frau Sammering gesucht?«

»Den Sisley, aber …«

»Na also, es geht doch. Ich habe Sie allerdings für cleverer gehalten. Einfach hereinspazieren und ein Bild stehlen scheint mir einfallslos oder ausgesprochen verzweifelt. Noch dazu bei angestellter Alarmanlage. Vielleicht verdankt sich dieser Leichtsinn einem Mangel an diesen sagenhaften Vitaminen? Oder haben Sie sich inzwischen Nachschub besorgt?«

Lilli strampelt wieder mit den Beinen.

»Ich wollte den Sisley nicht stehlen! Ich bin keine Diebin. Und außerdem ist das Bild weg!«

»Kein Wunder!«

»Simon, ich meine, Mister Stepford, ich habe den Sisley nicht! Wo sollte ich ihn denn versteckt haben? Unter diesem Kleid vielleicht?«

Ein Punkt für Liliane, denkt Simon. Überhaupt verwirrt ihn die Situation. Wegen der Alarmanlage, die sie selber ausgesucht haben will und wegen des Kleides, unter dem sich wirklich nichts versteckt. Er fühlt es genau.

»Bitte lassen Sie mich los«, fleht Liliane. Simon ist mit der Leibesvisitation beschäftigt. Wenn man sich zum Bauch vortastet, kann man mit dem Daumen Lillis Nabel spüren, das Vibrieren der Muskeln unter weicher Haut, was für eine niedliche Wölbung, und weiter oben fühlt man die hübsche Schlucht zwischen kissenweichen Brüsten … Was macht er denn da?

Jäh zieht Simon die Hand zurück. Liliane nutzt ihre Chance und arbeitet sich unter dem Bett hervor.

Polternde Schritte nähern sich von der Verandatür. Die Sirene jault wieder.

Lilli beißt die Zähne zusammen. Das war's. Man wird sie erwischen und für eine Diebin halten. So wie Simon es tut. Reglos bleibt sie liegen, schnappt nach Luft wie ein gestrandeter Fisch. Okay, kein Wal, eher eine Arielle mit silbernem Schweif, aber Schönheit wird ihr nichts nutzen. Stimmen werden laut, vermischen sich.

»Was ist passiert?«

Simon zerrt seine Beute unters Bett zurück, als gleichzeitig die Veranda- und die Schlafzimmertür aufgestoßen werden.

»*Maledetto!* Mach doch mal einer den Alarm aus. Signor Wilfried, Sie sind doch der Hausmeister.«

»Nein, ich habe soeben gekündigt.«

Licht flammt auf. Lilli drückt sich unters Bett und notgedrungen an Simon. Sie liegen Löffelchen. Kein Blatt Papier und erst recht kein Bild passt zwischen sie.

»Ein Diebstahl, o mein Gott, man hat mich bestohlen, bestohlen! Der Sissi ist weg.« Alidas Stimme übertönt den wieder aufflammenden Alarm. »Ein Diebstahl. Sehen Sie es alle? Ein Diebstahl.«

Simons Körper strafft sich. Liliane schließt die Augen. Gleich wird er sie von sich wegstoßen und verraten. Hätte sie ihm heute Mittag nur die Wahrheit gesagt.

Aber welche?

Sie kennt sie ja selber nicht.

Wo steckt der verdammte Sisley? Ihr Vater kann doch nicht zaubern!

Alidas Stimme steigert sich zum Kreischen. »Das waren bestimmt die beiden Irren, die mit der Geige. Das haben sie doch alle gehört. Ich habe immer gesagt, dass sie gefährlich sind. Gemeingefährlich. Sind ständig um das Haus geschlichen. Seit Wochen. Clemens kann das bezeugen. Wo ist Clemens? Und Herr Wandler. Und Mister Stepford. Der Herr von Sotheby's. Ich brauche alle Zeugen. Für mein Verbrechen, ich meine, das Verbrechen.«

»Meine Teuerste, Sie übertreiben den Auftritt«, mischt sich Edwina ein.

»Das ist ein Diebstahl, ein Diebstahl!«

»Das haben wir jetzt alle gehört. Beherrschen Sie sich, Sie klingen wie eine Schmierenkomödiantin!«

Kein Zweifel, Edwina ist bereit, die Befehlsgewalt zu übernehmen. »Und Sie da sind ab sofort wieder als Hausmeister eingestellt, mein Herr. Wir brauchen eine Fachkraft. Knipsen Sie diese saudumme Alarmanlage aus, der Lärm macht einen närrisch.«

Eine Männerhand fährt flink unters Bett, direkt an Simons Gesicht vorbei und macht dem Sirenengeheul ein Ende. Lilli kneift die Augen zu. Jetzt wird Simon sich zu Wort melden.

Alida füllt die Stille mit schriller Stimme. »Irgendwer muss sofort die Irren verhaften.«

Lilli reißt die Augen wieder auf.

»Welche Irren, Signora«, will Vittorio wissen. Lilli auch.

Alida antwortet eifrig wie eine Musterschülerin. »Die mit der Geige und den verrückten Namen. Schneeweißchen und Rosenrot. Brüderchen und Schwesterchen.«

»*No*, Sie meinen Hansel und Gretel!«

»Von mir aus. Bekloppt bleibt bekloppt. Wer weiß, was die mit dem Bild anstellen. Sie könnten es zerstören oder verstecken oder in den Bodden werfen. Das würde ihnen ähnlich sehen. Wahrscheinlich gibt es das Bild schon gar nicht mehr. Fangt die Irren!«

»Mein Opa sucht sie, glaube ich, im Gartenhaus. Dahinten läuft er!«

Lillis Körper wird starr, als ein Paar Turnschuhe direkt vor ihrem

Gesicht auftauchen. Himmel, das ist Charlotte. Jetzt nur keinen Mucks. Sie krallt ihre Hände fest in Simons Oberschenkel, weil sie sich an jemandem festhalten muss. Der Jemand nimmt sie ganz fest in die Arme.

Alida gurrt. »Wie reizend von deinem Opa. So mutig.« Und passend. Sie hat Hänsel und Gretel nämlich aufgefordert, sich dort in Sicherheit zu bringen, wenn der Alarm losgeht. Vor den Einbrechern. Die beiden sind so herrlich doof und haben noch »Danke für den Tipp« gesagt.

»Diebe im Gartenhaus? Hoffentlich wollen die nicht meine Schnecken stehlen! Ich muss sofort hin. Nötzing, das ist ein Notfall, ich bitte um kollegiale Mithilfe.«

»Selbstverständlich, Doktor Feindorn. Ich habe meine Betäubungspistole dabei.«

»Wow, 'ne Knarre? In echt?«

Die Turnschuhe beginnen zu hüpfen. Lilli will sofort unter dem Bett hervor. Ihr Kind und Schusswaffen! Simons Hände umklammern ihren Bauch, Lilli schnappt panisch nach Luft. Simon massiert ihren Nacken.

»Aber *prego*, Hansel und Gretel sind doch keine Diebe«, protestiert Vittorio. Allgemeines Fußgetrappel Richtung Verandatür. Nur die Turnschuhe stoppen kurz ab. Neben einem bunten Gegenstand, der vor dem Nachttisch auf dem Boden liegt. Gelbrot, gläsern. Eine Mädchenhand greift danach. Simon nimmt es aus den Augenwinkeln war. Charlotte hat den Keramikring ihrer Mutter entdeckt und hastig aufgehoben. Clever, die Kleine, verwischt die Spuren. Man muss schon sagen, in Sachen Liebe und Zusammenhalt macht den Wandlers keiner etwas vor.

»Stehen bleiben!« Das ist Edwina. »Sie können doch nicht alle vom Tatort weglaufen. Wir müssen die Türen verriegeln, das Haus bewachen, bis die Polizei da ist. Eine hilflose alte Frau wie ich kann das unmöglich … Sie da, Hausmeister, übernehmen Sie das, und rühren Sie sich nicht von der Schlafzimmertür weg, bevor ich Ihnen neue Befehle gebe.«

»Davon steht nichts in meinem Vertrag.«

»Da steht auch nicht drin, dass Sie in meinen Diensten ab sofort eine Lohnerhöhung von, sagen wir, hundert Euro erhalten.«

»Zweihundert.«

»Hundertdreißig schwarz auf die Hand, und passen Sie auf, dass nicht noch mehr aus dem Haus verschwindet. Scheint doch ein paar wertvolle Objekte hier zu geben. Ich sehe mich mal in den anderen Räumen um. Kopflose Idioten alle! Was will die ganze Meute im Gartenhaus? Kleine, du kommst mit mir mit.«

»Ich will lieber den Tatort bewachen.«

»Auf gar keinen Fall, vielleicht treiben sich hier noch Verbrecher herum.«

Ein Turnschuh stampft trotzig auf. »Ich habe keine Angst vor Verbrechern. Im Gegenteil.«

»Keine Widerrede, junge Dame, sonst versohle ich dir den Hintern. SIMON! Wo steckt dieser Dummkopf, wenn man ihn braucht?«

Die Turnschuhe quietschen auf dem Boden, jemand zerrt an Charlotte herum. Die Verandatür wird verschlossen. Dann dreht sich der Schlüssel in der Schlafzimmertür. Stille senkt sich über den Raum.

Simon macht keine Anstalten, seinen Platz neben Lilli aufzugeben. Lilli macht keine Anstalten, von Simon abzurücken. Sie denkt darüber nach, wie es wäre, den Rest des Lebens unter einem Bett zu verbringen.

Verliebte tun so was, wenn auch gewöhnlich *in* einem Bett.

Verflixt. Warum hat sie immer wieder Gefühle, die völlig unpassend sind, die sie nicht kontrollieren kann und die in genauem Gegensatz zu dem stehen, was sie will und was gut für sie ist? Sogar ohne Valbingers fabelhafte Medizin. Sie ist ein wandelnder Konfliktherd, ein inneres Schlachtfeld auf zwei Beinen, eine Kanone, die nur rückwärts feuert.

Simon nicht. Er feuert nach vorn.

»Endlich haben wir Zeit für eine ausführliche Unterhaltung, Frau Wandler«, sagt er flüsternd.

»Müssen wir denn immer reden?«

»Was schlagen Sie sonst vor?«

Lilli dreht sich mühsam zu ihm herum. Seine Arme bleiben ihr im Weg. Jetzt liegen seine Hände auf ihrem Rücken und auf nackter Haut. Hinten ist ihr Kleid besonders freizügig. Simons Hände sind sehr warm und groß, ihre Haut kribbelt verboten schön. Der letzte Mann, der sie so respektvoll, zart und zugleich entschlossen festgehalten hat, war ihr Zahnarzt. Nur nicht am Rücken.

Lilli wird ganz geschmeidig. Sie kann nicht anders. Kommt wohl davon, wenn man solche Kleider trägt, die bringen einen auf kuriose Gedanken und machen das Herz ganz hell und den Körper biegsam.

»Danke, dass Sie mich nicht verraten haben. Warum haben Sie das getan, also, nicht getan?«, wispert Lilli.

Ihr Gesicht ist ganz nah bei seinem, sie spürt seinen warmen Atem auf ihren Wangen und dass er sie anschaut. Sie weiß nur nicht, wie. Kann Simon Stepford zärtlich gucken? Liebevoll, besorgt, beschützend? O ja, er kann. Sie weiß es. Auf dem Segelboot hat er so geguckt.

Gleich berühren sich ihre Nasen. Nur noch einige Millimeter. Die alles verändern würden. Ihr das Vertrauen in die Menschen, speziell in Männer, zurückgeben könnten.

Simon räuspert sich. »Ich hatte nicht das geringste Interesse, für Ihren Komplizen gehalten zu werden. Darum habe ich geschwiegen.«

»Und darum haben Sie mich unters Bett gestoßen und daruntergezerrt, als die Leute kamen? Ich glaube Ihnen kein Wort, Herr Stepford, Mister Sotheby's, Simon. Spürst du nicht auch, was los ist. Nein? Oh, Simon. Können wir nicht einfach aufhören, uns gegenseitig etwas vorzumachen?«

»Wie wäre es, wenn Sie damit anfingen?«

»Ich bin so gut wie nackt, da gibt es nicht viel zu verstecken. In einem Kleid, das du mir aufgedrängt hast. Warum? Wo du mich doch für eine drogensüchtige Diebin hältst!«

»Das Kleid steht Ihnen sehr gut.«

»Es fühlt sich auch sehr gut an. Und lass das blöde Sie.«

»In der Tat.«

»Simon, was willst du von mir? Ganz ehrlich!« Noch näher kann sie nicht an ihn heranrücken. »Bitte, du meinst es doch ehrlich mit mir. In gewisser Weise jedenfalls – oder? Ich meine, du hast doch nicht nur Mitleid?«

»Mitleid? Mit dir! Also, Ihnen? Ich… Ach, zum Teufel.«

Das ist wirklich nicht der Moment zum Reden. Findet Simon. Und Lilli findet das auch. Vielleicht liegt es daran, dass sie sich in unmittelbarer Nähe zu einem Bett befinden, hervorragend gegessen und zusammen sehr viel Champagner getrunken haben. Den Rest ihrer Geständnisse schreiben sie mit den Händen auf nackte Haut. Nach ein paar Zeilen brauchen sie mehr Platz, jeden Zentimeter ihrer Körper. Sie haben sich viel mitzuteilen. Still, nur von Seufzern unterbrochen. Den Mund braucht man in Situationen wie diesen zum Küssen.

46

Im Gartenhaus haben derweil Kunstgespräche stattgefunden, wenn auch keine Soiree. Es wurden keine Häppchen gereicht oder Sekt serviert. Es geht hier um Geld. Und wenn es um Geld geht, versteht Clemens keinen Spaß. Er ist eben aus dem Schweinestall zurückgekehrt, vor dem Haupthaus säuseln noch die Geigen.

»Also, Leopold, wo sind meine Picassos?«

Sein ehemaliger Schwiegervater entfernt sich so nonchalant wie möglich von der Vitrine, hinter der er den Sisley hervorholen wollte, als Clemens aufgetaucht ist. Elender Störenfried.

Leopold streicht sich über die Smokingaufschläge.

»Du hast ein grammatisches Problem, Clemens. Du neigst dazu, Possessivpronomen zu verwechseln. Deine Picassos sind meine Picassos, und ich wäre niemals so leichtsinnig gewesen, sie in einem Schweinestall zu verstecken! Dein Kunstverstand lässt mehr als zu wünschen übrig.«

Clemens tritt drohend an ihn heran und fegt ein paar Schneckenskizzen vom Tisch.

»Du hast sie also aufgestöbert, alter Fuchs. Wo sind sie versteckt? Hier?«

Er wühlt auf dem Tisch herum. Schnecken, nichts als Schnecken.

Leopold zieht einen Stuhl hervor und setzt sich. »Ich stehle keine Bilder, mein Sohn, schreib dir das endlich hinter die Ohren. Die Picassos sind auf höchst natürliche Weise verschwunden. Nun ja, vergleichsweise natürlich. Frag Isolde.«

»Das Schwein?«

Leopold nickt. »Würde mich nicht wundern, wenn so ein kluges

Tier eines Tages noch anfängt zu sprechen. Soweit ich weiß, unterscheidet sich die DNA eines gewöhnlichen Hausschweins nur um ein Gen von der unseren.«

Clemens knallt die Faust auf den Tisch. »Lass das Geschwätz. Ich will wissen, wo die Skizzen stecken.«

»Im Schwein.«

Clemens öffnet den Mund und gafft. Man sieht, dass es in seinem Gehirn arbeitet.

»Lass die Witze.«

Es spricht nicht für seinen Verstand, dass er noch immer nicht begreift, findet Leopold.

»Mit Picassos scherze ich nicht. Wie auch immer, ich betrachte unsere geschäftlichen Beziehungen als beendet.« Leopold steht auf.

Clemens hebt die Hände zu einer beschwichtigenden Geste. »Leopold, nicht so schnell. Denk doch nur an die Vorteile einer Zusammenarbeit. Wir könnten es weit bringen.«

»Ja, bis in den Knast.«

»Da stehst du ohnehin mit einem Bein drin. Schließlich gibt es ja nicht nur Picassos aus dem Hause Wandler.«

»Ich weiß nicht, wovon du sprichst.«

»Von den vielen bemerkenswerten Meisterwerken, die du im Laufe deines Lebens für Ewald Sammering produziert hast.«

»Oh, die. Du kannst sie gerne in meiner Galerie besichtigen. Auch außerhalb der Öffnungszeiten. Für meinen ehemaligen Schwiegersohn mache ich gern eine Ausnahme.«

»Für die Staatsanwaltschaft auch?«

Das Aufheulen der Alarmsirene im Haupthaus unterbricht ihn, jäh wenden beide Männer die Köpfe.

Clemens hastet zur Tür. Fluchtinstinkt eines Windhundes, tippt Leopold und ist Sekunden nach ihm bei der Tür.

Clemens reißt sie auf. »Was ist das?«

»Eine Alarmanlage. Schweizer Fabrikat, die Intervallschaltung gilt als äußerst präzise und verlässlich.«

Liliane hat sie ihm erklärt. Leopold knirscht mit den Zähnen.

Verflucht noch mal, wie konnte ihr so ein Missgeschick passieren? Einfach in die Laserschranke reinzulaufen. Warum hat sie nicht auf ihn gehört und alles ihm überlassen.

Ruhig bleiben, befiehlt er sich, jetzt ganz ruhig bleiben. Hoffentlich hat sie sich rechtzeitig in Sicherheit gebracht. Sein Blick flitzt zu der Vitrine. Macht keinen Sinn, den echten Sisley vorzuholen. Schon gar nicht im Beisein seines Schwiegersohns. Jetzt gilt es, die Tochter zu retten, nicht die Kunst. Das ist seine große Chance, eine Menge wieder gutzumachen.

Er stößt Clemens beiseite. »Du erlaubst? Ich werde einmal sehen, ob ich helfen kann. Vielleicht handelt es sich um einen Feueralarm.«

Mit langen Schritten eilt er zum Haus hinüber.

Sein Schwiegersohn bleibt unschlüssig stehen. Was hat Leopold jetzt wieder vor? Hol's der Teufel, er wird erst einmal das Gartenhaus unter die Lupe nehmen. Vielleicht finden sich die Picassos ja doch. Da an der Wand hängen schon zwei Bilder. Und von irgendwo nimmt er einen schwachen Farbgeruch wahr. Hat Leopold hier irgendetwas gemalt?

47

Auf halbem Weg zum Haus trifft Leopold auf die Tischgesellschaft, die von Vittorio, Doktor Feindorn und einem mit einer Pistole bewaffneten Mann angeführt wird.

Leopold verstellt ihnen den Weg.

»Lieber Himmel, was ist geschehen? Sie sehen äußerst erregt aus – ein wenig nach Lynchkommando, wenn ich das so sagen darf!«

Alida schaltet sich ein. »Wir müssen die Irren verhaften. Sie haben mein Bild gestohlen. Den Sissi.«

»Das Bild ist weg?« Alle Achtung, Liliane. Nur, wo steckst du damit?

Alida nickt wie ein Wackeldackel. »Die zwei Irren haben es geklaut. Da bin ich mir ganz sicher. Sie haben die Geige doch alle gehört, nicht wahr?«

Die Irren als Diebe? Das wird ja immer besser.

»Sie meint Hansel und Gretel, Signor Wandler«, erläutert Vittorio unnötigerweise, »aber das ist unmöglich! Die beiden sind harmlos wie Gänseblümchen.«

Das findet Leopold zwar auch, ist aber sehr erleichtert, dass niemand seine Lilli erwähnt.

»Harmlos, pah«, schrillt Alida, »das Bild ist laut meiner Versicherungspolice fast eine Million Euro wert. Wer so etwas stiehlt, ist nicht harmlos. Am Ende zerstören die zwei das Bild! Kennt man doch, Säureattentate und so. Gestern haben die mir schon die Fensterscheiben im Gartenhaus eingeschlagen und …«

Doktor Feindorn schiebt Leopold beiseite. »Im Gartenhaus?

O Gott. Sehen Sie nur, jemand sucht es gerade mit einer Taschenlampe ab. Das müssen die Diebe sein. Sie wollen noch mehr mitnehmen. Lassen Sie mich durch, ich muss zu meinen Schnecken.«

Nötzing hält ihn zurück. »Moment, Feindorn. Wir brauchen Informationen, denken Sie wie ein Wissenschaftler. Herr Wandler, haben Sie jemand Verdächtiges im Gartenhaus gesehen?«

Leopolds Blick verharrt auf Alida, die Gute hat ein erstaunliches Interesse an einem Versicherungsschaden. Der Einbruch bietet da eine Menge Möglichkeiten. Cleveres Biest. Nun, auch für ihn wäre ein Diebstahl des falschen Sisley günstig, ausgesprochen günstig. Er zögert einen Augenblick, dann lächelt er in Richtung Nötzing.

»O ja, im Gartenhaus war jemand, eine dunkle Gestalt. Groß, kräftig und durchtrainiert. Sein Gesicht konnte ich im Dunkeln nicht erkennen, aber er hat ein Kinn wie ein Boxer. Sah sehr gefährlich aus. Ich habe mich nicht hineingetraut.«

»Aber das klingt überhaupt nicht nach meinen Irren«, protestiert Alida und sieht sehr verwirrt aus. Boxerkinn? Wer kann das sein?

»Ach, wissen Sie«, bemerkt Leopold, »einen Hauch von Wahnsinn würde ich nicht ausschließen. Die Gestalt wirkte recht verwirrt und zum Letzten entschlossen.«

Nötzing guckt grimmig. »Nur gut, dass ich eine Betäubungspistole dabeihabe. Völlig harmlos, aber geeignet, jemanden außer Gefecht zu setzen, wenn es nötig sein sollte.«

»Das Ding ist völlig harmlos?«, fragt Leopold nach.

»Völlig.«

»Und es tut nicht weh?«

»Nur im Rahmen des Erträglichen. Eine Art stechender Aufprallschmerz, dann setzt vollkommene Bewusstlosigkeit ein. Süßes Vergessen. Ich würde doch keinem Tier Schmerzen zufügen wollen.«

»Nun denn, Halali.«

Leopold gibt den Weg frei. Hoffentlich trifft es den Richtigen. »Und vergessen Sie nicht, dass es sich um ein Bild von immensem Wert handelt. Der Kerl darf in keinem Fall damit entkommen.«

Falls Clemens den echten Sisley entdecken sollte!

Nötzing und Feindorn rennen los. Vittorio folgt ihnen protestierend. Kurz darauf erreichen die drei Männer das Gartenhaus, stürmen hinein. Die Taschenlampe verlischt. Es folgen polternder Lärm, gedämpfte Schreie und ein Geräusch, das an das dumpfe Ploppen eines Sektkorkens erinnert. Alida klammert sich an Leopold und schnurrt wie eine Katze, die den Sahnetopf entdeckt hat.

»Ich halte mich da lieber heraus!«

Das ist Leopold gar nicht recht, er will endlich zu Lilli und dem falschen Sisley. Der gehört rasch beseitigt, damit die Polizei später nicht in Verwirrung über zwei identische Bilder gerät.

»Meine Gnädigste, Sie sollten sich unserer starken Truppe im Gartenhaus unbedingt anschließen. Da sind Sie sicher. Ich werde derweil das Gutshaus inspizieren. Vielleicht finden sich dort Spuren …«

Weiter kommt er nicht, weil neues Sirenengeheul einsetzt. Diesmal wird es von blauem Licht begleitet und verwandelt die Schwärze zwischen den Bäumen im Park in silbernes Feenlicht. Das Tatütata verstummt. Wagentüren klappen, zwei Gestalten in Uniform umrunden das Gartenhaus.

Alida quiekt erregt. Ach nein, das ist Isolde, die aus dem Unterholz auftaucht. Alida begnügt sich mit einem Freudenschrei.

»Die Polizei!«

»Sehr pünktlich«, findet Leopold. »Am besten, Sie gehen gleich hin, um eine Aussage zu machen! Wo Sie einen so genauen Verdacht haben. Wir wollen doch nicht, dass jemand Falsches verhaftet wird und die Situation außer Kontrolle gerät.«

Die Dame klammert sich noch fester an ihn.

»Solange Sie bei mir sind, kann mir nichts passieren. Sie wissen schließlich am besten, was der Sissi wert ist. Das interessiert die Polizei bestimmt. Wir können gemeinsam unsere Aussagen machen. Ich glaube, die Versicherung wird ein genaues Protokoll unter Mitarbeit eines Kunstexperten sehr begrüßen.«

Jetzt reicht es! Leopold hat wirklich die Nase voll davon, in anderer Leute Betrugsmanöver verstrickt zu werden. Er hat mit seinen eigenen genug zu tun.

»Wo steckt eigentlich mein werter Schwiegersohn? Ich habe ihn seit geraumer Zeit nicht gesehen. Er kennt sich mit Versicherungen, Verbrechen und ähnlichen Geschäften gut aus und wäre Ihnen sicher gerne behilflich. Wo es doch um so viel Geld geht.«

»Clemens?« Verwirrt schaut Alida sich im Park um. Dann rafft sie ihr Kleid und rennt los. Boxerkinn! Hat Leopold nicht eben gesagt, der Irre im Gartenhaus habe ein Boxerkinn? Himmel, das hat sie nicht gewollt. Wo haben sich Hänsel und Gretel denn versteckt? Kein Verlass auf diese Idioten.

48

Das Kaminfeuer ist heruntergebrannt. Außerdem zieht es im Speisesaal. Fröstelnd legt sich Edwina eine Jacke um die Schultern. Sie hat die Durchsuchung des Hauses erfolglos beendet und nichts Interessantes entdeckt. Keine Diebe, keinen Friedrich, nur noch mehr Schimmel.

Wirklich eine Schande, den alten Kasten so zu vernachlässigen. Richtig vertraut ist sie mit dem Haus wieder geworden. Sogar in Maltes ehemaliges Schlafzimmer hat sie hineingespäht. Da, wo sie und er … in diesem hübschen, ausladenden Pfostenbett … Wo das nur hin ist?

Ach was, einmal ist keinmal, und in dem Zimmer steht nur noch Gerümpel herum. Gehört alles entsorgt, dann ließe sich aus dem Raum wieder etwas machen. Er hat einen herrlichen Blick auf den Bodden. So friedlich. Man würde zu gerne darin einschlafen. In Frieden ausruhen. Einschlafen? Ein eisiger Hauch streift ihren Nacken. Von wegen einschlafen. So weit ist sie noch nicht.

Entschlossen richtet sie sich am Kopfende der verlassenen Dinnertafel auf und ihre Gedanken in die Gegenwart. Charlotte sitzt neben ihr und pustet Kaugummiblasen in die Luft.

»Wirklich seltsam, dieser Diebstahl«, sagt Edwina in die Stille. »So völlig unerwartet.«

Charlotte verdreht die Augen. Die Dame will Miss Marple spielen und ist so findig wie Hein Blöd. »Das sind Diebstähle doch immer, oder?«

»Setz dich gefälligst gerade hin und widersprich mir nicht. Hör zu. Hier haben jahrelang wertvolle Bilder gehangen, besser gesagt in der Gegend herumgestanden. Und das, soweit ich sehen konnte, so gut wie unbewacht, in einem halb verfallenen Haus, das von einer minderbemittelten Fußpflegerin, einem greisen Volltrottel und einem frustrierten Hausmeister bewohnt worden ist. Das nenne ich eine günstige Gelegenheit.«

Charlotte malt mit einer Gabel Muster in Vittorios Tiramisu. Herzen, die sich überschneiden. Sie harkt sie weg. Liebe ist ihr im Moment so was von egal.

»Gelegenheit wofür?«

»Für einen Einbruch natürlich! Aber nein, diese Kunstdiebe warten ab, bis eine neue Alarmanlage installiert ist und sich im Haus eine Festgesellschaft von mehr als zehn Personen samt Personal versammelt, um zuzuschlagen. Wer tut denn so was?«

Charlottes linke Hand stiehlt sich in ihre Hosentasche und umklammert den Keramikring, den sie im Schlafzimmer gefunden hat. Jetzt nur nicht auffallen.

Edwina lässt nicht locker. »Das ist doch bemerkenswert dumm.«

»Dumm wie Toastbrot«, stimmt Charlotte zu, »aber schließlich sind die Diebe zwei Irre von der Insel.«

»Behauptet Alida Sammering«, sagt Edwina und kommt in Schwung. »Sie ist geradezu versessen darauf, die Sache den beiden in die Schuhe zu schieben. So, als wolle sie von jemandem ablenken.«

Die Tür zum Speisesaal wird geöffnet. Leopold steckt seinen Kopf in den Raum.

»Oh, guten Abend. Hallo Charlotte. Ist Lilli hier?«

»Hallo Opa. Gut, dass du kommst. Frau Graf interessiert sich für Kunstdiebstähle, da kannst du ihr sicher weiterhelfen. Ich muss los, Mom suchen. Die interessiert das bestimmt auch.« Charlotte schält sich aus dem Stuhl und saust zur Tür.

Leopold nickt. »Eine ausgezeichnete Idee, mein Kind. Ich suche sie nämlich ebenfalls.«

»Halt«, ruft Edwina. »Erst einmal könnten Sie sich nützlich machen und den Ofen im Keller in Gang bringen. Ich friere mich hier noch zu Tode.« Blödes Sprachbild. An Unterkühlung wird sie gewiss nicht sterben.

»Gnädige Frau, ich bin nicht der Hausmeister. Wenden Sie sich in Fragen der Heizungstechnik bitte an ihn!«

»Der muss Wache beim Schlafzimmer stehen und hat selber keine Ahnung von Heizungen. Ich habe das Ding heute Morgen abgestellt, weil der Kerl darin Terpentin und Ölfarben verbrannt hat. Als ich mit Alida unten war, hat es gerochen wie in einer Chemiefabrik. Dabei könnte er mit dem altem Gerümpel, das überall rumsteht, auf Monate einheizen, aber diese Alida hat einfach keinen Sinn für kluges Haushaltsmanagement und …«

Leopold verharrt in der Tür. *»Terpentin und Ölfarben?«*

Charlotte hat die Nase von dem Drachen voll und verschwindet in der Halle.

49

»Fantastisch. Das ist einfach unglaublich.«

»Meinst du das Küssen oder meine Erklärungen?«

Simon streichelt Lillis Gesicht, die Augen, die Nase, die Locken, legt ihr den Finger auf den Mund.

»Psst, nicht so laut, vor der Tür steht jemand Wache. Ich meine beides, mein Liebling, alles. Dich. Vor allem dich. Was war ich für ein Esel. Dich für eine Betrügerin zu halten! Kannst du mir verzeihen?«

»Ich kann und will«, flüstert Lilli zurück. Sie will tatsächlich. Schon deshalb, weil Simon ihr tapfer zugehört und geglaubt hat. Das muss Liebe sein. »Schließlich wäre ich ja beinahe eine Betrügerin geworden. Und eine Fälscherin!«

»Lilli, du doch nicht! Du hättest das nie und nimmer durchziehen können.«

»Tu nicht so ungläubig, schließlich hast du das die ganze Zeit vermutet, oder?«

»Aber es ist mir sehr schwer gefallen, dich für raffiniert und verschlagen zu halten. Sehr schwer. Von Anfang an. Und die Nummer der großen Verführerin habe ich dir nie abgenommen. Obwohl du eine bist. Auf deine Weise. Ich hätte meinem ersten Eindruck von dir vertrauen sollen. Der war ganz anders.«

»Ich hoffe, das ist ein Kompliment.«

Lilli legt ihren Arm über Simons flachen, harten Bauch und kuschelt sich ganz fest an ihn. Sie haben es noch nicht bis auf das Bett geschafft, aber das hat Zeit.

»Aber das mit den Tabletten muss aufhören«, sagt Simon streng und streichelt sie ganz zart, ihr Körper beginnt zu fließen, seine Hände gleiten an ihren Hüften herab, fahren eine sanfte Kurve zu den Innenseiten ihrer Schenkel. Süßes Beben. Schon wieder dieses Gefühl sehnsüchtiger Erwartung. Himmlisch.

Lilli arbeitet sich träge auf ihrem Ellbogen nach oben.

»Die Tabletten habe ich in gutem Glauben genommen. Und irgendwie haben sie mir ja auch geholfen. Und dir, also uns. Ohne das Zeug hätte ich mich nie getraut …«

»Davon will ich nichts hören! Schscht.«

»Weiß der Himmel, was der alte Valbinger mir da verabreicht hat. Ich hoffe, es war nichts allzu Gefährliches. Ich werde ihn gleich morgen fragen.«

»Spürst du irgendwelche Entzugserscheinungen?«

Lilli legt ihre Hand auf Simons Hintern und zieht ihn fest und ohne jeglichen Widerstand von seiner Seite an sich heran. »O ja, Mister Stepford«, haucht sie. Graf zuckt zurück. Stepford, herrje, Zeit für sein Geständnis.

»Äh, bevor wir das hier vertiefen, muss ich dir noch etwas sagen … über mich.«

Lillis Augen sind ganz groß und grün und rasend niedlich. »Nicht nötig, ich weiß jetzt alles, was ich wissen will.« Und die Verlobte hat derzeit keinen Platz unter dem Bett.

»Nein, Lilli, ich habe ein Geständnis abzulegen, bevor wir weitermachen, ich bin nicht …«

»DU KANNST HIER NICHT REIN, JUNGE DAME.«

»ICH MUSS ABER REIN.«

Lilli zuckt zusammen. »Still. Das ist Charlotte vor der Tür. Sie darf uns auf keinen Fall entdecken. Wie soll ich ihr das erklären?«

»Was?«

»Dich zum Beispiel. Sie ist besessen von der Idee, mich vor verlogenen Männern zu schützen.«

»Also, ich …«

»Pssst!«

50

Charlotte hat Ärger mit dem Hausmeister. Der steht eisern seinen Mann vor Alidas Verandatür, die er mit den Schlagläden verbarrikadiert hat. Für hundertdreißig Euro Lohnerhöhung muss man was tun. Die Ärmel seines Kellnerfracks hat er aufgekrempelt, um seine Muskeln vorführen zu können. Die sind prima in Schuss.

»Ich muss aber rein«, bettelt Charlotte. »Ich habe da drinnen eben was verloren.«

»Was?«

»Äh, mein Stofftier.«

»Dann wirst du es wiederfinden, sobald die Polizei da war und alles untersucht hat. Die nehmen keine Teddybären fest. Keine Bange, da kommt nix weg und keiner raus, solange ich hier stehe.«

Das ist ja das Problem! Charlotte umtänzelt aufgeregt den Mann. Hinten am Gartenhaus steht ein Streifenwagen. Noch scheinen die Gesetzeshüter anderweitig beschäftigt. Mit den Irren und ihren Verfolgern, wie Charlotte annimmt, aber gleich werden sie den Tatort besichtigen wollen. An dem Mom festsitzt. Warum auch immer. Vielleicht mit dem angeblichen Kunstexperten?

»Darf ich nicht wenigstens kurz nachschauen, ob es noch im Zimmer liegt? Es ist, glaube ich, unter das Bett gefallen.«

»Dann kann ihm ja nichts passieren. Oder glaubst du noch, dass unter Betten Monster wohnen?«

Charlotte reißt die Augen ganz weit auf, damit sie ein bisschen nach Kleinkind aussieht. Das kann sie gut.

»Es ist mein allerliebstes Kuscheltier, seit ich ein Baby bin, ich meine war. Am Ende beschlagnahmen die Bullen das Ding!«

Da nutzen dem Hausmeister seine Muskeln nicht viel, er wird weich unter dem Blick. Man hat ja schließlich Herz und selbst eine Familie, die man viel zu selten sieht.

»Na gut«, er zieht einen Schlüssel aus der Tasche, »wir gucken kurz durch die Tür, da kann keiner was gegen haben.«

Doch. Charlotte. Sie will ganz alleine gucken. Vor allem weil sich in diesem Moment der Streifenwagen beim Gartenhaus in Bewegung setzt und auf das Haus zurast. Gott, haben die das eilig. Wollen wohl dringend wen verhaften.

»Bitte, bitte, den Schlüssel, ich muss mein Stofftier retten.«

Zu spät. Der Streifenwagen rast in schlingernden Kurven über den Kies. Mit scharfem Bremsen kommt das Auto quer vor dem Eingang zu stehen. Ein Beamter steigt aus, schiebt sich die Mütze zurecht, sieht sich suchend um, entdeckt den Hausmeister. Mit elastischen Schritten geht er auf ihn zu, streckt die Hand aus, um die des Hausmeisters zu schütteln. Sie schütteln ausführlich.

»Guten Abend, Wilfried, so spät noch bei der Arbeit?«

»Guten Abend, Werner, nehme an, ihr seid wegen des Einbruchs da.«

Charlotte möchte laut losschreien, als Bulle Werner die Begrüßungszeremonie bei ihr wiederholen will.

»'n Abend, junge Dame.«

Der spinnt komplett. Hat der noch nie einen anständigen Krimi gesehen? So blöd war nicht mal Derrick.

»Sind Sie denn nicht hier, um die Einbrecher zu verhaften?«

»Längst passiert, junge Frau.«

»Oh, wer war's denn?«

»Das wissen wir noch nicht genau. Es kommen mehrere Täter in Frage. Jetzt brauchen wir erst einmal einen kräftigen Mann und eine Trage. Im Gartenhaus liegt ein Verletzter. Und außerdem müssen wir diesen schweren Schinken in Sicherheit bringen. Keine Ahnung, warum einer so ein Machwerk klauen wollte. Ziemliches Geschmiere, aber hier im Haus soll es ja vor Kunstexperten wimmeln. Die können uns sicher weiterhelfen und sagen, was das sein soll.«

Charlotte ist entsetzt: »Sie haben auf Hänsel und Gretel geschossen?«

»Um Gottes willen, wir doch nicht. Ein Irrer hat auf einen anderen Irren geschossen. Lauter Verrückte da drin. Einer schreit ständig nach Schnecken. Und die Dame des Hauses nach ihrer Versicherung. Aber darum kümmern wir uns später. Gleich kommt Kommissar Sobotka aus Bergen, der wird den Schlamassel schon klären. Jetzt schaffen wir die ganze Bande erst mal zum Verhör ins Gutshaus. Komm, Wilfried.«

Der Hausmeister nickt.

»Und du passt auf, dass hier nichts Wichtiges wegkommt«, weist er Charlotte im Weggehen augenzwinkernd an. Die schnappt sich den Schlüssel aus seiner Hand und tippt sich mit der rechten Hand salutierend an die Stirn.

51

Alidas Gästeschar ist ins Speisezimmer zurückgekehrt und friert. Bis auf Clemens, der liegt in seliger Narkose auf einem Diwan und erinnert an einen gedopten Orang-Utan. Alida tupft ihm die Stirn mit einer nassen Serviette. Alle warten auf den Kriminalkommissar aus Bergen, der Licht ins Dunkel bringen soll.

Leopold schüttelt mit Blick auf den verschossenen Sofasamt unter Clemens' Körper den Kopf. Dieser Sammering! Nicht einmal die Möbel hat er in Schuss gehalten.

»Kann hier nicht endlich jemand die Heizung anstellen?«, beschwert sich Edwina.

Der Hausmeister will sich widerwillig auf den Weg machen. Immer verpasst man das Beste. Leopold hält ihn mit einer Handbewegung auf.

»Machen Sie sich keine Umstände, Herr …«

»Wilfried, hab mich noch gar nicht richtig vorgestellt.« Wilfried und Leopold schütteln sich die Hände.

»Leopold, angenehm. Also, Wilfried, bleiben Sie ruhig bei uns. Die Heizung habe ich eben wieder in Gang gesetzt, gnädige Frau. Man hatte sie mit ungeeignetem Brennmaterial gefüllt, das ich zunächst entfernen musste.«

Leopold verbeugt sich respektvoll in Richtung der alten Dame. »Gleich sollte es uns allen warm werden. Bis dahin hilft das hier.«

Fröstelnd nimmt er einen Schluck Cognac und lehnt sich zurück. Der Cognac lindert seinen Schock. Es war durchaus schmerzlich, die Überreste seines Alfred Sisley in einem Ofen zu entdecken.

Auch wenn es sich bei diesem Sisley nur um die Kopie gehandelt hat. Eine brillante Kopie zu Asche zerfallen. Immerhin besser die als das Original.

Wenn er Lilli davon erzählt, wird sie hoffentlich endlich den Wert seiner Arbeit zu schätzen wissen. Seine Kopie hat zur rechten Zeit ein Meisterwerk der Kunst vor den zerstörerischen Klauen der Witwe Sammering gerettet.

O ja, er hat eins und eins inzwischen zusammengezählt. Die Versicherungspolice ist auf Alidas Namen ausgestellt, weil Sammering als Bankrotteur keine Verträge mehr machen konnte, ohne die Beschlagnahmung seiner Bilder zu riskieren. Und das hat seine Schwarze Witwe auf erstaunlich clevere Gedanken gebracht. Das Bild war nicht ihr Eigentum, die Police schon. Wirklich clever.

Allerdings nicht clever genug für ihn.

Entspannt prostet Leopold der hysterisch wimmernden Alida zu.

Die Überbleibsel seiner Sisley-Kopie hat er in sein Taschentuch geschlagen und in die Hosentasche gesteckt, nachdem er Heizöl nachgefüllt und bevor er sie Alida kurz gezeigt hat. Wortlos. Kleine Warnung.

Ihr entsetzter Blick sprach Bände.

Nun, damit ist sein Tagwerk erledigt, und es macht Spaß, anderen bei ihrer Arbeit und ihren Fehlern zuzuschauen. Vor allem den Polizisten, die sich um Fassung bemühen angesichts der Verhaftungswelle im Gartenhaus, die sie hinter sich haben.

Die beiden Beamten stehen beim Kamin und schieben sich die Mützen zurecht, als endlich Kriminalkommissar Sobotka aus Bergen eintrifft.

»Guten Abend die Herrschaften, uns wurde der Diebstahl eines kostbaren Bildes gemeldet. Ich bin hier, um eine Untersuchung einzuleiten.«

Der stämmige Mann in schwarzer Lederjacke nimmt einen Beamten beiseite und lässt sich über das komplexe Tatgeschehen unterrichten. Sein Blick schweift unter buschigen Brauen über die Schar Verdächtiger, die im Speisesaal versammelt sind. Die Augenbrauen ziehen sich immer dichter zusammen, während er die Gäste nacheinander begutachtet:

Den brummigen Nötzing, einen nervösen Doktor Feindorn, den schweigsamen Vittorio, den bewusstlosen Clemens, die zeternde Alida, Edwina, Leopold und nicht zu vergessen: Hänsel und Gretel, die artig auf den Kanten ihrer Stühle sitzen und weltentrückt lächeln.

Einer der Polizisten beugt sich kurz zu Clemens hinab und wendet sich dann an Sobotka.

»Von dem bekommen wir vorerst nichts zu hören. Handelt sich um einen Clemens von Krolow. Immobilienmakler aus Köln. Schwerpunkt Ostgeschäfte.«

Sobotka nickt knapp. »Soso. Der Name sagt mir was. Werden wir überprüfen müssen. Ziemlich hinüber, der Gute, wie?«

»Am besten, ich rufe den Krankenwagen.«

»Ich kann einen Kaffee machen, *subito*«, bietet Vittorio an.

»Völlig unnötig«, brummt Nötzing, »die Dosis war für ein mittelschweres Schwein berechnet, der müsste gleich zu sich kommen. Hat höchstens einen Brummschädel und kleine Wahrnehmungsstörungen, wenn er wieder aufwacht. Hauptsache, dass ich den Dieb erwischt habe.«

»Das war nicht nötig, das machen wir selbst«, unterrichtet ihn Kommissar Sobotka streng. »Außerdem steht nicht fest, dass das hier der Richtige ist. Ich beginne gerade erst mit der Untersuchung.«

»Aber, Signore, erlauben Sie, er hatte das Bild in beiden Händen. Das war ein sehr simples Verbrechen. So ein Dummekopf. Ich war dabei«, erklärt Vittorio.

»Sie waren alle dabei«, entgegnet Sobotka trocken.

»Das Bild?«, schrillt Alida dazwischen und lacht hysterisch. »Welches Bild? Es gibt doch gar kein Bild mehr. Ich meine, es ist weg.«

Ihr Blick saust zu Leopold. Der schweigt und lächelt.

Edwina stampft mit ihrem Stock auf. »Jetzt reißen Sie sich zusammen, Gnädigste. Sie haben doch wohl noch genug Verstand, um sich an Ihr gestohlenes Gemälde zu erinnern, schließlich reden Sie den ganzen Abend von nichts anderem!«

Ein Polizist postiert sich neben Alidas Stuhl. »Keine Bange, Frau Sammering. Wir haben das Beweisstück beschlagnahmt. Es befindet sich in unserem Wagen. Unter Verschluss.«

»Das kann nicht sein«, keucht Alida. »Es ist doch …« Sie verstummt.

»Ausgezeichnet«, murmelt derweil Leopold, »ganz ausgezeichnet. Gelobt sei die Polizei. Mein Freund und Helfer.«

Kommissar Sobotka wendet sich ihm zu.

»Sie sind also Leopold Wandler, Kunsthändler aus Köln, und haben dem verstorbenen Herrn Sammering das entwendete Gemälde verkauft?«

Leopold nickt. »Sehr wohl, Herr Kommissar.«

»Zu einem Preis von … Wie viel sagten Sie noch?« Die letzte Frage gilt Alida.

»Einer Million Euro«, sagt sie schwach.

Leopold hebt protestierend die Hand.

»Das ist nicht richtig. Bei dieser Summe handelt es sich um den eingetragenen Versicherungswert, der allerdings noch unter dem heutigen Marktwert des Werks liegen dürfte. Ich habe Herrn Sammering vor Jahren einen deutlich niedrigeren Preis gemacht. Aus alter Freundschaft.«

»Pah«, schnaubt Edwina. »Freundschaftspreise, so ein Unsinn. Haben Sie das von Ihrem Schwiegersohn?« Sie wirft einen verächtlichen Blick zum Sofa, wo Clemens von Krolow verschlafen ein Auge öffnet und beim Anblick eines Kriminalbeamten an seiner Seite sofort wieder schließt. Das muss ein Albtraum sein.

»Meine Liebe, ein Sisley für lumpige 50 000 Mark war geschenkt, glauben Sie mir.«

»Na, ich würde sagen, geschenkt wär noch zu teuer für das Ding in unserem Kofferraum«, wirft ein Beamter launig ein. Leopold will protestieren. Sobotka bringt ihn mit strengem Blick zum Schweigen. »Ich denke, es spricht nichts dagegen, wenn wir zunächst das

Bild zur Begutachtung hereinbrächten. Wie ich höre, ist noch ein weiterer Kunstexperte im Hause. Ein Herr von Sotheby's, der im Gartenhaus nicht zugegen war. Der könnte uns behilflich sein. Wo steckt der eigentlich?«

Ein zaghaftes Klopfen an der Speisezimmertür scheint die Antwort.

Ein Beamter reißt die Tür auf. »Immer rein in die gute Stube.«

»Oh. Polizei? Ich hoffe, ich störe nicht. Ich wollte nur …«

»Wer sind Sie? Haben Sie etwas über das verschwundene Bild zu berichten?«, fragt der Polizist und macht seinen Körper zur Schranke.

»Ja.«

Die Schranke macht den Weg frei. Der späte Gast tritt ein.

»Hermine!«

Verwirrt blinzelt die Wirtin Tressewitz in den Saal, sucht nach der Stimme, die sie gut kennt, auch wenn sie ein wenig heiser geworden ist im Alter.

»Edwina!«

Meine Güte, sie ist ja eine Greisin. Gebrechlich und schmal und gebeugt und ganz verändert.

»Ach, Edwina, es ist so schön, dich wiederzusehen und …« Hermine schluckt. So hatte sie Edwina nicht in Erinnerung, das tut ein wenig weh, man schaut der Zukunft seiner Vergangenheit ins Gesicht, und die sieht müde aus, schwach. Als ehemalige Krankenschwester hat sie dafür einen Blick.

Edwina stellt sich sehr gerade hin. »Fang jetzt nur nicht an zu heulen, Kleine. Was machst du hier überhaupt?«

Die Gesellschaft im Speisezimmer beobachtet die alten Damen gebannt. Selbst Sobotka verfolgt die Szene schweigend. Ein Drama liegt in der Luft. Ein Drama, das leise daherkommt wie auf Taubenfüßen. Das tun echte Dramen immer.

Entschlossen tritt Hermine vor. Wenn sie jetzt nicht spricht, wird sie den Mut dazu nicht mehr aufbringen. Sie tastet den Raum mit ihren Blicken nach Simon ab. Nicht da.

Trotzdem.

»Ich bin gekommen, weil ich die Wahrheit herausgefunden habe. Die Wahrheit über das verschwundene Bild.«

Sobotkas Brauen werden zu einem buschigen Strich. »Wie bitte? Wer sind Sie überhaupt?«

»Hermine Tressewitz. Und wenn es die Geschichte anders gewollt hätte, die rechtmäßige Erbin von Seelitz.«

Edwina taumelt kurz und klammert sich an ihren Stock, will ihn prostestierend auf den Boden stampfen, bekommt das Ding aber nicht in die Höhe. Was hat sich die Kleine denn da ausgedacht? Was hat sie vor? Erbin von Seelitz – lächerlich.

Alida lacht hässlich auf. »Eine weitere Verrückte. Was bilden Sie sich ein? Was haben Sie überhaupt mit der Sache zu tun? Elende Schnüfflerin. Das ist mein Haus und mein Bild.«

Das ist zu viel, findet Hermine. Jetzt ist es mit dem vornehmen Schweigen vorbei. Eine von Seelitz ist auch eine Kämpfernatur.

Hermine reckt die Schultern, ihr Rücken ist straff, ihre eisgrauen Augen frieren an Alida fest, die wird ganz klein. Respekt, Kleines, denkt Edwina. Respekt. Besser kann ich das auch nicht. Besser konnte das nicht einmal Malte. Malte! Meine Güte, weiß Hermine etwa alles? Alles? Oder noch mehr? Mehr als sie? Das kann doch nicht sein.

»*Una donna vera*«, murmelt Vittorio.

Hermines Stimme ist hart wie Messerstahl, als sie jetzt spricht. «Ihr Bild? Mit Verlaub, Frau Sammering, Malte von Seelitz hat meiner Mutter den Caspar David Friedrich während des Krieges geschenkt. Seither befindet er sich in meinem Besitz, und dort gehört er hin, schließlich bin *ich* Maltes leibliche Tochter.«

»Ein Caspar David Friedrich? Ja, was denn nun! Und wer ist Malte von Seelitz?«, will Sobotka wissen. Einer der Beamten klärt ihn flüsternd auf, ohne seinen Blick von dem großen Damenduo zu wenden.

Edwina muss sich setzen, das Kreuz tut ihr weh. Höllisch weh.

»Du hast also immer gewusst, dass Malte dein Vater war? Ich dachte, dass Gudrun das für sich behalten hat.«

»Hat sie auch. Aber ich habe doch Augen im Kopf. Maltes Augen, wenn du den Scherz verzeihst. Natürlich wusste ich, dass ich Maltes Kind bin. Und ich habe es gefühlt«, sagt Hermine mit leisem Ärger.

»Und du hast ihn trotz allem geliebt? Obwohl er und ich und er und deine Mutter und er und all die anderen …«

»Edwina. Er war mit Gudrun verheiratet.«

»Er war mit … So ein Schuft! So ein Betrüger, so ein Verräter!« Edwina springt auf mit dem ganzen Schwung ihrer längst verlorenen Jugend und ihrer verloren geglaubten Leidenschaft. »Wie konnte er mir das antun?«

»Malte war eben Malte. Und er war mein Vater. Das sucht man sich nicht aus, Edwina, genauso wenig wie das Verliebtsein. Das passiert eben. Abgesehen davon war er ein wunderbarer Vater, neben allem anderen, was vielleicht nicht so liebenswert an ihm gewesen ist. Natürlich habe ich ihn geliebt. Wie alle anderen. Verstehst du das denn immer noch nicht?«

Edwina klammert sich an ihren Stock. Sie braucht ihn jetzt wirklich. »Doch«, sagt sie und wundert sich selbst. »Aber warum hast du das mit Seelitz und mit dem Friedrich nicht sofort gesagt? Was sollten diese düsteren Andeutungen, dieses Versteckspielen?«

»Weil ich bis heute Abend nicht wusste, dass ich im Besitz des Bildes bin. Das Gemälde sah nicht nach einem Friedrich aus. Und Seelitz? Was hätte ich wegen Seelitz unternehmen können? Nie und nimmer hätte ich Geld für die Wiederherstellung und den Unterhalt des Gutes aufbringen können. Aber ich wollte immer, dass das Haus überlebt. Egal in wessen Besitz. Schließlich dachte ich, dass ich die letzte von Seelitz bin.«

»Wenn ich das gewusst hätte«, seufzt, nein stöhnt Edwina. »Hermine, was sind wir beide nur für verdammt dämliche Weibsbilder!«

»Ich verstehe überhaupt nichts mehr«, stöhnt Sobotka und wirft die Hände in die Luft.

Ein Glas fällt zu Boden. Leopold springt auf.

»Aber ich! Natürlich. Das Seestück in Ihrer Pension ist ein Friedrich. Ein echter Friedrich. Die Leinwand, absolut korrekt, dann der Schellack unter der Gouache. Völlig fehl am Platze, dachte ich. Das Gegenteil ist wahr. Was für ein geniales Versteck …«

»Was soll dieses Gerede über Friedrich? Friedrich, wer ist das überhaupt? Ich hatte einen Sissi oder so«, protestiert Alida mit dem Mut der Verzweiflung, »und der ist weg. Die Irren haben ihn geklaut. Die muss man verhaften, ich meine, verhören.«

»Welche Irren meint die?«, will Hänsel wissen.

»Herr Kommissar, ich glaube, der Hauptverdächtige wird wach«, wirft einer der Polizisten ein und zeigt zum Sofa.

Sobotka schaut verwirrt aus. »Wer ist der Hauptverdächtige?«

»Der Kerl aus dem Gartenhaus, der das Bild in den Händen hatte.«

»Welches Bild denn nun? Jetzt habe ich von diesem Unsinn aber die Nase voll. Ich will sofort einen klaren Fall. Einen. Nicht zwei oder drei und noch mehr Durcheinander.« Sobotka schreitet zum Diwan. »Was haben Sie dazu zu sagen? Was haben Sie im Gartenhaus zu suchen gehabt?«

Clemens schaut ihn benommen an und murmelt: »Picasso.«

Kommissar Sobotka schnappt nach Luft. »Jetzt ist Schluss«, donnert er durch den Raum. »Hier will mich wohl jeder für dumm verkaufen. Werner, suchen Sie diesen Mann von Sotheby's und holen Sie das verdammte Bild aus dem Wagen, damit wir endlich einen Blick darauf werfen können.«

52

Lilli und Simon sitzen auf dem Bett und sehen aus wie ertappt. Sind sie auch. Von Charlotte. Die steht da, die Hände in die Hüften gestemmt und hält eine Strafpredigt.

»Was denkst du dir bei so was, Mama? Dich mit zwielichtigen Männern im Bett herumzutreiben?«

»Unter dem Bett, Charlotte. Wir waren nur unter dem Bett, wie du mit eigenen Augen gesehen hast.« Aber immerhin. Liliane schämt sich. Ob Freud das als traumatische Urszene beschreiben würde? Meine Güte, sie haben doch nur wie ein verwirrtes Knäuel aus Armen und Beinen dagelegen. Und fast vollständig bekleidet. Zumindest Simon.

Ihre Tochter macht eine wegwerfende Handbewegung. »Unter dem Bett, auf dem Bett, das spielt ja wohl keine Rolle. Ich will wissen, was ihr dort getrieben habt. Arm in Arm und du halb nackt, Mom.«

Lilli zerrt an ihrem Kleid herum. Simon wirft ihr fürsorglich eine Decke über die Schultern. Lilli schiebt seine Hände von sich weg.

»Liebling, es war alles völlig harmlos. Ich schwöre es.«

»Und das soll ich dir glauben?«

Simon hüstelt verlegen. Von Teenagern verhört zu werden ist eine neue Erfahrung. Nun, in Zukunft wird er mit diesem Teenager wohl viel zu tun haben, und darum ist ihm an einem friedlichen Verhältnis gelegen.

»Wir haben dort nichts *getrieben*, Charlotte. Wir haben nur nach dem verschwundenen Bild geforscht.«

»Und das soll ich jetzt wohl glauben, pffff.« Charlotte verdreht die Augen. »Warum haben Sie sich dann nicht gemeldet, als das Zimmer randvoll mit Leuten war, die auch nach dem Bild gesucht haben? Die Hilfe eines Sotheby's-Experten und einer Versicherungsexpertin wäre bei der Aufklärung des Diebstahls sicher willkommen gewesen. Allerdings nicht unter einem Bett.« Strenger Blick in Richtung Lilli.

»Charlotte, es reicht! Erinnere dich bitte daran, dass ich die Mutter bin und du die Tochter, okay? Moralvorträge sind mein Job. Und in diesem Fall wirklich unangebracht. Es ist nichts Schlimmes passiert.«

Simon mischt sich wieder ein. »Sich mal, wenn wir so plötzlich unter dem Bett hervorgekommen wären, hätten die anderen vielleicht gedacht, dass wir, also deine Mutter oder ich etwas mit dem Diebstahl zu tun haben könnten.«

»Und? Haben Sie?«

»Was?«

»Haben Sie das Bild gestohlen? Das würde eine Menge erklären. Meine Mutter fällt gern auf billige Halunken herein.«

Simon unterdrückt leise aufkeimende Wut und hebt die Hände zum Schwur: »Ich bin alles Mögliche, nur kein Dieb, mein Ehrenwort!«

Charlotte würdigt ihn eines kurzen, verächtlichen Blicks.

Lilli schaltet sich ein. »Wirklich, Liebling, das hier ist alles ganz unschuldig.«

Zum Beweis rückt sie ein wenig von Simon fort und vermummt sich in der Decke.

Simon nickt energisch. »Deine Mutter lügt nicht.«

Charlotte beißt sich auf die Lippen und spielt mit dem Ring in ihrer Hosentasche, dann wirft sie den Kopf zurück.

»Nee, die lügt nicht, dafür fliegt sie auf Kerle, die das Wort Wahrheit nicht mal buchstabieren können. Seit Papa weg ist, hat sie lauter Nieten gezogen, auf denen Hauptgewinn stand. Bei Moms Glück mit Männern sind Sie garantiert eine Mogelpackung. Was ist Ihre Lüge?«

Simon schließt den Mund. Als er zu einer Antwort ansetzt, kommt ihm Lilli zuvor.

»Simon hat mit den Männern, die ich vor ihm kannte, nichts, aber auch nichts gemein, Charlotte. Und er schien mir von Anfang an der letzte Mann zu sein, in den ich mich verlieben könnte. Das kannst du mir glauben. Diesmal habe ich nichts falsch gemacht.«

Simon hebt abwehrend die Hände. »Bitte, Lilli, übertreibe es nicht mit deiner Liebe zur Wahrheit.«

Liliane muss lächeln. »Keine Angst, mein Gedächtnis lässt mich bereits im Stich. Du bist mir selbstverständlich von Anfang an als mein strahlender Retter erschienen. Auf weißem Pferd, in schimmernder Rüstung.«

Charlotte stöhnt auf.

»O MOM! Ich hab's geahnt. Du hast dich mal wieder verguckt. Verstehst du v-e-r-g-u-c-k-t. Synonym für ›falsch hingesehen‹.«

Liliane dämpft ihr Lächeln. »Schatz, hör mir doch zu. Diesmal ist es anders, glaub mir. Ich habe Mister Stepford so viel zu verdanken, er ist der ehrlichste …«

Simon schreckt hoch aus seinem Zuckerwattetraum. »Äh, Verzeihung Lilli, ich bin nicht …«

Lilli unterbricht ihn. »Still, Simon. Das erledige ich. Charlotte soll ruhig alles wissen. Darauf hat sie ein Recht.«

»Deshalb will ich ja …«

Lilli legt Simon ihren Zeigefinger auf die Lippen.

»Und was ist mit Papa, also deinem Mann, Mama?«

Liliane runzelt irritiert die Brauen. »Was soll mit dem sein?«

»Na, der liebt dich doch noch. Hast du das nicht gemerkt?«

»Nein«, kommt es wie aus der Pistole geschossen von Lilli.

»O Mom, das sieht doch ein Blinder. Wo ist übrigens deine Brille? Egal. Ich meine, ist doch klar wie Klärschlamm: Du reichst die Scheidung ein. Dad wacht endlich auf, holt erst mich zurück, dann kauft er sich deine Picassos und reist dir voraus nach Rügen, um dich in einem Schloss zu empfangen. Er möchte, dass wir wieder eine Familie sind.«

Lilli starrt ehrlich entsetzt in das Gesicht Charlottes. Jetzt ist sie wieder das kleine, hilfsbereite Mädchen, das an Märchen glaubt und die Welt entsprechend in Ordnung bringen will. Um jeden Preis. So wie sie. Früher. Nein, gestern noch. Eigentlich sogar bis vorhin, als sie in Alidas Schlafzimmer eingebrochen ist, um ein Bild zu stehlen.

Für Papa Leopold.

Himmel, dieser Hang zur Hilfsbereitschaft ist kriminell. Sie muss Charlotte die Wahrheit sagen. Die ganze Wahrheit über Papa Clemens. Lilli seufzt.

»Schatz, dein Vater und ich sind seit über elf Jahren nicht mehr zusammen, weil wir festgestellt haben, dass wir uns *nicht* lieben. Und um ganz genau zu sein, wissen wir das sogar schon länger. Überlege mal, wie oft du uns als Kind zusammen gesehen hast. Viermal? Fünfmal?«

»Viel zu selten jedenfalls.«

Lilli greift nach Charlottes Hand.

»Ich weiß, mein Kleines, ich weiß. Er ist eben so. Und ich bin anders. Es tut mir Leid, aber ich liebe Clemens nicht, und er liebt mich nicht. Aber das heißt nicht, dass ich dich nicht liebe. Okay? Du bist für mich der wichtigste Mensch auf der Welt. Meine Tochter, daran wird sich nie was ändern. Und sind wir zwei nicht all die Jahre sehr gut ohne Clemens klargekommen? Wenn du wüsstest …« Lilli bricht ab. Gibt es eine pädagogisch angemessene Art, der eigenen Tochter zu erklären, dass ihr Vater ein Windhund und Erpresser ist? Hätte sie doch nur mehr Geschick mit Männern gehabt, hätte sie doch nur einen Mann wie Simon früher kennen gelernt, einen aufrichtigen, warmherzigen …

Ein Schlüssel dreht sich im Schloss, die Schlafzimmertür wird aufgestoßen, ein Polizist stapft mit lauten Tritten in den Raum.

»Na endlich! Sind Sie Simon Stepford?«

Alarmiert schaut Graf zu Lilli, dann zu Charlotte. Dann zum Beamten.

»In gewissem Sinne, also … einen Moment, ich muss hier erst etwas erklären. Dann können Sie meine Personalien haben.«

Hausmeister Wilfried drängt sich hinter dem Polizisten durch die Tür. »Das isser, Werner. Hast du die zwei hier reingelassen, nachdem ich weg war, Kleine?«

Charlotte denkt nicht lange nach und nickt. »Sie wollten nach dem Bild suchen. Unter dem Bett.«

»Na denn, Mister Stepford«, sagt der Beamte, »den Rest können Sie dem Kommissar erklären.«

»Ich muss zunächst Frau Wandler etwas erklären, nämlich ...«

Der Beamte eilt zum Bett, packt Simon beim Arm und zerrt ihn aus dem Zimmer.

»Wir brauchen Sie für eine Identifizierung. Es ist dringend. Das Ding ist völlig entstellt, da muss ein Experte ran.«

Charlotte reißt den Mund auf und will sofort hinterher. »Gibt es etwa eine Leiche? Wow.«

»Charlotte!«

»Nicht direkt, Kleine«, brummt der Hausmeister. »Wir ham nur einen Leichtverletzten auf dem Sofa und ein ramponiertes Gemälde auf dem Tisch.«

»Na dann guck ich mir die an.«

Der Hausmeister und Charlotte eilen hinaus. Liliane schüttelt den Kopf. Auch das ist ihre Tochter. Unerschrocken, rasch zu begeistern und schnell abgelenkt vom Ernst des Lebens.

Leopolds Enkelkind eben. Und nur ganz entfernt Clemens' Tochter. Dem Himmel sei Dank.

Wahrscheinlich wird sich ihr Ex nach seiner gescheiterten Erpressung wieder aus ihrem Leben zurückziehen, und Charlotte kann ihn für das hassen, was er immer war – ein vollständig abwesender Vater.

Rasch prüft sie mit zusammengekniffenen Augen ihr Äußeres im Spiegel. Herrje, nein, so kann sie unmöglich vor die Polizei treten und sich als Versicherungsexpertin vorstellen.

Was die wohl mit ramponiertem Gemälde meinen? Egal, sie hat nichts damit zu tun. Simon kann es beschwören. Ach, Simon. Wen interessiert die Kunst nach solchen Küssen und Geständnissen. Sie gibt dem Spiegel ein paar Küsse ab. Egal, was jetzt kommt, es wird alles gut. Viel besser, als es jemals war.

Oh, Mister Stepford, Simon, Liebster.

Vielleicht sollten sie erst einmal zusammen Urlaub machen. Hier auf Rügen. Ob er bleiben kann, bis die Ausstellung auf Seelitz beginnt? Er könnte das bei Sotheby's vielleicht als Geschäftstermin angeben. Weiterbildung. Beobachtung der Konkurrenz, ihm wird sicher etwas einfallen.

Sie durchsucht Alidas Kleiderschrank nach einem Pullover, der dezent und züchtig ist. Am besten schwarz. Eine Witwe sollte doch schwarze Kleidung besitzen.

Die Suche wird dauern.

53

Kommissar Sobotka sitzt am Kopfende der Speisetafel und schleudert seinen Kugelschreiber quer über die Tischplatte. Dieses Durcheinander lässt sich unmöglich schriftlich festhalten. Man würde ihn für komplett verrückt halten nach so einem Protokoll.

Der Kugelschreiber landet wie ein Dartspfeil in der Mitte des gerade enthüllten Gemäldes, das weder ein Picasso noch ein Friedrich und anscheinend auch kein Sisley ist. Der Farbgeruch, den die Leindwand verströmt, ist bemerkenswert frisch.

»Passen Sie doch auf«, ruft Leopold entsetzt und zupft den Kugelschreiber vom Bild. »Man sollte Respekt vor jedem Werk der Malerei haben. Immerhin steckt die Leidenschaft eines Menschen darin.«

Ärgerlich betrachtet er den Kugelschreiber. Bleibt nur zu hoffen, dass Hänsel – der Urheber der ungelenken Malerei – das Original mit Schellack versiegelt hat. Wird er wohl, denn wie er zu Protokoll gegeben hat, hat er das Malen von Malte gelernt. Herrlich!, denkt Leopold. Sein Sisley ist vorerst gerettet, nach Maltes Manier. Vielleicht durfte Hänsel vor vielen Jahren dabei zuschauen, wie der Gutsherr seinen Friedrich übermalte. Cleverer Mann, dieser verstorbene von Seelitz. An Sobotka gewandt fährt er laut fort: »Ich würde Ihnen raten, ehrfürchtiger mit diesem Werk umzugehen. Dieses Bild hat Seele. Auch wenn sie für manche Menschen unsichtbar ist.« Nur nicht für ihn.

Hänsel klatscht Beifall. »Genau das hätte Malte auch gesagt.«

Gretel nickt. »Er hat uns für talentiert gehalten und nicht für bekloppt. Wissen Sie. Wir haben ihm schon bei dem Friedrich geholfen.«

»Verflucht noch mal«, unterbricht der Kommissar. »Ihre Malversuche interessieren hier nicht. Und jetzt Ruhe, oder ich lasse Sie beide abführen!«

Sobotka macht eine deutliche Kopfbewegung in Richtung Tür.

»Genau, verhaften Sie die beiden endlich«, jubelt Alida und lächelt Clemens zu, der sich an das Sofa klammert, als handele es sich um eine schwankende Barke auf offener See. Alida hat wieder Hoffnung geschöpft, seit dieses merkwürdige Bild enthüllt worden ist und Leopold keine Anstalten macht, sie zu verraten. Wahrscheinlich will er von der Versicherungssumme etwas abhaben.

»Nee, die können wir nicht verhaften«, belehrt sie einer der Beamten in Uniform. »Die sind strafunmündig.« Sobotka verdreht die Augen.

»Können wir jetzt zu dem eigentlichen Verbrechen zurückkehren. Dem Diebstahl dieses, dieses«, er betrachtet das Bild, »was auch immer!«

»Sisseli«, hilft Alida aus. »Aber das«, sie deutet auf den Tisch, »ist es nicht, Herr Kommissar. Auf meinem kostbaren Bild waren Blumen, keine hässlichen Ungetüme.«

Leopold hebt amüsiert die Brauen. O nein, Alida Sammering wäre die Letzte, die an einer Wiederentdeckung des Sisley interessiert wäre. Vor der ist sein Alfred sicher.

»Wenn das kein Sisley ist, was ist es dann, und warum wollte es jemand stehlen?«, will Sobotka wissen.

»Wenn ich mich nicht täusche, sind das Schnecken«, sagt Leopold. Hänsel und Gretel nicken stolz. Leopold wendet sich an die beiden. »Ich würde diese Arbeit gern in Kommission nehmen. Habt ihr übrigens noch mehr gemalt?«

»Im Gartenhaus hängen noch zwei Bilder.«

Hermine wirft Leopold einen wissenden Blick zu und schüttelt leise tadelnd den Kopf.

Doktor Feindorn schaltet sich lebhaft ein. »Wirklich ein interessantes Bild. Eine vereinfachte Darstellung der Posthornschnecke, die allerdings gut getroffen ist.«

»Danke«, sagt Hänsel. Gretel knickst.

»Zum letzten Mal: Halten Sie den Mund. Sie auch, Herr Doktor. Hier geht es um Kunst, nicht um Ungeziefer.«

Nötzing erhebt sich. »Erlauben Sie mal, Sie reden mit einem Mann der Wissenschaft!«

»Ich rede mit lauter Verrückten«, schnappt Sobotka. »Wenn es so weitergeht, lasse ich alle verhaften. Hier muss endlich Ruhe herein. Man kann sich gar nicht konzentrieren.«

»Soll ich Ihnen nicht doch einen Kaffee machen? Darin bin ich genial gut«, bietet Vittorio an.

Sobotka schüttelt den Kopf. »Wo bleibt der Mann von Sotheby's? Ich will endlich wissen, ob diese Schmiererei auf dem Tisch irgendetwas wert ist.«

»Die Kunst liegt im Auge des Betrachters«, murmelt Leopold, als erneut die Tür aufgeht. Simon betritt in Begleitung des Polizisten den Raum. Charlotte und der Hausmeister drängen hinterher.

»Oh, Mann, Dad hat's erwischt.« Charlotte ist sofort beim Sofa. Sieht ein bisschen doof aus, ihr Vater, und gar nicht nach Held, wie er da mit offenem Mund hockt, sich den Schädel kratzt und Spucke verliert in feinen Fäden.

»Jetzt nicht, Charlotte«, wehrt ihr Vater sie ab. »Ich hab zu tun.«

»Wie immer.«

Clemens schiebt sie zur Seite. Er muss sich unbedingt auf das konzentrieren, was hier geredet wird, noch ergibt es so verdammt wenig Sinn. Sein Schwiegervater allerdings ist verdächtig aufgekratzt.

Simon wendet sich entschlossen an Sobotka.

»Herr Kommissar, ich muss eine Aussage machen, die Ihnen hoffentlich hilft, dieses Chaos zu entwirren. Das Ganze ist allerdings etwas kompliziert. Darf ich anfangen?«

Sobotka nickt misstrauisch. Der Mann scheint einigermaßen bei Vernunft. Zehn Minuten später ist er allerdings vom Gegenteil überzeugt. Mit mühsam unterdrücktem Zorn fasst er das Geständnis des gefälschten Kunstexperten zusammen:

»Sie heißen also nicht Simon Stepford, Sie sind kein Angestellter des Auktionshauses Sotheby's – wie Sie der halben Insel und zuvörderst der Besitzerin des verschwundenen Gemäldes weisgemacht zu haben scheinen – und Sie verstehen nicht das Geringste von Kunst!«

»Ganz so kategorisch würde ich es nicht ausdrücken«, erwidert Simon müde. »Ich habe genug Ahnung von Kunst, um Ihnen zu sagen, dass das da«, er weist mit zurückgeklapptem Daumen auf die Leinwand, die seitlich von ihm auf dem Tisch liegt, »kein Sisley oder Caspar David Friedrich ist, sondern eine etwas dilettantische Schmiererei.«

»Schmiererei? Na, na, na«, murmelt Leopold beglückt und zwinkert Hänsel zu. Gretel zwinkert zurück. Und Clemens' Augen werden zu schmalen Schlitzen. Er erinnert sich an die anderen Gemälde im Gartenhaus.

Interessant.

Simon fährt fort. »Was mein Alias und meinen Auftritt als Kunstsachverständiger betrifft, so kann ich alles ganz leicht erklären.«

»Ach ja? Sagen Sie das mal meiner Mutter«, faucht Charlotte und will auf Mister Wer-auch-immer zuspringen, um ihn zu verhauen. Genug Wut hat sie. »Sie Lügner. Sie Betrüger. Was wollten Sie von Mom?«

Vittorio umklammert sie mit beiden Armen.

»*Silenzio*, Charlotte. Deiner Mutter hilft das nicht. Einen verlogenen Betrüger wird sie verkraften, aber keine mörderische Tochter. Komm, wir gehen hinaus in die Küche.«

Sobotka nickt. »Gute Idee, aber bewegen Sie sich nicht von der Stelle, wenn Sie dort angekommen sind.«

Widerwillig lässt Charlotte sich zur Tür ziehen. »Ich muss Mom vor diesem Scheißkerl warnen!«

»Welcher Scheißkerl?«, fragt Lilli erstaunt. Sie hat ein Tennishemd und Jeans gefunden und lächelt von der Tür her in die Runde. Bei Simon bleibt sie hängen. Simon, der sich unter ihrem Lächeln wegduckt.

»Lilli …«, sagt er hastig, »ich wollte es dir schon die ganze Zeit sagen. Ich heiße nicht Stepford, und ich bin auch kein Kunstexperte, sondern ...«

»Ein Scheißkerl«, schreit Charlotte. »Ich hab es doch gewusst.«

Lilli wird bleich. *»Du bist nicht du?«*

Kommissar Sobotka mischt sich ein. »Der Mann scheint ein Hochstapler zu sein. Er heißt Simon Graf und hat zu Protokoll gegeben, dass er studierter Agrarwissenschaftler und Viehzüchter ist.«

»Viehzüchter?« Lilli wird noch bleicher.

»Liebling, das bin ich wirklich, aber ...«

»Das verstehe ich nicht«, sagt Lilli und sieht unverwandt zu Simon hinüber.

»Lilli, ich wollte es dir die ganze Zeit erklären. Ich habe dir nur ein paar unwesentliche Dinge verschwiegen ...«

Liliane wird bleich. Kreidebleich. »Zum Beispiel deinen wahren Namen und deinen Beruf? Oder hast du dich bei deiner eigentlichen Tätigkeit mit BSE infiziert?«

»Liebling, das ist alles ganz harmlos ...«

Wie oft sie diesen Satz gehört hat! »Harmlos wie deine Verlobte nehme ich an.«

Simon schüttelt verwirrt den Kopf. »Ich habe keine Verlobte. Wer hat dir das nur erzählt?«

»Deine Verlobte.«

»Valerie?«

»Du hast also eine Verlobte. O Gott, wie konnte ich nur so dumm sein. Er lügt wirklich«, stöhnt Lilli.

»Sag ich doch. Der Typ ist ein Bastard, ein Frauenbetrüger ...« Charlotte will sich von Vittorio losreißen, strampelt mit Armen und Beinen.

Simon protestiert.

Sobotka erhebt sich und drängt Charlotte, Vittorio und Lilli aus dem Zimmer. »Schluss jetzt, ich will hier keine persönlichen Dramen mehr. In die Küche mit dem Mädchen und ihrer Mutter. Da sind sie besser aufgehoben. Und nehmen Sie Hänsel und Gretel gleich mit.«

»*Sì*«, nickt Vittorio und führt eine stumme Lilli und die zeternde Charlotte ab. Simon will hinterher, Sobotka versperrt ihm den Weg.

»Sie bleiben hier, Mister. Werner, nehmen Sie den Kerl vorerst fest. Ich werte seine Aussagen als vorläufiges Geständnis.«

Edwina stampft mit dem Stock auf.

»Für was denn, bitte! Das hat mein Enkel nicht verdient. Er ist ein hart arbeitender, grundehrlicher Mann und hat das Pseudonym Stepford – das übrigens der Mädchenname seiner Mutter ist – nur mir zuliebe benutzt und um ein geplantes Kunstverbrechen aufzuklären. Wissen Sie, Herr Kommissar, Simon hat nämlich geglaubt, dass dieser von Krolow und Herr Wandler und seine merkwürdige Tochter mir einen falschen Caspar David Friedrich unterjubeln wollten und …«

Hermine mischt sich ein, weil der Kommissar inzwischen mehr als verwirrt und gefährlich verärgert aussieht.

»Simon Stepford, ich meine, Herr Graf, ist wirklich ein unbescholtener Mann. Das kann ich bezeugen. Ihm ging es lediglich um den verschwundenen Friedrich. Der, wie ich schon erklärt habe, echt ist. Er war nur übermalt, verstehen Sie? Womit die Familie Wandler von jedem Verdacht einer geplanten Fälschung befreit sein sollte.«

Sie lächelt Leopold an, und der lächelt verzückt zurück.

»*Merci!* Sie sind eine wirkliche Dame. Ich werde mich bemühen, Ihrem Vertrauen in mich gerecht zu werden.«

Sobotka haut mit der geballten Faust auf den Tisch: »Es langt. Sie kommen jetzt alle mit auf das Revier nach Bergen. Und da werde ich sie nacheinander vernehmen. Einzeln. Jeden von Ihnen. Werner, bestellen Sie einen Mannschaftsbus, nein, zwei.«

Der Kollege nestelt an seinem Funkgerät herum, während Sobotka das Bild an sich nimmt.

Clemens kommt schwankend auf die Beine. Zeit für einen Abgang. So unauffällig wie möglich schleicht er zu einer Fenstertür und öffnet sie.

Ein Fehler, denn darauf hat Isolde gewartet. Mit wildem Quieken stürmt sie den Speisesaal und überrennt von Krolow.

Die Polizisten ducken sich weg. Sobotka will sich dem Schwein in den Weg stellen, das mit wütendem Grunzen auf Alida zusteuert. Das Schwein reißt ihn samt Bild zu Boden.

»Keine Angst«, ruft Nötzing, »das Tier will nur spielen. Komm, Isolde. Komm zu mir.«

Das Schwein schließt sein Maul und trabt auf Nötzing zu. Hechelnd lässt es sich den Kopf kraulen, dann entdeckt es vor seinen Füßen eine echte Leckerei. Frische Farbe, die nach Leinöl riecht. Isolde streckt die Zunge heraus und beginnt zu schlecken. Es ist eine große, raue Zunge, die ihrer Aufgabe hervorragend gewachsen ist.

»ISOLDE«, schreit Leopold und rennt um den Tisch. Zu spät – ein Drittel des Bildes ist bereits von der frischen Farbe freigeschleckt. Darunter setzen sich nun matt schimmernde Mohnblumen und ein hauchzart getupfter Garten gegen einen verstümmelten Schneckenfühler durch.

»Ist das jetzt noch ein Friedrich oder was?«, will Edwina wissen.

»Nein, das ist kein Friedrich, sondern der vermisste Sisley«, seufzt Leopold. Sobotka rappelt sich hoch und betrachtet verdutzt das Bild. Erinnert jetzt wirklich an Kunst.

Alidas Arme fallen an ihr herab wie leere Jackenärmel. »Wo kommt das denn her«, kreischt sie. »Ich hab es doch heute Morgen in den Heiz… Ich meine, es muss weg sein, das weiß ich genau.«

»Kann ich mir denken«, murmelt Edwina und summt was über »Arme im Geiste«, während sie Alida, die bedrohlich schwankt, ihren Stock als Stütze anbietet. »Sie halten jetzt besser die Gosche, meine Gute.«

Alidas Mund klappt zu.

Edwina nickt freundlich. »So ist es recht. Ich halte meine Gosche übrigens auch, wenn Sie mir beim Preis für das Gutshaus entgegenkommen. Sagen wir so um sieben- bis achthunderttausend Euro, womit wir bei einem Kaufpreis von dreihunderttausend angelangt sind. So viel hätte ich sogar in bar. Ich bin ja kein Unmensch.«

Alida starrt Edwina fassungslos von der Seite an. Und Krolow hat die Alte für vertrottelt gehalten! Hilfesuchend schaut Alida sich nach ihrem Immobilienmakler um. Der steht bei der Tür und ist in Gedanken woanders.

»Wenn Sie erlauben, würde ich Ihnen bei solchen Preisvorstellungen auch gern ein Angebot für das Haus machen«, mischt sich Leopold ein. »Ich bin bereit, etwas mehr zu zahlen als meine charmante Konkurrentin.« Er senkt seine Stimme und schaut Alida eindringlich an. »Schon wegen der hervorragenden Heizung in Ihrem Keller. Und das Gartenhaus gefällt mir ebenfalls.« Einschließlich der beiden übermalten Bilder, die dort noch einer gründlichen Reinigung harren.

»Ich wollte das Haus zuerst«, protestiert Edwina.

»Du willst es immer noch?« Hermine staunt. »Auch ohne Bild?«

»Irgendwas muss ich meinem Enkel schließlich vererben. Malte hätte es so gemacht. Und ich denke, ich kann es billig bekommen.«

»Oh, Edwina, und ich dachte schon, *ich* müsste es kaufen. Ich meine, wenn ich den Friedrich hergäbe, könnte ich es mir leisten. Für Simon. Aber es fiele mir schwer, mich von dem Bild zu trennen. Am liebsten würde ich es hier im Gut aufhängen. Für Simon.«

»Simon ist *mein* Enkel.«

»Und mein Neffe.«

»Halbneffe. Höchstens.«

Simon erwacht aus seiner Erstarrung. »*Wer* bin ich?«

»Demnächst der Besitzer von Seelitz, mein Lieber.«

»Und der Besitzer eines Caspar David Friedrich. Ich werde dir das Bild schenken«, sagt Hermine hocherfreut. »Dann bleibt alles in der Familie. Das hoffe ich jedenfalls.«

Simon lässt sich auf einen Stuhl sinken. Wie neugeboren fühlt er sich nicht, dabei müsste er das wohl. Als Gutsbesitzer.

Sobotka kniet neben dem Bild am Boden und kratzt sich den Kopf. »Kaum zu glauben, aber das sieht tatsächlich nach Kunst aus.«

Federnd kommt er nach oben. Froh über einen ersten Fahndungserfolg. »Werner, verhaften Sie mir diesen Krolow. Er muss was mit dem Diebstahl zu tun haben.«

Aber Clemens ist längst weg. Durchs offene Fenster. »Verflucht!«

»Gratulation, Herr Kommissar. Sie haben den Fall gelöst«, bemerkt Leopold befriedigt. »Nur leider ist der Täter entkommen.«

Abgesehen vom Verlust seines Sisleys, der jetzt wieder Alidas Tierheimen gehört, ist das keine schlechte Lösung. Man kann sich und Clemens nur wünschen, dass er es bis nach Australien schafft oder Papua-Neuguinea.

54

Gut Seelitz, zwei Wochen später

Der Hausmeister fummelt ein ölverschmiertes Geschirrtuch aus der Hosentasche und wischt sich das Gesicht. Vittorio steht an die Wand des Schlafzimmers gelehnt und keucht.

»*Mamma mia,* das ist kein Bett, sondern ein Ozeandampfer! Ich werde steif wie ein Brett sein heute Abend. Es war ein Fehler, auf einen Kaffee und Kekse vorbeizuschauen.«

Edwina testet mit der linken Hand die Federkernmatratze, dann setzt sie sich darauf und wagt im Sitzen einige Hüpfer.

»Papperlapapp, so konnten Sie sich nützlich machen, statt nur Ihre neugierigen Lauscher aufzustellen. Sehr hart, die Matratze, genau richtig für mich. Wie schön, dass wir Maltes Bett in Alidas Zimmer wiederentdeckt haben. Wenigstens etwas, das sie nicht kaputtbekommen hat. Vielen Dank, die Herren. Sie dürfen jetzt gehen.«

Hermine steht auf einer Leiter vor einem der hohen Fenster und wischt eine Scheibe blank.

»Das geschliffene Glas ist noch immer wunderschön, allerdings wirst du es aus Energiespargründen ersetzen lassen müssen, Edwina.«

»Verschandeln könnt ihr Seelitz, wenn ich abgetreten bin. Bis dahin bleibt es ein Gutshaus im alten Stil. Das habe ich mir verdient und genug dafür gezahlt.«

»Wie du meinst.« Hermine legt den Lappen zusammen. »Ich bin fertig. Schau nur, der Blick auf den Bodden. Und der Raum ist dreimal so hell wie vorher. Du wirst es schön haben.«

Zufrieden lässt sie einen Blick durch Maltes ehemaliges Schlafzimmer streifen. Hinter dem Paneel hat sich kein Schimmel verborgen, die Wände sind trocken und die Malerarbeiten beendet. Einige Antiquitäten aus der Galerie Wandler bilden die neue Einrichtung. Edwina hat sie zusammen mit dem Haus gekauft. Leopold hat einige der lädierten Möbel persönlich und mit großem Geschick aufgearbeitet. Und über dem Bett hängt – noch immer halb übermalt und von einem Schellackschleier überzogen – Friedrichs Nachtversion der Kreidefelsen.

Edwina und Hermine finden, dass das Bild hier erst mal hingehört. Es sollte ja nie weg.

Leopold findet das natürlich nicht und kommt regelmäßig vorbei, um das Gemälde zu studieren und anzuschmachten. »Oder dich«, meint Edwina. Aber da irrt sie sicher, glaubt Hermine. So viel Ahnung, wie ihre alte Freundin von der Liebe hat.

Vittorio reicht Hermine die Hand und hilft ihr von der Leiter herab. »Dann können wir etwas essen gehen, Hermine, aber nur bei meiner Konkurrenz. Die Malarbeiten im La Vita sind noch nicht beendet.«

Edwina unterbricht ihren Bettentest. »Und was wird aus mir?«

Hermine streicht sich eine Strähne aus dem Haar und sucht ihre Putzutensilien zusammen. »Du ruhst dich aus. In einem Zimmer, das wie für eine Königin gemacht ist. Es wird Zeit, dass du in deinem neuen Haus heimisch wirst.«

Edwina lässt sich entsetzt aufs Bett plumpsen.

»Ich soll einen Mittagsschlaf machen? Ich muss die Arbeiten im Haus überwachen, und das Gartenhaus ist noch nicht in Schuss für die große Kunstausstellung.«

»Darum kümmert sich Leopold!«

»Hermine, das ist doch nur ein Mann. Ich bitte dich. Außerdem bin ich Hausherrin, und er nur vorübergehender Mieter. Wenn ich den Handwerkern nicht auf die Finger schau, macht hier jeder, was er will. Das bin ich nicht gewohnt. Wofür hältst du mich!«

»Für jemanden, der regelmäßige Ruhe braucht. Nun lass dir doch endlich mal etwas sagen.«

»Von einer Krankenschwester? Das wäre mein Todesurteil. Ich will noch eine Weile am Leben bleiben. Und Leben heißt arbeiten, nicht ständig essen. Schreiben Sie sich das hinter die Ohren, Herr Lambarini. Irgendwo habe ich kürzlich gelesen, dass jeder Verdauungsprozess den Körper schwächt.«

Hermine schweigt. Edwina ist keine Patientin, mit der man diskutieren sollte.

Das findet Edwina auch. »Ich habe *raus* gesagt, und damit meinte ich diese kraftlose Männerbande. Ein kleines Bett hochtragen, und schon geraten sie aus der Puste. Vielleicht sollten die einen Mittagsschlaf halten. Du kannst bleiben, Hermine. Ich habe mit dir zu reden.«

»Ich muss mich um Isolde kümmern«, brummt der Hausmeister und verschwindet. Vittorio setzt sich auf das Bett und sieht sehr interessiert aus. Edwinas und Hermines Geheimnisse hat er noch immer nicht vollständig gelüftet.

Edwina baut sich samt Stock vor ihm auf. »Signor Lambarini, ich danke Ihnen für die Hilfe, das berechtigt Sie allerdings nicht, an vertraulichen Frauengesprächen teilzunehmen.«

Vittorio klopft sich ein Kissen zurecht. »Vielleicht habe ich auch ein paar Vertraulichkeiten beizutragen? Etwa, dass Alida am Bahnhof von Stralsund gesehen wurde, wo sie ein Ticket nach Berlin gekauft hat! Flughafen! Stalin stand hinter ihr und hat alles gehört. Macht sich als Spion ganz prächtig, der Gute. Man muss den Menschen nur eine interessante Aufgabe geben, schon sie sind wie ausgewechselt.«

Triumphierend schaut er zwischen den alten Damen hin und her.

»Alidas Abreise ist ganz in unserem Sinne«, knurrt Edwina. »Aber das Ziel ist uns völlig egal! Timbuktu wäre gut. Oder die Lofoten, da kann sie ihre Nerzmäntel auftragen.«

Vittorio zieht eine Schnute. »Ich dachte, wir könnten vielleicht herausfinden, wohin sie fliegen will. Da wartet sicher dieser diebische Wikinger auf sie. Stellen Sie sich vor, er wollte die wundervolle Liliane Wandler erpressen. Was für eine Geschmacklosigkeit.«

Hermine stellt ihren Putzeimer ab und zieht sich einen Stuhl neben das Bett. Einen hübschen Stuhl. Regency, hat Leopold gesagt und einen gestreiften Seidenstoff für den Bezug gewählt. Zärtlich streicht sie über die glatte Sitzfläche. Meine Güte, hat der Mann ein Talent.

»Also, was ist? Sollen wir den Kommissar informieren?«

»Bloß nicht den«, brummt Edwina. »Mich mitten in der Nacht auf sein Revier zu verschleppen. Mich! Von dem habe ich wirklich die Nase voll. Der Kerl hat einen Kopf wie ein Rathaus, lauter leere Zimmer drin.«

»Nun, von Ihnen hat er sicher auch die Nase voll, Signora. Länger als eine Stunde hat er Sie doch gar nicht dabehalten. Und Ihren Enkel haben Sie auch rausgeboxt, diesen stummen Fisch. Das haben Sie glänzend gemacht.«

»Alter Schmeichler, und jetzt ab mit Ihnen.«

Widerwillig erhebt sich Vittorio vom Bett. Hermine hat Mitleid mit ihm.

»Vittorio, deine Neugier ist im Falle Alida unerwünscht. Wir legen Wert darauf, dass die Witwe sich so weit wie möglich von Seelitz entfernt. Edwina hat ihr dreihunderttausend Euro für das Haus und die Möbel gezahlt, damit wir sie endlich loswerden. Am liebsten samt dem Wikinger.«

»Aber das ist doch ein gemeiner Verbrecher! Schon wie er seine Tochter behandelt hat und seine ehemalige Frau. Kein Respekt für *la famiglia*.«

Edwina stößt verächtlich die Luft aus. »Dann kommt die Familie besser ohne ihn aus. Zumal er ein hochgradig erfolgloser Krimineller ist. Wahrscheinlich sucht er gerade ein Land, in dem es noch Eingeborene gibt, denen er Glasperlen andrehen kann.«

»Ah, *no, no, no*. Er plant Größeres. Nix Glasperlen. Denken Sie an die zwei Bilder von Hansel und Gretel, die Alida noch aus dem Gartenhaus stehlen wollte. Das hat sie sicher in seinem Auftrag versucht.«

Hermine verbeißt sich ein Lächeln. »Wir konnten es verhindern.

Leopold hat ein paar sehr überzeugende Argumente gehabt, die Alida zur Herausgabe der Werke veranlasst haben. Sie scheint höllischen Respekt vor ihm zu haben. Darüber hinaus hat Leopold die Bilder untersucht und ist fest davon überzeugt, dass sie nichts wert sind, sondern wirklich von Hänsel und Gretel.«

Vittorio wirft die Hände in die Luft. »Dann will er uns alle für dumm verkaufen. Wir wissen doch jetzt, wo das Karnickel im Pfeffer liegt. Man braucht die Dinger nur zu reinigen und puff, schon hat man einen Friedrich oder einen – ich weiß nicht – Picasso?«

Hermine zuckt mit den Achseln. »Leopold scheint anderer Meinung. Die Arbeiten werden mit den anderen Bildern aus der Sammlung Sammering zum Verkauf angeboten. In zwei Wochen.«

Vittorio zieht nachdenklich die Brauen zusammen. »Das verstehe ich nicht. Herr Wandler hält die Bilder für wertlos und will sie trotzdem unter seinem guten Namen verkaufen?«

Hermine schmunzelt. »Er sagt, er möchte unbekannten Künstlern eine Chance geben.«

»Wenn Sie wollen, können Sie die Dinger ja erwerben«, schnaubt Edwina. »Ich habe von der Kunst die Nase voll. Bringt einem nichts als Ärger. Wenn ich nur dran denke, was Malte dem braunen Pack alles in den Rachen geworfen hat.«

Hermine legt beschwichtigend eine Hand auf Edwinas rechten Arm. »Leopold will sich auch darum kümmern. Er hat Beziehungen und möchte herausfinden, wo Maltes zwangsweise verschenkte Bilder gelandet sind. Vielleicht können wir sie sogar zurückfordern. In meinem oder Simons Namen.«

»Ohne Leopold läuft bei dir anscheinend überhaupt nichts mehr«, schnappt Edwina. »Hätte nicht gedacht, dass du auf deine späten Tage noch einmal so albern werden könntest.«

Hermine errötet und schweigt.

»Ich würde lieber wissen, wo Simon ist und warum er sich nicht meldet«, setzt Edwina leise hinzu.

Vittorio macht es sich wieder auf dem Bett bequem, stopft sich ein Kissen in den Rücken. Jetzt wird es interessant. Große Gefühle.

Verlorene Söhne und *amore*. Zutaten wie für die italienische Oper. Verdi, Puccini, Donizetti! Herrlich, ihm kommen bereits die Tränen. Hermine schüttelt verneinend den Kopf und macht eine unauffällige Geste in Richtung Tür. Vittorio verdreht die Augen, gehorcht aber und entfernt sich.

»Ich sehe Sie dann vielleicht später? *La bella Liliana* hat gestern mit der ersten Wand in meinem Restaurant begonnen! Ich bin sehr gespannt, was sie malen wird. Sie macht ein großes Geheimnis daraus. Ah, endlich eine Frau mit einem Geheimnis, das ich nicht entschlüsseln kann.«

Vittorio nickt Hermine zu, die sich im Stuhl nach vorne gebeugt hat und Edwinas Arm streichelt.

Edwina ist in sich zusammengesunken und starrt auf ihre Hände. Die sind schmal und zittern wie aus dem Nest gefallene Spatzen. Ruhe und tatenloses Herumsitzen bekommen ihr wirklich nicht.

55

»Nun komm schon, der Weg zum Ufer ist uneben.« Hermine greift nach Edwinas Arm. Widerwillig lässt sich die alte Frau helfen.

Schlitternd und trippelnd gelangen beide zum Bodden. Stumm betrachten sie das silberne Wasser, das glatt wie ein Tuch unter dem blitzblanken Himmel liegt. Der April hat den März abgelöst, die Sonne weiter an Kraft gewonnen. Ihr Strahlen wechselt mit den Schatten jagender Wolken. Hermine beugt sich hinab und nimmt eine Hand voll Sand. Er fühlt sich warm an.

»Ich glaube, wir werden eine herrliche Saison bekommen«, sagt sie.

»Ich glaube, wir werden verflucht dreckige Schuhe bekommen«, schnaubt Edwina. »Schade, dass ich nicht mehr reite. Pferde taugen besser zu solchen Ausflügen. Man kommt auch schneller voran. Ob ich es noch einmal versuchen könnte? Nötzing hat auf meine Veranlassung die Pferde dagelassen. Lauter alte Klepper, aber einer taugt noch zu kurzen Ritten, sagt er.«

Hermine dreht sich um und hakt sich bei Edwina ein. Die lässt es widerwillig geschehen.

»Pferde gehören zu Seelitz, und Reiten war deine Leidenschaft. Ich sehe dich noch vor mir: mit fliegendem Haar und nackten Füßen. Von Binz bis Prora in wilder Jagd. Niemand konnte so gerade sitzen wie du. Malte hat dich immer die Großstadtamazone genannt. Er hat dich sehr bewundert.«

Edwina reckt das Haupt und marschiert einen breiter werdenden Pfad am Wasser entlang. Der Strandhafer scheint sich zu verneigen, denkt Hermine, während sie den mühsam gereckten Rücken betrachtet.

»Edwina, warum willst du denn nicht mit mir über die Vergangenheit reden? Wir haben so viele gemeinsame Erinnerungen. Nicht nur schlechte. Und ich weiß doch, dass du Malte verziehen hast. Mach mir nichts vor.«

Die alte Frau dreht sich brüsk um.

»Ich habe keine Zeit für alberne Sperenzchen. Ich muss mich um die Zukunft kümmern, solange ich es noch kann. Simons Zukunft. Wenn ich nur wüsste, warum er sich nicht meldet! Einfach bei Nacht und Nebel zu verschwinden. Nicht mal in der Firma ist er wieder aufgetaucht.«

Hermine seufzt. Edwina ist nicht zu ändern, das sollte sie endlich begreifen. »Das haben wir zwei ganz schön vermasselt, nicht wahr? Ich glaube, der Schock war zu viel für ihn. Einen neuen, wenn auch verstorbenen Großvater, mich als Tante und dazu ein Gutshaus, alles auf einen Schlag und ohne dass er darum gebeten hätte.«

Edwina marschiert schneller. Sie erreichen einen Holzsteg, der in den Bodden führt. Am Ende ist ein Boot vertäut. Die Holzplanken vibrieren unter ihren Füßen, Möwen stehen einbeinig Spalier auf den Trägerpfosten. Edwina geht bis zum Ende und schaut in die Ferne.

»Simon ist ein sturer Esel. Genau wie sein Vater Arnim«, sagt sie schließlich.

»Edwina, du sprichst über deinen Sohn«, tadelt Hermine sanft.

»Ach, wenn du wüsstest, *wie* stur der sein kann. Wollte von meiner Firma nichts wissen. Hat gesagt, sie sei meine einzig wahre Liebe, der er nicht im Weg stehen wolle. Und ich sei gefühllos und berechnend. Es sind sehr hässliche Worte gefallen über die Jahre. Und dann ist er Professor geworden. Für Literatur. War das ein Zank. Und am Ende, pardauz, nichts mehr. Schweigen. Über zwanzig Jahre nichts außer höflichen Weihnachts- und Geburtstagskarten. Hat sich einfach abgesetzt nach England.«

»Und du hast ihn nie besucht?«

»Ich hatte zu tun. Mein Mann ist früh gestorben, und die Firma geriet ins Trudeln«, sagt Edwina schroff. »Arnim hatte wohl auch zu tun. Mit der Literatur. Keine Ahnung, woher er diesen Hang hat.«

Hermine beißt sich kurz auf die Lippen. »Von Malte vielleicht?«

»Was? Die Sturheit?«

»Nein, die hat er zu großen Teilen von dir.«

»Danke, ich nehme das als Kompliment.«

»Ich meinte die bedingungslose Liebe zu schönen Künsten. Das könnte ein Erbteil der von Seelitzens sein, nicht wahr?«

Edwina nickt langsam. »Möglich. Und wir wissen, wozu das geführt hat.«

»Wieso hast du am Ende doch wieder den Kontakt gesucht?«

Edwina schaut auf das Boot hinab, das sanft im Wasser schaukelt. »Wenn man weiß, dass die Reise bald zu Ende ist, verändert sich die Perspektive. Darum habe ich ihm geschrieben und darum gebeten, Simon kennen zu lernen. Meinen Erben. Ich hatte keinen anderen.« Sie zeichnet mit dem Stock die Ritzen zwischen den Holzplanken nach.

»Und Simon hat dir gefallen.«

Edwina kneift die Augen zusammen, um einem Schwarm Wildgänse hinterherzuschauen. »Auf Anhieb. Ich hatte gehofft, dass er ein Handfester ist. Viehzüchter und Agrarwissenschaftler klang nicht schlecht. Hat sich gut gemacht in meinem Betrieb.«

»Hast du wirklich immer nur an das Geschäft gedacht?« Hermine seufzt und beugt sich hinab, um den Knoten des Bootstaus zu prüfen.

»Die Fernostverhandlungen laufen gut. Wahrscheinlich übernimmt Japan das Werk, und das Insolvenzverfahren ist abgewendet. Das muss man Simon lassen.«

»Edwina, bitte! So kalt und berechnend kannst du nicht sein. Was sind Traktoren gegen einen Enkel? Simon ist ein großartiger Mensch. Ihm ging es nicht um die Firma, sondern um dich. Er ist großzügig und warmherzig und …«

»Oh, hör auf mit der Gefühlsduselei. Glaubst du, ich weiß das nicht? Verdammt, du verstehst nichts.«

»Weil du mir nichts sagst!« Hermine kämpft mit dem Knoten.

Edwina wendet sich ab. Das Boot erinnert sie an etwas. Maltes letzte Reise, die er allein mit seiner Offizierspistole angetreten hat. Stolz und unbelehrbar bis an die Grenze zur Idiotie. Nicht von einer einmal getroffenen Entscheidung abzubringen, schon gar nicht von ihr.

Sie wendet den Blick vom Boot ab und betrachtet Hermines Rücken, der ist noch biegsam. Sie wird noch einige gute Jahre haben, erfüllte Jahre voller Pläne, Möglichkeiten und vielleicht sogar mit diesem Leopold. Hermines Rücken ist biegsam *und* belastbar. Edwina fasst einen Beschluss.

»Hör zu, Hermine. Erst als ich Simon gesehen habe, wusste ich, dass Malte der Großvater war und der Vater meines Sohnes.«

Hermine steht auf. »Was soll das wieder heißen?«

Edwina stützt sich auf ihren Stock. »Schau mich nicht so entgeistert an. Erinnerst du dich an den Stallmeister Stergarten? Den, den sie wegen seines lahmen Beins auf Fronturlaub geschickt haben?«

Hermine schüttelt den Kopf.

»Na, ist auch nicht wichtig. Also, mit dem habe ich auch … Ich meine, ich war so wütend auf Malte, dass ich … Herrje, erspare mir die Details. Ich rede nicht gerne darüber. In meinem Alter. Malte hat es mir nie verziehen, dass ich ihm eine Prise von seiner eigenen Medizin verabreicht habe. Jedenfalls war ich am Ende schwanger und wusste nicht, von wem. Frauenschicksal.«

Hermine begreift. »Und darum hast du deinem Sohn nie etwas über seine wahre Herkunft gesagt?«

Edwina nickt. »Zwei verschollene Väter wären vielleicht etwas viel für ein Kind gewesen, oder? Na ja, und Arnim kommt mehr auf mich, ich konnte ihm einfach nicht ansehen, wer der Vater war. Erst als ich den erwachsenen Simon getroffen habe, wusste ich sicher Bescheid.«

»Ja, das ist unübersehbar.«

Edwina nickt.

»Also hatte ich plötzlich einen von Seelitz zum Erben. Aber

mein Geschäft stand vor der Pleite. Es wird auch jetzt nicht viel übrig bleiben, wenn die Gläubiger ausbezahlt sind. Ich hatte also kaum etwas zu hinterlassen. Dabei war Geld, viel Geld, doch meine einzige Chance auf eine Wiedergutmachung für alles, was ich im Namen der Firma versäumt habe. An eine reiche Erboma erinnert man sich milder als an einen verarmten, herzlosen, verstockten Drachen.«

Hermine kraust zweifelnd die Stirn.

»Guck nicht so strafend. Ich war immer stolz darauf, es aus eigenen Kräften zu etwas gebracht zu haben. Und am Ende sollte nichts von allem geblieben sein? Alles umsonst. Unmöglich. Darum wollte ich Seelitz und das Bild. Für Simon. Hab meine letzten Notgroschen aus Luxemburg geholt, um den Deal durchzuziehen. Erfolgreich. Und was macht Simon? Haut einfach ab, dabei haben du und ich ihn gerade zum wohlhabenden Erben gemacht.«

Hermine verzieht den Mund. »Seelitz ist in ziemlich miserablem Zustand, das muss sogar ich zugeben. Die Sanierung wird ein, zwei Jahre dauern und eine Menge Geld kosten. Er wäre an Rügen gebunden. Außerdem braucht es eine Idee, was man dann damit tun kann.«

Nicht, dass sie nicht schon selber einige hätte. Und Leopold ebenfalls.

Edwina lässt den Gehstock auf die Planken sausen. »Papperlapapp, Kinderquatsch. Wir haben nach dem Krieg mit viel weniger angefangen, und dank dir hat Simon einen waschechten Friedrich, das hält den Ofen warm.«

»Ich hoffe eigentlich nicht, dass er ihn verkauft. Er gehört zu Seelitz. Ich bin mir nicht einmal sicher, ob Leopold ihn restaurieren sollte.«

»Elende Gefühlsduselei! Das musst du schon Simon überlassen, wenn du ihm das Bild schenken willst. Ach, was rede ich, er ist doch sowieso weg. Unglaublich bei allem, was wir ihm zu bieten haben. Aber vielleicht will er es erst, wenn ich tot bin. Versprich mir, dass du dich darum kümmerst, dass er alles bekommt, ja?«

»Edwina, du bist noch nicht tot, und er ist nicht vor dir geflohen. Vielleicht waren wir nur etwas schnell mit unseren Enthüllungen.«

Edwina wirbelt mit beachtlichem Temperament herum. Kreischend stößt eine Möwe in den Himmel.

»Schnell? Das nennst du schnell? Ich habe ein ganzes Leben gebraucht, um zu begreifen, dass ich meiner Familie etwas von Bedeutung hinterlassen möchte.«

»Geht es nicht viel eher darum, dass wir in Kindern weiterleben möchten? Dass wir ein Stück unseres gelebten Lebens in die Zukunft retten wollen? Edwina, ich war so glücklich, als ich von Simons Existenz erfuhr. Ich war mit einem Mal nicht mehr so ganz allein mit meiner Vergangenheit, so alt. Jetzt hat alles wieder einen Sinn.«

Edwina nickt widerwillig. »Da ist was dran, Kleine.« Sie lehnt sich gegen einen Trägerpfosten. Verdammtes Rückgrat. »War verdammt schwer, die Sache mit Malte ein Leben lang für mich zu behalten.«

»Warum hast du es dann getan?«

Edwina umklammert ihren Stock. »Weil mein Mann ein Recht darauf hatte. Ich konnte ihm doch kein solches Kuckucksei zumuten. Und wie du an Simons Verhalten siehst, nimmt der uns den neuen Großvater auch ziemlich übel. Seit Wochen kein Lebenszeichen von ihm.«

Hermine hakt sich wieder bei Edwina unter. Ihre silbernen Augen glitzern unternehmungslustig. »Lass uns einen Kaffee trinken gehen. Vielleicht im La Vita?«

»Das ist doch eine Baustelle.«

»Eine Baustelle, auf der Lilli Wandler arbeitet. Vielleicht hat sie etwas von Simon gehört.«

»Das wäre ja noch schöner! Gefällt mir nicht, die Kleine. Eine Künstlerin. Nein, danke, da gehe ich nicht hin. Außerdem brauche ich meinen Mittagsschlaf.«

56

Ich kann es nicht. Ich kann es einfach nicht.

Lilli steht mit Kohlestiften in der Hand vor einer mit schwarzen Linien gerasterten Wand und hat das Gefühl, dass die Wand gleich auf sie einstürzen wird. Dabei ist es nur die Rückwand einer Nische, die sie mit einem Scheinwerfer ausgeleuchtet hat, um besser arbeiten zu können. Sie sieht nichts als blendendes Weiß und das Gittermuster, ihre Hand hängt herab, sie ist so kraftlos, und ein wenig friert sie in ihrem T-Shirt.

»Nun, hast du dich für ein Motiv entschieden?«, will Leopold wissen.

Lilli dreht sich zu ihm herum. »Oh, du. Ich habe dich nicht hereinkommen hören.«

Leopold küsst ihr die Stirn, schaut kurz über Lillis Schulter und blättert dann in dem Band *Berühmte Stillleben*, der auf einem Serviertisch liegt.

»Ich wollte nur kurz vorbeischauen und deine Fortschritte begutachten. Sieh mal, dieser Arcimboldo ist nett. Gemüsegesichter. Das ist witzig und hat Stil. Könnte Vittorio gefallen.«

Lilli schweigt.

»Na komm, die Übertragung eines solchen Motivs auf eine große Wand ist für dich ein Kinderspiel, und in Sachen Technik und Farben brauchst du es nicht so genau zu nehmen. Schließlich erwartet jeder nur ein vages Zitat, keine täuschend echte Kopie.«

»Ich bin aber nun mal jemand, der es genau nimmt«, zischt Lilli zurück. »Wo ist übrigens Charlotte? Du wolltest dich doch um sie kümmern. Sie braucht jetzt eine Vaterfigur.«

Leopold klappt das Buch zu. »Psycho-Gewäsch. Charlotte ist jahrelang ohne Vater ausgekommen. Väter werden derzeit sehr überschätzt. Charlotte braucht vor allem etwas, das ihre lebhafte Fantasie beschäftigt. Dich und Clemens wieder zusammenzubringen … Was für eine Idee. Clemens' Abgang ist die beste Medizin dagegen. Sie wartet draußen, wir wollen zum Strand, Bernstein suchen. Charlotte wittert ein lukratives Geschäft. Und danach will sie mir bei den Vorbereitungen im Gartenhaus zur Hand gehen. Sie hat ein paar tolle Ideen.«

Diskret wendet er seinen Blick von der Wand ab.

»Ich … mir fällt nichts ein, Leopold. Nichts.«

»Na, na. Sei nicht so zaghaft. Du kannst doch malen, was du möchtest. Freie Auswahl.«

Lilli streicht sich die Locken aus der Stirn. »Das ist ja das Problem. Ich weiß nicht, was ich möchte.«

Leopold muss ein Lächeln unterdrücken. »Sind deine Gedanken vielleicht bei etwas anderem? Ich meine bei jemand anderem? Weit weg auf einer Insel, ›einem Edelsteine gleich gefasst in silberfarbene See‹. Shakespeare, mein Kind.«

Lillis Gesicht schnappt zu wie ein Karabinerhaken. »Ich denke nicht an Shakespeare.«

Leopold fährt mit der Hand über die sorgfältig grundierte Wand. »Nein, der hieß ja auch William, nicht Simon.«

Lilli schweigt.

»Mein Kind, du verstehst dein Handwerk. Die Vorbereitungen sind abgeschlossen, die Stifte liegen parat, also musst du nur deiner Fantasie freien Lauf lassen.«

»Ich habe keine Fantasie.«

Leopold reißt mit gespielter Empörung die Augen auf. »Du und keine Fantasie? Ich bitte dich, meine Liebe! Du hast wochenlang Tabletten geschluckt, die aus Mehl bestanden, und das Ganze für eine Wahrheitsdroge gehalten. Oder war es mehr ein Liebestrank, an den du dachtest?«

Lilli wirft wütend den Kohlestift gegen die Wand. Er zerbricht.

»Verdammt. Ich konnte doch nicht ahnen, dass mir Valbinger, der alte Trottel, versehentlich die Placebos aus der Testreihe mitgegeben hat. So ein Blödmann, hat mich völlig durcheinander gebracht, ich kannte mich gar nicht mehr aus vor lauter seltsamen Leidenschaften.«

»Wer weiß, ob das ein Versehen von ihm war? Vielleicht wollte er nur deine Gefühle anregen, was ja geschehen ist.«

»Unsinn. Mehl ist Mehl.«

»Umso erstaunlicher waren die Nebenwirkungen, mein Liebes. Du hast endlich den Mut gefunden, mir die Leviten zu lesen, du hast dich von deinem Versicherungsjob, deiner Brille und den scheußlichen Kostümen befreit – und von Clemens. Außerdem hast du dich verliebt.«

»In einen Lügner und Hochstapler. Das ist nichts Neues, Leopold. Ich werde darüber hinwegkommen.«

»Er hatte nicht vor, dich zu betrügen. Er hat lediglich den nicht ganz falschen Verdacht gehabt, bei dir, Verzeihung, bei mir, könnte es sich um einen Betrüger handeln. Er ist ein grundehrlicher Kerl und hatte die lautersten Absichten.«

»Und eine Verlobte.«

»Das kann vorkommen, ist aber zu ändern.«

Lilli spielt mit den Kohlestiften und Kreiden auf dem Servierwagen. Sie richtet die Wandfarben in exakter Reihe aus, als handele es sich um Putzmittel.

»Er hat es aber nicht geändert«, sagt sie leise und schluckt. »Im Gegenteil, er ist zurück nach England, glaubt Hermine.«

»Das kannst du nicht wissen. Er hat sich bislang bei niemandem gemeldet. Wer weiß, was er treibt.«

Lilli wirft den Kopf zurück. »Eben.«

»Willst du, dass ich es herausfinde? Ich hätte da so eine Idee, und Simon gefällt mir. Er gefällt mir sehr gut. Mit dem lässt sich was anfangen.«

»Nein!«

»Versteh einer die Frauen! Ihr habt alle keine Ahnung, wie unbeholfen Männer in Gefühlsdingen sind. Man muss ihnen ein bisschen auf die Sprünge helfen. Warten lohnt nicht. Aber Hermine will auch nicht, dass ich ihn suche.«

»Dann lass es bleiben. Kümmer dich um die Ausstellung und lass mich allein, ich habe zu tun.«

»Das hoffe ich. *Scusi,* dass ich in mein eigenes Ristorante schleiche, aber ich wollte die Künstlerin nicht stören.« Vittorio schiebt sich an Leopold vorbei in die blendend helle Nische.

»Was soll das sein? Ein Gitter? Ist das *minimal art?*« Empört dreht er sich zu Liliane um. »In drei Wochen ist die große Eröffnung, Signorina Lilli. *Avanti* und Schluss mit dem Geschwätz über Liebe. Es sei denn, Sie lieben mich.«

»Das tue ich nicht, wie oft soll ich Ihnen das noch sagen«, faucht Liliane.

Vittorio verzieht den Mund. »Widerspenstiges Ding. Dann malen Sie mir wenigstens einen Picasso oder was auch immer, aber malen Sie!«

Er packt Leopold beim Arm und zieht ihn zum Ausgang. »Und Sie sagen, Ihre Tochter sei begabt? Sie hat nicht einmal den Verstand, einen großartigen Mann wie mich zu heiraten, der ihr …«

Die Tür fällt hinter beiden ins Schloss. Dann wird ein Schlüssel gedreht. Lilli wirbelt herum. Das darf nicht wahr sein. Vittorio hat sie eingesperrt! Mit der weißen Wand. Und nichts als ein paar Stiften, Farben und Pinseln. Nun ja. Und mit einer Kaffeemaschine, einer Plätzchendose und vielen Flaschen Grappa, die der Barspiegel verdoppelt. Sollte sie?

Nein, geht nicht.

Seufzend nimmt sie einen Schwamm zur Hand und beginnt das Raster zu verwischen. Kein Malen nach Zahlen mehr. Mit wütenden Strichen vernichtet sie ihre Vorabeiten. So, das war es. Und jetzt?

Jetzt kann sie sich erst einmal ein bisschen hinsetzen und ausruhen. Sie verlässt die Nische und sinkt auf eine gepolsterte, mit Plastikfolie überzogene Bank.

Wen Gott strafen will, dem erfüllt er seine Träume. Lilli seufzt. Jetzt hat sie alles, was sie immer gewollt hat. Ruhe, einen Malauftrag und freie Hand.

Ich kann das nicht, denkt sie und sinkt gegen die Lehne. Schließt die Augen. Dann macht sie es sich etwas bequemer. Legt sich hin. Die Bank ist breit genug. Schade, dass das Plastik so knistert. Sie schläft trotzdem ein.

57

»Meinst du, wir sollen ein bisschen Musik machen?«, flüstert Gretel.

Hänsel schüttelt den Kopf. »Geht nicht. Halbmond. Abnehmend.«

»Ich mache mal das Licht aus.«

»Glaubst du, dann wird sie wach?« Hänsel schleicht zu der Nische hinüber und zieht einen Stecker aus der Dose. Der Scheinwerfer verlischt. Auf dem Rückweg zur Polsterbank stolpert er im Dunkeln über den Servierwagen. Ein Glas mit Pinseln geht zu Boden und zerbricht.

Lilli schrickt hoch. »Was?«

Gretel drückt sich neben sie auf die Bank. »Wir sind es. Sie haben geschlafen.«

Lilli rappelt sich mühsam hoch und reibt sich die Augen. »Es ist so dunkel.« Langsam gewöhnen sich ihre Augen an das spärliche Licht, das die Promenadenlaternen in den Raum senden.

Hänsel nickt. »Um neun Uhr ist es hier immer dunkel. Außer im Sommer. In Australien ist es jetzt aber hell.«

Lilli springt auf. »Verdammt, ich habe geschlafen. Ich muss doch malen.«

Gretel spielt mit ihren Zöpfen. »Was malen Sie denn? Können wir Ihnen helfen?«

Lilli ist zur Nische zurückgekehrt und hat den Scheinwerfer wieder angeknipst. Die Wand ist immer noch weiß. Sie bückt sich, um die Pinsel aufzulesen.

»Mir kann keiner helfen. Ich habe gedacht, ich sei eine Künstlerin, aber ich bin keine. Ich weiß nur, *wie* man malt, aber mir fällt einfach nichts ein, was ich malen könnte.«

Hänsel wundert sich.

»Tatsächlich? Bei uns ist das umgekehrt. Ich habe den Kopf voller Bilder, aber auf der Leinwand sieht dann alles immer ganz anders aus.«

Lilli verkneift sich einen Kommentar. Die beiden sind rührend, wie sie so dasitzen. Hand in Hand.

»Nun gut«, sagt Hänsel. »Wir bringen es Ihnen bei.«

»Was?«

»Die Bildersuche. Machen Sie die Augen zu.«

»Wie?«

»Machen Sie die Augen zu. Ganz fest«, wiederholt Gretel sanft.

»Und? Was sehen Sie jetzt?«, will Hänsel wissen.

»Nichts«, sagt Lilli.

Gretel seufzt. »Dann haben wir noch eine Menge Arbeit vor uns. Also, stellen Sie sich vor. Italien.«

»Wir sind auf Rügen.«

»Wir sind in Vittorios Restaurant. Also noch einmal. Italien. Nein. Sizilien. Da kommt Vittorio her.«

»Mir fallen nur Zitronen ein.«

»Das ist wenigstens ein Anfang, aber Vittorio kommt aus Sorrent, Gretel.«

»Ist das nicht auf Sizilien?«

»Nein, aber da gibt es sicher auch Zitronen.«

Lilli macht die Augen wieder auf. »So kommen wir nicht weiter. Ich kann doch nicht einfach ein paar Südfrüchte malen.«

»Was essen Sie gern? Wir sind in einem Restaurant. 1900 oder 1920.«

»Ich hab keinen Hunger.«

Hänsel seufzt.

»Machen Sie die Augen wieder zu. Hier ein Stift. Stellen Sie sich vor die Wand und warten Sie. So hat Malte es uns beigebracht. Er hat immer gesagt: ›Mal nicht, was du siehst, sondern was du nicht siehst. Mach die Augen zu und suche deine inneren Bilder.‹ Bei mir hat es meistens mit Geräuschen angefangen. Das Zischen einer

Welle, die am Strand aufläuft.« Hänsel macht ein Geräusch. »Schon wusste ich, womit ich anfangen musste.«

»Also los«, sagt Gretel.

Lilli kneift die Augen zusammen. Mein Gott, jetzt befolgt sie schon die Ratschläge von Verrückten. Steht in der Stille und hört nichts außer Atemgeräuschen.

Und gedämpfte Violinmusik.

Sie reißt die Augen auf und dreht sich zu Hänsel um. Aber der hat überhaupt keine Violine in der Hand. Sie schließt die Augen erneut.

Ist das Puccini? Jedenfalls etwas Heiteres, Funkelndes, das zum Funkeln und Flackern der vielen Kerzen passt, die jetzt aufflammen. Die Melodie ist nicht mehr auszumachen unter einem Gewirr von Stimmen, das sich erhebt, durchmischt von Gläserklirren und perlendem Frauengelächter. Dahinten sitzt etwas geziert eine Dame in Tornüren. Eiscremepastell. Monet. Belle Époque. Die hat sie schon einmal gesehen. Wann? Ach ja, als sie in Hermines Pension so vor sich hingeträumt hat, mit Blick auf die Ostsee.

Ein Kellner fegt auf klackernden Absätzen vorbei und wird von einem knurrenden Hund – nein, einem kleinen Schwein –, das unter einer Tischdecke vorlugt, beim Frackschoß gepackt. Lilli lächelt und schaut kurz hin. Das muss Isolde sein. Dann erregt ein bunter Vogel ihre Aufmerksamkeit, er trägt einen Brillantohrring im Schnabel und schwirrt mit raschelnden Schwingen über eine zeternde Alida und eine ganze Ballgesellschaft, die sich von blumengeschmückten Tischen zum Tanz erheben will.

Ein gesichtsloses Paar an der Mitte einer Tafel bleibt ineinander vertieft sitzen. Dahinter ist ein betrunkener Cellist über seinem Instrument zusammengesunken. Das Fest scheint seinem Höhepunkt zuzustreben. Was findet hier statt? Eine Hochzeit?

Die Decke des von offenen Säulenportalen umschlossenen Saales ist ein Sommernachtshimmel oder eine Himmelssommernacht. Auf marineblauem Grund tummeln sich barocke Schäfchenwolken, italienische Putten, blasse Sterne und ein weißer, sehr nordischer Mond. Deutsche Romantik. Natürlich. Ein Mond muss sein.

»Was für ein Kitsch«, murmelt Lilli, aber sie lächelt dabei. »Vittorio wird es gefallen.« Warum ist sie nicht eher darauf gekommen?

Trompe-l'œil-Malerei, das Spiel mit Illusion und Wirklichkeit, erfundenen Räumen und höchst plastischen Figuren. Es fordert stilistisches Geschick, lässt viel Raum für kleine Scherze, surrealistische Szenen, künstlerische Zitate und Elemente der Kopie.

Warum nicht ein wenig Canaletto-Italien hinter einem der Saalfenster, ein florentinisches Renaissancegesicht am Tisch – nur nicht Mona Lisa – und ein Hauch Raffael am Himmel?

Ihr Herz beginnt wild zu klopfen. Freudig. Erregt. Es wird ihr Spaß machen. Viel Spaß.

Sie macht die Augen auf. »Ich hoffe nur, ich darf auch die Decke bemalen. Dabei kann Leopold mir helfen«, sagt sie und dreht sich zu ihren Musen um.

Aber die sind verschwunden.

»Danke«, murmelt Lilli und macht sich daran, die Wand mit groben Kohlestiftumrissen zu füllen. In der Nische wird sie das verliebte Paar platzieren. Die Frau mit flatternden Bändern im Haar. Eine Biedermeiergestalt oder eher eine präraffaelitische Undine? Sie kann sich schwer entscheiden, auch das Gesicht der Frau will ihr nicht einfallen. Verliebt muss es sein. Sehr verliebt. In das Leben, in den Mann an ihrer Seite.

Nun, ihren Kavalier wird sie im Smoking der Dreißiger malen, das steht fest, kühl, elegant, klar konturiert, eine technische Hommage an David Hopper vielleicht. Hinter dem Paar – in einem säulengetragenen Bogenfenster – wird natürlich das Meer leuchten. Und Kreidefelsen. In jedem Falle Kreidefelsen à la Friedrich. Die müssen einfach sein.

Sie wird Rügen mit Italien vermählen. Wer sagt, dass man das nicht darf?

Die Kunst darf alles.

Erst recht die Kunst der freien Nachahmung.

58

»Igitt, da sitzt ja eine Schnecke auf der Cassata-Torte.« Vittorio holt mit einer Serviette aus und will zuschlagen. Liliane fällt ihm in den Arm.

»Vorsicht, die Farbe ist noch nicht ganz trocken.«

»Wollen Sie etwa, dass dieses Vieh in dem wunderbaren Wandbild kleben bleibt?«

Lilli lacht laut auf. »Mit der Schnecke werden Sie leben müssen, Vittorio. Die ist nämlich Teil des Bildes. Sie ist gemalt!«

»Das konnte sie sich einfach nicht verkneifen«, kommt es dumpf von oben. Vittorio und Lilli schauen hoch. Leopold liegt mit dem Rücken auf einem Malergerüst. Seine Nase so dicht an der Decke, das sie sie manchmal berührt. Mit einem Läppchen und einem Konturpinsel legt er letzte Hand an ein paar Wölkchen. Er schwächt Konturen ab oder betont sie mit dem Pinsel, immer mit dem Ziel, die Natur so perfekt zu imitieren, dass selbst das argwöhnischste Auge sich einen Moment lang täuschen lässt.

Lilli vertieft sich in die Äderung einer Marmorsäule, die die Nische mit dem tafelnden Liebespaar zu tragen scheint. Immer wenn sie Ermüdungserscheinungen spürt, widmet sie sich den Marmor- und Holzimitaten, die nur technische Raffinesse verlangen und meditative Versenkung erlauben. Vittorio schaut ihr ehrfürchtig zu.

»Sie sind wirklich eine Zauberin. Wie machen Sie das nur? Ich bete Sie an. Wollen Sie mich wirklich nicht heiraten?«

Lilli schüttelt lachend den Kopf. »Zum hundertsten Mal, Vittorio. Nein.«

»Ah, ich wollte wenigstens noch einmal gefragt haben. Und wo wir gerade dabei sind: Wann werden Sie die Gesichter von dem verliebten Paar malen?«

Die weißen Ovale wirken surrealistisch inmitten der lebhaften Gesichter, die sie umgeben.

Lilli seufzt. »Wenn ich weiß, wer die beiden sind, werde ich sie malen. Ich habe für fast alle meine Figuren lebende Vorbilder gewählt.«

»Ich darf also noch hoffen?«

»Nein.«

»Charlotte brauchte einen *papà!*«

»Charlotte hat im Moment mehr Verwandte und Betreuer um sich, als ihr manchmal lieb ist.«

Vittorio zuckt mit den Achseln und schaut sich noch einmal in seinem Restaurant um, das sich in einen fantastischen Ballsaal verwandelt hat. Er legt den Kopf schief und erkennt in der alten Dame, die sich hinter einem Büfett mit strenger Miene über vergossenen Champagner beschwert, Edwina.

Hermine sitzt in bordeauxrotem Samt neben ihr und erinnert an eine spätmittelalterliche Fürstin. Auf dem Handrücken balanciert sie ein Äffchen. Hübsch. Sehr hübsch.

Und das Essen, das ringsum auf den Wänden serviert wird, wirkt außerordentlich appetitanregend. Der juwelengeschmückte Fasan mag übertrieben sein, aber diese Farben!

Es ist an der Zeit, ein Eröffnungsmenü auszuarbeiten. Es muss diesem Saal gerecht werden. Klassisch, opulent, aber dabei heiter, leicht und keineswegs beschwerend. Eine Aufgabe für einen Maestro, einen Künstler seines Fachs. Eine Aufgabe wie für ihn gemacht.

Die Gäste sollen anschließend noch Lust zum Tanzen verspüren. Das Orchester für den Eröffnungsabend ist engagiert. Hänsel darf ein Violinensolo geben, darauf hat Lilli bestanden, und Vittorio hat nachgegeben. Das Solo wird zum Dessert serviert, da geht es vielleicht in seinen Tiramisu-Variationen an Pistazienschaum unter.

»Übrigens, Vittorio«, kommt es vom Malergerüst. Vittorio schaut hoch. Leopold rollt sich zur Seite, schwingt behutsam die Beine über die Brüstung und krabbelt die Leiter hinab. Unten angekommen, wischt er sich die Hände. »Ist das Restaurant am Eröffnungsabend schon völlig ausgebucht?«

»Völlig. *Sì.*«

»Bis auf den letzten Platz?«

Lilli verharrt einen Moment in ihrer Bewegung, der Pinsel schwebt über der Wand. Dann malt sie entschlossen weiter.

»Ich habe nicht einmal mehr Platz für eine Maus.« Vittorio nimmt eine Kampfposition ein.

»Das will ich hoffen.«

»Keine Scherze, und ich sage: *No!*« Er kann auf weitere Gratisesser von Leopolds Gnaden verzichten, sein Herz war ohnehin mal wieder viel zu weich. Doktor Feindorn, Nötzing, der Hausmeister, Hänsel und Gretel. Noch einen Platz wird Leopold ihm nicht abschmeicheln. Bei aller Liebe.

Leopold reinigt sich ausführlich die Fingernägel mit einem Spatel.

»Sehr bedauerlich. Außerordentlich bedauerlich. Wie bringe ich das nur der Baronin von Schweigstedt bei. Oder Monsieur de Lavandeaux, Sie haben von Lavandeaux gehört? Man nennt ihn auch den König der Provence. Riesige Weingüter, alte Familie, altes Geld, sehr nobel.« Leopold macht eine kurze Pause. »Und ein großer Sammler. Freilich ein kleines Licht gegen den belgischen Bankier, dessen Namen ich nicht nennen darf. Er reist inkognito an. Ist sicher wieder kaum zu erkennen in seinem schlampigen Trench. Er kommt der Picassos wegen, und wenn ich mich nicht irre, wird er sein Geld in bar herumschleppen. In einer alten Aktentasche …«

Vittorio unterbricht Leopold mit erhobenen Händen. »Wovon reden Sie, zum Teufel? He?«

»Von den Sammlern, die ich am Nachmittag vor der Eröffnung Ihres hübschen Etablissements zur Versteigerung der Sammeringsammlung erwarte. Nicht zu vergessen die Vertreter von Sotheby's.«

Ein lautes »Verdammt« unterbricht ihn. Lilli steht verärgert vor ihrer verpfuschten Marmorsäule, eine fein ziselierte Ader hat sich in einen blutroten Strich verwandelt.

»Oh, pardon, Kleines. Ich vergaß. Der Name weckt Erinnerungen. Ich meine aber das echte, also, es handelt sich wirklich um Vertreter von Sotheby's und einen hochkarätigen Auktionator. Sir Carmichael Edwardson. Man wird ihn extra aus England einfliegen. Er weiß ein vorzügliches Diner in erstklassiger Gesellschaft und kultiviertem Ambiente nach getaner Arbeit zu schätzen. Die Pressemeute könnten wir natürlich mit Antipasti abspeisen, vorausgesetzt, es gibt genug zu trinken.«

Vittorio greift sich mit dramatischer Geste ans Herz. »Das, das Sie haben jetzt alles erfunden, oder?«

Leopold hebt entrüstet die Brauen.

»Impossibile!« Vittorio kratzt sich den Kopf, geht im Stillen aber bereits seine Tische durch und verwirft die Tiramisú-Variationen. Viel zu abgegriffen. Die italienische Küche muss sich an diesem Abend vor einem französischen Weinkönig beweisen. Der wird einen verwöhnten Gaumen haben und die üblichen Vorurteile der *grande nation* gegen die einzig wahre Kochkunst: die italienische!

Lilli wirbelt herum.

»Was soll das heißen, Leopold? Was hat Sotheby's hier zu suchen, und von welcher Versteigerung sprichst du? Du bist Galerist, kein Auktionator.«

Leopold begutachtet seine Fingernägel und poliert sie hingebungsvoll mit einer Leinenserviette.

»In der Tat, das bin ich nicht. Deshalb musste ich ja Sotheby's mit der Arbeit beauftragen. Gegen eine Gewinnbeteiligung für mich, versteht sich. Die Herren – und Damen natürlich – waren entzückt und haben in einer Blitzaktion ihre erlesensten Kunden aktiviert. Zumal ich einige meiner eigenen Objekte zur Auktion einliefere, um der Versteigerung internationales Format zu verleihen. Es werden mehr als hundert Lose aufgerufen werden. Bilder und Antiquitäten. Nur erstklassige Arbeiten.«

Lilli schnappt nach Atem. »Du willst Teile deiner Sammlung versteigern lassen? Das glaube ich nicht.«

»Liebes, wirbele nicht so mit dem Pinsel durch die Luft, du könntest deinen wunderschönen Wänden unwiederbringlichen Schaden zufügen.«

Lilli wirft den Pinsel in ein Glas und ein Tuch nach Leopold. »Hör auf mit dem verdrehten Geschwätz und erkläre mir, was du da wieder angestellt hast und vor allem – warum?«

Leopold zieht sich einen Stuhl heran, befreit ihn von Plastikfolie und setzt sich.

»Vittorio, zwei, nein, drei Kaffee. Sie wollen sicher auch alles wissen.«

Die Kaffeemaschine läuft bereits auf Hochtouren. Leopold wartet, bis ihr Zischen und Dröhnen verstummt.

»Lilli, du weißt, dass es mir nicht leicht fällt, mich von Bildern und bedeutenden Objekten zu trennen. Umso unerträglicher fände ich es, den Abschied unnötig in die Länge zu ziehen. Die Vorstellung, womöglich wochenlang im Gartenhaus von Seelitz herumzusitzen, umgeben von meinen liebsten Bildern, und auf Kunden zu warten, ist mir unerträglich. Eine Auktion hingegen ist ein klarer Schnitt, und Alidas Tierheime kommen schnell zu Geld. Nötzing hat mir erzählt, dass …«

»Vater, du *hasst* Tiere!«

»Ich liebe Isolde und freunde mich allmählich mit Schnecken an. Doktor Feindorn hat sich außerordentlich großzügig gezeigt, indem er das Gartenhaus so rasch für die Versteigerung geräumt hat. Und es war angenehm, die ganze Arbeit mit den Einladungen, den Katalogen, den gesicherten Transporten einem Großauktionator zu überlassen. Schließlich habe ich genug mit dieser Decke zu tun. Ist es nicht wunderbar, dass wir endlich eine gemeinsame Aufgabe gefunden haben?«

»Du führst etwas im Schilde, Leopold, das weiß ich genau.«

»Ach Lilli, kaum versuche ich von meiner Vergangenheit Abschied zu nehmen und als ehrlicher Mann einen neuen Anfang zu wagen, glaubst du mir kein Wort. Das ist traurig. Sehr traurig für einen alten Mann wie mich.«

»Glaub ja nicht, dass ich dir noch ein krummes Ding durchgehen lasse, Papa. Ich werde bei der Auktion in der ersten Reihe sitzen. Und du direkt neben mir!«

»Ausgezeichnet, genau da habe ich Plätze für uns reserviert. Hermine und Edwina sind ebenfalls dabei.«

»Und ich hoffentlich auch, Signor Wandler.«

»Nur, wenn Sie im Gegenzug ein, zwei Tische im Restaurant frei machen.«

»*Certamente*. Die besten.«

Leopold hebt warnend den Zeigefinger. »Sind Sie unter die Kunstsammler gegangen, mein Lieber?«

»Ich erwäge es.«

»Ich rate Ihnen ab. ›Kunst ist schön, macht aber viel Arbeit‹, wie Karl Valentin zu sagen pflegte. Und jetzt hätte ich gerne einen Kaffee, bevor ich Sonne, Mond und Sterne weitermale.«

59

Es gehört zu den Prinzipien bedeutender Auktionshäuser, bei der Wahl des Versteigerungsraumes und seiner Ausstattung keine Glanzlichter zu setzen. Keine Teppiche. Keine kostbaren Tapeten und um Himmels willen keine einladenden Sitzgelegenheiten!

Im Gegenteil. Zugige Fabrikhallen, Behelfsräume mit grauem Linoleumboden, filzbespannte Stellwände, ein Stehpult für den Auktionator und Plastikstühle scheinen unabdingbare Voraussetzung für die Kauflust wahrer Kunstfreunde.

Vielleicht weckt ästhetisches Understatement den Hunger nach Schönheit und lässt die Ware verlockender erscheinen, als sie es mitunter ist. Vielleicht soll es den Eindruck erwecken, dass die Händler ihr Streben nur der Kunst und nicht dem Profit oder seiner Zurschaustellung geweiht haben.

Vielleicht soll die kalkulierte Schäbigkeit die Bietgefechte verkürzen oder verhindern, dass Gemütlichkeit aufkommt und Zaungäste das Ganze mit kostenlosem Entertainment verwechseln.

In unschöner Umgebung bleibt einem nicht viel übrig, als sich auf die Kunst zu konzentrieren statt auf Tapetenmuster oder den lauwarmen Gratiskaffee im Foyer.

Beim Gartenhaus haben die Auktionsexperten keine Ausnahme gemacht. Die schmutzigen Flächen, die nach Entfernung der Schneckenvitrinen auf der Seidentapete dämmern, das ungewachste Parkett und die abgenommenen Vorhänge lassen den Saal nackt aussehen. Die Weite des Raumes ist unsichtbar dank der Armee von Plaste-Stühlen in Staatsrat-Beige. Sie scheinen eine Art Hommage an Honeckers Farbgeschmack in Windjacken und Abhörtelefonen zu sein.

»Hinreißend, genau was wir brauchen«, hat der Dekorateur von Sotheby's befunden, der die historisch zu nennenden Sitzgelegenheiten mithilfe von Hausmeister Wilfried in einem Schuppen entdeckt hat, der früher als LPG-Kantine diente. Der Hausmeister durfte die Stühle nicht aufpolieren und wundert sich noch immer über den Geschmack der Kunstexperten.

Und über die angeblichen Sammler, die an ihm vorbei ins Gartenhaus strömen. Leopold sieht es ihm an, als er durch einen Seiteneingang hereinkommt. Mit aufmunterndem Lächeln schlendert er auf Wilfried zu.

»Na? Sind Sie enttäuscht von der Welt der Kunst?«

»Nein, nein, alles bestens, Herr Wandler. Hauptsache, die haben Geld.« Leopold muss schmunzeln, für einen Laien muss die Mehrzahl der anwesenden Sammler eine herbe Enttäuschung sein.

Da gibt es ältere Herren mit schiefen Absätzen und in verbeulten Cordhosen, die voll gestopfte Aktentaschen mitgebracht haben. Und kaum frisierte Frauen, die sich wildgemusterte Schals um den Hals geschlungen haben, die das Gegenteil von modisch sind. Einige dieser verlotterten Gestalten begrüßt die gelackte Pressefrau mit größter Ehrerbietung, während sie manchen Rüganer, der sich in Schale geworfen hat, streng in die hintere Reihe verbannt.

Leopold versucht dem Hausmeister zu erläutern, dass wahre Sammlernaturen von scheuer Zurückhaltung sind, die sich oft mit echter Kunstleidenschaft und ganz großem Geld paart, das nicht selten in den alten Aktentaschen steckt.

»Und nun suchen Sie sich auch einen Platz, der Saal ist gleich voll, Wilfried. Genießen Sie die Show!«

Der Hausmeister nimmt misstrauisch auf einem Plastikstuhl in der hintersten Reihe Platz, klemmt die Hände fest unter seine Pobacken.

»Sie können Ihre Hände ruhig in den Schoß legen.«

»Nee, nee, lieber nicht, am Ende schnäuz ich mir versehentlich die Nase oder kratz mir das Kinn und bin schwupps der Besitzer von irgend'nem Kunstwerk, das ich gar nicht bezahlen kann.«

Leopold kennt die Ängste der Versteigerungslaien: eine unbedachte Geste, und schon saust der Hammer herab – bei »hunderttausend Euro, zum Ersten, zum Zweiten, zum Dritten. Das Bild geht an den stattlichen Herrn im ausgeleierten Blaumann in der letzten Reihe. Sollen wir es einpacken?«.

»Keine Panik, Wilfried, der Auktionator hat einen sicheren Blick für den Unterschied zwischen echten Geboten und unwillkürlichem Nasenjucken.«

Grimmig verschränkt Wilfried seine Hände hinter dem Rücken. Da kann dieser Herr Wandler sagen, was er will. Von wegen – der Auktionator habe einen Blick für ernste Gebote und man müsse sich zuvor eine Bieternummer geben lassen – sicher ist sicher.

Seine Finger verflechten sich zu einem Knoten, als ein in Grau gekleideter Mann – ein Männchen vielmehr – das Podest an der Stirnseite des Saales betritt, ein Hämmerchen auf einem Stehpult niederlegt und auf den Mikrophonkopf klopft.

Leopold schlüpft geschmeidig nach vorne, während das Publikum auf den Sitzen gefriert. Das Tuscheln und das Rascheln von Katalogpapier verstummt. Und brandet wieder auf, als der Herr in Grau sich vom Pult abwendet, um Rücksprache mit drei Assistenten zu nehmen, die hinter einem Tisch mit Telefonanlage sitzen.

»Steht die Leitung nach Moskau? Ist der Bieter aus Südamerika zugeschaltet? Was ist mit Monaco?«

Junge, Junge, die ganze Welt zu Gast auf Seelitz, denkt Wilfried und kratzt sich die Nase, die nicht aufhören will zu jucken.

Eifrig werden im Publikum Kataloge mit Merkzetteln gespickt, Abbildungen mit Kugelschreibern markiert und Bieternummern zurechtgelegt.

60

»Der Mann ist ein Ass«, bemerkt Leopold, der jetzt direkt vor dem Podest sitzt, befriedigt. »Hat die Meute fest im Griff.«

»Sieht aus wie ein Leichenbitter«, schnaubt Edwina und betrachtet das Männlein mit der halben Glatze und dem verdrießlichen Totengräbergesicht. Knubblige Nase, eng stehende Augen und die gänzliche Abwesenheit von Humor. »So habe ich mir einen Star des Auktionshandels mit millionenteurer Kunst nicht vorgestellt.«

Hermine beugt sich zu ihr herüber. »Leopold sagt, das sei Absicht.«

Edwina verdreht die Augen. »Was? Dass er dreinschaut wie ein diplomierter Spaßverderber?«

Wenn Hermine so weitermacht, klingt sie bald wie eine Sechzehnjährige in der ersten Tanzstunde. Leopold hier, Leopold da.

»Meine liebe Frau Graf«, wirft der ein, »Sie sollten Carmichael einmal außerhalb eines Auktionssaales erleben. Er ist der Inbegriff von britischem Witz. Und ein begnadeter Tangotänzer. Sie werden es heute Abend im La Vita erleben.«

Edwina drückt abwehrend ihre Tasche gegen ihre Brust. »Ich tanze nicht.«

»Wenn der Typ da vorne witzig ist, Opa, dann ist Darth Vader ein Kumpel von Mickymaus«, mault Charlotte und lässt eine Kaugummiblase platzen.

Liliane, die zwischen Leopold und Edwina sitzt und seit dem Auftritt des Sotheby's-Vertreters mit einem albernen Anflug von Enttäuschung kämpft, schaltet sich ein.

»Nimm den Kaugummi aus dem Mund! Nein, du klebst ihn nicht unter den Stuhl, hier hast du ein Tempotuch. Und übrigens hat dein Großvater Recht.«

Charlotte verdreht die Augen. »Macht ihr jetzt auf Harmonie und *happy family?* Wenn ihr euch zankt, seid ihr mir lieber.«

Leopold schmunzelt. »Hör zu und lerne, mein Kind! Wer würde einem witzigen Auktionator vertrauen? Es sei denn, er hat sich auf die Versteigerung von vergessenen Regenschirmen aus Straßenbahnen spezialisiert. Und merkst du nicht, wie er die Spannung auf den Höhepunkt treibt? Mit seiner Gewissenhaftigkeit liegt er bereits eine Viertelstunde über der Zeit.«

»Das nenne ich nicht gewissenhaft, sondern unverschämt und rücksichtslos«, wirft Edwina ein. »Nun gut, ein Punkt, der für sein Verkaufstalent spricht.«

»Silenzio«, raunt Vittorio von hinten. »Ich glaube, er fängt jetzt richtig an.«

Sir Carmichael tut das mit so geringem Aufheben wie möglich. Mit näselnder Stimme und kaum verhohlenem Akzent, der den Saal zur Stille zwingt, leiert er eine schmale Begrüßung herab:

»Guten Morgen, meine Damen, meine Herren. Willkommen zur Versteigerung der Sammlung des verstorbenen Ewald Sammering. Wie Sie dem Katalog entnehmen können, kommen heute einhundertfünf Lose zum Aufruf. Die angegebenen Schätzpreise liegen etwa zwanzig Prozent unter dem anzunehmenden Marktwert. Beginnen wir mit einem blauen Nachtglas von Anton Kothgasser, Wien, etwa 1843, eine hervorragende Arbeit …«

Ein junger Mann in schwarzen Jeans, Rolli und weißen Baumwollhandschuhen, tritt vor das Podest und hält das Glas nach oben.

»Wahnsinn, Opa, du gibst das Ding her?«

Leopold nickt lässig. Lilli runzelt die Stirn. Was hat er vor? Um Geld kann es ihm nicht gehen. Darum ist es ihm nie gegangen.

Charlotte rutscht bis an die Kante ihres Stuhles. »Bin gespannt, was das bringt. Weißte noch? Die Frau im Pelz wollte sechsundfünfzigtausend locker machen. Für'n Wasserglas. Echt freaky.«

»Wer bietet sechsundzwanzigtausend? Da sehe ich sechsundzwanzigtausend, siebenundzwanzigtausend. Niemand mehr als siebenundzwanzigtausend. Dreißigtausend. Dreißigtausendfünfhundert. Das ist nicht genug, höre ich mehr?«

Charlotte wippt mit den Füßen, zischt: »Sechsundfünfzigtausend.« Bekommt einen Verweis von Lilli und schweigt. Immer noch schwirren Zahlen durch den Saal. Im Sekundentakt, wie es Edwina scheint. Langsam erwärmt sie sich für die Show. Scheint ein schnelles Geschäft zu sein. So macht Kunst direkt wieder Spaß. Wenn man an Spaß denken könnte, wo Simon noch immer kein Lebenszeichen von sich gegeben hat.

Eine Stunde und vierzig Minuten später sind achtundneunzig Lose aufgerufen, siebenundachtzig an den jeweils Meistbietenden versteigert und der Hauptteil des Saales erschöpft. Der Auktionator beraumt eine kurze Kaffeepause an.

Leopolds Miene ist nach wie vor verdächtig unbeteiligt, dabei haben gerade die zwei Picassos einen neuen Besitzer gefunden. Der war telefonisch aus Moskau zugeschaltet und hatte siebenhundertachtzigtausend Euro für zwei Stierzeichnungen übrig. Das sind rund hunderttausend Euro mehr, als zu erwarten gewesen wäre. Die Versteigerung läuft glänzend.

Von der Seite filmen zwei Fernsehteams mit, die die Pause nutzen, um Hermine und Edwina über den wiedergefundenen Friedrich zu befragen, der allerdings nicht zum Verkauf steht. Die beiden Damen machen ihre Sache glänzend. Ein reizendes Paar, das sich wechselseitig korrigiert und den Eindruck erweckt, auf Seelitz müsse es selbst für einfältigste Gemüter einiges zu entdecken geben. Vittorio lächelt glücklich, wenn das keine Werbung ist!

»Haben Sie vor«, fragt eine Journalistin, »den Friedrich begutachten zu lassen?« Mit anderen Worten: Ist das Ding echt?

Hermine nickt freundlich. »Aber gewiss, wobei wir in Herrn

Wandler bereits einen Experten gefunden haben, dessen Urteil über jeden Zweifel erhaben ist.«

Edwina drängt sich nach vorn. »Was uns allerdings nicht davon abgehalten hat, Deutschlands ersten Friedrichexperten einzuladen, um eine weitere Expertise zu geben. Das Museum Seelitz soll schließlich einen internationalen Ruf bekommen, der …«

Lilli horcht auf und schaut Leopold an. Der wagt es zu gähnen. »Seelitz wird ein Museum? Steckst du dahinter?«

Leopold fächelt sich Luft mit einer Bieternummer zu. »Es war Hermines Idee, und wir wollen nur einen Trakt öffnen, der Rest wird eine Nobelpension.«

Lilli schnappt sich Leopolds Bieternummer und starrt sie fassungslos an. »Was ist das? Sag bloß, du willst hier mitsteigern?«

Leopold hebt die Brauen. »Aber gewiss, mein Kind. Wenn ich richtig mitgerechnet habe, verfüge ich inzwischen über ein Kapital von, sagen wir, fünfhunderttausend Euro – wenn man den Erlös aus dem Verkauf meiner Galerie mitrechnet. Für so ein Sümmchen lässt sich Bedeutendes kaufen.«

Lilli schüttelt den Kopf: »Was willst du hier denn kaufen? Das hat dir doch alles schon gehört.«

»Kannst du dir das nicht denken?«

»Ruhe«, verlangt Edwina, die von ihrem Interview zurückgekehrt ist. »Es geht weiter.«

Sir Carmichael hat sich wieder hinter das Stehpult gestohlen und sieht noch blasser aus als zu Beginn. Mit tonloser Stimme ruft er die Lose neunundneunzig und hundert auf. Zwei Bilder unbekannter Künstler. Hänsel und Gretel stehen auf und verneigen sich. Verwirrtes Flüstern erhebt sich im Saal, das sich zu ungläubigem Tuscheln steigert, als zwei Jünglinge in Schwarz und Baumwollhandschuhen die schlampigen Seestücke aus dem Gartenhaus hereinschleppen.

Sie werden mit einem Preis von zehntausend Euro aufgerufen. Carmichael schlägt Bieterschritte zu fünfhundert Euro vor und bietet für Sotheby's direkt zehntausendfünfhundert.

Laute der Überraschung folgen. Ganz hinten kichert einer abfällig. Leopold wendet den Kopf und fixiert den Lacher streng. Es ist ein Mann in zerbeulten Cordhosen. Der Mann verstummt und runzelt irritiert die Stirn, dann hebt er spontan seine Bieternummer. Leopold nickt befriedigt.

»Zwölftausend«, kommt es direkt von hinten. Vittorio grinst und schnippt mit den Fingern in der Luft.

»Zwölftausend von der Bieternummer zweihundertzweiunddreißig. Zwölftausend, höre ich mehr? Zwölftausend für diese ungewöhnlichen Werke aus der Sammlung Sammering. Eine echte Entdeckung. Wer bietet Zwölftausendfünfhundert. Da sehe ich zwölffünf. Und jetzt dreizehn von dem Herrn in der Lederjacke. Guten Tag. Kommen Sie nur näher. Sie haben keine Bieternummer?«

Eine Galerieassistentin flitzt nach hinten. Lillis Blick flitzt ihr hinterher und prallt gegen das kantige Gesicht des Neuankömmlings, fährt über dessen vorspringendes Kinn und eine schwarze Sonnenbrille, friert sich fest.

»Simon!«

Hermine öffnet den Mund und wendet langsam ihren Kopf.

»Was?« Edwina reißt es vom Stuhl.

Der Auktionator richtet seine Augen auf die erste Reihe und Edwinas Stock, den sie wild über ihrem Kopf hin- und herschwingt. »Meine Dame, darf ich das als Gebot auffassen?«

»Unsinn, das Geschmiere wäre geschenkt noch zu teuer. Ich winke nur meinem Enkel. Kommst du wohl her? Und hör auf, dein Geld für Unsinn zu verplempern. Simon! Dein Geld ist schließlich mein Geld.«

Hört nicht auf sie. Er lässt sich mit unbewegtem Gesicht auf einen Stuhl sinken. Leopold zieht Edwina auf ihren Sitz zurück. »Dafür haben Sie später Zeit. Jetzt müssen wir uns ums Geschäft und eine gerechte Strafe kümmern.«

»Pah, Geschäfte, wer denkt denn in so einem Moment an Geschäfte? Und wen wollen Sie bestrafen?«

»Um es mit der Bibel zu sagen: Unrecht Gut gedeihet nicht.

Denn er hat Häuser an sich gerissen, die er nicht erbaut hat. Und – wenn ich hinzufügen darf – Bilder. Darum wird sein gutes Leben keinen Bestand haben. Verstanden?«

Scheint so. Edwina setzt sich verblüfft. »Aber dieser Halunke ist doch gar nicht mehr hier?«

»Er ist anwesend. Vertrauen Sie mir und helfen Sie mir, ihn tüchtig zu schädigen.«

Edwina schürzt misstrauisch die Lippen, dann hebt sie die Hand und krächzt: »Dreizehntausendfünfhundert.«

Lilli sitzt kerzengerade auf ihrem Stuhl und starrt nach vorn. Dort wedelt eine der Telefondamen mit einer Nummer.

»Ich habe eben ein telefonisches Gebot über vierzehntausend erhalten.«

»Moskau?«, fragt der Auktionator tonlos.

»Kuba.«

Leopolds Arm schnellt nach oben.

»Vater! Die Bilder sind nichts wert.«

»Keine Bange, ich weiß, was ich tue.«

Carmichael näselt wieder los. »Vierzehnfünf sind geboten. Von Leopold Wandler. Höre ich mehr als vierzehnfünf. Fünfzehn. Fünfzehnfünf. Sechzehn. Sechzehnfünf…« Seine Stimme bekommt Tempo, rattert wie ein Maschinengewehr, gelangt bis fünfundvierzigtausend. Simon, Edwina und Leopold heizen das Gefecht an. Am Telefon hält Kuba mit.

Im Saal herrscht Totenstille. Lilli wagt kaum zu atmen. Der Auktionator wechselt zu Tausendersprüngen. Immer mehr Herren in Cordhosen bieten mit, zerzauste Damen schließen sich an, der Telefonbieter aus Kuba zwingt seine leibliche Vertreterin vom Podest, sie muss vor der Bühne mitbieten, um keinen Sprung zu verpassen.

»Galaktisch«, murmelt Charlotte.

Lilli bleibt stumm, wagt einen Blick zu Leopold, der wartet ab, bis der Preis für die Bilder, die man kaum anschauen kann, ohne dass einem schlecht davon wird, bei achtzigtausend Euro angelangt ist. Dann hebt er wieder seine Nummer. Vittorio stöhnt. Hermine lächelt und schaut zur Decke, aber Lilli bemerkt, dass sie ihre Hände wie zum Gebet gefaltet hat.

Was ist hier los? Ihr Vater hat Stein und Bein geschworen, dass die Bilder wertlos sind.

»Neunzigtausend«, ruft jemand durch den Saal. Simon. Lilli dreht sich wieder zu ihm um. Simon hat die Brille abgenommen. Und wagt es, sie anzulächeln.

Spöttisch? Überheblich? Feindselig?

»Hunderttausend. Wir sind bei Hunderttausend. Höre ich mehr? Einhunderttausend von dem Bieter aus Kuba. Höre ich mehr? Der Herr in den Nadelstreifen. Nummer zweihundertzweiunddreißig …«

Ist Vittorio. Zögernd bewegt sich seine Hand nach oben. Leopold dreht sich um, packt sie mit festem Griff und drückt sie nach unten.

»Das würde ich nicht tun. Man muss wissen, wann es genug ist.«

»Leopold! In aller Freundschaft, bei guten Geschäften verstehe ich keinen Spaß. Lassen Sie mich los. Ich will die geheimen Bilder.«

»Nein.«

»Einhunderttausend. Bleibt es bei einhunderttausend?« Die Augen des Publikums ruhen auf Leopold. Er lächelt in die Runde, dreht den Kopf nach vorn, ohne Vittorios Hände loszulassen, dann schüttelt er den Kopf. Im ganzen Saal gehen halb erhobene Hände nach unten. Seufzer werden laut. Sie klingen erleichtert.

»Niemand mehr? Gut. Einhunderttausend zum Ersten, zum Zweiten und zum Dritten. Verkauft an den Herrn auf Kuba.« Der Hammer fällt. Lilli öffnet den Mund, schließt ihn wieder. Sie schaut Leopold an, der schaut nach vorn. Sie sucht nach Simon, der ist verschwunden.

»Was war das, Vater?«

»Die gerechte Strafe für einen strunzdummen Windhund«, murmelt Leopold, ohne seinen Blick vom Auktionator zu wenden.

»Simon ist kein ...«, setzt Lilli an.

»Wer redet von Simon. Hat der jemals versucht, dich zu erpressen?«

»Du meinst Cle...«, Lilli bricht ab, als ihr Blick auf Charlotte fällt, die sich verstohlen einen Kaugummi in den Mund schiebt.

Leopold legt den Finger an die Lippen.

»Diskretion, mein Kind. Der Bieter aus Kuba möchte sicher nicht namentlich genannt werden.«

»Ich will endlich wissen, was auf diesen Bildern ist«, brummt Vittorio und reibt sich seine schmerzenden Handgelenke.

Leopold lächelt nur und sagt: »Später.«

Edwina stampft mit ihrem Stock auf. »Das ist ja schön und gut. Aber wo ist mein Enkel jetzt wieder hin?«

Leopolds Lächeln vertieft sich. »Später«, wiederholt er.

Vorne wird der Sisley aufgerufen. Sir Carmichael widmet ihm eine ungewöhnlich langatmige Beschreibung und kühlt die erregten Gemüter im Saal. Ein neues Bietgefecht beginnt. Es läuft langsam an. Die ausführliche Beschreibung eines Gemäldes, das für sich selber sprechen sollte, weckt Misstrauen. Genau wie der sensationelle Preis für zwei Bilder, die man – wenn man seinen Augen trauen dürfte – im besten Fall als inspirierte Schmiererei bezeichnen könnte. Könnte.

Das Schlussgebot für den Sisley liegt bei neunhunderttausend Euro. Es kommt von Leopold.

»Vater«, stöhnt Liliane, »so viel Geld hast du nicht.«

»Das ist Nebensache. Ich werde es mir eben verdienen müssen. Sotheby's nimmt von mir auch Raten«, sagt Leopold lässig. »Und denke nur, wie prachtvoll sich mein Sisley auf Seelitz machen wird. Neben dem Friedrich und dem Rest meiner Sammlung. Der Sammlung Leopold Wandler!«

Lilli schüttelt den Kopf. »Mit einem Museum lässt sich kein Geld machen, das weiß jeder Idiot!«

»Aber mit meinem Museumsladen. Stell dir vor, was für einmalige Kopien die Besucher dort erwerben können. Nicht nur Sisleys oder Friedrichs. Mir steht ab jetzt die ganze Welt der Kunst offen. Und Hermine hat noch die ein oder andere Idee, was man auf Seelitz zu Geld verwandeln kann. Von den vielen herrlichen Gästezimmern abgesehen. Ich finde, das ist ein Grund zum Feiern. Ab ins La Vita.«

61

Der Totengräber eröffnet den Tanz.

Sir Carmichael, der im weinroten Smoking, mit zurückgegeltem Haar und von Rotwein befeuertem Blick wie verwandelt aussieht, hat Lilli aufgefordert. Sie trägt das silberne Kleid. Weil sie kein anderes Abendkleid hat. Nur darum.

»Nur darum?«, hat Leopold beim Umkleiden nachgefragt.

»Warum denn sonst, Vater.«

»Vielleicht erwartest du heute noch einen Überraschungsgast?«

Der Totengräber zieht Lilli mit geschmeidigem Ruck an sich heran, zwingt sie in eine Brücke. Lilli stolpert kurz und fängt sich. Verdammt, Tango ist kein Tanz für Menschen mit Hang zur Geistesabwesenheit. In strengen Trippelschritten geht es rückwärts, seitwärts, in die Drehung. Langsam wie in Zeitlupe, dann wirbelnd schnell quer durch den Raum. Eine Violine seufzt. Andere Paare folgen dem Lockruf. Vittorio wischt sich verstohlen die Stirn, nimmt einen Schluck Rotwein und schlüpft auf Lillis Stuhl, der neben dem von Leopold steht.

»Die Gäste sind begeistert! Schauen Sie nur. Sie reden, lachen, trinken. Ich hatte Angst, dass sie nur auf die Wände starren würden, aber *no*, es ist die perfekte Kulisse. Alles wirkt größer, strahlender, schöner. Das ist Zauberei.«

Leopold nickt. »Ja, mein Lieber, Lilli hat eine vollendete Illusion geschaffen, die den verdrießlichsten Griesgram für einen Abend in einen glücklichen Mann, den letzten Hagestolz in einen Verführer oder das ewige Mauerblümchen in eine Kokotte verwandelt. Ich habe die Bedeutung von Illusionen nie unterschätzt.«

Vittorio lacht. »Sogar unser Doktor Feindorn ist glücklich mit Lillis falscher Schnecke. Schauen Sie nur, er untersucht sie mit der Lupe.«

Leopold schmunzelt. »Meine Tochter hat eben Talent. Carmichael glaubt, dass sie es noch weit bringen könnte als Trompe-l'œil-Malerin. Einige Anwesende haben sich bereits nach ihren Preisen erkundigt. Das ein oder andere Bade- oder Schlafzimmer wartet auf sie und ihre Verwandlungskünste.«

»Genau wie ich«, seufzt Vittorio. »Ach, endlich eine Frau mit Geheimnis. Ich bete sie an.«

»Das ist das Letzte, was Lilli möchte. Mein Lieber, Sie werden darüber hinwegkommen. Sie haben ganz die Natur dafür.«

Dann fällt sein Blick auf die Gesichter des Liebespaares in der Nische. Die gefallen ihm weniger. Zu glatt, zu leer. Er schüttelt leise tadelnd den Kopf. Da braucht Lilli noch Nachhilfe. Die *er* ihr nicht geben kann.

Vittorio sitzt traurig über seinem Rotwein. »Ach, Leopold. Sie halten mich wohl für oberflächlich. Einen Clown und Schauspieler. Aber das ist nicht wahr! ›Habe ich denn kein Blut in meinen Adern, zwickt es mich nicht, wenn ihr mich stecht, fühle ich keinen Schmerz, wenn ...‹«

Leopold hebt abwehrend die Hände.

»Vittorio, ich bitte Sie, Shakespeare liegt ihnen nicht. Sie sind kein *Kaufmann von Venedig*, sondern ein begnadeter Koch aus Sorrent, bleiben Sie dabei.«

»Aber ich bin ein einsamer Mann! Selbst Sie haben eine Liebe auf Rügen gefunden.« Sein Blick gleitet zur anderen Seite des Tisches. Dort sitzt Hermine und senkt die Lider. Edwina, die neben ihr sitzt und es sieht, verdreht die Augen. Vittorio zerknüllt eine Serviette. »Und Sie leben in einem Schloss, aber ich?«

Leopold klopft Vittorio herzhaft die Schulter. »Nicht verzagen. Was halten Sie davon, auf Seelitz ein Restaurant zu eröffnen? Ich dachte an den Speisesaal im Gästetrakt.«

Edwina schaltet sich quer über den Tisch ein. »Der Gästetrakt ist zu schade. Er bekommt die Schweineställe, basta.«

Vittorio setzt sich empört auf. »Ich soll in einem Schweinestall kochen? Noch nie in meinem Leben bin ich so beleidigt worden. Was fällt Ihnen ein …«

Leopold entkommt dem Zank und fordert Hermine auf.

»Ich fürchte, ich kann keinen Tango tanzen.«

»Keine Angst, jetzt spielt Hänsel auf.«

»Oh, Sie meinen, er gibt seinen ungarischen Tanz?«

Leopold nickt, als die ersten Töne aufbrausen.

»Polka«, sagt Hermine verzückt. »Wie in alten Zeiten.« Sie rafft entschlossen ihr Kleid.

Edwina schüttelt entsetzt den Kopf. »Wie kann man sich nur so lächerlich machen.«

»Ah, *no*«, sagt Vittorio, »Hermine kann sich nicht lächerlich machen. Unmöglich. Wohingegen Sie …«

Edwina schlägt mit einer Serviette nach ihm. »Ich? Wer war denn so lächerlich, für zwei Bilder von Hänsel und Gretel hunderttausend Euro bieten zu wollen!«

»Sie haben auch geboten, Signora. Und Leopold und …«

»Haben Sie denn immer noch nichts begriffen?«

Vittorio schüttelt verärgert den Kopf. *»No.«*

Edwina lehnt sich vor, krümmt einen Zeigefinger und lockt Vittorio näher an sich heran. »Wissen Sie, was Strohmänner sind?«

»No.«

»Na, Sie waren selber einer. Und ich auch. Genau wie Simon. Clevere Idee, ihn um Mithilfe zu bitten. Simon ist ein Gerechtigkeitsfanatiker. Wir haben alle mitgeboten, um den Preis für diese Machwerke in astronomische Höhen zu treiben.«

Vittorio nickt zögerlich. »Das habe ich gemerkt. Aber warum?«

»Weil wir sichergehen wollten, dass unser Mann auf Kuba genug bezahlt.«

»Ihr Mann auf Kuba? Wer ist das schon wieder?«

Edwina gibt Vittorio einen Klaps auf den Handrücken.

»Ich habe Sie wirklich für scharfsichtiger gehalten. Unser Mann ist Clemens von Krolow. Und wie ich annehme, hat er Alida an seiner Seite. Woher sonst sollte er hunderttausend Euro haben? Sotheby's hat sich von seiner Bonität überzeugt und liefert die Bilder erst nach Eintreffen der Zahlung aus. Das Geld stecken wir in die Restaurierung von Seelitz.«

Vittorio greift nach einem halb vollen Glas Rotwein und stürzt es herunter.

»*Bene. Perfetto*. Das ist wundervoll. Jetzt verstehe ich! Sie haben sich Ihr Geld zurückgeholt!«

»Sagen wir, einen Teil davon.«

Vittorio kichert. »Unglaublich. Einmalig. Und die Bilder sind wirklich nichts wert? Es ist nichts darunter?«

»Doch es ist etwas darunter«, sagt Edwina gedehnt. »Etwas noch viel Wertloseres als Hänsels Geschmiere. Richtiger Müll.«

»Aber was denn?«

»Hitler und Göring.«

»Scusi?«

Edwina lächelt schelmisch. »Porträts vom ›größten Feldherrn aller Zeiten‹ und dem dicken Heini. Das waren Geschenke aus dem Führerhauptquartier und dem Reichsluftfahrtministerium. Als Dankeschön für erhaltene Kunstwerke. Zwei Druckimitate. Das Pack war auch noch geizig.«

Vittorio schenkt sich Rotwein nach. »Darauf müssen wir trinken.«

»Auf Hitler? Ich hoffe nicht.«

»Hören Sie auf, solche Scherze zu machen, Signora. Ich trinke auf Sie! Sie sind eine großartige Dame. Mit viel Verstand und – wer hätte das gedacht – einem Herzen. Auf Sie!«

»Und auf die Schweineställe!«

»*Momento!* Ich nehme Sie nur, wenn Lilli sie bemalt.«

»Das Frauenzimmer kommt mir nicht ins Haus. Hat meinen Enkel ins Unglück gestürzt! Sie ist eine ...«

»Was?« Lilli steht mit erhitztem Gesicht und aufgewühlten Locken vor dem Tisch. »Was bin ich?«

Edwina lässt sich in der Bank zurückfallen und starrt. Starrt auf einen Punkt hinter Lillis Rücken.

Die Gäste verlangen eine Zugabe von Hänsel.

Bleibt nur noch Schubert: *Leise flehen meine Lieder*.

Lilli hört nicht hin. »Wenn Sie glauben, dass ich ein Unglück für Ihren Enkel war, dann hoffe ich, dass Sie Recht haben. Dieser gemeine Hochstapler hat mir das Blaue vom Himmel heraberzählt, er hat mich belogen, betrogen und ...«

»Mom?« Charlotte tippt auf Lillis Rücken herum.

Lilli schüttelt Charlottes Hand ab.

»Mom!«

Noch immer keine Reaktion.

»MAMA.«

Lilli wirbelt herum. »Was?«

»Guck mal, wer gekommen ist.«

Simon ist gekommen und wartet geduldig wie ein Brite an der Bushaltestelle auf eine Reaktion.

»Simon, ich habe mit dir zu reden!«, sagt Edwina. Lilli sagt nichts. Ihr Herz ist ihr in den Hals hochgerutscht und schlägt Doppeltakt.

»Simon. Setz dich.«

»Jetzt nicht, Großmutter. Lilli, willst du tanzen?«

Charlottes Augen flitzen zwischen Liliane und Simon hin und her. Wow.

»Ich glaube, das ist Liebe«, flüstert sie in Vittorios Richtung. Vittorio verzieht wie unter tödlichen Schmerzen den Mund.

Endlich sagt Lilli was. »Hänsel spielt eine Serenade. Dazu tanzt man nicht.«

»Wir könnten so tun, als wäre es etwas anderes.«

»Was?«

»Ein Walzer?«

»Mach dich nicht lächerlich.«

Simon schaut bedrückt auf seine Schuhe hinab. »Lilli, ich ... Ich weiß nicht, wie ich es dir erklären soll. Muss ich das überhaupt? Ich meine, wir wissen es doch schon. Lilli, keine Erklärungen mehr. Nur eine Frage: Willst du mich heiraten?«

»Nein.«

»Bravo«, lobt Vittorio.

Simon nickt langsam. Dann dreht er sich um.

Edwina will sich aus der Bank kämpfen.

»Sie verdammtes, dummes Luder. Was fällt Ihnen ein. So geht man mit Männern nicht um.« Vittorios Arm legt sich als Schranke über die Lücke zwischen Tisch und Bank. Edwina ist gefangen.

Leopold ist an Lillis Seite geeilt. Hänsels Geige verstummt. Langsam ersterben auch die Gespräche und lassen Raum für alberne Geräusche. Das Gluckern des Hummerbeckens, verlegenes Hüsteln, Geräusche von Gabeln, die über Teller kratzen. Der Saal verfolgt Simons Abgang über die leere Tanzfläche. Hänsel schaut verwundert auf seine Geige hinunter.

»Da kannst du nicht für«, flüstert Gretel.

Der weinrote Türvorhang teilt sich, schließt sich wieder, und endlich fällt die Tür ganz langsam ins Schloss.

Das Orchester besinnt sich, stimmt ein neues Stück an. Walzer. Ausgerechnet. Die Gespräche werden wieder aufgenommen.

»Mein Kind, du bist verrückt«, murmelt Leopold.

Lilli wirbelt herum. »Aber ich will ihn nicht heiraten!«

»Das möchte ich Ihnen auch geraten haben«, schimpft Edwina und kämpft mit Vittorios Arm.

Leopold schüttelt traurig den Kopf. »Hast du dir das gut überlegt?«

Lilli nickt. »Ich will überhaupt niemanden heiraten. Ich will malen, meine Ruhe haben und Charlotte anständig großziehen …«

»Ich bin schon groß«, protestiert Charlotte.

Hermine greift nach Lillis Arm. »Sie müssen ihn nicht heiraten«, sagt sie sanft. »Aber Sie sollten es ihm erklären. Das hat er verdient.«

Lilli schaut wütend in das sanfte Gesicht ihrer Wirtin. Glitzert da etwas in ihren Augen? List? Nein, Liebe. Ach ja, die Gute ist ja hin und weg von Leopold. Will wahrscheinlich die ganze Welt in Rosarot tauchen.

Lilli wirft trotzig den Kopf zurück.

»Ich glaube, dass Simon *mir* einiges zu erklären hat.«

Hermine lächelt und nickt. »Sie haben sich beide eine Menge zu erklären. Da bin ich mir sicher. Am besten Sie nehmen Ihren Mantel mit. Draußen ist es frisch.«

Lilli schaut an sich herab. Auf ihren nackten Armen bildet sich jetzt schon Gänsehaut. Leopold eilt mit dem Mantel herbei.

»Soll ich Sie begleiten?«, schlägt Vittorio vor. »Damit keine Missverständnisse aufkommen!«

»Und ich komme auch mit«, mischt sich Edwina ein.

»Mom, soll ich dem Kerl sagen, wo er sich und seine Gefühle hinverpfeifen kann?«

Leopold legt Lilli den Mantel um die Schultern. »Ich denke, dass machst du besser allein, mein Kind. Allein und ganz auf dich gestellt, bist du immer schon am stärksten gewesen. Lass dir von niemanden mehr etwas einreden. Du schaffst das schon. Du weißt ja jetzt, was du willst und kannst.«

Lilli steht wie angewurzelt da und trotzt. Edwina baut sich zu voller Größe auf.

»Jetzt habe ich aber genug von dem Unsinn. Ich will mit meinem Enkel reden, bevor er noch mehr Blödsinn macht. Heiratsanträge an mittellose Möchtegernkünstlerinnen! Da hört sich doch alles auf. Zu einer Ehe gehört mehr als vier nackte Beine in einem Bett. Dieses Künstlerflittchen leiert ihm am Ende sein letztes Geld aus der Tasche. Das hat diese verdammte Valerie auch schon versucht. Simon hat einen Hang zu falschen Frauen. Diese Ehe werde ich verhindern.«

Hermine dreht sich zu ihrer alten Freundin um. Ihre Augen werden hart.

Vittorio duckt sich. Lillis Blick trifft kurz auf Edwinas. Funken sprühen. »Sie glauben, ich will Simons Geld?«

»Was denn sonst! Das wollen alle Frauen von ihm. Er hat es mir selbst erzählt.«

»Ach ja? Dann bin ich mal gespannt, ob er es wagt, mir das auch zu sagen!«

Lilli bahnt sich einen Weg durch die Walzerpaare.

»Na endlich ist sie weg«, brummt Edwina. Hermine schnappt nach Luft und wirbelt zu ihr herum.

»Edwina, ich will dir keine Vorträge über die Liebe halten, weil das zwecklos zu sein scheint. Nur so viel: Loslassen gehört dazu. Simon ist nicht dein Eigentum.«

»Aber Seelitz!«

»Ach, Edwina. Setz dich lieber und bete.«

»Worum?«

»Darum, dass Liliane und Simon sich möglichst wenig erklären.«

»Tue ich gern.« Edwina setzt sich.

Charlotte kommt an den Tisch geflitzt. Atemlos. »Die beiden sind voll im Mond.«

Leopold runzelt die Stirn. »Wo?«

»Vor der Tür, mein ich, wir haben Vollmond.«

Leopold hebt drohend den Zeigefinger. »Hoffentlich hast du dich nicht in ihre Gespräche eingemischt.«

»Nö.«

»Was haben sie denn gesagt?«

»Leopold«, warnt Hermine. »Halt dich da raus.«

Charlotte fühlt sich nicht angesprochen. »Nix. Keinen Ton.«

»Du warst also doch draußen!«

»Nee, drinnen. Aber ich hab schließlich Augen im Kopf. Opa, diesmal küssen sie sich. In echt.«

Edwina sinkt in sich zusammen, greift nach ihrer Tasche, sucht ein Taschentuch.

»Sind das Tränen in deinen Augen?«, fragt Hermine verblüfft.

»Nee, bei mir ist ein Schnupfen im Anmarsch. Und jetzt Champagner, Vittorio! Wir haben zu feiern.«

Hermine schüttelt den Kopf. »Ich dachte, du willst eine Heirat verhindern.«

»Erstens glaube ich nicht, dass sie heiraten. Diese Lilli meint, was sie sagt …«

»Sie beleidigen die Gefühle meiner Tochter! Glauben Sie mir, ein Vater spürt, wenn es ernst ist.«

»Und eine Großmutter auch, Herr Wandler. Ich weiß, dass Simon verrückt nach Ihrer Lilli ist, und ich weiß, dass Ihre Tochter meint, was sie sagt. Sie will nicht heiraten. Was auch vollkommen nebensächlich ist. Hier geht es schließlich um Liebe.«

Hermine ist baff. »Und das sagst du?«

»Natürlich, schließlich kenne ich mich aus. Nichts bringt zwei junge Leute so sicher zusammen wie der Widerstand einer berechnenden, selbstsüchtigen Erboma. Heute Nachmittag habe ich Simon die Hölle heiß gemacht und mit Enterbung gedroht, falls er es wagt, sich noch einmal Fräulein Wandler zu nähern. Der Hasenfuß war doch tatsächlich auf dem Rückweg nach England. Nur weil sie im Gartenhaus nicht gelächelt hat. Nun, und was war das Ergebnis meines Auftritts? Am Abend macht er der Dame seines Herzens Heiratsanträge.«

»Sie sind eine Grande Dame, Signora. Ich muss mich verneigen. Würden Sie das auch für Geld machen?«

»Was?«

»Mir die große Liebe meines Lebens verschaffen! Abgesehen von Lilli.«

»Sie brauche ich für die Schweineställe, Vittorio. Und jetzt: chin-chin! Ich hoffe, das hier ist nicht Ihr italienisches Blubberwasser, sondern echter Champagner.«

Epilog

Kuss.

»Du wirst mich also in keinem Falle heiraten?«

»Nein. Ich meine, ja.«

Langer Kuss.

»Ich schwöre dir, ich bin nicht verlobt, ich war es schon nicht mehr, als ich nach Rügen kam. Valerie ist eine berechnende Lügnerin. Mein Freund hat das rechtzeitig erkannt und die Hochzeit abgesagt. Deshalb hat Val – als sie erfahren hat, dass ich was erben könnte – versucht …« Kuss.

»Lilli, du verzeihst mir?«

»Wem sonst? Valerie muss ich hoffentlich nichts verzeihen. Ich kenne sie ja nicht mal.«

»Dann können wir also heiraten.«

»Nein.«

»Auch nicht, wenn ich *dir* Seelitz schenke? Schon um Edwina zu ärgern.«

»Ich will kein Schloss.«

»Bist du dir sicher?«

»Ganz sicher.«

Kurzer Kuss.

»Du bekommst das Gartenhaus. Als Atelier.«

»Wie viel?«

»Wie viel?«

»Ich meine, wie hoch ist die Miete!«

»Oh, da werden wir uns sicher einig. Bekomme ich noch einen Kuss? Als Kaution sozusagen.«

Kein Kuss.

»Simon Stepford-Graf-von Seelitz, so geht das in keinem Fall. Wenn du das Geschäftliche nicht vom Privaten trennen willst, sind wir geschiedene Leute. Mir reicht es, dass mein Vater auf Seelitz seine Zelte aufschlägt, um den Friedrich zu bewachen und Hermine. Ich bekomme höchstwahrscheinlich eine Stiefmutter und – wenn ich dumm genug wäre, dich zu heiraten – eine böse Schwiegeroma dazu. Das ist mehr Familie, als irgendein Mensch in seiner Nähe verkraften kann. Also ein für alle Mal: Ich heirate dich nicht. Ich werde mein Geld als Malerin verdienen, und für das Gartenhaus zahle ich Miete!«

»Du bist unmöglich, meine Liebe. Ich biete dir mein Herz, ein Schloss und eine alte Gewitterhexe als Dreingabe. Hast du als kleines Mädchen nie Prinzessin gespielt?«

»Nein, das war mein Vater. Du hättest ihn mal als Dornröschen sehen sollen. Zum Schreien komisch und so was von dämlich. Genau wie sein Aschenputtel. Eines habe ich Leopold zu verdanken: An Grimms Märchen habe ich nie geglaubt.«

»Nein, aber an Leopold Wandlers!«

»Und an deine, vergiss das nicht, Herr *Kunstexperte*.«

»Nun, dann habe ich Leopold wohl auch einiges zu verdanken.«

»Du musst es mit der Dankbarkeit nicht übertreiben und Schlösser verschenken. Vor allem, wenn die Schlösser in höchst marodem Zustand sind. So was binde ich mir nicht ans Bein.«

»Gut, dann sagen wir dreihundert Euro Miete monatlich für das Gartenhaus. Zuzüglich Heizkosten. Außerdem hat der Vermieter das Recht, sich jederzeit über den Zustand und die ordnungsgemäße Nutzung des Mietraumes persönlich in Kenntnis zu setzen.«

»Nach Anmeldung!«.

»Von mir aus.«

»Im Mietpreis eingeschlossen sind außerdem Mahlzeiten im Schloss und die regelmäßige Nutzung eines Schlafzimmers.«

»Welches Schlafzimmers?«

»Sicher nicht das von Edwina.«

»Alidas fand ich recht hübsch.«

»Ja, es ist ein Raum voller Erinnerungen. Der Beginn einer großen Leidenschaft.«

Pause. Kuss. Lange Pause. Noch längerer Kuss. Lilli muss nach Luft schnappen.

»Ich hoffe nur, dass Charlotte einverstanden ist.«

»Oh, Seelitz hat genug Kinderzimmer. Vier oder fünf, wenn ich mich nicht irre.«

»Sie bringt dich um, wenn du Kinderzimmer sagst. Und außerdem brauchen wir nur eins.«

»Das könnte sich ändern.«

Langer Kuss.

Noch längere Umarmung.

Ein Mantel gleitet zu Boden. Lilli seufzt.

»Nur um das klarzustellen: Das war kein Ja!«

»Nein, ich weiß, aber wie wäre es mit einem Vielleicht?«

»Lass uns hineingehen. Ich friere.«

»O Lilli, was sollen wir denn da drinnen jetzt sagen?«

»Das ist doch unwichtig.«

»Mir ist es wichtig.«

Kuss.

»Nun gut. Dann sagen wir, dass wir nicht heiraten, weil wir uns zu sehr lieben, um eine Scheidung zu riskieren. Den Mietvertrag für das Gartenhaus will ich allerdings ohne Befristung!«

Danksagung

Kunst ist schön, macht aber viel Arbeit.
Karl Valentin

Selbstverständlich verdanke ich Figuren wie den Kunsthändler Leopold Wandler und seine begabte Tochter allein meiner Fantasie. Fantasie allein jedoch genügt nicht, um ein Gemälde glaubhaft verschwinden zu lassen.

Viele Fakten und Hintergründe zum Auktionsgeschäft, zu verschollenen Gemälden und den (leider) seit Beginn der Kunstgeschichte gängigen Fälscherpraktiken verdanke ich ausgewiesenen Fachleuten, denen ich an dieser Stelle herzlich für Gespräche und äußerst inspirierende Hinweise danken möchte.

Markus Eisenbeis, der Geschäftsführer des Kölner Auktionshauses van Ham und Dr. Alexander Graf Strasoldo vom Kölner Kunsthaus Lempertz erläuterten mir die Praxis und die Hintergründe des Kunsthandels. Auch durfte ich beide als höchst unterschiedliche, aber gleich eindrucksvolle Auktionatoren erleben. Leider fehlt mir (noch) das Geld, um ernsthaft mitzubieten. Den Besuch einer hochkarätigen Kunstauktion kann ich allen empfehlen, die spannende Unterhaltung auf hohem Niveau und mit durchaus komödiantischen Einlagen zu schätzen wissen – außerdem bekommt man selten so gute Kunst so nah vor die Augen. Über Caspar David Friedrich sprach ich sehr anregend mit dem Kunsthistoriker Dr. Götz Czymmek vom Kölner Wallraff-Richartz-Museum und verdanke ihm unter anderem die Adresse von Dr. Helmut Börsch-Suppan, *dem* deutschen Friedrich-Fachmann schlechthin, der mir den wertvollen Hinweis auf ein im Jahre 2002 tatsächlich völlig überraschend wiederentdecktes Friedrich-Gemälde gab.

Nicht zuletzt danke ich dem begnadeten Gemäldekopisten Nils

Pooker, dessen täuschend echte van Goghs und Monets unter anderem das Hotel Adlon in Berlin und den Speisesaal der MS Europa schmücken und davon zeugen, dass er in Sachen Maltechnik »weiß, wo der Frosch die Locken hat«. Merci nach Kiel auch für die amüsanten E-Mails und Telefonate, in denen wir Edwinas Spielkasinotrick ausheckten und Mordpläne mit dem hochgiftigen Pigment »Schweinfurter Grün« am Ende verwarfen.

Nicht zuletzt ein tief empfundenes Dankeschön an alle meine Freunde, Mitleser, Mutmacher, Korrektoren und Kritiker: Thomas Goldau, Cordula von Wysocki, Ruth Werz, Gabie Baumann, Sünje Redies von der Verlagsgruppe Lübbe und Susanne Schneider auf Rügen, deren Pension »Wegwarte« hier völlig schamlos und wärmstens empfohlen sei.

Zu erwähnen sind noch zwei mir namentlich unbekannte Bahnbeamte im Regionalexpress Stralsund-Binz, die mir wahre Anekdoten von »Hänsel und Gretel« mit auf den Weg gaben und selbstverständlich alle Rüganer, deren Gastfreundschaft, Humor und Erzählfreude die Arbeit an diesem Roman zu einem Vergnügen gemacht haben. Rügen IST Magie. Fahren Sie demnächst hin!